그녀가
죽길,
바라다

그녀가 죽길, 바라다

펴 낸 날 | 2011년 12월 15일 초판 1쇄

지 은 이 | 정수현
스 토 리 | 정수현, 정태훈
펴 낸 이 | 이태권
책임편집 | 송수남, 최은정
책임미술 | 이주연
펴 낸 곳 | (주)태일소담
　　　　　서울시 성북구 성북동 178-2 (우)136-020
　　　　　전화 | 745-8566~7　팩스 | 747-3238
　　　　　e-mail | sodam@dreamsodam.co.kr
　　　　　등록번호 | 제2-42호(1979년 11월 14일)
　　　　　홈페이지 | www.dreamsodam.co.kr

ISBN 978-89-7381-263-9　03810

● 책값은 뒤표지에 있습니다.
● 잘못된 책은 구입하신 곳에서 교환해드립니다.

그녀가 죽길, 바라다

정수현 지음

소담출판사

차례

Prologue   7
1 chapter   17   두 여자
2 chapter   45   믿을 수 없는 일의 시작
3 chapter   75   돌아갈 곳이 사라지다
4 chapter   102 내가 있는 지옥으로
5 chapter   137 As you like it
6 chapter   167 그녀에게 편지를 쓰다
7 chapter   180 그녀에게 온 편지
8 chapter   208 나의 장례식
9 chapter   225 사랑할 수밖에

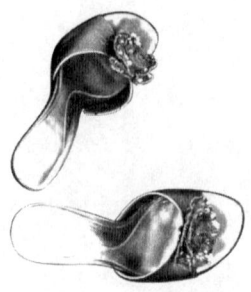

10 chapter	233	로맨틱 스릴러의 결말
11 chapter	274	선택은 언제나 당신의 몫
12 chapter	285	그녀가 죽길, 바라다
13 chapter	291	룰이 바뀌었다
14 chapter	302	이곳이 사막인 이유
15 chapter	326	날 지켜줘
16 chapter	377	Please promise me that sometimes you will think of me
17 chapter	398	사라진 그녀
Epilogue	410	
작가의 말	421	

Prologue

"털~컥"

재희는 자신의 동네에 딱 하나 생존해 있는 낡은 공중전화기의 수화기를 들었다. 그리고 3년 묵은 돼지 저금통의 배를 갈라 꺼집어낸 동전 두 개를 동전투입구 안으로 밀어 넣었다. 목구멍으로 침을 크게 한 번 삼키며 이곳으로 걸어오는 동안 몇 번이나 되뇌던 번호들을 검지로 하나하나 천천히 눌렀다.

재희가 동네의 낡아빠진 공중전화를 찾은 이유는 두 가지다.

첫째, 4층 높이의 자신의 방 창문 밖으로 몸을 내던지는 우발적 행동을 막기 위해. 둘째, 약정이 무려 23개월이나 남은 스마트폰을 홧김에 던져버리는 불상사를 피하기 위해서다. 물론 이 두 가지 가정 모두 전화기 너머에 원치 않는 결과가 재희를 기다리고 있을 때 성립되겠지만 말이다.

이번 도전을 위해 사표까지 던진 재희에게 지인들이 건네는 말은 한결같았다. "미쳤어? 불가능이야." 하지만 재희는 모두가 불가능하다고 한 것들을 이룬 사람들을 꽤 많이 만나보았다. 위인전에서.

따르릉 따르릉, 두 번의 전화벨이 울리는 동안 재희의 심정은 마치 임신테스트기의 결과를 기다리는 처녀와도 같았다.

"여보세요."

심장박동 수가 두 배로 뛰었다.

세 배, 네 배, 다섯 배.

긴장으로 바싹 말라버린 입술 탓일까, 결과를 받아들일 마음의 준비가 부족한 탓일까, 좀처럼 입이 떨어지지 않았다.

"여보세요. 말씀하세요."

짜증 섞인 목소리가 수화기를 타고 전해왔다. 목소리의 주인은 오늘 하루 이런 식의 전화를 수없이 받은 것이 분명했다.

"저…… 오디션 결과를 알고 싶어서요. 이름은 윤재희고 지원 번호는 백이십―"

잠시만요, 하는 말 한마디 없이 "죄송합니다"라는 딱딱한 다섯 음절과 함께 전화는 차갑게 끊겼다. 동시에 재희의 심장도 일순간 멈췄다.

몇 번을 겪어왔음에도 결코 익숙해지지 않는 상황. 재희는 온 힘을 다해 수화기를 내려찍은 후, 문을 박차고 나왔다. 그 소리에 놀라 주위를 둘러보았지만 다행히 CCTV는 없는 듯했다.

집에서 약간 떨어진 동네 공중전화를 택한 것은 역시나 현명했다. 그러지 않았다면 재희의 몸뚱이나 스마트폰, 둘 중 하나는 이 세상과 영원한 작별을 선고받았을 테니까.

기특하다고 스스로 머리를 쓰다듬던 손으로, 괜찮다며 흘러내리는 눈물을 쓱 훔쳐냈다.

집으로 향하는 경사진 길을 힘없는 발걸음으로 내디뎠다. 흐르던 눈물이 그대로 말라 붙어버린 재희의 볼에 불현듯 차가운 감촉이 느껴졌다. 무심코 고개를 들어보니 짙푸른 하늘에서 흰 꽃들이 흩뿌려지고 있었다. 분명히 올해의 첫눈이었다. "하하! 나이스 타이밍" 하고 중얼거리는 재희의 머릿속으로 첫눈을 맞이할 때면 예외 없이 떠오르는 그때의 기억이 스쳐 지나갔다.

그날이 언제였는지, 어디에 있었는지, 그 말을 건넨 사람이 누구였는지, 심지어 그것이 꿈이었는지 현실이었는지조차 재희는 기억나지 않는다.

어렴풋하게나마 기억나는 건 작게 흩날리는 눈꽃들과 발을 디디고 서 있던 바닥에 깔린 누군가의 낯선 목소리뿐.

재희, 당신은 선택해야만 해요.
불꽃같지만 짧은 인생……
무미건조하지만 긴 인생……
어느 쪽이 더 행복할까요?
아니, 어느 쪽이 덜 불행할까요?

잠시 생각 끝에 재희가 넌지시 되물었다.
"저…… 둘 다는 안 되나요? 불꽃같지만 긴 인생……"
"선택은 둘 중 하나만 가능해요."
"음……"
살짝 어깨를 으쓱한 후 뭐라 답하는 것이 적절할까, 고민이 가득 담긴 옅은 신음을 내던 재희가 허공을 향해 팔을 뻗어 손바닥을 폈다. 서서히 낙하하고 있는 눈꽃 하나가 재희의 손바닥에 사뿐히 내려앉았다. 눈꽃이 다이아몬드처럼 투명하게 반짝이며 재희를 미소 짓게 했지만, 곧 형체도 없이 사라져버렸다. 마치 슬픈 마법처럼.
그 순간 근거 없는 불안, 두려움, 먹먹함이 밀려왔다. 하지만 반짝이던 순간의 아름다움만큼은 머릿속에 박혀 아른거렸다.
재희는 촉촉해진 자신의 손바닥을 아쉬운 듯 접으며, 건조한 입술을 슬며시 열었다.
"난요……"
자신이 어떤 선택을 했었는지, 재희는 기억하지 못한다. 재희의 마지막 대답을 끝으로 낯선 목소리는 눈꽃처럼 아스라이 사라져버렸다. 그것이 그 일의 마지막 기억이다.
재희는 머리보다 마음으로 기억하는 기묘한 그날의 일을 '이상한 선택'이라고 이름 붙였다. 자신이 어떤 선택을 했는지도 모른 채.

살결을 에는 겨울 바람이 살짝 벌어진 코트 틈으로 들어왔다. 살포시 내려앉는 눈송이에 오소소 몸을 떤 재희는 발걸음을 멈추고 옷깃을 여몄다. 그때, 코트 앞섶에 달랑거리던 단추 하나가 톡 하고 떨어졌다. 살짝 허리를 숙여 단추를 향해 손을 뻗는 찰나, 명동의 한 의류 매장 안에서 "이 코트 자기랑 어울릴 것 같아" 하고 다정히 말하던 그가 떠올랐다.
"이것도 살까?"
그는 이미 남성용 바지, 니트, 목도리, 장갑 등이 담긴 바구니에 코트를 담으며 인심 쓰듯 말했다. 그리고 용감하게 계산대로 향했다. 하지만 결제 금액을 듣자, 재희를 향해 고개를 까닥거렸다. '어서 계산하지 않고 뭐 해?'라는 눈빛으로. 결국, 재희는 배고픈 자신의 지갑에서 달랑 하나뿐인 신용카드를 꺼냈다. 그날은 재희의 생일이었다.
엉거주춤한 자세로 한참 단추를 쏘아보던 재희는 다시 꼿꼿이 허리를 펴고 구두 앞굽으로 힘차게 단추를 걷어찼다.
"한 큐에 스트라이크."
애꿎은 단추는 흩날리는 눈꽃 사이를 가로지르며 하늘로 시원스럽게 날아갔다. 한 큐에 스트라이크라, 본인의 인생과는 어울리지 않는 단어라 생각했다.
학창 시절 새벽잠을 참아가며 교과서를 팠지만, 성적은 늘 하위권이었다. 부모님과 선생님도 그 점을 의아해했다. 하지만 재희는 그 이유를 알고 있었다. 나쁜 머리가 원인이었다. 결국 공부는 포기했다. 그러다 언제부터인가 음악에 흥미가 생겼다. 가수나 돼볼까? 하고 막연히 생각했다. 다행히 성량은 좋았고, 목소리가 맑았다. 하지만 불행히도 외모는 평범 그 이하였다. 작은 키, 퉁퉁한 몸, 납작한 가슴에 축 처진 눈, 툭 불거져 나온 광대, 호르몬 분비가 왕성해 보이는 까칠한 피부까지. ……가수는 접고 뮤지컬 배우로 꿈을 전향했다. 하지만 뮤지컬 역시도 외모를 중요시해서일까, 온갖 열정과 힘을 쏟아부어도 기회는 주어지지 않았다.

방금 전 뮤지컬 〈오페라의 유령〉 단원 오디션 낙방 소식처럼.

연애도 마찬가지였다. 남들은 잘도 첫사랑이 오빠 되고 아빠 된다는데, 재희의 첫사랑은 원수가 됐고, 두 번째 사랑은 사기꾼이 됐고, 얼마 전까지 현재 진행형이었던 마지막 사랑은 카드 할부값만을 남겨주고 곧 자신의 친구와 결혼을 한단다.

도대체 왜! 재희의 머릿속에 문득 '이상한 선택'을 했던 기억이 솟아올랐다.

"맞아. 기억나진 않지만, 그때 내가 '무미건조하지만 긴 인생'을 선택했던 게 분명해. 바보같이."

하지만 세상은 마치 주연은 하나고 조연은 차고 넘치는 연극 세계와도 같다. 실제로 세계 인구 99퍼센트의 사람들이 조연으로 살아가고 있지 않은가.

조연들은 협박 같은 알람 시계의 기계음과 더불어 아침을 맞이한다. 비몽사몽 샤워기 앞에서 잠을 깨고, 허기 품은 배를 움켜쥐며 대중교통에 몸을 싣는다. 그렇게, 누군가를 비판하며 나 자신을 보호하고, 누군가를 위로하며 정작 나 자신을 안심시키는 편협함으로 무장한 채 각자의 전쟁터로 향한다.

반나절 동안 너덜너덜해진 그들의 몸과 마음은 친구, 애인, 가족과 함께하는 저녁 한 끼와 커피 한 잔으로는 완벽하게 재충전될 수 없다. 마치 점차 수명을 다해가는 배터리처럼.

그렇게 매일 조금씩 소진되는 에너지. 누군가 불쑥 나타나 귀에 대고 'game over'라고 속삭인다 해도 하나 이상할 것 없는, 서서히 죽음으로 향하고 있는 그런 아무것도 아닌 삶.

방문 너머에서 들려오던, 지긋지긋한 빚보증 단어가 연달아 튀어나오는 부모님의 말다툼, 신랑 신부 이름에 한때는 자신의 연인이었던 남자와 친구였던 여자의 이름이 새겨진 채 뻔뻔히 우편함에 꽂혀 있던 청첩장, 쥐꼬리만 한 월급을 금괴라도 되듯 하사하며 노예처럼 부려 먹던 회사. 당당히 사표를 내던지고 목에 피가 나도록 준비했던 뮤지컬 오디션의 탈락을 알리던 한마디. 그 와중에도 드는 '사표는 수리됐을까……' 하는 뻔뻔하고 수치스러운 생각.

"간절히 원하던 무언가로부터 외면당했을 때의 좌절과 슬픔은 빠져나갈 출구가 없어."

상념에 빠진 재희가 허탈한 목소리로 중얼거렸다.

"난 어째서 빼어난 외모를 갖고 태어나지 못했지? 그렇다고 부유한 부모님 밑에서 태어나지도 못했어. 외로워도 슬퍼도의 캔

디를 멘토로 무던히 애썼지만, 티끌 모아봤자 티끌, 고생 끝에 상처만, 헌신하다 헌신짝 됐어. 죽어라 노력해도 항상 제자리만 맴돌아. 그냥 확 죽어버리고 다시 태어나는 것 외엔 방법이 없어…… 진짜."

그런 생각으로 재희의 머릿속이 가득 차 있을 때, 언덕 쪽 가파른 경사를 따라 시커먼 물체 하나가 또르르 굴러 내려왔다. 뭐지? 하고 가느다란 실눈을 뜨는데, 그 뒤로 한 아이가 시커먼 물체를 쫓아 뛰어 내려오고 있었다.

아이는 재희가 사는 허름한 맨션 아래층 집의 장난꾸러기 꼬마가 확실했다. 안타까움이 가득한 표정으로 꼬마는 점점 자신에게서 멀어져 가는 양배추 인형을 향해 손을 뻗으며 필사적으로 달리고 있었다.

'주워줘야겠다.'

재희가 점점 눈사람이 되어가는 양배추 인형을 향해 몸을 느릿하게 움직였다. 그 순간 어디선가 "빵!" 하는 자동차 클랙슨 소리가 다급하게 귓가를 파고들었다.

'어디서 나는 소리지?'

클랙슨 소리는 더욱 크고 강력하게 울렸다.

"빵! 빵! 빠아아아아앙!"

인형을 쫓던 꼬마가 소리에 놀라 고개를 왼쪽으로 돌렸다. 그리고 겁에 질린 얼굴을 하고 그 자리에 서서 돌처럼 굳어버렸다. 계속 멀어지는 인형은 이미 새까맣게 잊어버린 채.

"빠아아아앙!"

한층 다급해진 클랙슨 소리는 점점 가까워졌다.

설마. 재희는 반사적으로 아이를 향해 언덕길을 뛰었다. 헐떡거리며 아이의 시선이 멈춘 곳을 바라보았다. 거대한 트럭 하나가 아이를 겨냥한 채 미끄러지듯 내려오고 있었다.

"꼬마야! 피해!"

재희의 다급한 목소리가 아이를 향했다.

"피해! 피하라니까!"

하지만 이미 굳어버린 아이의 귀에는 재희의 목소리가 들리지 않았다. 재희는 다시 트럭을 향해 시선을 돌렸다. 트럭 앞 유리 너머의 운전자는 새파랗게 질려 있었다. 그는 속수무책으로 클랙슨만 눌러댔다. 아이를 향해 재희처럼 안타까운 소리만 지르고 있을 뿐이었다.

트럭 기사가 트럭을 컨트롤할 수 없는 위기에 직면한 게 분명했다. 이대로라면 손쓸 겨를도 없이 트럭은 곧, 아이를 친 후 그대로 벽에 부딪힐 것이다.

"꺄악!"

비명과 함께 본능적으로 질끈 눈이 감기려는 찰나, 재희의 두 발이 자신의 의지와는 상관없이 제멋대로 움직였다.

트럭이 있는 곳으로 빠르게 달려갔다. 그리고 동상처럼 서 있던 꼬마를 도로 밖으로 힘껏 밀쳐냈다. 질주하던 트럭은 멈추지 못하고 결국 재희의 몸을 그대로 치고 지나갔다. 트럭은 그 길로 아파트 담벼락을 들이받고 멈춰 섰다.
 트럭에 치여 허공으로 솟아오른 재희는 마치 저 멀리서 눈꽃이 된 자신을 바라보는 것만 같은, 시공간을 초월한 묘한 기분을 느꼈다. '저 짙푸른 하늘 위로 한없이 빨려 들어가면 좋겠다……' 하는 생각에 잠긴 것도 잠시, 금방이라도 타들어갈 듯한 열기에 휘감긴 재희의 몸은 영화의 슬로 장면처럼 서서히, 아주 서서히 낙하하기 시작했다.
 "쿵."
 둔탁한 소리와 함께 찾아온 아찔한 충격. 등 언저리에서 밀려오는 으슬으슬한 느낌. 귓가에 흐르는 뜨거운 액체. 서서히 감기는 젖은 두 눈…… 이내 재희의 주변은 아무것도 들리지 않고, 아무것도 보이지 않는 칠흑 같은 암흑으로 변했다.
 숨이 막힐 듯한 어둠에 휩싸여 막연하게 이것이 자신의 마지막이라는 것을 직감한 순간 떠오른 생각은 가족도, 옛 연인도, 불합격을 알리던 오디션도, 죽음을 앞둔 인간 대부분이 마지막 순간에 내뱉는다는 '왜 하필 나야?'라는 한탄 어린 말도 아니었다.

 '이게 뭐야? 왜 난 무미건조하면서도, 아쉬울 정도로 짧은 인생인 거지? 그런 답안은 없었던 것 같은데……'

1 chapter

두 여자

민아의 짙은 쌍꺼풀 아래 매혹적인 초콜릿색 눈동자가 자신의 인터뷰 사진과 기사가 실린 오늘 자 신문을 부드럽게 훑었다.

이내 만족스러운 듯 가느다랗게 입꼬리를 올리며, 도도하게 미소 지었다. 넓은 책상 위에 신문을 내려놓고 힐을 신은 가는 발목으로 매끄럽게 의자를 돌렸다. 통유리 창으로 이뤄진 한쪽 벽면으로 복작복작하게 불빛이 번진 강남 일대의 거대한 전경이 그녀의 시야를 한눈에 장악했다.

대한민국 둘째가라면 서러워할 거대 로펌 헌정(憲政)의 공동 대표 이주승의 외동딸인 민아는, 소위 태어날 때부터 금수저를 물고 태어난 행운아다. 총명한 두뇌와 상대를 압도하는 낭랑 창한 목소리는 아버지를 닮았고, 외모는 한때 배우였던 어머니의 유전자를 물려받아 누구나 한 번씩 뒤돌아볼 만큼 아름다웠다. 그래서 스물아홉이란 젊은 나이에 미녀라는 수식어가 붙은 파트너 변호사가 됐다.

게다가 그녀는 다른 사람에게는 없는 묘한 분위기마저 풍겼다. 그런 민아를 처음 본 사람들의 머릿속에 무의식적으로 떠오르는 첫 번째 생각은 '뭣 같은 세상, 참 불공평하네'이다. 한마디로 그녀는 전 세계 99.9퍼센트 사람들의 질투와 부러움의 대상인 0.1퍼센트에 속하는, 소위 완벽한 여성이었다.

그런 민아의 눈빛이 갑자기 번뜩였다. 유유히 자리에서 일어나 거만하게 팔짱을 꼈다. 그리고 저 멀리 자신의 시선이 머물고 있는 빌딩을 향해 중얼거렸다.

"저쯤인가. 나 아니었음 평생 감옥에서 썩었을 살인자새끼의 병원."

민아는 범죄자들에게도 등급이 있다고 생각한다. 특히나 유아, 여성 등 저항할 힘이 부족한 상대를 대상으로 강간이나 살인죄를 저지른 인간들. 그들은 감옥이 아닌 소각장에 처넣어야 하는 역겨운 쓰레기다.

민아는 조소를 머금고 몸을 틀었다. 그리고 책상 위에 펼쳐진 두 신문의 상반된 타이틀을 다시 한 번 흘긋 바라보았다.

〈무죄 추정 원칙 확인시켜준 헌정 로펌, 미모의 이민아 변호사〉
〈죽은 목숨도 살리는 대형 로펌의 '숨은 힘'〉

작년, 2010년 3월 18일 새벽. 풍납동에 위치한 한 주택가에서 시체 두 구가 발견됐다. 서른다섯의 여자와, 그녀의 딸인 세 살배기 여자아이. 신고자는 여자의 남편이자 아이의 아빠인 이 모 씨였다. 경비업체에 근무하는 그는 야간근무 후 지친 몸을 이끌고 돌아온 집에서 싸늘한 시체로 죽어 있는 아내와 딸을 발견했다. 믿을 수 없는 광경에 당황한 남편은 몇 번의 실패 끝에야 119 번호를 누를 수 있었다.

경찰 조사 결과, 마흔 중반의 한 산부인과 의사가 유력한 용의자로 지목되었다. 용의자와 피해자는 의사와 환자의 관계로 만나 불륜으로 발전했다. 그들은 피해자의 남편이 경비라는 것을 이용해 남편이 집을 비울 때마다 자극적이고 에로틱한 정사를 벌였다.

검찰은 사건 현장에서 발견된 증거들을 내세워 산부인과 의사의 사형 판결을 받아냈고, 산부인과 의사는 항소했다.

위 사건이 바로 민아가 파트너 변호사가 된 후 맡게 된 일곱 번째 소송이었고, 그중 의뢰인의 무죄를 가장 강력하게 의심한 사건이었다. 그리고 변론 준비를 하는 동안 의뢰인은 그녀에게 고백했다. 자신이 죽였다고, 하지만 실수였다고, 살고 싶다고.

그 순간 민아의 입꼬리가 미세하게 올라갔다. 그녀는 이번 사건이 지금껏 자신이 준비해왔던 복수라는 축제의 전야제가 될 것임을 확신했다.

'반드시 유죄인 그를 무죄로 만들어야 해.'

첫 변호가 시작되기 전날, 아버지 이주승이 민아에게 물었다.

"대한민국엔 두 가지 부류의 변호사가 있지. '법은 정의를 위한 도구다'라고 말하는 멍청이들과 '아니다. 법은 특권이다'라고 말하는 부류. 누가 이 세상을 지배할까?"

아마도 아버지는 민아가 정의 따위를 들먹이며 소송을 망칠까 내심 걱정한 모양이었다. 민아는 당연한 듯 후자라 대답했고, 아버지는 그제야 만족스럽게 고개를 끄덕였다.

"법 앞에서 평등이란 말은 개소리나 다름없어. 우리가 그들과 다를 수 있는 이유는 법 때문이지. 이제는 법이 신분의 차이를 만들거든."

그렇게 덧붙이며 비열한 미소를 짓는 아버지를 보며 민아는 속으로 생각했다.

'당연하죠. 승소 후, 그 특권을 이용한 축제가 시작될 거예요.'

똑똑, 노크 소리와 함께 윤 비서가 들어왔다. 윤 비서는 민아가 주문한 진한 아메리카노 한 잔을 책상 위에 놓고 나갔다. 마침 입안에 텁텁한 갈증을 느끼던 민아는 서둘러 커피잔을 집어 들었다. 순간, 손끝이 타는 듯한 강렬한 자극을 느꼈다. 반사적으로 커피잔을 내려놓은 민아는 잔뜩 일그러진 표정으로 호출 버튼을 쾅쾅 눌렀다. 버튼을 누른 손가락에 아찔한 통증이 동반됐다. 신호음이 길어질수록 짜증과 분노는 급속히 증가했다.

"네. 이 변호사님."

"당신 당장 해고야."
"네?"
갑작스러운 해고 통보를 받은 윤 비서가 당황하며 되물었다.
"네? 컵홀더는 왜 자꾸 까먹는 거지? 그런 덜떨어진 머린 필요 없어."
"아…… 변호사님. 죄송합니다. 그게 말이죠—"
"이번 달 월급이라도 받고 싶으면 이 일로 더 이상 귀찮게 굴지 마."
윤 비서의 말을 끊어버리고 날이 잔뜩 선 목소리로 쏘아붙인 민아는 부서질 정도로 세게 수화기를 내려놓았다. 그래도 분이 삭지 않았다.
커피 뚜껑을 열었다. 진한 커피 향이 방 안에 퍼지자, 어제 이 시각 펼쳐졌던 재판의 아찔한 기억이 떠올랐다. 그러자 분이 조금은 사그라지는 듯했다.

"자, 변호인은 최후 변론을 해주세요."
법정 한가운데 경건하게 앉아 있는 판사가 변호인석의 민아를 향해 위엄 있는 목소리로 말했다.
"존경하는 재판장님, 그리고 배심원 여러분."
민아는 차분한 인사말과 함께 자신에게 주어진 미지막 변론을 풀어놓기 시작했다.
"'열 명의 범인을 놓치더라도 한 사람을 억울하게 처벌해서는 안 된다'라는 법언이 있습니다. 교과서에나 나오는 형식적인 이야기가 아닙니다. 정말 이 사람이 범인 같다고 해도 조금이라도 아닐 가능성이 있으면 풀어줘야 한다는 원칙입니다. 물론, 몇몇 사람들은 그럴 경우 범죄를 저지른 사람이 이 사회 속에 뻔뻔하게 돌아다니는 현상이 일어나고, 또 정의에도 어긋난다고 생각합니다. 하지만 그보다 더더욱 무서운 건……"

부드럽게 법정 안을 감싸던 민아의 목소리가 갑자기 멈췄다. 그러자 그곳에 존재하는 사람들의 시선이 더욱 민아에게로 집중됐다.

'좋아.'

민아는 약간 뜸을 들이며 자신의 눈빛 속에 정의로운 호소를 가득 담았다. 그리고 판사, 배심원, 방청객, 증인, 기자의 눈을 천천히 마주쳤다. 법정 안 사람들은 민아의 눈빛에 서서히 동조되며 다음 말을 애타게 기다렸다. 하지만 단 한 사람만은 예외였다. 피해자의 유가족인 이 모 씨. 그의 증오심과 분노는 이미 피고인을 떠나 민아에게 향해 있었다. 이씨의 눈빛은 당장에라도 변호인석으로 달려들어 민아의 목을 비틀어버릴 듯 강렬했다. 마치 민아가 자신의 아내와, 딸을 죽이기라도 한 것처럼.

'이봐, 원망할 대상을 잘못 택했어. 당신은 내가 아닌 나를 고용한 살인자를 원망해야 한다고.' 민아는 그를 무시했다. 그리고 자신이 만들어낸 고요함에 완벽히 지배당한 법정을 향해 다짐한 듯 힘 있는 목소리로 말했다.

"범인 아닌 사람이, 억울하게 처벌받는 것입니다."

순간 정적은 산산조각 나버렸고, 법정 안은 술렁이기 시작했다. 도발에 성공한 민아의 온몸 가득 짜릿함이 번졌다.

이 틈을 타 민아는 자신의 주장을 몰아붙였다.

"피고는 1심에서 사형을 선고받았습니다. 네. 피해자의 사망 시각 때문이었죠. 검찰의 사망 시각 추정대로라면 피의자는 그 시간에 피해자와 함께 있었을 테니까요. 검찰의 사망 시각 추정에는 다양한 증거들이 사용되었습니다. 하지만 보셨다시피 모든 증거들은 하나같이 의심스럽죠."

방청객과 배심원을 향해 서 있던 민아가 검사석으로 방향을 틀었다.

"만약 검사님께서 증거 제11호인 우유병을 한 번이라도 자세히 들여다보았다면, 사망 시간 추정이 잘못됐다는 것을 알 수 있었을 겁니다."

민아는 그것이 꽤나 안타깝고 억울하다는 눈빛으로 판사에게 강력한 시선을 안겨준 후, 다시 한 번 배심원을 향해 말했다.

"정의가 실현되기 위해서 어떤 사람이 살인으로 기소되었을 때 그 기소 사실에는 아무런 의심의 여지가 없다는 것이 '증명되어야' 합니다. 제 변호는 여기까지입니다."

민아는 허리를 숙여 아주 겸손하고, 단정하게 모두를 향해 인사했다. 재판은 그렇게 끝났다.

민아는 쓰레기 같은 의뢰인이 자신의 변호를 바라보며 흐뭇해

하는 꼴, 가식과 거짓으로 점철된 자신의 말과 행동을 믿어준 법정 안 사람들, 모두가 우스워 죽을 것만 같았다.

결국 법정은 민아의 손을 들어주었다. 그로써 민아는 젊은 나이에 꽤 유능한 미녀 변호사의 길로 한 걸음 더 나아가게 되었다. 물론 그녀가 몸담고 있는 로펌의 대표인 아버지와 직원들의 신뢰 또한 한층 높아졌다.

그날 밤 민아는 자신의 조사원을 통해 믿을 만한 흥신소를 찾았다. 그리고 자신의 신분을 숨긴 채, 사람 찾는 일을 의뢰했다.

드디어 조금은 식은 커피를 들어 입가에 가져다 대며 국내 대기업 S사와 해외 대기업 A사의 스마트폰 특허 침해 건에 대한 파일을 뒤적거렸다. 사회적으로도 이슈인 이 사건은 소송 금액 또한 어마어마해 능력 있는 변호사들이 가장 탐내는 근래의 가장 핫한 소송이었다. 만약 아버지인 이 대표의 직접적인 지시가 없었다면, 아직 초짜인 자신이 넘보기 힘든 거물급 소송이라는 것을 민아도 잘 알고 있었다. 그래서 민아는 이 사건 또한 어떤 수를 써서라도 승소할 거라 다짐했다. 모두를 자신의 발아래 두고 싶었다.

책상 가장자리에 방치돼 있던 핸드폰이 항의라도 하듯 몸을 떨었다. 커피를 든 반대 손으로 무심하게 핸드폰을 집어 들었다. 하지만 액정 발신 표시에 뜨는 '건우'라는 두 글자를 보는 순간 민아의 눈동자가 반짝 빛났다.

민아는 목청을 부드럽게 가다듬은 후, 전화를 받았다.
"어이 레인메이커, 뭐 해?"
건우의 목소리가 핸드폰을 통해 나직이 들려왔다.
"사무실에서 커피 마셔, 혼자. ……넌?"
"나 방금 사무실에서 탈출했어. 간만에 커피 대신 술 한잔 어때?"
살짝 뜸을 들인 민아는 차분한 말투로 "나쁘지 않지"라고 답했다. 핸드폰을 끊자마자, 핸드백 안에서 파우치를 꺼내 메이크업을 수정하기 시작했다. 창을 통해 비치는 자신의 실루엣을 보며 옷매무새까지 깔끔히 가다듬었다. 그리고 건우의 사무실에서 자신이 있는 빌딩 쪽으로 향하는 4차선의 넓은 도로를 주의 깊게 바라보았다.
아득히 먼 곳, 빽빽이 늘어선 차들 가운데 건우의 차를 찾기란 당연히 불가능했다.
멀리서 봐도 확연히 눈에 띄는 건, 초록 불빛을 번쩍이는 다급한 구급차 한 대였다. 불의의 사고로 생사의 갈림길에 놓인 누군가를 태웠을지도 모를 구급차는 무관심한 차들 속에 갇혀 제 속도를 내지 못하고 기적만을 바라고 있었다.
마치 자신과는 전혀 상관없는 세계의 것을 보듯 무심히 구급차를 바라보던 민아가 곧, 블라인드 리모컨을 들어 버튼을 눌렀다.
"기적은 그냥 일어나지 않아. 만약 기적이 있다면 그건 누군가가 조작한 거지."

좌르륵, 블라인드가 차가운 소리를 내며 바닥으로 흘러내렸다.
순간 창밖의 도로에서 구급차 앞을 막고 섰던 차들이 하나둘 자리를 비켜서기 시작했다. 곧이어 모세의 기적처럼 구급차를 위한 길이 내어졌다. 구급차는 빠르게 달리기 시작했고, 사이렌 소리는 점점 멀어져 갔다.

누군가의 비명 소리, 빠른 발걸음 소리, 간절한 기도 소리 등 위급함과 절박함으로 가득 메워진, 어지러운 어느 응급실.
흰 가운을 입은 중년 의사가 노련한 자세로 전기 충격기 두 짝을 서로 맞대어 비볐다. 그리고 의식을 잃은 재희의 평편한 가슴에 힘 있게 갖다 댔다.
"탕!"
그 충격으로 재희의 몸이 마치 활처럼 휘어지며, 하늘로 치솟았다가 다시 무기력하게 뚝 떨어졌다.
한 번 더! 한 번 더! 몇 번이나 그 과정이 반복됐다. 하지만 점점 커지는 주변의 소음과는 반대로 재희의 뇌파측정기의 신호는 점차 약해져갔다.
재희는 서서히 죽어가고 있었다.
요란한 사이렌 소리와 함께 사색이 된 두 남녀가 응급실 안으로 헐레벌떡 뛰어 들어왔다. 재희의 어머니와 동생 재호였다. 핏기 없는 얼굴, 허름하기 짝이 없는 차림의 그들은 제일 먼저 눈에 띄는 간호사를 무작정 붙잡았다. 그리고 바싹 타오른 입으로 애타게 재희의 이름을 불러댔다. 무전을 통해 재희의 행방을 알아낸 간호사가 말했다.

"아…… 윤재희 환자 지금 수술실로 이동할 거래요. 마침 보호자의 사인이 필요했어요. 저기 두 번째 통로 끝에……"

간호사의 설명이 끝나기가 무섭게 두 사람은 간호사가 손가락으로 가리킨 곳으로 달려가며 바라고 또 바랐다.

'제발…… 제발…… 다른 사람이기를…… 다른 윤재희이기를……'

하지만 재희의 엄마와 재호의 눈에 비친 건 절망이었다.

다짜고짜 달려드는 재희의 어머니를 막기 위해 건장한 의사 두 명이 애써야만 했다.

"이러시면 수술만 더 지연됩니다! 일단 수속 절차를 마쳐주시고 제5수술실 앞 대기실에서 기다려주세요!"

다급한 말투와는 대조적으로 귀찮은 표정의 의사는 피 묻은 딸의 손을 부여잡고 있는 엄마의 서글픈 손가락을 매몰차게 떼어냈다. 툭, 모녀의 손이 이별했다. 그와 동시에 재희를 실은 의료 베드가 덜컹거리며 움직였다. 힘없이 늘어진 재희의 팔이 마치 안녕이라고 말하듯 속절없이 흔들렸다.

재희는 수술실 안으로 들어갔다.

탕탕탕, 소리를 내며 재희의 머리맡에 놓인 수술실 등이 차례내로 켜졌다.

삶과 죽음의 경계선에 선 자신의 처지를 전혀 인지하지 못하는 걸까, 두 눈을 감은 재희의 표정은 평안한 꿈을 꾸고 있는 듯 고요하기 그지없었다.

　삼성동 무역센터 52층에 있는 레스토랑 마르코폴로의 육중한 유리문이 열렸다. 레스토랑 안으로 건우와 민아가 들어왔다. 청바지에 아이보리색 세미 재킷을 깔끔하게 매치한 건우는 민아를 이끌며 재즈 음악이 부드럽게 감싸고 있는 모던한 스타일의 바 쪽으로 이동했다. 그들의 뛰어난 비주얼은 손님들과 종업원들 모두의 시선을 사로잡았다.
　민아는 코트를 벗어 당연하다는 듯 웨이터에게 건넨 후, 건우와 함께 나란히 바에 앉았다. 바텐더는 건우에게 반갑게 인사말을 건네며 주문을 제안했다. 곧 대리석으로 된 바 위로 건우가 주문한 최고급 스카치위스키와 그것을 음미하는 데 필요한 몇 가지 도구들이 깔끔히 놓였다.
　건우는 두 개의 온더록 잔에 얼음 몇 개를 집어넣었다. 그리고 적당량의 위스키를 쏟아부었다. 건우가 양손으로 가볍게 잔을 돌리자 달그락달그락, 경쾌한 소리가 났다.
　"승소 축하해!"
　달콤한 자두 향과 섬세하면서도 강렬한 계피 향으로 어우러진 위스키가 두 사람의 식도를 향해 흘러들었다.
　건우가 이마를 살짝 찡그리며 과일, 치즈 등이 담긴 접시를 응시하며 고민했다. 민아는 그런 건우의 모습을 흘긋 훔쳐보았다.

작지 않은 외꺼풀 눈. 반듯한 코와 도톰한 입술. 운동으로 다져진 다부진 체격. 건우는 누가 봐도 예사롭지 않은 매력을 뿜어내는 근사한 남자였다. 건우는 결국 말린 망고를 입에 집어넣었다. 만족스럽게 웃는 건우의 볼에 귀여운 보조개가 생겼다.

'그리운 모습이야.' 잔잔하게 뛰는 자신의 심장박동을 고스란히 느끼며, 민아가 생각했다.

민아가 건우를 처음 만났을 때는 고등학교 입학 직전이었다. 당시 이주승은 건우의 아버지가 회장으로 있는 기업의 수백억대 소송을 담당하고 있었다. 지지부진했던 소송이 승소로 끝나자, 건우네 집에서는 조촐한 바비큐 파티를 열어 이주승을 초대했다. 민아는 억지로 끌려간 그곳에서 만난 건우에게 잠시 시선을 빼앗겼다.

음식이 준비되는 동안 아버지들은 거대한 차양 밑 원목 테이블에 마주 보고 앉아 식전 샴페인을 걸치며 열띤 토론 중이었다.

"노동자들이 뭘 안다고 만날 시위에 투쟁입니까. 머리 좋은 사람들이 법을 만들어놨으면 무조건 따라야 하는 거 아닙니까. 설사 그 법이 악법이더라도 말입니다."

이주승이 굵은 눈썹을 씰룩거리며 불만인 듯 말했고, 건우의 아버지는 고개를 끄덕거렸다.

"다수를 위한 소수의 희생은 필요한 법이죠. 그렇지 않으면 사회가 발전하기 힘들고요. 소크라테스도 '악법도 법이다'라고 말하며 독배를 마시지 않았습니까."

"적극 동감입니다. 지들이 누구 때문에 먹고사는데 것도 모르고! 허허허."

둘은 건배를 했고, 노란빛을 내는 샴페인 한 모금이 이주승의 굵은 목젖을 타고 흘러내렸다.

그때였다. 지루한 듯 대화를 엿듣고 있던 건우가 "저, 말씀 중에 죄송한데요"라고 전혀 미안하지 않은 표정으로 입을 뗐다. 순간 모두의 시선이 건우에게로 향했다.

"소크라테스는 '악법도 법이다'라는 말을 한 적이 없습니다."
"뭐?"
건우의 아버지가 되물었다.

"그 말은 과거 권위주의정권에서 억압적인 법 집행을 정당화하기 위해 유포한 걸로 알고 있는데요. 게다가 작년에 헌법재판소가 교육부에 수정을 요청해서 교과서에서도 삭제됐어요. 즉, 존재하지도 않았던 말일뿐더러 시대에 뒤떨어진 발상이죠, 라고 누군가가 말하더라고요."

말을 마친 건우가 멋쩍은 듯 어깨를 으쓱거렸다. 그러고는 "아, 배고파"라고 중얼거리며 슬쩍 자리에서 일어나 식욕을 자극하는 갖가지 향을 풍기는 바비큐 그릴 쪽으로 조용히 발걸음을 옮겼다.

그릴 위에서 노릇노릇하게 익어가는 파인애플을 유심히 관찰하던 건우가 그중 한 조각을 집어 입 속에 넣고 오물오물 씹었다.

그러고는 만족스럽다는 듯 미소 지었다. 그의 볼에 깊은 보조개가 파였다.

'쟨 정말 주위 남자아이들과 달라! 똑똑하고, 여유롭고, 권위에 기죽지 않고 제대로 대항하는 법을 알고 있어. 그리고…… 정말 예쁜 얼굴이야.'

그 순간 건우가 민아를 향해 고개를 돌렸고, 둘은 눈이 마주쳤다. 민아는 반사적으로 고개를 돌려 건우의 시선을 피했다. 덥지도 않은데 정체 모를 열이 온몸에 퍼지며 민아의 귓불과 볼 주변을 발갛게 물들였다. '내가 왜 이러지.' 난생처음 느끼는 감정에 당황한 민아는 식사 내내 제대로 된 음식 맛을 느낄 수 없었다.

며칠 후 고등학교 입학식 날 민아는 건우와 재회했다. 건우가 반가운 듯 민아를 향해 특유의 미소를 지어 보였을 때, 민아의 심장은 흥분한 새를 가둔 새장마냥 쿵쾅거렸다. 둘은 같은 반이 됐고, 민아는 좋아하는 마음을 품은 채 건우와 친구가 됐다. 그리고 그렇게 이루어진 관계는 13년이 흐른 지금까지 꿋꿋하게 유지되고 있다.

민이는 건우가 자신을 여사로 보지 않는다는 사실을 어렴풋이 알고 있었다. 그녀로서는 이해할 수 없는 일이었고 그것은 풀리지 않는 수학 문제처럼 그녀를 괴롭혔다.

그렇지만 먼저 고백을 한다거나, 그의 섣부른 질투심을 유발하기 위해 안중에도 없는 다른 누군가를 만나는 것을 포함한 유치한 짓거리―진부한 연애 에세이에서나 나올 법한―를 행하는 것은 민아의 자존감과 자존심이 절대 허락지 않았다.

건우가 빈 술잔을 채우며 민아를 지그시 바라보았다. 그러더니 뭔가 고백하려는 듯 말을 꺼냈다.
"고민했어. 너랑 난 친구니까. 그것도 오래된."
순간 민아의 심장이 덜컥 내려앉았다.
"솔직, 하면 또 나인데, 역시나 이런 말은 어렵네. 오해하지 말고 들어줘."
"……이해는 못 해도 오해하는 성격은 아니라는 건 건우 네가 더 잘 알잖아."
건우는 피식 웃으며 잔을 홀짝이더니 평소답지 않게 뜸을 들였다. 민아는 치솟는 심장박동 수를 진정시키며 그의 다음 말을 기다렸다.
"그 산부인과 의사, 정말 무죄였을까?"
예상치 못한 건우의 질문에 민아의 기대는 한순간에 무너져 내렸다.
"……무슨 뜻이야?"
민아는 딱딱하게 굳어버린 얼굴 근육을 애써 관리하며 모르는 척 되물었다.
"사실 언론을 포함해 대중들은 산부인과 의사가 진범이라고 생각했어. 그래서 이번 판결에 더욱더 놀랐고."
"……그래? 이래서 한국 사회가 문제야. 어째서 언론의 단편적인 보도만 믿고 범인을 추정하는지. 특히 피의자가 사회적 강자일 경우에는 그냥 유죄를 확신, 아니 바라기까지 해. 재판을 무슨 자신들의 카타르시스를 위한 마녀사냥으로 본다니까. 멍청한 인간들!"

민아는 그런 현실이 마뜩잖다는 투로 말하며, 오른쪽 중지를 이용해 잔 끝을 신경질적으로 튕겼다. 사실 그딴 사회적 현상이야 아무래도 상관없었다. 자신을 한껏 들었다 놓아버린 건우에게 화가 났다.

"어이, 그건 내가 묻는 이야기의 쟁점에서 벗어난 이야기잖아. 그 산부인과 의사, 민아 네가 객관적으로 보기에 유죄야 무죄야?"

"글쎄. 그가 진범인지 아닌지는 신만이 알겠지. 난 단지 검사 측에서 제시한 증거에 반박할 합리적인 의혹을 제시해 피의자가 범인이 아닐 수 있다는 걸 증명했을 뿐이야."

"그래. 나도 그 판결문 봤어. 민아 네가 피해자의 사망 시각을 추정 가능하게 하는 변호사의 모든 증거를 무력하게 만들었더라고."

"그래. 다시 한 번 말하지만, 난 피의자의 변호인으로서 법률 시스템을 맡은 사건에 따라 처리했을 뿐이야. 그게 내 일이잖아?"

"법률 시스템을 맡은 사건에 따라 처리한다라. 그래. 네가 그렇게 생각한다면 하나만 물어볼게. 만약 산부인과 의사가 또다시 살인을 저질러 조사를 받다가, 지금 사건 또한 그가 진범이라는 것이 새롭게 밝혀진다면…… 민아 넌 그 죄책감을 이겨낼 수 있어?"

"내가 왜 죄책감을 느껴야 하지?"

"만약, 네가 이번에 그를 풀어주지 않았다면 또 다른 인명 피해는 없었을 테니까."

"아니!"

민아가 건우의 말을 끊었다. 그리고 급속히 팽창해가는 분노를 억제하기 위해 호흡을 한 번 가다듬은 후 말을 이었다.

"검사 측이 제대로 된 증거를 단 하나라도 찾아냈다면 그런 일 따윈 생기지 않았겠지!"

"민아야. 검사 측은 제대로 된 증거를 찾아냈어. 네가 말도 안 되게 무용지물로 만들었지만. 젖병을 매일 삶았다는 가정부의 증언은 거짓말이지?"

건우의 추측은 정확했다. 하지만 민아는 시치미를 뚝 뗀 채 의례적인 발언을 했다.

"이봐, 모든 변호사는 의뢰인의 신뢰를 저버리거나―"

"비밀을 발설해서는 안 된다."

건우가 민아의 말을 이어 말했다.

"너도 내가 미국에서 부전공으로 뭘 공부했는지 정도는 잘 알 텐데?"

"잘 알지. 그러니까 더더욱 건우 니가 나한테 이런 식으로 말하면 안 되는 거 아냐?"

"그래서 내가 '오해'하지 말고 들어달라고 말했잖아."

민아는 말문이 막혔다. 건우는 항상 이런 식이었다. 영리하게 자신이 빠져나갈 구멍을 만들어놓고 말을 시작하는 것. 그게 건우가 가진 장점이자 단점 중 하나였다.

"내가 묻는 건 단 하나야. 예, 아니요로 대답할 수 있는 질문에 왜 그러는 거야? 혹시 양심의 가책을 느껴?"

"내가 왜? 우리 사회는 과거 막강한 공권력에 의해 누구나 범죄인으로 조작될 가능성이 있다는 경험을 했어. 그래서 엄격한 증거와 적법한 절차에 의하지 않고는 누구도 형사처분을 받지 않는 제도를 마련한 거야. 범죄자가 처벌받지 않는 일이 생기는 것은, 억울하게 처벌을 받는 사람이 생기지 않도록 사회가 지불해야 하는 대가야."

민아도 자신이 왜 이런 말까지 지껄이는지 알 수 없었다. 어쩌면 이런 식으로 누군가에게 화를 내며 자신이 한 일을 합리화하는 것일지도 모른다는 생각마저 들었다.

"어쨌든 내 일은 승소하는 거야. 정의는 신이 판단할 문제거든."

"나도 사회의 정의 따위에는 관심 없어. 난 그런 일을 하기에는 보잘 것 없는 존재니까."

"대기업 회장 아들에, 혼자 힘으로 3,000억대 IT 회사를 만든 사람이 보잘것없다?"

"비꼬지 말고 내 말 끝까지 들어봐. 1976년에 독일의 한 마을

에서 연쇄살인범이 검거됐어. 검사는 다섯 명이나 살인한 죄로 그를 기소했고, 연쇄살인마는 두 명의 변호인을 선임했어. 변호인들은 조사 과정에서 그가 죽인 사람이 둘이나 더 있다는 사실을 알게 됐고, 현장에 가서 시신까지 확인했지. 시신은 실종되었던 두 명의 여자아이였지. 하지만 변호인들은 그 일을 덮었어. 하물며 여자아이의 부모들이 실종된 딸이 연쇄살인마에게 살해당했을지도 모른다고 생각하고 변호사를 찾아왔을 때에도 변호사들은 비밀유지의무를 앞세우며 침묵했어. 결국 1년 뒤 연쇄살인마는 사형 선고를 받았고, 바로 다음 날 변호사들은 기자회견을 통해 자신들이 1년 전에 알아낸 사실을 언론에 발표했지. 어떻게 됐을 것 같아?"

"궁금하지 않아."

"여론은 분노했고 검사는 두 변호사가 시체를 유기했다며 공중위생법 위반으로 기소했어. 기소할 방법이 그것뿐이었나 봐. 법원은 두 변호사에게 무죄를 선고했어. 하지만 그게 끝이 아니었지. 두 변호사는 엄청난 비난 전화와 살해 협박 편지에 일을 그만둘 수밖에 없었고, 1년 안에 심근경색으로 사망했어."

"……대체 이런 얘기를 하는 이유가 뭐야? 내가 심근경색으로 죽을 거라고 말하고 싶은 거야?"

"난 네가 걱정돼."

"왜 날 이렇게 걱정하는 건데?"

민아가 날 선 목소리로 물었다. 건우는 더는 언쟁하고 싶지 않았다. 대신 씁쓸한 눈빛으로 민아를 지그시 바라보다, 부드럽지만 단호하게 말했다.

"넌 내 소중한 친구니까. ······네가 점점 승소에 굶주린 늑대 같은 변호사가 되는 게 싫어."

소중한, 그리고 친구라는 두 단어가 민아의 심장 깊숙이 파고들었다. 행복과 외로움이 동시에 밀려왔다. 민아는 양주잔을 집어 들어 위스키를 한숨에 털어 넣었다. 술 때문인지 건우 때문인지 아니면 둘 다 때문인지 속이 뜨겁게 타들어갔다. 빈 잔을 채우기 위해 양주병을 들려고 하자 드르륵, 하고 핸드폰 진동이 왔다. 모르는 번호였다. 여전히 자신을 향해 있는 또렷한 건우의 시선을 무시하며 핸드폰을 받았다.

"네. 이민아 변호사입니다."

"저······ 민아니? 기억하려나. 나 주연 엄마야. 네 엄마 친구."

핸드폰 너머로 들려온 건 마른 장작 같이 메마르고 맥 빠진 어느 여자의 낯선 목소리였다. 엄마라는 단어를 듣는 순간 민아의 몸과 마음이 다시 한 번 경직됐다.

심장 한구석을 도려내서라도 잊고 싶은 기억.

"말씀하세요."

민아가 차갑게 대꾸했다.

"놀라지 마······ 민아, 네 엄마가 자살을 시도했어."

양주잔을 들고 있던 민아의 손끝이 미세하게 떨렸다. 슬쩍 건우의 눈치를 살핀 민아가 침착함을 유지하며 차분한 목소리로 물었다.

"무슨 말씀이세요? 아니, 어떤 상황이죠?"

"며칠째 연락이 안 돼서 집에 찾아갔더니, 침대에 누워 있더라고. 아무리 깨워도 일어나지 않아서 주위를 살펴봤더니 약들이…… 지금 위 세척 중인데 위험한 상황이래. 와줄 수 있니? 아줌마는 지금 급한 일이 있어서. 알잖아. 정신병원에서 나오고 네 엄마한텐 그 어떤 것도, 아무도…… 남아 있지 않다는 거…… 너밖에."

"……과연 그럴까요?"

민아의 입가에 흐릿한 미소가 떠올랐다. 민아는 "돈이 문제라면 계좌번호 찍어 보내세요"라고 딱 잘라 말하며 전화를 끊으려 했다.

"민아야. 무슨 일이 있었는지 난 모르지만…… 네 엄마잖니. 정말 다시는 못 볼지도 몰라."

민아의 눈빛이 적잖게 흔들렸다. 엄마를 다시 보고픈 마음 따위 없었다. 하지만 언젠가 꼭 묻고 싶은, 아니 따지고 싶은 한 가지가 있었다. 죽어버리면 그 대답은 평생 듣지 못할 것이다.

'빌어먹을.' 한참을 굳은 표정으로 고민하던 민아가 한숨과 함께 내뱉듯 말했다.

"일단은 가볼게요."

전화를 끊자마자 건우가 걱정스러운 얼굴로 넌지시 물었다.

"무슨 일 있어?"

"아, 별일 아냐. 저기 나 의뢰인 좀 만나러 가야 할 것 같아. 하던 이야긴 다음에 마무리 지어도 될까? 여기서 끝내도 좋고. 내가 좀 흥분해서 미안. 오늘 피곤한 일들이 많았거든."
"그래. 어디야? 내가 데려다 줄게."
"괜찮아. 그리고 너 술 많이 마셨어. 난 딱 두 잔 마셨고. 이왕 마신 김에 좀 더 즐기다 와."
민아는 건우를 향해 얇은 억지웃음을 지으며 자리에서 일어났다. 그리고 여전히 미세하게 떨리는 손끝을 애써 감추며 코트와 백을 챙겼다. 건우가 다시 한 번 동행을 제의했지만 민아는 단호하게 거절한 후 서둘러 그곳을 빠져나와 곧장 주차장으로 향했다. 그리고 차에 올라타기가 무섭게 신경질적으로 시동을 걸며 생각했다.
'어쩌면 잘된 일이야.'
민아가 힘껏 액셀을 밟았다.
민아의 엄마 유은희, 그리고 재희가 수술 중인 강남병원까지는 5분도 채 걸리지 않았다.

구름장으로 뒤덮인 하늘. 약한 눈발이 끊임없이 내리는 드넓은 그곳은 온 세상이 눈에 젖어 있었다. 그곳에서 재희는 기억 속의 누군가를 찾아 헤매고 있었다.
그를 찾아 묻고 싶었다.
어째서 자신의 인생은 무미건조하면서 짧기까지 했는지. 그런 선택은 없었다고. 뭔가 착오가 있는 듯하다고.

　하지만 새하얀 깃털로 된 이불을 덮은 듯한 끝없는 설경 속엔 실오라기 하나조차 보이지 않았다. 실체도 모르는 누군가를 찾아 헤매는 시간은 끝없이 길어졌고, 그건 마치 영원처럼 느껴졌다. 어느 순간 다리에 힘이 풀려 풀썩 쓰러졌다. 재희는 일어나기를 포기한 채 그대로 눈 위에 드러누웠다. 그리고 아득한 저 멀리서 솜먼지처럼 천천히 낙하하는 눈송이들을 바라보며 눈을 감았다. 불현듯 헤르만 헤세의「안개 속에서」라는 시가 떠올랐다.

안개 속을 거니는 것은 이상하다.
덤불과 돌은 저마다 외롭고
이 나무는 저 나무를 보지 못하니
모두 다 혼자이다.
……
안개 속을 거니는 것은 이상하다.
산다는 것은 외롭다는 것이다.
사람은 서로 알지 못한다.
모두 다 혼자이다.

'난 혼자이고 싶지도, 죽고 싶지도 않다고요……'
　재희가 소리 내 중얼거렸다. 그때 사그락, 눈 밟는 소리와 함께 누군가의 기척이 느껴졌다. '혹시…… 그 누군가가 아닐까.' 어렴풋하게 그런 생각이 든 재희는 이미 붙어버린 듯 감긴 눈을 뜨기 위해 힘겹게, 아주 힘겹게 노력했다.

번쩍! 직격으로 벼락이라도 맞은 듯한 강력한 짜릿함을 동반하며 재희의 의식이 돌아왔다. 제일 먼저 느낀 건 코끝에 파고드는 병원 특유의 알싸한 알코올 냄새였다. 희미하게 주위의 풍경이 보였다. 세 평 남짓 되는 자그마한 병실 가장자리에 놓인 침대 위에 심장모니터, 뇌파측정기, 산소호흡기 등을 장착해 마치 우주비행사를 연상시키는 재희의 몸이 올곧게 누워 있었다. 잔인했던 사고의 단상들이 재희의 머릿속을 빠르게 스쳐 지나갔다.
'아, 맞다. 나 죽을 뻔했지.'
다행히도 특별하게 상한 곳은 없는 듯했다. 얼른 몸을 움직여 상태를 확인하고 싶었지만 이상한 감각들만이 전신을 흐르고 있을 뿐, 손가락 하나 꼼짝할 수 없었다. 재희는 마취 때문이라 생각했다. 어서 빨리 믿음직스러운 의사가 나타나 자신의 상태에 대해 자세히, 그리고 희망적으로 설명해주길 바랐다.
그때였다. 굳게 닫힌 병실 문이 열렸다.
병실 안으로 중년의 의사와 간호사가 들어왔다. 그 뒤를 따라 재희의 엄마, 그리고 동생 재호의 얼굴이 보였다. 항상 돈타령하며 자신의 어깨에 무거운 짐을 지우던 엄마도, 뚱뚱하고 못생긴 누나가 창피하다며 길 가다 만나도 아는 척 말라는 엄포를 늘어놓던 하극상의 결정체인 얄미운 동생도 오늘만큼은 눈물이 날 정도로 반가웠다.

하지만 그들의 표정은 하나같이 심란했다. 혹시나 수술이 잘못된 걸까? 불안감에 휩싸인 재희가 그들을 향해 '저, 괜찮은 거죠?'라고 물으려는 순간, 의사의 입에서 곤혹스러운 한숨과 함께 꿈속에서조차 믿기 힘든 말이 묵직하게 흘러나왔다.

"지금 윤재희 양은 기본적인 뇌 조직밖에 움직이지 않는 상황입니다. 보고 느끼고 행동하게 하는, 살아 있는 인간이게 하는 기능이 상실됐다고 봐야 하죠. 즉 윤재희 양은…… 뇌사입니다. 가족들의 결정이 중요합니다."

그 말이 끝나기가 무섭게 재희의 엄마는 오열을 터뜨렸다. 동생은 눈물을 훔치며 그런 엄마의 어깨를 감싸 안았다.

흥, 재희는 코웃음을 쳤다. 그리고 소리쳤다.

'지금 장난해요? 난 이렇게 멀쩡히 살아 있잖아요. 당신들이 다 보이고 다 들리고 한다고요.'

하지만 그 말은 오직 재희의 머릿속에서만 맴돌 뿐이었다. 심각하게 고민해보겠다는 재희 엄마의 힘겨운 말을 마지막으로 그들은 재희만을 남겨두고 사라졌다.

재희는 이 모든 것이 꿈이라고 생각했다. 그래서 억지로 잠들기 위해 노력했다. 하지만 잠이 들지 않았다.

잠시 후, 간호사가 들어와 재희의 혈액을 채취했다. 분명히 자신의 혈관에 바늘을 찌르고 붉은 선혈을 뽑는데도 아무런 통증이 느껴지지 않았다. 재희는 간호사를 향해 텔레파시를 보냈다.

'제발 날 좀 봐주세요. 난 이렇게 살아 있다고요. 제발.'
간호사는 묵묵히 자신의 용무를 수행하고 홀연히 사라졌다.
재희의 몸은 수술실에서 소생실로, 그리고 일반 병실로 옮겨졌고, 그때마다 재희의 절규는 반복되었다. 그럼에도 돌아오는 건 어두컴컴한 병실에 홀로 남겨지는 것뿐이었다.
"저…… 가망이 있을까요?"
서 있는 것조차 힘겨워 보이는 파리한 낯빛의 재희 엄마가 바이털 사인을 체크 중인 간호사를 향해 넌지시 물었다.
"글쎄요…… 의학에서도 뇌사나 코마는 아직 풀리지 않은 수수께끼래요. 깨어난다 해도 한 달이 될지, 1년이 될지, 10년이 될지 그건 아무도 모르죠. 아, 10년 만에 기적적으로 깬 환자도 있어요!"
주절거리던 간호사가 갑자기 "어멋!" 하고 놀라며 자신의 입을 양손으로 가로막았다. 그리고 속삭이듯 작은 목소리로 말했다.
"어쩜 윤재희 환자가 이 말을 듣고 있을지도 몰라요. 이런 상황에 부닥친 환자들이 외부 신호를 감지한다고도 하니까 각별히 말과 행동에 주의해야 하는데……"
재희는 간호사와 엄마의 대화를 들으며 '맞아요. 다 듣고 있어요' 하고 울부짖었다.
반나절이 흐른 후, 재희는 생각했다.
'정말 이 상황이 꿈이 아닌 걸까……'
그리고 또 반나절 후, 인정했다. 아니 받아들일 수밖에 없었다.

'난 정말 뇌사 상태에 빠진 건가……'

그렇게 생각하자 재희는 가눌 수 없는 공포에 휩싸였다.

'만약…… 정말 만약 기약 없이 내 육체 속에 갇혀버린 끔찍한 상태로 평생을 살아야 하는 거라면?'

시간이 흐를수록 두려움은 절망으로 바뀌었다. 그렇게 또 하루가 지나고 어수룩해진 창밖으로부터 어둠이 밀려올 즈음 재희는 무기력하게 생각했다.

'이렇게 살 바엔 죽는 게 더 나을지도 몰라.'

하지만 새끼손가락 하나 까닥할 수 없는 재희가 스스로 목숨을 끊는 건 불가능했다.

'간호사 언니, 날 좀 죽여줘요.'

'엄마…… 날 좀 죽여줘.'

'제발…… 제발…… 누가 날 좀 죽여줘요!'

절절히 외치던 그때였다. 누군가의 꿈속같이 나지막한 목소리가 재희의 귓가에 들렸다.

"정말…… 죽고 싶나요?"

# 2 chapter

믿을 수 없는 일의 시작

"정말…… 죽고 싶나요?"

깜짝 놀란 재희가 주위를 두리번거렸다. 그곳엔 재희 말곤 어느 누구도 존재하지 않았다. 재희는 본능적으로 직감했다. 언제였는지, 꿈이었는지 현실이었는지조차 가늠할 수 없었던 신비한 기억 속의 목소리.

재희의 심장박동 수가 빠르게 증가했다. 재희는 머릿속으로 소리쳤다.

'당신…… 그때 그 목소리 맞죠? 내가…… 어떻게 된 거죠? 당신은 아나요?'

하지만 재희의 귓속에는 가습기의 쉭쉭대는 소리와 자신의 심박기를 체크하는 섬뜩한 기계음만이 반복적으로 들릴 뿐이었다.

'환청이었던 건가……'

또다시 절망과 좌절의 나락으로 떨어지려는 순간, 목소리가 들렸다.

"날 기억하나요?"

순간 재희의 온몸이 흥분으로 휩싸였다. 사실 다른 누군가와 대화를 하고 소통을 한다는 건 지극히 사소한 일이었다. 하지만 지금의 재희에겐 눈물이 왈칵 쏟아져 나올 만큼 감격스러웠다.

'네. 기억해요. 당신은 누구죠? 당신은 제가 왜 이렇게 됐는지 알고 있나요?'

곧 이해할 수 없는 그의 말이 고요한 병실 안에 울렸다.

"……미안해요. 약속을 지키지 못해서……"

'약속을 지키지 못했다니요? 그게 도대체 무슨 말이에요?'

재희가 허공을 향해 물었다. 목소리는 대답이 없었다.

'당신은 누구죠?'

'지금 여기 있는 거예요? 있으면 대답 좀 해봐요.'

'네?'

아주 한참 후에야 목소리가 다시 들려왔다.

"이 우주에는 설명해도 인간이 가진 이해력으로는 이해할 수 없는 것들이 많이 존재하죠. 재희 씨가 제게 던진 두 질문이 그런 것들이에요."

재희는 그렇게 말하는 목소리의 말투에서 더 이상의 그런 질문은 거부한다는, 강력한 느낌을 받았다.

그때였다. 재희가 목소리의 존재를 찾기 위해 주위를 둘러보려

했을 때 설핏 고개가 움직였다.

'뭐지?'

재희는 놀란 마음에 배에 힘을 주고 몸을 일으켜 세웠다. 두터운 뱃살 때문에 윗몸 일으키기 하나 못 하던 평소와는 달리 재희의 몸은 깃털처럼 가벼웠다. 왜지? 재희가 뒤를 돌아보자, 창백한 얼굴의 자신이 침대에 반듯하게 누운 채 눈을 감고 있었다.

"어, 어떻게 된 거죠?"

"당신은 죽었어요. 지금 당신 눈에 보이는 것은 단지 당신의 육체일 뿐이에요."

"마, 말도 안 돼……."

충격에 휩싸인 재희가 휘청거렸다.

"하지만 다시 살아날 수 있어요."

"……네?"

"불행 중 다행으로 수술이 잘됐어요. 당신은 다시 당신 몸으로 돌아갈 수 있어요. 시간은 정확히 오늘 밤 12시. 그때 태양은 자연의 이치를 거스르는 우릴 보지 못합니다. 하지만 그 전까지 당신은 다른 사람의 몸에 들어가 있어야 해요. 육체를 잃은 영혼은 점점 사라지니까."

이런 터무니없는 이야기를 곧이곧대로 믿기는 힘들었다. 하지만 재희는 어렴풋이 느끼고, 아니 알고 있었다. 지금 이 상황은 꿈이나 환각 따위가 절대 아니라는 것을.

목소리가 멍하니 자신의 육체를 바라보며 상념에 빠진 재희를 향해 물었다.

"결정해요. 제 말을 따라 다시 살 수 있는 기회를 얻을래요, 아니면 이대로 서서히 사라질래요? 언제나 그렇듯 선택은 당신의 몫이에요."

재희의 동생 재호는 아직도 믿을 수 없었다. 어제까지만 해도 '살 빼야 하는데'라고 중얼거리면서 야금야금 야식을 먹던 누나였는데.
"수술비입니다. 입원비는 따로 청구될 거예요."
접수창구의 간호사가 엄청난 액수가 찍힌 진료비 계산서를 내밀며 말했다. 눈물로 밤낮을 지새우다 결국 탈진으로 쓰러진 어머니는 링거를 맞고 있고, 며칠 전 '더는 가족을 볼 면목이 없소'라는 짧은 편지와 빚더미만을 남기고 홀연히 사라진 아버지는 연락두절이었다.
'누나처럼 아무 생각 없이 누워 있는 게 오히려 속 편할지도 몰라.'
재호가 허탈하게 웃으며 사고 당시 취득한 물품이라며 인수받은 재희의 가방 안에서 지갑을 꺼냈다. 그때 바지 오른쪽 주머니에서 진동이 느껴졌다. 미등록 번호였다. '혹시……'
"잠시만요!"
다급한 목소리로 간호사에게 양해를 구한 재호가 서둘러 전화를 받았다. 핸드폰 너머로 들려오는 메마른 목소리, 예상대로 아버지였다.
"아빠, 지금 대체 어디예요? 누나가…… 누나가 트럭에 치였어요! 지금 혼수상태예요."

재호가 숨넘어갈 듯 다그쳤다. 하지만 전화 연결 상태가 영 영 망이었다. 치지직거리는 잡음과 함께 상대의 목소리가 뚝뚝 끊어져 들렸다. 게다가 재호의 바로 옆에선, 주름이 자글자글한 할아버지가 '난 이제 퇴원해도 돼. 내 몸은 내가 알아'라며 곧 죽을 것 같은 흙빛 얼굴과는 상반된 까랑까랑한 목소리로 간호사와 열심히 실랑이하고 있었다.

재호는 미간을 찌푸리며 통화에 집중하려 애썼다. 그때 누군가가 재호의 오른쪽 어깨를 툭툭 기분 나쁘게 건드렸다. 반사적으로 고개를 돌려보니, 올 블랙 스웨이드 정장 차림의 여자가 짜증스러운 눈빛으로 재호를 노려보고 있었다.

민아였다.

"통화하실 거면 좀, 비켜주시는 게 예의 아닐까요?"

민아의 말투는 도도함을 넘어 거만하기 짝이 없었다. 불쾌감과 위압감을 동시에 느낀 재호는 민아를 향해 매섭게 눈을 흘기다 결국은 못 이기는 척 발걸음을 옮기며 소리쳤다.

"잘 안 들려요! 좀 들리는 데 가서 말해요! 네?"

민아가 한심한 듯 미소를 지으며 재호가 비켜선 자리에 우뚝 섰다. 그리고 데스크 위에 내려놓은 백 안에서 물티슈를 꺼내 재호의 어깨를 건드린 오른손을 가볍게 닦아냈다. 사용한 티슈는 자연스레 간호사에게 건넸다.

"유은희 환자 수술실이 어디죠?"

민아가 물었고, 얼결에 물티슈를 받아 든 간호사는 민아를 흘긋거리며 차트를 뒤적였다.

"유, 유은희 환자…… 아, 찾았어요. 제5수술실이네요. 오른쪽 통로에서 엘리베이터 타신 후, 3층에서 내리시면 돼요."

민아는 가볍게 고개만을 끄덕인 후, 가방을 낚아채듯 다시 집어 들고는 몸을 휙 돌렸다. 민아의 태도에 입이 떡 벌어진 간호사는 한참이나 '뭐야, 저 여자' 하는 황망한 시선으로 서서히 멀어져 가는 민아의 뒷모습을 바라보았다. 간호사가 창구 위에 주인 없이 덩그러니 놓여 있는 프라다 토트백을 발견한 건, 민아와 재호 모두 그녀의 시야에서 사라진 지 한참 후였다.

제5수술실 앞에는 민아에게 엄마의 자살 소식을 알린 여자가 누군가와 통화하며 조급하게 서성거리고 있었다. 여자는 민아를 발견하자 그대로 전화를 끊더니, 혹여 무슨 일이 생기면 연락하라는 당부의 말만을 남기고 서둘러 그곳을 떠났다.

텅 빈 수술 대기실에 홀로 남게 된 민아의 머릿속은 슈퍼컴퓨터의 사고 회로보다 복잡하게 돌아갔다. 하지만 도출된 결론은 간단했다. 설령 이곳에서 어머니의 사망 소식을 접한다 한들 자신의 마음에는 일말의 동요도 일지 않을 거라는 것이었다. 걸리는 건 단 한 가지였다. 죽은 자에게 그 어떤 질문을 던져도 돌아오는 건 무거운 침묵뿐이라는 사실.

민아는 당장에라도 문을 박차고 수술실 안으로 들어가고 싶었다. 그리고 아직은 의식이 붙어 있을 유은희를 붙들고 이렇게 묻고 싶었다.

'죽어도 상관없으니 숨이 끊기기 전에 내 질문에 대답하라고.'

쇠 테두리가 머리 주위를 조금씩 조이는 것처럼 머리가 지끈거리기 시작했다. 병원에 온 걸 후회하며 미친 사람처럼 자리에서 앉았다 일어났다, 수없이 반복했다. 전광판의 수술 진행 상황을 보니 아직 한두 시간이나 더 걸릴 예정이었다.

민아는 계획을 세워야겠다고 생각했다. 먼저 가방을 열어 두통약을 포함한 갖가지 약이 들어 있는 약통과 다이어리를 찾았다. 하지만 약통 대신 껌통이, 갈색 안장의 심플한 다이어리 대신 유치하기 짝이 없는 핑크색 헬로키티 다이어리가 민아의 시야에 들어왔다. '뭐야 이건.' 손에 집어 드는 순간 묵직한 다이어리의 벌어진 틈새로 무언가가 우르르 쏟아졌다.

'가방이 바뀌었나……?'

가방을 유심히 살펴보았지만 브랜드, 모양, 색상 모든 것이 자신의 것과 같았다. 의아한 마음에 손을 뻗어 떨어진 것들을 주워 들었다.

빛바랜 영수증, 명함, 사진, 편지, 스티커 등등.

사진 속에는 까무잡잡하고 동그란 얼굴에 뚱뚱하고 작은 키의 여자가 그저 그런 남자의 옆에 서서 바보 같을 정도로 말갛게 웃고 있었다. 그 모습이 꽤나 볼품없어 보였다.
 명함들은 죄다 영화, 연극, 뮤지컬 등과 관련된 것이었다.
 '배우를 꿈꾸긴 힘든 외모인데.'
 민아가 코웃음 치며 슬쩍 다이어리를 열어보았다. 일기로 추정되는 빼곡한 글이 한 면 가득 적혀 있었다. 소송과 관련이 없다면 타인의 일기 따위는 읽어볼 가치도 없었다. 다이어리를 덮으려던 찰나, 익숙한 이름이 눈에 들어왔다.
 유은희. 엄마의 이름이었다. 지금 생사의 갈림길에 서 있는. 흔한 이름이지만 혹시나 하는 마음에 그 이름이 포함된 문장을 읽어보았다.

 윤 선배가 말했다. 햄릿의 오필리아 역은 20년 전, 유은희가 최고였다고. 그 후로는 그녀가 극단 배우에서 드라마와 영화 배우로 전향해 지금은 자료를 찾을 수 없는 게 안타깝다고. 나도 브라운관이 아닌 유은희의 생생한 무대 연기가 보고 싶다. 결혼으로 은퇴한 그녀는 뭘 하고 있을까. 만약 내게 오필리아를 연기할 기회가 주어진다면, 어떠한 상황이 닥쳐와도 배우의 끈을 놓지 않을 텐데……

 두 여자 때문에 피식 웃음이 흘러나왔다. 별 볼 일 없는 외모로 배우를 꿈꾼다는 다이어리의 주인과 그 다이어리의 주인이 궁금해 마지않는 유은희의 현재 모습 때문에.
 "절벽에서 떨어진 여자와 절벽까지 가지도 못할 여자라."

문득 다이어리 속 내용이 어쩜 어제 있었던 소송보다 흥미로울지도 모른다는 생각이 들었다. 그때였다. 코트 주머니에서 진동이 느껴졌다. 핸드폰을 받자 접수창구에 있던 간호사라고 자신을 소개한 여자가 민아의 가방을 보관하고 있다고 말하며, 혹시 다른 가방을 가져가지 않았냐고 물었다.

물끄러미 다이어리를 응시하던 민아는 여전히 '수술 중'이라고 표시되어 있는 전광판을 흘긋 바라보곤 "아니요. 제 가방은 곧 찾아갈게요" 하고 말하며 그대로 전화를 끊었다. 그리고 자세히 가방을 살펴보았다. 이건 흔히 말하는 짝퉁이었다.

민아는 헛웃음을 지으며 다리를 꼬아 편안한 자세를 취했다. 그리고 느긋한 심정으로 다이어리를 읽어 내려가기 시작했다. 자신보다 외적으로나 사회적으로나 한참 부족한 또래 여자의 일상을 훔쳐본다는 것은 생각보다 괜찮았다. 어쩌면 『안네의 일기』보다도. 다만 한 가지 걸리는 부분이 있었다. 다이어리 중간중간 수많은 물음표와 함께 낙서처럼 끄적거려놓은 이 문장.

선택……
불꽃같지만 짧은 인생……
무미건조하지만 긴 인생……
어느 쪽이 더 행복할까?
아니, 어느 쪽이 덜 불행할까?

선뜻 기억나진 않았지만 분명 낯이 익었다. 그때였다. 수술 종
료음과 함께 육중한 문이 열리며 전장에서 갓 돌아온 병사같이
지친 표정의 의사들이 모습을 드러냈다. 그중 한 명이 우두커니
자리에 앉아 있는 민아를 발견하더니 조심스레 물었다.
"유은희 씨 보호자분 되십니까?"
민아는 대답 대신 문득 이런 생각을 했다. '죽었을까, 살았을
까…… 나에겐 뭐가 더 아쉬울까?'
"……유은희 씨 보호자분 아니세요?" 여의사가 재차 물었고,
민아는 귀찮다는 듯 무성의하게 고개를 끄덕였다.
민아는 마취가 깨지 않아 잠들어 있는 유은희의 얼굴을 바라보
았다. 늙고, 병들어 죽음의 그림자가 드리운 그녀에게 예전의 모
습은 전혀 남아 있지 않았다.
이불 밖으로 삐져나온 유은희의 왼손이 잠시 꿈틀거리더니 이
내 힘없이 축 늘어졌다. 가느다랗고 핏기 없이 창백한 손. 민아
는 그 손을 원망에 찬 눈빛으로 노려보았다.
기억조차 가물가물한 옛일이지만 민아에게도 엄마를 사랑하
던 시절이 있었다.

민아를 낳은 유은희는 70년대 초 꽤 촉망받는 연극영화 배우였
다. 하지만 결혼과 동시에 배우로서의 인생을 미련 없이 버렸다.
한 남자의 부인, 아이 엄마로서의 삶만을 택했다. 유은희는 그 안
에서 커다란 행복을 찾았다. 물론 가끔 연기에 대한 갈증에 몸이

달아오르기도 했다. 그럴 때마다 유은희는 어린 딸 민아를 데리고 연극을 했다. 민아는 백설공주도 됐다가, 인어공주도 됐다가, 잠자는 숲 속의 미녀도 됐다. 유은희는 주로 마녀나 왕자님, 난쟁이 등의 조연을 도맡았다. 주말이면 아빠 앞에서 연습한 연극을 보여주곤 했다. 막이 끝나면 이주승은 수염이 돋아 까슬까슬한 얼굴로 민아의 볼을 비비적거리며 애정을 표현했다.

그들은 행복했다. 하지만 행복은 오래가지 않았다.

민아의 여덟 번째 생일 전날이었다. 내일이면 열릴 친구들과의 생일 파티 생각에 쉽사리 잠이 오지 않았다. 양 백 마리를 세며 가까스로 꿈결 근처에 발을 딛는 순간 창밖에서 번쩍거리는 빛이 보이더니 곧이어 번개가 쳤다. 민아는 소스라치게 놀랐다. 캥거루 인형을 꼭 껴안아봤지만 공포는 좀처럼 수그러들지 않았다. 또 한 번 천둥이 쳤을 때, 민아는 침대에서 벌떡 일어나 부모님 방으로 달려갔다.

자그마한 손이 방문 손잡이를 잡으려는데, 문틈 사이로 흥분한 엄마의 목소리가 들렸다.

"어떻게, 어떻게 그런 짓을 할 수 있어요? 난 모른 척할 수가 없어!"

"네가 뭘 안다고 그래? 딴따라 짓이나 했던 천한 년 주제에!"

"당신은 미치광이야!"

짝! 하는 소리와 함께 엄마의 신음이 새어 나왔다. 스르르 다리에 힘이 풀린 민아는 그 자리에 주저앉았다. 두 사람의 목소리는 점차 커졌고, 민아의 작은 심장은 세차게 콩닥콩닥거렸다. 더는 듣고 싶지 않았다. 차라리 천둥 소리가 나았다. 민아는 다시 자신의 방으로 돌아가 이불에 얼굴을 파묻었다. 양손으로 귀를 막고 두 눈을 질끈 감았다. 그리고 중얼거렸다.

"꿈이야. 꿈일 거야. 자고 나면 다 끝나 있을 거야."

다음 날 엄마는 평소와 같이 다정한 미소로 민아를 깨웠다. 아빠의 모습은 보이지 않았고, 엄마의 뺨에 난 선연한 손자국은 간밤의 일이 꿈이 아니라는 것을 증명해주었다.

얼마 후 학교를 마치고 돌아온 민아는 엄마와 〈신데렐라〉 연극을 했다. 당연히 민아는 신데렐라 역을, 엄마는 나머지 인물들의 역을 맡았다.

"휴우, 힘들어. 지금쯤 언니와 동생은 무도회장에 있겠지? 아! 왕자님은 얼마나 멋진 분일까!"

열심히 바닥을 닦는 시늉을 하던 민아는 한숨과 함께 이마를 스윽 훔치며 말했다. 이제 곧 자신에게 예쁜 드레스와 호박마차를 선사할 마법사가 짠하고 등장할 차례였다. 기대에 찬 민아가 슬쩍 고개를 들어보았다. 앞에는 팔짱을 끼고 무섭게 자신을 내려다보는 엄마가 있었다. 왜지? 하고 생각하는데, 엄마가 손을 뻗어 민아의 목을 감싸 쥐었다. 공포에 질린 민아의 속눈썹이 바르르 떨렸다.

"누가 청소를 이따위로 하랬어!"

고함과 함께 매서운 손이 민아의 뺨을 향해 날아왔다. 민아의 몸이 붕 떴다가 이내 떨어졌다. 고통으로 인한 신음이 샐 뿐, 아무 말도 나오지 않았다. 눈물 한 방울이 민아의 뺨을 타고 흘러내렸다. 엄마는 피식 웃더니, 또다시 오른손을 높이 쳐들었다. 민아는 엉덩이를 밀어 어기적어기적 뒤로 물러나며 빌었다.

"자, 잘못했어요…… 용서해주세요……"

자신이 무엇을 잘못했는지 생각할 겨를도 없었다. 어서 빨리 이 고통과 두려움에서 벗어나고 싶었다. 몇 시간 후 엄마는 평소의 다정한 모습으로 돌아왔다.

이후로도 엄마는 주기적으로 악마로 돌변했다. 민아가 알고 있던 동화의 내용은 하나같이 잔혹한 비극으로 바뀌었다. 백설공주는 현상금을 노린 난쟁이들에 의해 다시 왕비에게로 끌려갔고, 신데렐라는 맞지 않는 유리 구두를 신기 위해 발에서 피를 흘렸다.

민아는 괴로웠다. 하지만 아무에게도 말하지 못했다. 아빠가 이 사실을 알게 되면 엄마가 자신의 곁에서 사라질 거라는 것을 본능적으로 알았기에. 가끔 나타나는 악마는 엄마를 곁에 두기 위한 대가라고 생각하기로 했다. 시간이 지날수록 폭행은 구타가 되었고, 구타는 학대가 되었다. 점점 몸에 난 상처를 가리기가 힘들어졌다.

지옥 같은 시간이 끝난 건 우연이었다. 초등학교 신체검사날, 민아의 상처를 발견한 선생님은 민아에게 자초지종을 물었고, 굳게 앙다문 입술에서 결국은 진실이 흘러나왔다. 선생님은 곧

바로 아버지에게 연락을 취했다.

　민아 엄마의 상습적인 폭력이 밝혀지자마자 이혼은 일사천리로 진행되었다. 유은희는 민아에 대한 친권과 교섭권 모두를 잃었다. 아버지는 민아를 보호한다는 명목 아래 철저히 유은희를 고립시켰다. 민아도 엄마를 보고 싶어 하거나 그리워하지 않았다. 각인된 상처가 너무나 크고 깊었다.

　어린 나이에 겪은 부모의 학대와 이혼, 그리고 일밖에 모르는 아버지는 민아에게서 웃음을 빼앗아갔다. 시간이 흐를수록 말수도 줄었다.

　민아는 사춘기를 겪었다. 생리를 시작했고, 사랑니를 앓았다. 사춘기 소녀에게 엄마는 절대적으로 필요한 존재였다. 상처는 아물지 않았지만, 한 번쯤은 만나서 묻고 싶었다. '왜 날 그렇게 때렸어요?'라고. 하지만 아버지는 엄마를 찾는 것을 절대 허락하지 않았다. 민아는 점점 예민해졌고, 삐뚤어져갔다. 아버지 몰래 민아는 용돈을 모아 엄마의 거처를 알아내는 데 썼다. 그리고 심부름센터에서 알려준 주소지를 찾아갔다.

　두려움과 기대가 섞인 마음으로 초인종을 눌렀다. 잠시 후 문이 열렸다. 민아의 심장이 방망이질 쳤다. 반쯤 열린 문틈으로 모습을 드러낸 여자는 엄마가 아니었다. 얼마 전 이사 왔다는 여자는 실망한 표정이 역력한 민아에게 전 집주인이 남기고 간 우편물을 건넸다. 택배 박스에서 엄마의 핸드폰 번호를 발견했다. 번호를 찍고 통화 버튼을 눌렀다가 관뒀다. 이미 맥이 빠진 후였다.
 그날 밤 민아는 평소 어울리던 친구 은주와 함께 당시 유행하던 폭주족 모임에 나갔다. 술과 오토바이의 굉음, 어지러운 불빛이 난무하는 길거리에서 꽤 괜찮게 생긴 또래의 남자 둘에게 헌팅을 당했다. 민아와 은주는 못 이기는 척 그들을 따라갔다.
 남자들이 민아와 은주를 데리고 간 곳은 그들의 비밀 아지트라는 빈 폐차장이었다. 차가운 바닥에 빙 둘러앉아 맥주와 주전부리를 먹으며 시시껄렁한 대화를 나눴다. 갑자기 남자애 하나가 지루한 듯 하품을 하더니 왕 게임을 권했다. 게임이 시작됐고 처음엔 맥주 원샷, 걸친 것 하나 벗기 등의 간단한 벌칙이 이어졌지만, 빈 맥주병이 늘어갈수록, 몸이 가벼워질수록 벌칙의 수위는 점차 높아져갔다.
 은주가 벌칙에 걸렸을 때 왕은 '왕과 키스'라는 명령을 내렸다. 민아는 은주를 향해 고개를 절레절레 저었지만, 술기운이 오른 은주는 '키스 정도야 뭐'라며 왕과 키스하기 시작했다. 다른 남자애는 미친 듯이 환호했다. 키스는 꽤 오랜 시간 계속되었다. 갑자기 왕의 큼지막한 손이 은주의 디셔츠 속으로 쑥 들어가는 것이 보였다. 남자는 은주의 가슴을 사정없이 움켜쥐었고, 순간 은주의 눈이 번쩍 뜨였다. 소리를 지르며 은주가 양손으로 왕의 가슴팍을 밀어내려 애썼지만 꿈쩍도 하지 않았다.
 "싫다고 하잖아. 그만 해!"
 민아가 소리치며 일어섰다. 하지만 다른 남자애가 민아의 손목을 휙 낚아채 강제로 다시 자리에 앉혔다. '한창 재미있는데 왜 말려?' 그가 마른 오징어를 잘근잘근 씹어대며 마치 포르노를 감상하는 눈빛과 말투로 징그럽게 속삭였다.

왕의 손이 돌돌 말려 올라갈 대로 올라간 은주의 청치마 속 스타킹을 찢었다. 하얗고 매끄러운 은주의 맨다리가 드러났다. 풀어헤쳐진 머리, 번들대는 붉은 입술…… 그녀는 마치 영화 〈택시 드라이버〉에 등장하는 창녀 같았다. 왕의 눈빛이 광기와 흥분에 휩싸였다. 윗옷을 벗기고 브래지어 후크를 끌렀다. 은주가 악을 쓰며 온몸으로 그를 거부했다. 그러자 왕은 은주의 뺨을 휘갈겼다. 은주의 외마디 비명이 폐차장 안에 울려 퍼졌고, 왕은 비열한 웃음을 지었다.

민아는 자신의 손목을 잡고 있던 손을 세차게 뿌리쳤다. 그리고 왕에게 달려들어 은주의 팬티를 끌어내리고 있는 그의 손을 있는 힘껏 물어뜯었다. "씨발, 이년이." 왕이 민아의 뒷머리를 움켜쥐고는 주먹을 날렸다. 순간, 커다란 통증과 함께 민아의 몸이 붕 떠 저만치 나가떨어졌다. 쿵. 민아의 머리가 차가운 벽돌에 부딪쳤다. 갸름한 민아의 턱선 밑으로 뜨거운 액체가 흘러내렸다. 진득진득한 새빨간 피였다.

공포, 두려움, 분노라는 감정이 민아의 몸 전체를 뱀처럼 휘감았다. 점점 부풀어 오르는 눈두덩을 힘겹게 치켜뜨며 은주를 바라보았다.

왕은 바지춤에 걸려 있던 가죽벨트를 끌러, 은주의 양손을 포박했다. 그리고 그녀의 몸에 자신을 밀착시키려 애썼다. 곧이어 은주의 몸이 속절없이 흔들리기 시작했다. 이미 포기한 듯 넋 나간 은주의 눈빛이 민아를 향했다. 눈물 한 방울이 민아의 볼을 타고 떨어졌다. 순간 흥미롭게 그들을 구경하던 남자가 민아를 향해 고개를 돌렸고, 민아와 눈이 마주쳤다. 민아의 심장이 덜컹 내려앉았다. 남자는 과자를 집어 먹던 손을 털며 자리에서 일어나 비틀비틀 걷기 시작했다. 민아를 향해.

민아는 바닥을 더듬거리며 무기가 될 만한 것을 찾았다. 손에 차가운 맥주병 하나가 잡혔다. 그것을 집어 들어 있는 힘껏 남자를 향해 던졌다. 하지만 남자의 팔만을 스치고는 빗나가고 말았다. 그는 비웃음을 띠며, 민아에게 다가갔다.

민아는 주머니에서 핸드폰을 찾았지만, 없었다. 주위를 두리번거렸다. 저 멀리 나가떨어진 핸드폰이 눈에 띄었다. 힘겹게 손을 뻗어 핸드폰을 잡았다. 그리고 통화 버튼을 눌렀다. 신호음이 울렸다.

'제발…… 제발…… 제발……'

누군가가 전화를 받으려는 순간, 남자가 핸드폰을 낚아채며 속삭이듯 말했다.

"심심하냐? 내가 놀아줄까?"

남자가 민아의 입술을 사정없이 덮쳤다. 밀쳐내려 애썼지만 꿈쩍도 하지 않았다. 민아의 흰 민소매 블라우스를 남자가 거칠게 잡아당겼다. 투툭 하고 허무하게 단추가 뜯어져 나갔다. 민아의 새하얀 젖가슴이 적나라하게 드러났다. 공포와 두려움보다 치욕스러운 감정이 일었다. 차라리 죽고 싶었다. 남자의 손이 민아의 스커트를 들쳐 올렸다.

그때였다. 경보음이 기세 있게 울렸다. 굳게 닫힌 폐차장 문이 활짝 열리며 빛이 새어 들어왔다. 다다다다, 하고 분주한 발걸음 소리가 폐차장 안을 가득 메웠다. 희뿌연 먼지 때문에 흐릿해진 민아의 시야 사이로 경찰복 차림의 사람들이 보였다.

"꼼짝 마!"

그들이 위협적으로 소리쳤다. 안도감 때문일까, 민아는 정신을 잃었다.

병원 침대에서 민아는 눈을 떴다. 주위엔 아무도 없었다. 몸에 난 상처보다 마음의 상처가 더 컸다. 막무가내로 퇴원하고 집으로 돌아왔지만, 집엔 아무것도 모르는 듯 무표정한 얼굴로 자신을 맞이하는 아주머니뿐이었다. 민아는 욕실로 들어갔다. 그리고 더러운 손이 닿은 몸 구석구석을 상처가 나고 피가 맺힐 때까지 씻고 또 씻었다. 그리고 바랐다. 그 쓰레기들이 죽어버렸으면 좋겠다고. 그게 안 된다면 평생 감옥에서 썩어 문드러지라고.

하지만 다음 날 민아는 믿을 수 없는 소식과 대면했다. 은주의 자살 시도, 그리고 무혐의로 풀려난 쓰레기들. 빈속에 독주를, 그것도 한숨에 들이켠 기분이었다.

민아는 쓰러질 것 같은 몸을 이끌고 경찰서에 찾아가 항의했다. 힘없는 민아가 할 수 있는 일은 울며불며 악쓰는 것이 전부였다. 하지만 그것은 통하지 않았다. 경찰에게 수사가 종결된 사건이란 씹다 버린 껌과 같았다. 어디다 어떻게 버릴까만 고민하는 귀찮은 존재일 뿐이었다. 혹시나 하는 마음에 아버지에게 전화를 걸어봤지만, 길어지는 신호음은 그녀를 더욱 비참하게 만들었다. 민아의 증오와 분노는 어디에서도 보상받을 수 없었다. 매일 밤 쓰레기들을 직접 죽이기로 마음먹어 보았지만 평생을 감옥에서 보낼 자신이 없었다.

무력감에 빠져버린 민아는 자존감과 자신감을 잃었다. 막다른 길에 내몰려 끝내는 깊은 우울증에 시달렸다. 온종일 차가운 방 한구석에 인형처럼 웅크려 앉아 하루하루를 무생물처럼 보냈다.

그러던 어느 날이었다. 지난 몇 년간 제대로 된 대화 한 번, 눈빛 한 번 나눠보지 않았던, 심지어 그 사건 이후로도 별다른 말이 없었던 이주승이 민아의 방문을 열고 들어와 조용히 말했다.

"……내가 복수해줄까?"

민아가 양 무릎에 파묻고 있던 고개를 들어 아버지를 바라보았다. 눈물이 민아의 두 뺨을 타고 흘러내렸다. 민아는 세차게 고개를 주억거렸다.

그렇게 쓰레기들은 다시 기소되었고, 감옥에 들어갔다. 이주승이 놈들의 소식을 전하며 말했다.

"이 세상은 동물의 세계와 똑같다. 강자가 약자를 잡아먹고 사람들은 자신의 이익만을 위해 살아가지. 만약 누군가가 이타적인 행동을 한다면 그것은 자기만족을 위해서, 또는 자신을 약자와 동일시하기 때문이야. 하지만 인간 사회가 정글과 다른 것이 하나 있다. 바로 법이라는 새로운 폭력이 존재한다는 것이다. 우리에게 굉장히 유리하지. 법은 다른 어떤 무력보다 강하니까. 법은 사회가 용인하는 폭력이다."

이주승은 잠시 틈을 두고 말을 이었다.

"법으로는 사람도 죽일 수 있지. 아무런 대가 없이 말이야."

순간 이주승의 얼굴에서 자신의 성취를 회상하는 미소가 흘러나왔다. 말없이 듣고 있던 민아는 법으로 사람을 죽이는 법을 물어보려 가까스로 참았다. 자신의 끔찍한 마음을 들키고 싶지는 않았다.

이후 민아는 프랑스의 한적한 해변으로 여행을 떠났다. 2주 후 다시 한국 땅을 밟았을 땐 민아의 얼굴에서 예전의 앳된 표정은 찾아볼 수 없었다. 그날 저녁 아버지와 함께 식사를 하다 민아가 무심코 말했다.

"저도 아버지 같은 사람이 되고 싶어요."

그 말을 내뱉는 동시에 자신 안에서 뭔가 딸깍 소리를 내며 전환되는 것이 느껴졌다. '이제부터는 예전의 내가 아니다.'

아버지는 만족스러운 웃음과 함께 나직하게 말했다.

"마음먹었다고 해서 누구나 그렇게 될 수 있는 건 아니지. 하지만 넌 내 딸이다. 모든 준비는 완벽히 해놓았다."

다음 날 민아는 한 달 만에 학교에 갔다. 아버지가 학교에 알린 민아의 결석 사유는 맹장염이었다. 그건 친구들뿐 아니라, 선생님조차 그렇게 믿고 있었다. 게다가 민아가 겪은 일을 알 만한 친구들은 하나같이 자퇴, 전학 등의 이유로 학교에서 자취를 감췄다.

민아는 깨달았다. 이것이 아버지가 말한, 아버지의 '법이라는 폭력'으로 이뤄졌다는 것을.

그날 밤 민아는 일기를 썼다.

기다려. 법으로 죽여줄 테니.

어둡고 튼튼한 뿌리는 민아의 몸속 깊이 쭉쭉 뻗어나갔다. 민아는 종종 아버지의 강력한 힘을 이용했고, 그럴수록 악마 같은 특권의 매력에 점점 빠져들었다. 민아는 스스로 그 힘을 얻기 위해 이를 악물고 공부에 전념했다. 탐욕스럽게 모든 것을 흡수했다.

엄마 따위 다시 찾지 않았다.

"으음……"

유은희가 신음 소리를 내며 의식을 회복했다. 초점 없는 유은희의 눈동자 속에 누군가의 모습이 어렴풋이 비쳤다. 그 누군가는 자신의 젊은 시절을 닮아 있었다. 유은희의 눈에 눈물이 그렁하게 맺혔다.

"민아니……?"

유은희가 맥없이 갈라지는 목소리로 민아를 부르며, 링거 바늘이 꽂힌 손을 뻗었다. 민아는 점점 자신에게로 가까워져오는 그 손을 무심코 바라보았다.

한때는 자신이 사랑했던, 두려워했던 손. 하지만 지금은 군데군데 주름과 핏줄이 돋은 낡고 초라한 손일 뿐이었다. 그 손을 뿌리치며 차가운 목소리로 민아가 물었다.

"왜 날 그렇게 때렸어요?"

정적이 흘렀다.

"……내가 너를 때리다니, 그게 무슨 소리니?"

유은희는 믿기 힘들다는 얼굴로 되물었다. 그 순간 민아의 온몸 가득 허탈함이 번졌다. 진실을 가장한 그녀의 눈동자를 보니 실소마저 흘러나왔다.

"연기력은 여전하네요."

민아가 비꼬아 말하며 자리에서 일어났다. 그리고 문을 향해 걸어갔다.

"민아야! 그게 무슨 소리야, 가지 마……"

간절한 유은희의 목소리가 병실 안을 감싸 안았다. 하지만 민아는 일말의 거리낌 없이 손을 뻗어 문을 열고 병실에서 나왔다.

다시 접수창구로 간 민아는 수술비와 앞으로의 입원비를 일시불로 계산했다. 그리고 보관해둔 자신의 백을 들고 주차장으로 갔다. 수술 대기실 의자 위에 덩그러니 놓고 온 누군가의 짝퉁 백은 그냥 무시하기로 했다.

주차장에 도착한 민아가 차에 올라탔다. 시동 버튼을 누르다, 문득 자신의 손을 바라보았다. 아까 본 유은희의 손이 떠오르며 잊고 있던 폭행의 기억이 슬며시 고개를 들었다. 어느새 온몸에 축축한 땀이 고였고, 호흡이 가빠졌다.

'난 이제 어린애가 아니야. 그리고 엄마는 이제 죽은 거나 다름없어.'

스스로 암시하듯 중얼거리며 마음의 안정을 찾으려 정신을 집중했다. 그 순간 홍신소와의 연락을 위해 구입한 대포폰을 넣어둔 콘솔박스에서 벨소리가 울렸다. 민아의 정신이 단박에 흐트러졌다. 가느다랗게 눈을 치켜뜨며, 콘솔박스를 열어 핸드폰을 꺼냈다.

"네."

"의뢰하신 인물들에 대한 작업을 마쳤습니다. 더 맡기실 일이?"

홍신소 직원은 음흉하고 걸쭉한 목소리로 반가운 소식을 전했다.

"자료만 주시면 돼요. 전달 방법은 문자로 보내주세요."

민아는 핸드폰을 끊으며 긴장과 흥분이 섞인 비릿한 미소를 지었다. 그때였다.

"쿵."

둔탁한 소리와 함께 민아의 상체가 휘청거렸다. 약간의 통증을 느끼며 민아가 고개를 들자 웬 차 앞머리가 자신의 차 조수석 문짝을 보기 좋게 들이박은 채 서 있었다.

"뭐야, 짜증 나."

민아가 신경질적으로 소리치며 차 문을 박차고 내렸다.

가해 차는 구시대 유물이 된 낡은 프라이드였다. 곧 떨어져 나갈 것 같은 운전석 문짝이 열리며 중년 여성이 모습을 드러냈다. 잔뜩 겁에 질려 민아를 발견하자마자 연신 허리를 굽실거렸다.

"정말 죄송해요. 너무너무 급해서…… 죄송해요."

아주머니는 퓰리처상 사진전에서나 볼 법한 불쌍하고 안타까운 표정으로 말했다. 낡은 프라이드보다 더욱 초라해 보이는 아주머니의 모습이 병실 안 유은희와 겹쳐 보였다. 그 순간 민아의 눈빛에 생기가 돌았다. 날카로운 이와 발톱이 간질거리던 심심한 고양이가 쥐를 발견했을 때처럼.

"아줌마 〈007〉이란 영화 본 적 있어요?"

"네?"

"제임스 본드가 나오는 영화 본 적 있느냐고요."

"……네. 본 적 있는데요. 그게 지금 무슨 상관—"

"무척이나 상관있죠. 지금 당신이 박은 이 차가 바로 그 제임스 본드가 타던 차거든."

병원 밖으로 나온 재희는 스산한 겨울 바람을 온몸으로 맞았다. 하지만 육체를 가지고 있을 때처럼 살결이 에지는 않았다.

"영혼은 이승에 있어야 할 것이 아니니까, 이승의 것들을 느끼기 힘들죠."

목소리가 재희의 생각을 읽었는지 부드럽게 말했다. 재희는 허공의 목소리를 들을 때마다 물 위를 걷는 것처럼 묘한 기분에 사로잡혔다.

"아직 못 정했나요?"

"……네?"

"잠시 들어가 있을 사람의 몸."

"제 마음대로 골라도 되나요? 아무나?"

"그래요."

환자복을 입은 뚱뚱한 남자 하나가 재희의 눈에 띄었다. 100킬로그램은 족히 넘어 보이는 남자는 양손에 움켜쥔 소보로 빵을 우적우적 삼키고 있었다. 심술과 여드름이 덕지덕지 얼굴에 가득했다.

"저 남자가 마음에 드나요?"

단 하루였다. 단 하루 동안 타인의 몸에 들어가 살 수 있는 기회. 가능하면 자신보다 나은 외모의 몸으로 들어가고 싶었다.

"아, 아뇨. 전…… 여자가 좋을 것 같아요."

그때였다. 귀엽고 예쁘장한 외모의 여자가 재희의 영혼을 스윽 통과해 주차장 방면으로 향했다. 재희는 여자를 따라갔다.

"저분…… 어떨까요?"

재희가 조심스럽게 묻는 순간, 검은색 각 그랜저 문이 열리며 덩치 큰 사내들이 우르르 나왔다. 떡 벌어진 어깨를 과시하며 일렬로 선 사내들은 재희가 찍은 여자를 향해 직각으로 허리를 숙이고 우렁차게 소리쳤다.

"형님!"

당황한 재희가 멍하니 서 있는 사이, 여자는 덩치들의 에스코트를 받으며 차에 올라탔다. 차는 묵직한 소리를 내며 재희 앞을 빠르게 스쳐 지나갔다.

"……다른 곳으로 가볼까요?"

목소리가 물었다. 순간 멀지 않은 곳에서 누군가의 앙칼진 목소리가 들렸다. 재희는 반사적으로 소리가 들리는 곳으로 뛰어갔다. 두 여자가 실랑이를 벌이고 있었다. 민아와 민아의 차를 박은 아주머니였다.

"제가 진짜 급해서 그래요. 남편이 일하다 갑자기 기절해서 응급실에 실려 갔대요!"

"이 세상에 급하지 않은 사람은 없어요."

"명함 드릴 테니 언제든 연락 주세요. 응급실에 있다고요. 한시가 급해요!"

아주머니가 명함을 건네며 글썽이는 눈으로 애원했다.

"저 말고 보험사 직원을 닦달하세요. 당신은 보험사 직원이 올 때까지 꼼짝 말고 여기 있어야 하니까요. 그러지 않으면 전 당신을 뺑소니로 신고할 거거든요. 아, 노파심에서 말씀드리는 건데 전 변호사예요."

민아가 찬찬히 설명하듯 말하고 여자가 건넨 명함을 슬쩍 훑어보았다. 그리고 조소와 함께 덧붙였다.

"앞으로 더 열심히 일하셔야겠네요. 제 차 수리비 대려면."

"아가씨 진짜 너무하네요. 실수였어요. 전 정말 아가씨 차를 박을 줄은 모르고."

"실수? 하! 사기 쳐놓고 안 당할 줄 알았다, 폭행해놓고 안 맞을 줄 알았다, 강간해놓고 내숭인 줄 알았다, 상처 안 받을 줄 알았다?"

순간 민아의 표정은 격분한 사람처럼 일그러졌다.

"뭐가 다른데요? 대체 뭐가 다르죠?"

갑자기 이성을 잃고 악을 써대는 민아의 행동에 당황한 아주머니는 입도 뻥긋하지 못하고 발만 동동 굴렀다.

그런 아주머니를 보자 재희의 머릿속엔 자신의 사고 소식에 다급히 달려왔을 엄마의 모습이 떠올랐다.

"저, 저 여자 몸으로 들어갈래요."

"왜죠……?"

"아주머니를 돕고 싶어요. 그 사이 저 아주머니 남편이 어떻게 될지 아무도 모르잖아요."

재희의 목소리가 미세하게 떨렸다.

"그래요. 정확히 밤 12시에 다시 병원으로 와야 해요. 자, 눈을 감고 숫자를 천천히 세요."

재희는 목소리의 말을 따랐다. 눈을 감고 숫자를 셌다.

일, 이, 삼, 사…… 그러자 재희의 몸에 짜릿함이 번지기 시작했다. 트럭에 치여 하늘을 바라봤을 때와 같은 묘한 기분.

잠시간의 암전.

'쿵.'

머리의 강렬한 충격과 함께 재희가 눈을 떴다. 눈을 뜨자마자 무의식적으로 고개를 돌려 차창으로 비친 자신의 모습을 확인했다. 못생기고 뚱뚱한 자신이 아니었다.

우선 두려움과 근심이 가득한 표정으로 자신을 올려다보고 있는 아주머니에게 서둘러 말했다.

"아주머니, 얼른 남편분께 가보세요."

"네?"

갑자기 바뀐 상대의 태도에 당황한 아주머니가 되물었다.

"차는 상관없으니까 얼른 가보시라고요. 남편이 응급실에 계시다면서요."

재희가 진심을 담아 다시 한 번 말했지만, 아주머니는 여전히 어리둥절해했다.

"아까는 제가 안 좋은 일이 있어서 괜스레 화풀이했어요. 죄송해요, 정말."

재희가 아주머니의 등을 떠밀었다. 그제야 아주머니는 발걸음을 뗐지만 몇 걸음 가지 못하고 다시 재희를 의심스럽게 바라보며 물었다.

"혹시, 절 뺑소니로 신고하는 건 아니겠죠……?"

재희가 고개를 절레절레 흔들다, 뭔가 떠오른 듯 눈을 반짝거리며 말했다.

"저기 제가 잡지에서 본 내용인데요. 주차법에 따라 저는 차 수리비를 이 병원에 물어내라고 할 수 있대요……"

재희는 주변을 두리번거리다가 다시 말을 이었다.

"다행히 여긴 CCTV도 없네요. 병원에서도 어차피 보험으로 돈을 지불할 건데요 뭐."

"네……"

"참, 차는 다른 곳으로 옮기시는 게 좋을 거예요."

아주머니는 몇 번이나 허리를 숙여 감사의 표시를 했다. 그리고 재빨리 차를 가까운 다른 곳에 주차하고 응급실로 달려갔다.

재희는 아주머니의 모습이 더는 보이지 않을 때쯤에야 목소리가 떠올랐다. "저기요" 하고 불러보았지만, 대답은 돌아오지 않았다.

한참을 멍하니 서 있던 재희는 활짝 열려 있는 운전석 문을 발견했다. 잠시 쭈뼛거리다 안으로 들어갔다. 그리고 흠집 하나 없이 깨끗한 블랙 계열의 가죽 시트에 멋쩍게 앉았다. 새 차 특유의 냄새가 풍겼다. 비행기 조종실을 연상케 하는 화려한 계기판에 잠시 시선을 빼앗겼다.

'도대체 뭐 하는 여자일까?'

주위를 두리번거리다 조수석 바닥에 덩그러니 떨어져 있는 백을 발견한 재희는 깜짝 놀랐다. 오늘 자신이 들고 나왔던 것과 똑같이 생긴 백이었다. 물론 자신의 것은 이태원제 짝퉁이고, 이 여자의 것은 백화점 명품관의 진품일 테지만.

재희는 자신의 무릎 위에 가방을 올려놓았다. 조금 망설이다 슬며시 가방을 열어보았다. 샤넬 지갑과 갈색 안장이 덮인 심플한 다이어리가 눈에 띄었다. 조심스럽게 지갑을 꺼내 든 재희는 "미안해요" 하고 소리 내 말한 후, 지갑을 열었다. 반들반들한 투명케이스 안에 주민등록증이 꽂혀 있었다.

주민등록증에 있는 사진은 지금 룸미러를 통해 비춰진 얼굴과 똑같았다.

1983년 7월 8일생. 이민아.

"아깐 경황이 없어서 몰랐는데, 당신…… 정말 예쁘네요. 얼굴도, 몸매도, 이름도. 뚱뚱하고 못생긴 나와는 완전 정반대로군요."

재희는 사진과 거울 속의 얼굴을 번갈아 보며 감탄했다.

"이민아 씨! 딱 하루만 신세지겠습니다!"

재희는 주민등록증 사진을 향해 정중히 고개 숙여 인사했다. 그리고 눈에 띄는 버튼을 꾹 눌러보았다.

우렁찬 엔진 소리와 함께 시동이 걸렸다. 재희는 본능적으로 핸들을 잡고 액셀을 밟았다.

3 chapter

돌아갈 곳이 사라지다

재희가 평생 타본 차라곤 아버지의 30년 묵은 엘란트라, 전 남자 친구가 모시듯이 타고 다니던 모닝, 그리고 일반택시가 전부였다.

당연히 이런 고급차는 처음이었다. 재희는 원래 자신의 종아리에는 절대 들어가지 않을 날렵한 세무 부츠 앞코에 더욱 힘을 실어 액셀을 밟았다. 순식간에 RPM이 최대치로 올라가며 4차선 도로를 미끄러지듯 달렸다.

"우와! 진짜 짱이다."

재희는 자신도 모르게 탄성을 질렀다. 신기한 듯 자꾸만 차 내부를 두리번거리는 재희의 시선이 검은색의 두꺼운 천 재질로 된 차 천장에서 멈추었다. 정확히는 천장 앞부분에 달린 오픈 버튼에.

불현듯 재희의 머릿속에 영화 속의 한 장면이 떠올랐다. 뻥 뚫린 천장으로 들어오는 시원한 바람을 온몸으로 맞으며, 부드러운 머릿결을 흩날리는 매력적인 여주인공 말이다.

'내 외모로는 여주인공의 발꿈치도 따라가지 못할 테지만, '민아'라는 이 여자는 흡사 비슷한 분위기를 낼 수 있지 않을까……?'

재희는 핸들을 잡고 있던 오른손을 천장을 향해 뻗었다. 그리고 지금이 한겨울이라는 것 따위는 새까맣게 잊은 채 조심스럽게 오픈 버튼을 눌렀다.

천장은 스르륵 하며 서서히 열리기 시작했다. 문 사이로 휘이이이잉, 회오리바람을 연상케 하는 바람 소리와 함께 칼바람이 거침없이 들이닥쳤다. 일률적으로 붕 떠오른 머리카락은 제멋대로 흩날리며 얼굴 이곳저곳을 세차게 때렸다.

눈은 머리카락에 가려지고, 손은 추위 때문에 감각이 무뎌진 탓에 방금 누른 버튼조차 찾을 수가 없었다. 우왕좌왕, 몇 번을 더듬거린 후에야 겨우 버튼을 찾아 천장을 닫았다. 천장이 닫히자마자 재희는 헝클어진 머리카락을 정리했다. 드디어 시야가 확보된 그 순간, 횡단보도의 신호는 노란불에서 빨간불로 바뀌고 있었다.

재희는 서둘러 브레이크를 밟았다.

"끼익!"

차는 굉음을 내며 급정거했다. 그 반동으로 영혼이 튕겨져 나갈 것만 같았다. 다행히 자신의 영혼은 아직 이 여자의 몸 안에 있었다.

"휴우, 또 죽을 뻔했잖아."

재희는 크게 안도의 한숨을 내쉬었지만, 곧 자신이 또 다른 문제에 봉착했다는 사실을 깨달았다.

4차선 교차로 중앙에 민망하게 서 있는 차.

예전에도 한 번 비슷한 경험을 했다. 신호가 바뀔 때마다 귀가 찢어질 정도로 차들이 울려대던 클랙슨 소리, 창문을 열고 퍼붓는 욕설들. 죄인처럼 고개를 푹 숙이고 지옥 같은 시간을 힘겹게 견뎌냈던, 두 번 다시 경험하고 싶지 않은 끔찍한 기억이었다.

오른쪽 차들이 좌회전 신호를 받고 움직이기 시작했다. 재희는 서둘러 핸들 사이로 고개를 숙여 얼굴을 숨겼다. 하지만 무서운 고함 소리와 욕설을 각오했던 재희의 귀에 들리는 것은 소심한 경적 소리뿐이었다. 왜지? 하고 의아한 재희가 슬그머니 고개를 들어보았다. 신경질적인 표정의 운전자들도 보였지만 대부분은 힐끔힐끔 곁눈질하며, 조심스럽게 피해 가고 있었다.

신호가 차례로 바뀌어 다시 재희를 향한 파란불이 켜질 때까지 그 어떤 욕지거리도 과격한 클랙슨 소리도 들리지 않았다. '그새 시민 의식이 높아졌나' 생각하며 액셀을 밟는 순간 맞은편에서 달려오는 차의 차창 사이로 한 남자와 눈이 마주쳤다. 그는 스쳐 지나가는 마지막 순간까지 재희의 얼굴을 넋 놓은 듯 바라보았다.

문득 재희는 생각했다. 눈이 휘둥그레질 만큼 비싼 차, 예쁜 여자……

'그래. 혹시 그게 이유 아닐까……?'

그렇게 생각하자 인생은 불공평하다는 서운한 감정이 밀려들었다. 그리고 그제야 지금 자신이 다른 사람의 몸에 들어와서 뭘 하고 있는 걸까라는 근본적인 생각이 들었다.

갑자기 카페인이 간절하게 그리웠다. 일단 커피 한 잔 마시며 이 여자의 몸에 있어야 할 시간 동안 뭘 할지 고민하기로 한 재희는 자주 가던 카페로 향했다.

카페는 평소처럼 한적했다. 구석진 창가 자리에 자리 잡은 재희는 민아의 가방 속에 있던 지갑을 만지작거리며 중얼거렸다.

"저…… 당신 돈으로 커피 한 잔만 마실게요. 제일 싼 걸로."

그리고 마침 지나가던 웨이터에게 브랜드 커피를 주문했다. 조금 있다가 웨이터는 재희의 테이블 위에 커피 한 잔과 함께 초콜릿 세 개가 담긴 접시를 가지런히 세팅했다.

"아, 전 커피 한 잔만 주문했는데요. 3,800원짜리……"

재희가 어리둥절한 표정으로 물었다.

"저희 지배인님께서 서비스라고 주신 겁니다. 방금 막 만든 생초콜릿이래요."

지배인? 재희는 카운터 쪽을 바라보았다. 순간 언제나처럼 검은 양복으로 빼입은 낯익은 지배인과 눈이 마주쳤다. 지배인은 가볍게 목례를 하며 훈훈한 미소를 지어 보였다. 하지만 재희는 그를 향해 웃어줄 수가 없었다. 만 5년 동안 이 카페의 단골이었으나, '기본 리필 한 잔' 이상의 서비스는 받아본 적이 없었기에.

이제야 재희는 확실히 알 수 있었다. 지금 자신이 받고 있는 낯선 대우는, 민아라는 여자가 소유한 것들의 산물이라는 것을.

재희는 커피를 홀짝였다. 오늘따라 입 안 가득히 퍼지는 커피 맛이 씁쓸했다. 그리고 씁쓸함은 곧 서글픔으로 다가왔다.

집에 가볼까? 병원으로 돌아갈까? 하지만 사고 현장을 떠올리고 싶지도, 수술의 기억을 상기시키고 싶지도 않았다. 게다가 어차피 얼마 후면 원치 않아도 다시 돌아가야만 할 곳이었다.

재희는 커피잔의 바닥이 드러날 때까지도 주어진 시간 동안 자신이 해야 할 일을 찾지 못했다. 입 안의 씁쓸함과 텁텁함이 점점 심해졌다. 문득 생초콜릿이 눈에 들어왔다.

'이건 뚱뚱하고 못생긴 재희에게 준 것이 아니라, 예쁘고 늘씬한 민아라는 여자에게 준 거야'라는 생각에 손도 대지 않았던.

재희는 초콜릿을 살짝 들어보았다. 말랑말랑한 예쁜 생김새. 달콤한 향이 코끝을 간질였다. 침이 고였다. 혀만 가져다 대도 커피가 남긴 씁쓸함이 줄행랑을 칠 듯했다. 결국 재희는 조심스럽게 초콜릿을 한 입 베어 물었다.

초콜릿은 재희의 혀끝에 닿는 순간, 크림처럼 부드럽게 녹아내리며 얼얼할 정도의 단맛을 선사했다. 재희는 언제 그랬냐는 듯 커피의 쓴맛이 간절해졌다. 재희는 커피를 리필했다. 그리고 초콜릿과 브랜드 커피를 계속해서 번갈아가며 먹었다. 둘의 조합은 환상이었다.

초콜릿 접시가 깨끗하게 비워지는 순간, 재희의 머릿속에 문득 이런 생각이 들었다.

'그래. 내가 언제 이런 관심과 대접을 받아보겠어? 민아라는 여자에겐 일상이겠지만…… 로또에 당첨돼 전신 성형을 하지 않는 이상 오늘 같은 날은 내겐 처음이자 마지막일 거야. 딱 하루 호사를 누린다 한들 죄가 되진 않겠지……?'

자기가 던진 질문에 스스로 '응'이라는 결론을 내린 재희는 자신이 무엇을 해야 하는지가 아니라, 무엇을 하고 싶은지를 생각하기로 했다. 단 1초도 안 돼서 재희의 머릿속은 하고 싶은 일들로 가득 찼다. 재희는 자리에서 벌떡 일어났다.

카운터에 계산서를 내밀자 지배인이 아쉽다는 듯 물었다.

"벌써 가시게요?"

"네. 아, 초콜릿 맛있었어요."

"맛있었다니 저희가 감사하네요. 자주 들러주세요. 초콜릿은 언제든 서비스입니다."

지배인이 환한 미소와 함께 말했다. '언제든 서비스라. 과연 내가 왔어도?'

"감사합니다. 하지만, 오늘 이후 올 일은 없을 것 같네요."

재희가 쓴웃음을 지으며 답했다.

카페를 빠져나온 재희는 손목을 부드럽게 감싸고 있는, 딱 봐도 비싸 보이는 손목시계를 슬쩍 보았다. 저녁 7시. 백화점 폐점 시간은 8시 반.

재희는 서둘러 차에 탔다. 수십 번 마음으로만 입어보았던 그 원피스를 실제로 입어볼 수 있을 거란 생각을 하니, 재희의 심장이 쿵쾅거렸다.

백화점에 도착한 재희는 1층에 있는 명품 매장 안으로 들어갔다. 의류 코너 앞에 세워놓은 마네킹은 여전히 그 원피스를 착용한 채 도도하고 고상한 자태를 뽐내고 있었다.

무아지경으로 원피스를 바라보고 있는데 등 뒤에서 상냥한 목소리가 들렸다.

"고객님, 입어보실래요?"

고개를 돌려보자, 낯설지 않은 얼굴의 매니저가 미소 띤 얼굴로 서 있었다. '입어보실래요'라니. 이 원피스에 눈독 들인 지 한 달 만에 처음 들어보는 소리였다.

"44 사이즈시죠?"

"아. 전 44가 아니라 77······"

재희가 무의식적으로 답했다. 하지만 어리둥절한 표정의 매니저를 보고 곧바로 정정했다.

"네. 물론 44 사이즈죠."

매니저가 건넨 원피스를 들고 탈의실로 들어간 재희는 민아가 입고 있던 옷을 조심스레 탈의했다. 전신 거울에 말랐지만 볼륨 있는 민아의 매력적인 몸매가 가감 없이 비쳤다. 침이 꼴깍 넘어갔다. 원피스 안에 미끈한 두 다리를 넣고 양손으로 잡아 올렸다.

평소엔 이런 종류의 옷을 입을 때마다 지퍼와 한참을 씨름하던 재희였다. 하지만 민아의 가느다랗고 기다란 팔은 완벽한 등 라인을 부드럽게 타며 한 번에 지퍼 올리기에 성공했다. 왠지 모를 카타르시스를 느낀 재희는 몇 번이나 그것을 반복했다.

"고객님, 무슨 문제 있으세요?"

매니저의 걱정 섞인 목소리가 들린 후에야, 재희는 지퍼 올리기를 멈췄다. 멋쩍은 표정으로 탈의실 문을 열었다. 매니저는 주뼛거리며 나오는 재희를 보자마자 탄성을 질렀다.

"와, 정말 잘 어울리세요!"

다른 고객의 일을 보고 있던 직원들까지 감탄과 칭찬을 한마디씩 던졌다. 단순히 상품을 팔려고 하는 입바른 소리가 아닌, 진심에서 우러나오는 말이었다.

"그, 그래요?"

재희는 수줍게 말하며 전신 거울 앞에 서서 자신의 모습을 바라보았다. 화이트 가죽의 타이트한 원피스가 굴욕 없이 몸에 밀착해 있었다. 재희의 모습을 부러운 눈빛으로 바라보던 다른 고객들이 저마다 재희가 입은 원피스를 찾기 시작했다. 난생처음 맛보는 묘한 우월감에 슬며시 입꼬리가 올라갔다.

매니저는 "지금 입으신 옷은 디피 상품이니까, 잠시만 기다리세요. 새 제품으로 찾아드릴게요"라며 재희가 원피스를 구매하는 것이 이미 결정된 것인 양 말하고는 사라졌다.

원피스의 가격은 자그마치 5,700,000원. 극단에 있을 시절 반 년치 월급, 사무 경리직으로 있던 시절 석 달치 월급이었다. 당연히 재희에겐 감히 엄두조차 못 낼 어마어마한 금액이었다. 게다가 지금 재희가 들고 있는 가방 안의 카드와 현금은 자신의 것이 아니었다. 하지만 '조금 더 생각해볼게요'라는 말이 입 밖으로 나오지 않았다.

'난 평생 이런 고가의 원피스는 구입하지 못할 거야. 하지만 민아 씨는 달라. 그녀의 차, 옷, 가방, 시계를 보면 민아 씨는 분명히 넉넉한 사람이야. 어쩌면 자신의 한 달 카드값이나 통장 잔고 따위에는 관심이 없을 정도일지도 몰라. 그러니까 원피스 하나 구입한다고 해서 그녀의 삶에 큰 지장을 주진 않을 거야. 게다가 이 원피스는 정말 민아 씨를 위해 만들어졌다 해도 과언이 아닐 정도로 완벽하게 어울리는걸?'

재희는 또다시 자신의 생각을 합리화하기 위해 노력했다.

"여기, 고객님 사이즈는 딱 하나 남았네요."

투명한 비닐에 감싸진 새 원피스를 손에 들고 온 매니저가 불쑥 말을 걸었다.

"5,700,000원입니다. 결제는 어떻게 하시겠어요?"

'그래. 평생에 단 한 번이야. 그리고 어차피 이 원피스는 민아 씨의 옷장에 설리게 되잖아.'

결국 자신의 합리화에 넘어간 재희는 지갑을 열고, 제일 첫 칸의 카드를 꺼내 매니저에게 건넸다.
"우와 상위 0.1퍼센트만이 사용한다는 카드네요! 할부는 어떻게 해드릴까요?"
매니저가 한층 더 부러운 눈빛을 띠며 말했다. 이로써 재희는 민아라는 여자가 대한민국 0.1퍼센트 안에 들 정도의 부자라는 것을 확신하게 됐고, 한결 마음이 가벼워졌다.
"할부는 어떻게 해드릴까요?"
"무이자는 몇 개월까지 되나요?"
재희가 습관적으로 그렇게 묻는 순간, 매니저가 의외라는 눈빛으로 재희를 바라보았다.
"일, 일시불로 해주세요."
"네. 입고 가실 거면 가격표는 떼드릴까요?"
매니저가 다시금 환한 미소를 띠며 정중히 물었다.

새 원피스를 입은 재희는 백화점 1층부터 8층까지 신 나게 돌아다녔다. 남자, 여자 할 것 없이 한 번쯤은 재희를 흘긋거렸다. 못생기고 뚱뚱해서가 절대 아니었다. 남자들의 시선엔 호기심과 경외감이, 여자들의 시선엔 부러움과 질투가 서려 있었다.
재희는 지금 자신이 느끼고 누리고 있는 모든 호사가 민아에게는 물이 위에서 아래로 흐르는 것만큼이나 당연한 일일 거라는 생각이 들었다. 시간이 흐를수록 처음엔 불편하고 어색하게만 느껴졌던 시선과 관심들이 점차 익숙해지는 자신을 발견했기 때문이다.

재희의 표정은 점점 거만해졌고, 스텝은 갈수록 과감해졌다. 런웨이의 모델이 된 듯한 걸음으로 걷던 재희의 머릿속에 불현듯 어떤 생각이 스쳐 지나갔다.

'만약 지금 이 얼굴과 몸으로 이번에 탈락한 뮤지컬 오디션을 보러 간다면?'

순간, 재희의 몸에 전율이 솟구쳤다.

'맙소사. 내가 지금의 모습으로 진짜 하고 싶은 일, 해야 할 일은 그거였어. 뮤지컬 재오디션!'

재희가 서둘러 에스컬레이터 쪽으로 걸어가며 생각했다.

'오디션 결과가 나왔으니 당장 오늘부터 연습에 돌입했을 거야. 첫날이니만큼 연습은 간단히 하고 친목 도모를 위해 단원들끼리 조촐한 술자리를 가질 가능성이 커.'

재희는 시계를 보았다. 저녁 8시 반. 12시까지 남은 시간은 세 시간 반. 하지만 지금 있는 곳은 강남, 극단은 강북이다. 재희는 서둘러 발걸음을 돌려 엘리베이터 표지판이 가리키는 곳을 향해 뛰었다. 재희의 시야에 엘리베이터가 들어왔을 때, 하필 문이 닫히고 있었다.

"저기요! 자, 잠깐만요."

재희는 엘리베이터를 향해 소리치며 달려갔다. 다행히 닫히던 문이 열렸고, 재희는 재빨리 엘리베이터에 올라탔다. 가쁜 숨을 몰아쉬며 열림 버튼을 눌러준 남자에게 고개 숙여 인사했다.

"감사합니다."

남자는 대답이 없었다. 재희가 얼굴을 들자 미간을 찌푸린 채 재희를 훑듯이 바라보고 있는 남자와 눈이 마주쳤다.

'얼굴에 뭐가 묻었나?' 재희는 엘리베이터 문에 흐릿하게 비치는 자신의 모습을 슬쩍 점검했다. 별다른 이상은 없었다. 그렇다면 자신을 쳐다보는 이유는 뻔했다.

'아! 이 남자 나에게, 아니 그녀에게 첫눈에 반했구나.'

그렇게 생각한 재희가 도도한 눈빛으로 남자를 자세히 관찰했다.

트레이닝복이 썩 잘 어울리는 훤칠한 키에, 짙은 갈색 머리카락은 방금 막 샤워를 마쳤는지 물에 젖어 있었다. 운동 직후의 섹시한 남자의 모습이었다. 지금껏 자신이 본 어떤 남자보다도 잘생겼다고 생각했다.

자신이 이런 남자의 호감을 받는 일은 방금처럼 고가의 옷을 구매하는 것보다 몇 배는 더 힘들고 특별한 경험이 될 거라 생각했다. 아니, 죽기 전엔 오지 않을 기회였다. 그래서 문득 대시에 응해볼까 하는 마음마저 일었다.

하지만 민아라는 완벽한 여자에게 지금 입고 있는 원피스와 같은 옷은 없을지 몰라도 애인이 없을 거란 생각은 도무지 들지 않았다. 이미 그녀의 돈으로 커피도 마셨고, 옷값도 지불했다. 게다가 곧 그녀의 외모를 빌려 재오디션도 볼 것이다. 그러니까 여기서 더 나아가는 것은 염치없는 행동이었다.

재희는 이렇게 근사한 남자의 대시에 도도하고 멋지게 거절해 보는 것도 다시 태어난들 경험하지 못할 일이라 스스로 위로하며, 여전히 자신에게서 시선을 떼지 못한 채 약간은 얼빠진 표정으로 서 있는 남자를 향해 정중하게 말했다.

"저 죄송한데요. 전 이미 미래를 약속한 애인이 있어요……."

"뭐라고?"

남자가 재희의 말을 이해할 수 없다는 듯 한층 더 얼굴을 찌푸리며 되물었다.

"……저기요. 친근감을 표시하려는 의도인 건 알겠지만, 그래도 처음 보는 사람한테 반말을 쓰는 건 좀 그렇지 않을까요?"

"아, 그러세요? 그럼 앞으로 우리 존댓말 쓰죠 뭐."

남자가 피식 웃으며 장난기 다분한 말투로 말했다.

"아, 앞으로요?"

"그럼 앞으로 우리 안 볼 건가요?"

"아…… 저기, 대단한 자신감이시네요. 방금 말했듯이, 전 남자 친구가 있어요……."

"네. 상관없어요. 언제 같이 한 번 뵙고 싶은데요? 어떤 분이시죠?"

"……네?"

"근데 바쁘시다더니 쇼핑하셨나 봐요? 취향이 참, 일관적이지 않으시네요."

남자는 재희 손에 들려 있는 쇼핑백과 옷차림을 훑으며 한 걸음 가까이 다가왔다.

'뭐야, 이 남자…… 생긴 건 멀쩡한데 약간 이상한가 봐.'

재희가 슬그머니 뒷걸음질 치며 생각했다. 마침 지하 2층에서 엘리베이터가 멈춰 섰고, 문이 열렸다. 재희는 엘리베이터에서 내리며 슬쩍 고개를 돌려보았다. 닫히는 문 사이로 남자와 눈이 마주쳤다. 그는 오른손을 귀에 대고 '전화할게'라는 제스처를 취했다. 도가 지나친 남자의 행동에 두려움을 느낀 재희는 혀를 내두르며 차를 주차해놓은 곳을 향해 빠르게 발걸음을 옮겼다.

차 앞에 도착해 키를 찾는데 가방에서 핸드폰 진동이 느껴졌다. 무의식적으로 핸드폰을 꺼낸 재희는 통화 버튼을 누르기 직전에야 이 핸드폰의 소유주가 자신이 아님을 깨달았다. 피식 웃으며 다시 핸드폰을 가방 안에 집어넣으려는 순간, 진동이 멈춤과 동시에 문자가 도착했다. 누굴까, 내심 궁금해진 재희는 슬쩍 메시지를 확인했다. 그리고 그 메시지를 보는 순간 소스라치게 놀랐다.

—내가 듣기 싫은 말해서 화났니? 모른 척할 정도라니. 뭐, 신선했어. 그 원피스 의외로 잘 어울리더라. 아니, 어울렸습니다. ^-^ - 건우

'엘리베이터남과 민아 씨가 아는 사이였어?'

재희의 머릿속이 새하얘졌다. 목구멍으로 마른침이 넘어갔다. 문득 취향이 일관적이지 않다며 비꼬듯 말하던 남자의 의아해하던 눈빛이 떠올랐다.

그 말은 이 고가의 원피스가 민아라는 여자의 취향은 절대 아

니라는 뜻 아닌가. 환불해야겠다고 생각한 재희가 몸의 방향을 틀려는데 엘리베이터 안에서 울리던 영업 종료 안내 멘트가 떠올랐다. 더군다나 매장 매니저께서 친절하게 가격표도 제거해주지 않았던가.

지금 환불은 불가능했다. 재희가 할 수 있는 일은 예쁘게 영수증을 접어 지갑 안에 고이 넣어두는 일밖에 없었다.

"진짜 진짜 미안해요" 하고 차에 올라탄 재희는 한결 익숙한 솜씨로 시동을 걸고 액셀을 밟았다.

불과 몇 시간 전 신선한 놀라움으로 다가왔던 차의 우렁찬 굉음과 매끄러운 움직임마저 어느덧 당연하게 느껴졌다. 문득 재희의 머릿속에 '나, 생각보다 뻔뻔한 사람인가……' 하는 생각이 들었다. 그러자 혼란스러워지기 시작했다.

pm 8:30

백화점에서 빠져나온 재희는 반포대교를 탔다. 최고 시속 300킬로미터를 자랑하는 애스턴 마틴이 반포대교 노면에 착 붙어 부드럽게 질주했다. 반포대교를 건너 시내를 달리는 재희의 머릿속에 영화 〈지킬 앤 하이드〉가 떠올랐다.

'괜찮을까? 만약 극단에서도 민아 씨와 아는 사람을 만난다면?'

'말도 안 돼. 변호사가 뮤지컬 배우와 알 일이 뭐가 있겠어?'

'하지만 더는 민아 씨에게 민폐를 끼쳐선 안 될 것 같아. 너무

뻔뻔하잖아.'

'딱 하루뿐인걸? 아직 살아갈 날은 많고, 가진 것 넘치는 그녀에게 이 정도 시간과 돈은 티끌이야.'

'하지만……'

상반된 두 개의 마음이 각자의 의견을 조목조목 내세우며 대립하는 동안 재희는 극단에 도착했다.

평일 저녁 무렵의 극단은 어둡고 썰렁한 분위기마저 감돌았다. 연습실이 있는 건물 안으로 들어가는 두터운 유리문은 굳게 잠겨 있었다. 손잡이에 걸린 육중한 자물쇠를 보며 재희는 어려운 결심을 했다.

"그래. 이건 자물쇠가 걸린 남의 집에 침입하는 행위나 다름없어."

아쉬움과 미련 등의 감정을 남겨놓은 채 애써 발걸음을 돌리려는 순간, 어디선가 감미로운 목소리가 들렸다. 익숙한 멜로디. 분명히 〈오페라의 유령〉에서 크리스틴이 솔로로 부른 'think of me'였다.

우뚝 재희의 발걸음이 멈추었다. 재희의 유년 시절의 기억 한구석에 어렴풋하게나마 이런 장면이 있었다.

웅장한 무대 중앙에 선 아름다운 크리스틴이 'think of me'를 노래하던, 아니 지저귀던. 그녀의 매혹적인 목소리는 때때론 부드럽게 때때론 강렬하게 공연장 전체를 휘감으며 관객 모두를 매료시켰다. 그때 재희는 생각했다. '그녀처럼 되고 싶어.'

재희는 무언가에 홀린 사람처럼 소리가 들리는 곳으로 향했다. 몇 걸음을 내딛자 비상구가 보였다. 살짝 벌어진 문틈으로 노랫소리와 함께 희미한 빛이 새어 나오고 있었다. 먼지가 가득히 쌓여 있는 손잡이를 잡고 슬며시 밀어보았다. 좁고 가파른 계단이 보였고, 재희는 난간에 손을 의지해 조심스럽게 내려갔다. 소리는 점점 더 가까워졌다. 재희의 심장은 두근거리기 시작했다. 마지막 계단을 디디자 소리의 근원지와 연결된 문이 보였다.

'저 안에 경쟁률 100대 1을 뚫고 합격한 단원들이 있겠지?'

재희는 손잡이를 밀어 문을 열었다. 이가 맞지 않은 문틈에서 끼익 하고 소름 끼치는 소리가 났다. 그리고 새하얀 콘크리트벽의 연습실 내부가 재희의 시야에 들어왔다.

피아노를 치던 여자의 가느다란 손이 멈췄다. 그러자 한쪽 벽면을 뒤로하고 옹기종기 모여 앉아 있던 단원들 앞에 서서 노래를 부르던 여자의 목소리가 끊겼다. 연습실 안에 있던 이들의 시선이 한순간에 재희에게 향했다.

"뭐야?"

"누구야?"

"우리 단원이야?"

연습실 안이 술렁이기 시작했다. 당장에라도 도망치고 싶었지만 이미 돌처럼 굳어버린 재희의 몸은 꿈쩍할 생각을 하지 않았다.

피아노 옆에 거만하게 서 있던 남자가 인상을 잔뜩 찌푸리며 단원들을 향해 박수 두 번을 쳤다. 단원들은 합죽이처럼 동시에 입을 다물었다. 남자가 고개를 돌려 재희에게 소리치듯 물었다.

"뭡니까?"

멋스럽게 다듬은 턱수염 때문에 더욱 예술가의 분위기를 풍기는 남자는 뮤지컬 〈오페라의 유령〉 프로듀서인 이철웅 감독이었다. 재희는 오디션에 참가했을 때 심사위원석에 앉아 있던 그를 보았다. 단 두 소절 만에 자신의 노래를 싹둑 끊어버린 비정한 인물이었다.

"당신 뭡니까!"

"저, 저는……"

당황한 재희가 말끝을 흐렸다. 이 감독은 재희를 머리끝에서 발끝까지 찬찬히 훑었다. 그리고 '흐음' 하는 소리와 함께 꽤 흡족한 표정을 지었다. 분위기가 한결 부드러워지면서 연습실 안은 다시 술렁거렸다. 맨 앞줄에 주저앉아 있던 남자 하나가 휘파람을 휘익 불며 소리쳤다.

"완전 내 스타일! 어서 자기소개 좀 해봐요."

같이 있던 남자들도 고개를 끄덕이며 남자의 말에 호응했다. 반면에 여자들은 적개심 가득한 눈빛으로 재희를 쏘아보았다. 하지만 재희를 향한 호기심만은 남녀 가릴 것이 없었다.

'이왕 이렇게 된 거, 시험해볼까? 지금 상태로 노래를 부른다면, 끝 소절까지 부를 수 있을지도 몰라.'

애써 감췄던 마음이 다시 고개를 들이밀었다.

그때 아까부터 재희를 뚫어져라 바라보며 고개를 갸웃거리던 단원 하나가 손바닥을 치며 대뜸 소리쳤다.

"변호사죠? 그죠? 이름이 뭐더라……"

그가 재빠르게 핸드폰을 꺼내 기사 검색을 하더니 "아, 맞다. 이민아 변호사!"라고 말하며 핸드폰을 이리저리 돌려보았다.

전혀 예상치 못한 상황에 맞닥뜨린 재희는 고개를 절레절레 흔들며 부인했지만, 이미 때는 늦은 후였다.

'살인 사건이 일어난 건가.' '공금 횡령이 있었나.' '성추행이 있었나.' 연습실 안은 순식간에 범죄 현장 분위기로 바뀌었다.

"조용히들 안 해? 니들 다 쫓겨나고 싶어?"

이 감독이 단원들을 향해 매서운 목소리로 소리 질렀다. 일순간 숨소리도 들리지 않게 고요해진 연습실 안은 재희를 향해 걸어오는 이 감독의 발소리만이 울려 퍼졌다.

이 감독은 재희의 코앞에서 발걸음을 멈췄다. 재희의 목젖을 타고 마른침이 꼴깍 넘어갔다.

"대체 여긴 무슨 일이시죠? 정말 저희 단원들 중에 의뢰인이라도 있는 건가요?"

"아, 그런 게 아니라요."

"그럼 여긴 무슨 일이시죠? 설마 변호사님께서 오디션을 보러 오신 건 아닐 테고."

"마, 맞아요. 오디션!"

생각이 머리를 거치지 않고 입에서 먼저 튀어나왔다. 재희 스스로 손으로 입을 틀어막을 만큼 놀랐지만, 이 감독을 포함한 다른 이들에 비할 바가 아니었다.

재희는 자포자기 상태였다. 아니, 어쩌면 처음부터 이런 상황을 바라왔는지도 몰랐다. 다만 '난 충분히 고민했어'라는 변명거리만을 만들어놓았을 뿐. '나란 인간…… 뻔뻔한 데다 비겁하기까지 해' 하고 생각하며 재희가 떨리는 목소리로 말했다.

"늦은 건 알지만, 〈오페라의 유령〉 단원 오디션을 볼 수 없을까요?"

한동안 정적이 흘렀다. 이 감독은 손목시계를 흘끗 보고는 난감한 얼굴로 말했다.

"진심인가요?"

"네."

"그런데…… 지금은 조금 힘들 것 같은데요."

"아……"

"대표님 없이 저 혼자 결정할 수 없거든요. 한 시간 정도 지나면 도착할 것 같은데 목 좀 풀면서 기다리실래요?"

재희의 얼굴에 드리웠던 긴장과 실망의 그림자가 일순간 사라졌다. 재희는 빠르게 시간을 계산했다. 지금이 밤 10시. 12시까지 두 시간 남았다. 빠듯하긴 하지만 불가능하진 않았다. 만약 오디션 결과가 바로 나오지 않는다 해도 상관없었다. 전화 한 통이면 합격 여부는 쉽게 알 수 있었다.

"네. 감사합니다."

재희는 이 감독이 지시한 대로 연습실 오른쪽 구석에 자리 잡고 목을 풀었다. 배에 힘을 주고 힘껏 소리도 질러보았다. 민아의 목청은 우렁차고 섬세했다.

'대체 이 여자에게 없는 건 뭘까. 이렇게 살면 얼마나 행복할까.'

문득 질투 비슷한 감정과 함께 의구심 하나가 솟구쳐 올랐다.

'만약 내가 이 여자의 몸에서 나가지 않는다면 어떻게 되는 거지?'

재희는 세차게 고개를 흔들며 '미쳤어. 미쳤어. 완전 미쳤어' 하고 자신을 꾸짖었다. 그리고 다시 연습에 몰입했다.

한 시간이 지났지만 대표라는 사람은 도착하지 않았다. 10분 후, 이 감독이 대표에게 전화를 걸었다. 하지만 대표는 곧 간다는 말과 함께 다급히 전화를 끊었다. 또 10분이 흘렀다.

'괜찮을 거야. 20분 정도야.'

그렇게 또 10분이 지났고, 재희의 마음은 점점 초조해졌다.

'조금 늦는다고 별일 있겠어. 내 육체는 병실 안에 얌전히 누워 있잖아.'

또다시 10분이 흘렀을 때, 재희는 생각했다.

'더는 불안해.'

벌떡 자리에서 일어나는 순간, 그토록 기다리던 비상문이 열리며 깔끔한 정장 차림의 40대 후반 정도의 여자가 모습을 드러냈다. 그녀는 이 감독 쪽을 향해 그녀만큼 신경질적으로 보이는 하이힐을 또각거리며 매서운 목소리로 말했다.

"이 감독 미안. 접촉사고가 있었어. 대한민국 도로교통법은 정말 거지 같아."

그리고 재희를 바라보며 "그녀야? 문자로 말한?" 묻고는 깐깐하게 재희를 훑었다.

"잘나가는 변호사 양반께서 뮤지컬은 왜?"

대표가 팔짱을 끼며 재희를 향해 도전적으로 물었다. 하지만 긴장한 재희가 미처 적절한 답을 찾기도 전에 피식 웃으며 말을 이었다.

"하긴, 요즘 투잡이 유행이지. 자, 변호사님께서 장난으로 여길 찾았는지, 아닌지 어디 한번 볼까?"

오디션은 빠르게, 그리고 예외 상황이니만큼 특별하게 이뤄졌다.

제작대표, 이 감독, 음악 감독, 그리고 모든 단원들이 재희의 심사위원이 된 것이다. 재희를 향한 그들의 눈동자에는 흥미로움과 기대, 불안과 긴장 등의 갖가지 감정이 담겨 있었다. 재희는 마치 알몸이 된 것처럼 부끄러웠다. 심장 소리는 마치 자신의 귀에도 들릴 정도로 크고 빠르게 뛰어 호흡마저 가빠졌다.

재희는 질끈 눈을 감았다. 그리고 스스로에게 말했다.

'이 외모로도 탈락한다면 내 실력이 부족한 탓이야. 그러면 더 노력하면 돼. 하지만 합격한다면, 지금까지의 결과는 외모 때문인 거야. 그 땐 살 빼고, 과학의 힘을 빌려서라도 외모를 가꾸는

거야. 그리고…… 난 이미 한 번 죽은 목숨이야. 죽음보다 두려운 게 어디 있어?'

재희의 심장박동 수가 서서히 줄어들더니 어느새 적막한 연습실만큼이나 고요해졌다. 살짝 눈을 뜬 재희가 피아노 반주자를 향해 고개를 한 번 끄덕이자, 멜로디가 흐르기 시작했다. 재희는 상상했다.

'이곳은 무대야. 이 앞에 있는 사람들은 내 공연을 보러 비싼 돈을 내고 온 관객이고. 환불은 수치야!'

크게 심호흡을 한 번 한 재희는, 배에 힘을 주고 목청을 열었다. 곧 부드러우면서도 단아하고 맑은 재희의 목소리가 연습실 안을 가득 메웠다.

Think of me, think of me fondly.

날 생각해줘요, 사랑을 담아 날 생각해줘요.

When we've said good-bye

우리가 이별했을 때

remember me once in a while.

가끔은 날 기억해줘요.

Please promise me, you'll try.

그러겠다고 약속해줘요.

……

재희의 노래는 한두 소절에서 중단되지 않았다. 끝 소절을 부르고 나서야 반주는 멈추었다. 자신이 부른 노래에 쾌감을 느낀 재희가 살짝 몸을 떨며 걱정 반 기대 반의 심정으로 눈을 떴다.

정적 속에서 오디션 시작 전엔 하나하나 다른 시선으로 재희를 바라보던 연습실 사람들의 눈동자가 지금은 모두 같은 감정을 담고 있었다. 놀라움과 경이로움, 그리고 그 모두를 아우르는 감동.

다시 잠시간의 시간이 흘렀고, 재희를 바라보고 있던 눈빛은 또다시 제각각으로 변했다. 파트너로 같이 무대에 오르고 싶은, 다른 파트의 노래를 더 들어보고 싶은, 혹시나 내 경쟁자가 되지 않을까 하는.

그런 사람들의 눈동자를 하나하나 관찰하던 재희의 시야에 벽시계가 스쳐 지나갔다. 그때 이 감독의 박수를 선두로 모두의 박수 소리가 우렁차게 울렸다.

하지만 재희의 시신경은 온통 11시 57분을 가리키는 시계에 집중돼 있었다.

"죄송합니다. 오디션 결과는 전화로 확인할게요."

재희가 다급한 목소리로 말하며 허리를 꾸벅 숙여 모두를 향해 인사했다. 그리고 의아한 표정을 짓고 있는 그들을 뒤로하고 빠르게 극단을 빠져나갔다.

차를 몰고 병원까지 가는 동안 과속 단속 구간마다 카메라가 번쩍거렸다. 그때마다 재희는 민아에게 사과했다.

'미안해요. 반나절의 시간, 커피값, 취향에 맞지도 않는 원피스, 엘리베이터 남자, 과속 딱지, 또…… 멋대로 당신 목소리 빌린 거…… 모두 모두 미안해요. 그러니까 더는 욕심내지 않고 얌전히 내 몸으로 돌아갈게요.'

재희는 병원 안으로 진입하자마자 아무렇게나 차를 주차했다. 그리고 전속력으로 입원실이 있는 병동을 향해 뛰었다. 새벽이라 한산한 로비를 지나 엘리베이터 앞에 섰다. 그리고 헐떡이는 숨을 고르며 올라가는 버튼을 눌렀다.

새벽 12시 20분. '12시가 되면 문을 닫는다'라는 노랫말이 떠오르며 마음이 조급해졌다. 엘리베이터가 도착했다. 안으로 발을 딛자마자 7층을 누른 후, 닫힘 버튼을 연속적으로 눌렀다.

1층, 2층, 3층—. 떵동, 소리와 함께 엘리베이터가 멈춰 섰다. 문이 열리자 오른쪽 다리에 목발을 짚은 희끗희끗한 머리의 할머니가 보였다. 목발부터 엘리베이터 안에 찬찬히 넣던 할머니가 갑자기 이마를 찌푸리며 "아차" 하고 내뱉었다. 그러곤 목발을 다시 엘리베이터 밖으로 빼더니 재희를 향해 미안함이 역력한 기색으로 말했다.

"아가씨 잠깐만 기다려줘. 내가 뭘 두고 왔네. 아주, 잠깐만."

재희는 곤란한 얼굴로 고개를 끄덕였다. 할머니가 말한 잠깐은 평범한 수준의 잠깐이 아니었다. 시계는 벌써 12시 25분을 지나고 있었다. 어쩔 수 없이 열림 버튼에서 손을 떼는 순간, 할머니가 나타났다. 재희는 다시 열림 버튼을 눌렀고, 할머니는 천천히 조심스럽게 엘리베이터에 올라탔다. 그리고 하필 6층 버튼을 누르며 재희를 향해 인자한 미소와 함께 말했다.
"고마워, 예쁜 사람이 맘도 고와요."
하지만 재희의 머릿속엔 지체되는 시간밖에 생각나지 않았다.
"오늘 참 복 받은 날이야. 우리 손주 심장이식 하는 날을 2년이나 기다렸는데 드디어 울 손주와 꼭 맞는 심장이 나타났거든. 그러니까 처자도 항상 희망을 품고 살아야 해."
할머니가 6층에서 내리며 혼잣말처럼 말했다. 순간 이상하리만치 불안하고 불길한 기운이 재희를 엄습했다. 드디어 7층에 도착한 재희는 엘리베이터 문이 열리기가 무섭게 '절대 정숙' 경고판이 붙어 있는 입원실 복도를 질주했다.
자신의 입원실로 예상되는 병실 문은 활짝 열려 있었다.
'왜지?'
심장이 두근거리기 시작했다. 한달음에 달려 들어간 병실 안에는 침대에 누워 있어야 할 자신의 육체가 보이지 않았다. 대신 간호사 한 명이 빈 병실을 정리하고 있었다.
"저, 저기…… 여기에 있던 저, 아니 윤재희라는 환자 다른 병실로 옮겨졌나요?"
재희가 숨을 헐떡이며 물었다. 갑작스러운 재희의 등장에 흥미로운 시선을 보이던 간호사가 고개를 가로저었다.
"그럼 어디에 있죠?"
"근데, 누구세요?"

"윤재희, 어디 갔느냐고요!"

급한 마음에 재희가 벌컥 화를 냈다.

"아, 소리 질러서 죄송해요. 근데 어디 간 거죠? 윤재희 환자?"

"……장기 적출하러 갔어요."

"……네?"

재희는 잘못 들은 것 같아 되물었다.

"윤재희 환자 뇌사 판정 받았거든요. 그래서 장기기증을 위해 장기 적출하러 갔다고요. 근데, 환자분과는 대체 무슨 관계이시죠?"

간호사가 짜증과 의심이 한데 섞인 목소리로 물었다. 하지만 재희는 아무런 대꾸도 할 수 없었다. 장기 적출이라니. 그 무시무시한 단어가 머릿속에서 왱왱거렸다. 심장이 목구멍에 닿을 듯 쿵쾅거렸고, 순식간에 손과 발에 흥건하게 땀이 고였다.

누군가가 자신을 향해 이렇게 말하는 것 같았다.

'이미 네 몸에서 심장이 떨어져 나갔다면 재희 넌 영원히 육체를 잃게 되는 거야!'

'윤재희 넌 벌받은 거야. 남의 몸을 멋대로 쓴 벌!'

재희의 손에서 스르륵 힘이 풀렸고, 가방이 바닥으로 떨어졌다. 그녀의 심장마저 쿵, 소리를 내며 떨어져 내렸다.

4 chapter

내가 있는 지옥으로

"헉!"

외마디 신음을 내며 재희는 죽음 같았던 긴 잠에서 깨어났다. 무거운 눈꺼풀은 좀처럼 떠지지 않았다. 맥 빠진 손으로 관자놀이를 누르는 순간, 화석처럼 단단히 굳어 있던 뇌에서 어제 있었던 일들이 파노라마처럼 지나갔다.

트럭 사고, 응급실, 뇌사, 목소리, 민아, 오디션. 그리고 장기기증을 위해 심장을 도려낸 자신의 육체. 그건 생각만으로도 구역질이 날 만큼 끔찍했다.

'하아. 별 희한한 꿈도 다 있어. 그래도 꿈이라 다행이야.'

재희는 안도의 한숨을 쉬며 이곳저곳 결린 몸을 뒤척거렸다. 문득 등 언저리와 팔, 다리 등의 살결에 닿는 시트의 감촉이 평소와 다르다는 느낌을 받았다. 순간 재희의 눈이 거짓말처럼 번쩍 뜨였다. 반사적으로 허리를 곧추세워 앉아 자신의 손을 확인했다. 가늘었다. 가는 손목엔 어젯밤 꿈속에서 몇 번이나 시간을 확인시켜주던 시계가 달랑거리고 있었다. 풀 먹인 듯 빳빳한 이불을 걷어차니, 어제 꿈속에서 구입한 원피스가 구겨진 채로 허벅지에 찰싹 달라붙어 있었다.

재희의 숨이 가빠왔다. 고개를 돌려 빠르게 주위를 두리번거렸다. 낯선 방이었다. 혹시나 싶어 눈곱이 덕지덕지 붙은 눈을 힘껏 비벼보았다. 그대로였다. 침대를 박차고 일어나 미친 여자처럼 거울을 찾았다. 화장대 앞에 선 재희는 떨리는 심정으로 거울을 바라보았다. 순간 소스라치게 놀라, 터져 나오는 비명을 양손으로 가까스로 막았다.

둘 중 하나였다. 아직 꿈속이거나, 꿈이라고 생각한 모든 것들이 꿈이 아니거나. 혹시나 하는 마음에 다시 한 번 주위를 찬찬히 살폈다. 깔끔한 원목으로 모던하게 구성된 드넓은 침실 양 끝으로 화장실과 드레스 룸이 연결돼 있었다. 재벌이 등장하는 드라마에서나 볼 법한 고급스러운 방이었다.

실크 벽지로 된 힌쪽 벽면에 걸려 있는 액자 안에는 학사모를 쓴 여자가 차갑게 미소 짓고 있었다. 미세한 세월의 차이만 있을 뿐, 지금 거울에 비치는 여자의 얼굴과 똑 닮아 있었다.

재희는 경기가 난 것처럼 떨리는 몸을 화장대 상판에 의지해 기대섰다. 그리고 어젯밤 병원에서 있었던 일들을 회상했다.

"장기 적출이라니요? 누구 맘대로요. 그걸 제 가족들이 동의했어요?"

흥분한 재희가 간호사에게 따지듯 물었다.

"감사하게도 환자의 가방에서 장기기증 스티커를 발견했거든요. 가족분들도 환자의 의견을 존중하신다며 허락하셨고요."

"전 그런 걸 만든……"

불현듯 재희의 머릿속에 기억 하나가 스쳐 지나갔다.

남자 친구와 헤어지기 얼마 전, 함께 피시방을 갔다가 우연히 국립장기이식관리센터 홈페이지에 들어갔다. 흘긋 자신을 보던 남자 친구가 "오호, 기특한데?" 하고 재희를 다시 보았다는 눈빛으로 말했고, 재희의 손은 자연스럽게 장기이식 신청 버튼을 클릭했다.

"환자의 몸, 지금 어디 있죠?"

"그건 말씀드릴 수 없어요. 장기 적출의 경우 철저한 보안을 유지하는 게 철칙이거든요. 근데, 환자분이랑 가족 관계이신가요? 환자분에게 자매가 없는 걸로 알고 있는데."

"치, 친구요! 제일 친한 친구예요. 아까 봤단 말이에요. 친구의 손이 움찔거리는 거! 그러니까 빨리! 빨리요!"

다급해진 재희는 생각나는 대로 지껄였다.

"네? 그게 정말이에요?"

당황한 간호사가 주머니 속에서 무전기를 꺼내 급히 병원 중앙통제본부에 연락을 취했다. 하지만 들려오는 답변은 끔찍했다.

"윤재희 환자는 분명히 뇌사였대요. 그리고 이미 장기 적출을 끝낸 후 냉장 보관 중이라고……"

순간 두 다리에 힘이 빠진 재희는 바닥에 주저앉았다. 주체할 수 없을 정도로 손발이 떨리고, 눈물이 쏟아졌다. 재희의 격한 반응에 어쩔 줄 몰라 하던 간호사는 위로의 말 한마디만 남기고 사라졌다.

울부짖던 재희가 그제야 머릿속에 떠오른 허공의 목소리를 찾았다.

"어디 있어요?"

"어떻게 해야 하는지 말 좀 해봐요."

재희는 구역질이 날 정도로 크게 소리 질렀다. 하지만 목소리는 나타나지 않았다.

실신하기 일보 직전에 약간은 서글퍼하는 목소리가 들려왔다.

"막을 방법이 없었어요. 하지만 당신은 지금 가진 여자의 몸으로 살고 싶다고 생각했잖아요."

재희는 망치로 머리를 맞은 것 같은 충격에 휩싸였다. 목소리의 말은 부인할 수 없는 진실이었다.

하지만 돌아갈 몸이 없어졌다는 사실을 깨달은 순간, 재희는 미치도록 자신의 몸으로 돌아가고 싶었다. 아무리 황홀한 여행일지라도, 돌아갈 곳이 없어지면 불행해지는 것처럼.

"다시 돌아올게요……"

그 말을 마지막으로 목소리는 사라졌다. 울 기력조차 더는 남아 있지 않은 재희는 병원 밖으로 나가 정처 없이 거닐었다. 맨정신이 버거워 포장마차로 들어갔다. 그리고 주체하지 못할 정도로 술을 마셨다. 그 뒤로는 기억나지 않았다.

'내가 어떻게 이 집으로 왔지? 육체에도 귀소 본능이 있는 걸까?'

숙취 때문인지, 충격 때문인지 현기증을 느낀 재희의 몸이 휘청거렸다. 그 바람에 화장대 가장자리에 놓여 있던 향수병 하나가 재희의 발 앞으로 떨어졌다.

쨍! 하고 날카로운 소리와 함께 향수병은 산산조각 났다. 유리 파편이 튀며 재희 발등에 박혔다. 새빨간 선혈이 흐르며 아찔한 통증이 느껴졌다. 향수의 짙은 향이 방 전체에 퍼지며 재희의 코 끝을 찔렀다.

청각, 후각, 촉각, 이 모든 것이 생생했다. 재희는 인정할 수밖에 없었다. 이 모든 것이 꿈이길 바라던 것이 헛된 꿈이었다는 것을.

그때였다. 똑똑, 노크 소리와 함께 방문이 열렸다. 엄마뻘로 되어 보이는 앞치마 차림의 아주머니가 수줍게 모습을 드러내자마자 코를 킁킁거렸다. 그리고 재희와 유리 조각으로 엉망이 된 바닥을 번갈아 바라보았다. 그다지 놀란 표정은 아니었다.

"……제가 얼른 치울게요."

아주머니가 조심스럽게 말하며 문지방을 넘으려던 찰나 재희가 다급하게 소리쳤다.

"괘, 괜찮아요! 죄송해요."

순간 발걸음을 멈춘 아주머니는 재희의 입에서 나온 소리를 믿을 수 없다는 듯한 표정을 지었다.

"그, 그럼 변호사님 나가고 치울게요. 아, 그리고 변호사님이 뮤지컬이라니…… 상상도 못 했어요."

아주머니는 오른손에 든 신문을 방문 앞에 곱게 펼쳐놓고 사라졌다.

신문? 뮤지컬? 펼쳐진 면의 기사 타이틀이 눈에 들어오는 순간 재희는 다시 한 번 소스라치게 놀랐다.

〈투잡 시대. 뮤지컬 배우에 도전하는 이민아 변호사, 과연 여주인공까지 넘보나?〉

'설마. 내가 오디션에 합격한 걸까?'

재희는 서둘러 핸드폰을 찾았다. 전원 버튼을 켜자마자 계속해서 새로운 메시지 알림이 올렸다. 모두 무시하고 이제껏 수없이 되뇌었던 극단 전화번호를 눌렀다.

벨이 울리자마자 불과 어제 자신에게 탈락 소식을 전해주었던 여자의 목소리가 들렸다.

"네."

"저, 재희…… 아니 이민아라고 하는데요."

여자는 잠시 기다리라고 말했다. 잠시 후, 이 감독이 직접 전화를 받았다.

"연락이 안 돼서 갑갑했어요. 어찌 됐건, 이민아 씨 합격입니다. 연습생 중 한 명이 제보했나 본데 벌써부터 기자들이 합격 여부를 물어보고 난리예요. 크리스틴 역에도 도전할 거죠? 의논할 것이 좀 있는데, 지금 극단으로 와줄래요?"

이 감독이 명령조로 말했다. 재희는 마른침을 꿀꺽 삼키며 떨리는 목소리로 답했다.

"네. 당연하죠. 금방 갈게요."

술과 기름에 찌든 낯선 몸을 급하게 씻고 드레스 룸에서 추리닝 하나를 찾아 입었다. 가방을 챙겨 들고 서둘러 문을 열고 나오자 계단이 보였다. 후다닥 뛰어 내려가 청소 중인 아주머니를 향해 큼큼 헛기침으로 목청을 가다듬어 시선을 끈 후 조심스럽게 물었다.

"저기, 제 차는 항상 같은 곳에 주차해뒀겠죠? 어제 좀 취해서……."

아주머니는 고개를 갸우뚱거리며 "네. 차고에 있던데요?"라고 답했다. 재희는 어제 어떻게 집에 기어들어 왔는지 물으려다 관뒀다. 그녀는 지금도 충분히 혼란스러워 보였다.

운전을 하며 극단으로 향하는 재희의 머릿속은 단 한 가지 단어만이 수없이 맴돌았다.

크리스틴. 크리스틴. 크리스틴.

이미 죽었지만, 죽을 것같이 느껴졌던 극도의 공포와 불안감, 절망감은 오디션 합격 소식을 듣자마자 거짓말처럼 뒷전으로 밀려났다. 지금 재희가 느끼고 있는 표표한 흥분과 열정은 스스로 납득하기 힘들 정도로 강렬했다. 자신이 단순한 사고의 소유자라는 건 진즉에 깨달은 사실이지만, 이 정도일 거라고는 예상치 못했었다.

평일 낮의 강변북로는 한산했다. 급한 마음에 힘껏 페달을 밟는 순간, 조수석에 올려둔 가방 안에서 핸드폰이 울렸다. 재희는 받지 않았다. 아니, 받을 수 없었다. 그렇다고 아예 꺼놓는 행위 또한 할 수 없었다.

느닷없이 '민아 씨의 영혼은 대체 어디로 간 걸까'라는 진작에 고민해봤어야 하는 의문이 떠올랐다. "다시 돌아올게요"라고 말하곤 사라진 허공의 목소리도 나타나지 않았다.

'민아 씨가 돌아오면 어떻게 되는 거지? 이미 내 육체는 사라져버렸는데? 그럼 난…… 죽는 건가?'

한참을 고민하던 재희는 생각했다.

'만약 내가 크리스틴 역을 따내고 화려한 무대 위에서 멋지게 노래를 부를 수 있다면, 죽음을 맞이한다 해도 억울하지 않을 거야.'

또 그렇게만 된다면 '운명적이지만 아쉬울 정도로 짧은 인생'을 살았다고 납득할 수 있을 것만 같았다.

'공연 첫날 익명으로 가족들에게 초대권을 보내야지.' 꿈에 부푼 생각을 하며 흐뭇한 미소를 짓는 순간 재희는 자신의 정신이 점점 혼미해짐을 느꼈다.

서둘러 갓길로 차를 정차한 재희는 정신을 잃었다.

약한 전기에 감전되었을 때와 같은 저릿한 통증을 느끼며 민아는 눈을 떴다. 그리고 자신의 눈앞에 펼쳐져 있는 믿을 수 없는 광경에 놀라 두 눈을 끔벅거렸다.

'내가 왜 차들이 달리고 있는 도로 갓길에 서 있는 거지?'

'추리닝은 왜?'

민아는 자신의 마지막 기억을 더듬어보았다. 병원에서 나와 차를 박은 낯선 아주머니와의 다툼. 그 후부터가…… 없었다. 중요한 건 확실히 그땐 어둑한 시간이었고, 병원 주차장이었다. 그런데 눈을 다시 뜬 지금은 해가 쨍쨍하게 비치는 대낮이고, 자신은 강변북로로 예상되는 도로의 갓길 위에 있었다.

비현실적인 상황에 숨이 턱 막혀왔지만, 침착하자고 스스로에게 말한 민아는 일단 비상등을 켰다. 그리고 핸드폰을 찾아 현재 날짜와 시간을 확인했다. 자신의 승소 기사가 실린 신문 날짜에서 하루가 지나 있었다. 하루가 송두리째 사라져버린 것이다.

술을 마신 기억 따위 남아 있지 않았다. 백번 양보해 술을 마셨다 치고, 만취 상태로 하루 동안 차 안에서 쓰러져 있었다 해도 입고 있는 옷마저 바뀌어 있는 건 설명이 불가능했다.

그때 핸드폰이 울렸다. 건우였다. 지금 건우의 전화를 받을 마음의 여유는 없었다. 하지만 벨소리는 오랫동안 끊이지 않고 민아의 불안을 가중시켰다. 마지못해 민아는 전화를 받았다.

"어이, 이민아 대단한데?"

"……뭐가?"

"이민아 변호사 뮤지컬 도전! 신문에 대문짝만 하게 실렸잖아. 근데 너 언제부터 뮤지컬에 관심이 있었던 거야? 어제 백화점에서 날 모른 척한 것도 연기 연습한 거야?"

"자, 잠깐만! 우리가 백화점에서 만났다고? 바에서 헤어진 후에? 아, 아니 그것보다 뮤지컬, 신문은 또 무슨 소리야?"

당장 지구가 멸망할 거라는 소식보다 터무니없는 말에 당황한 민아가 질문을 퍼부었다.

"너야말로 무슨 소리야. 몇 개의 매체에서 네 소식을 다뤘는데!"

건우의 말투는 장난 같지 않았다.

"……다시 전화할게."

뚝. 민아는 전화를 끊자마자 스마트폰으로 인터넷에 접속했다. 이민아 변호사, 라는 검색어를 입력한 후 페이지에 도배되는 최신 기사의 타이틀을 보는 순간, 둔기로 머리를 맞은 것처럼 머리가 띵해왔다.

"나 미쳤나 봐."

한동안 멍하니 기사를 쏘아보던 민아는 누군가에게 전화를 걸었다. 그리고 인사말이 들리기도 전에 다짜고짜 말했다.

111

"나 지금 갈게. 예약 환자 있으면 취소시켜. 30분이면 도착할 거야."

전화를 끊으려다 한마디 덧붙였다.

"알겠지만, 내 이름으로 예약은 넣지 마. 정신과 상담 기록 따위가 남는 건 싫으니까."

민아는 시동을 걸고 액셀을 밟았다. 스프링처럼 차가 튕겨 나갔다.

운전하는 동안 몇 번이나 아버지에게 전화가 왔지만 무시했다. 치밀어 오르는 역정을 꾸역꾸역 참고 있을 아버지의 모습을 상상하니 머리가 쭈뼛거렸지만, 원인을 알아야 설명이든 변명이든 가능했다.

따뜻한 조명 아래 탁 트인 상담실은 대리석으로 된 커다란 테이블과 흰색 가죽 소파를 중심으로 차분한 인테리어를 연출하고 있었다.

벽면 곳곳엔 선정의 학위들과, 환자들과의 얘깃거리를 풍부하게 만드는 게 목적이라는 다양한 그림들이 걸려 있었다. 민아는 그것들을 훑으며 소파로 향했다. 몇 달 전보다 유화 하나가 늘어 있었다.

'쓸데없는 데 또 돈을 썼군.'

민아가 거만한 자세로 소파에 앉으며 생각했다.

하얀 의사 가운이 썩 잘 어울리는 선정이 민아의 생각을 읽기라도 한 걸까. 커피머신에 캡슐을 넣으며 특유의 부드럽지만 직설적인 말투로 말했다.

"정신과 상담은 미친 애들이나 하는 거라며?"

"그래. 그 생각은 변함없어."

"그럼 네가 미치기라도 했다는 거야?"

"……아마도?"

예상치 못한 민아의 반응에 김이 피어오르는 커피잔 두 개를 들고 소파로 향하던 선정의 발걸음이 멈칫했다. 민아는 그런 반응을 이해라도 한다는 듯 크게 한숨을 내쉬며 "노파심에서 한 번 더 말하는데, 지금 내가 하는 말은 절대 비밀이야" 하는 말을 시작으로 지금 자신에게 닥친 황당한 상황을 찬찬히 설명했다.

차분하게 민아의 이야기를 경청하던 선정이 담담하게 말했다.

"가끔 과로하거나 과음하면 기억을 잃을 때가 있어. 특히 너같이 두뇌 사용량이 많은 사람일 경우 충분히 그럴 수 있고. 게다가 넌 은근 애주가잖아."

"너 오늘 자 신문 안 봤구나?"

민아는 테이블 위에 놓여 있는 신문을 들어 자신의 기사가 실린 페이지를 펼쳐 보였다.

"그래. 과음으로 정신이 나갔다고 쳐. 그럼 이건 어떻게 설명할 수 있을까?"

무심히 신문을 훑던 선정의 눈빛이 문득 진지해졌다.

"이거…… 정말 네가 한 일이 아니야?"

"알잖아. 난 일과 관련 있지 않은 한 뮤지컬 따위 평생 볼 일 없는 사람이야. 그런 내가 뜬금없이 뮤지컬 오디션을 본다고?"

"왜, 오디션 현장에 범인이 있었다거나."

"난 변호사지, 형사가 아니거든."

민아가 딱 잘라 말했다.

"그래. 그럼 기자한테 확인 전화는 해봤어? 너와 비슷한 다른 사람을 오해했을 수도 있지 않을까?"

"물론 여기 오는 길에 확인해봤지. 내가 확실해. 그리고 내 핸드폰에 극단 번호로 전화한 기록까지 남아 있더라고."

선정은 남은 커피를 홀짝거렸다. 팔짱을 끼고 심각한 표정으로 한동안 민아를 응시하더니 "최근에 무슨 일 있었어?" 하고 불시에 질문을 던졌다.

"일상이 일이지. 하지만 네가 네 환자인 정신이상자들에게서나 들을 만한 그런 서프라이즈한 일은 없었어. 기억을 잃었고, 기억을 잃은 시간 동안 미친 짓거리를 했다는 것 외엔. 아, 그게 놀랄 만한 일인가?"

민아가 퉁명스럽게 대답했다. 하지만 선정은 자신이 질문을 던졌을 때 순간적으로 당황하던 민아의 표정을 놓치지 않았다. 그러나 민아의 성향을 너무나도 잘 알기에, 그에 대해 다시 묻진 않았다.

"그래. 어쨌든 네 걱정대로 너한테 무슨 문제가 생긴 건지도 몰라. 하지만 네가 평소처럼 속마음을 닫고 겉만 내비친다면 난 널 도울 수 없어."

"난 너에게 도와달라는 게 아니야. 비슷한 사례가 있는지 알고 싶은 것뿐이야. 기침과 콧물이 감기인 것처럼, 이렇게 기억을 잃고 그동안 내가 모르는 일이 벌어졌다면 그건 대체 무슨 병명이냐는 거야. 난 그것만 알고 싶고, 알면 돼."

민아가 따지듯이 말했고, 선정은 그런 민아를 안타까운 시선으로 바라보며 고개를 저었다.

"나도 몰라. 내과 의사가 환자의 몸 상태를 정확하게 파악해야만 병명을 알 수 있듯이, 정신과 의사는 환자의 마음을 완벽히 이해해야만 해."

"날 정신병자 취급하지 마. 내 정신은 멀쩡해!"

선정의 말을 들은 민아가 발끈했다.

"글쎄. 현대인 중에 멀쩡한 정신을 가진 사람은 거의 없다고 봐야 할걸? 물론 나도 예외는 아니야."

선정이 낮은 목소리로 부드럽게 말하며 손목시계를 보았다.

"곧 예약 환자가 있는데. 어쩌지?"

"아, 그래. 내가 좀 흥분했지"

"이 정도쯤이야 뭐."

선정은 별것 아니라며 따뜻하게 미소 지었다. 자리에서 일어나 상담실을 나가던 민아는 문 앞에서 힐끗 선정의 눈치를 살폈다. 그런 민아의 행동 하나하나를 세심하게 살피던 선정이 민아를 향해 찬찬히 일러주듯이 말했다.

"사람에게 갑자기 충격적인 일이 생기거나, 충격적이었던 과거의 기억이 떠오르면 너와 같은 현상이 일어날 수 있어. 어떤 상황 이후에 기억이 끊겼는지 한번 잘 생각해봐."

불현듯 민아의 눈빛이 흔들렸다. 마지못해 "내가 한 이야기는 못 들은 걸로 해줘. 시간 내줘서 고맙고"라는 말만을 남기고 상담실을 나갔다.

민아가 사라진 후에도 선정의 시선은 한참이나 테이블 위에 펼쳐진 신문을 향해 있었다.

"혹시……."

선정이 미간을 찌푸리며 혼잣말로 중얼거리는 순간, 내선 전화 벨이 울렸다. 선정은 의미심장한 표정으로 신문을 덮으며 자리에서 일어났다.

민아는 성폭행 사건 이후 누구에게도 마음을 열지 않았다. 하지만 고3 시절 학급 임원을 함께하며 알게 된 선정에게만큼은 특유의 편안함을 느끼며 서서히 가까운 사이가 됐다.

선정은 의대에 입학했고, 정신과 전문의가 되었다. 게다가 우연찮은 기회에 다양한 사람의 심리 상담을 해주는 케이블TV 프로그램 패널을 맡아 점차 이름을 알렸다. 하지만 날이 갈수록 약물중독이나 섹스, 간통 등의 자극적인 상담을 바라는 제작진의 요구에 과감히 하차를 선언했고, 이후 개원을 했다.

지금은 가수와 배우, 정치인 할 것 없이 수많은 유명인이 선정의 고객이었다. 민아 또한 선정의 실력을 높이 사, 피의자나 피해자의 심리를 파악하기 위해 종종 그녀를 찾았다.

선정은 민아에게 몇 안 되는 가까운 인물이었다. 하지만 민아는 모든 사람이 자신의 완벽한 모습만을 보길 바랐다. 그래서 필요에 따라서는 자신을 어려워하고 두려워하길 바랐다. 그것은 거의 병적이었다.

민아는 아직도 똑똑히 기억하고 있었다. 성폭행 사건에 대한 진술을 하는 자신에게 향하던 경찰서 직원의 동정의 눈빛과 '니가 병신 같아서 당한 거야'라는 경멸 어린 시선들.

다시는 그 누구에게서도 그따위 시선은 받고 싶지 않았다. 그럴 바엔 오히려 죽어버리는 게 나았다. 엄마, 그리고 성폭행과 관련된 불행하고 어두웠던 자신의 과거는 어느 누구도 알아선 안 됐다. 그건 단 한 사람의 예외도 없어야 했다.

민아는 병원 건물을 나오며 선정이 던진 마지막 말을 떠올렸다.

'사람에게 갑자기 충격적인 일이 생기거나, 충격적이었던 과거의 기억이 떠오르면 너와 같은 현상이 일어날 수 있어. 어떤 상황 이후에 기억이 끊겼는지 한번 잘 생각해봐.'

재판, 승소, 만족감, 그리고 살인범을 풀어줬다는 건우의 비난, 엄마의 자살 소식, 병원, 다시금 떠오른 과거의 기억, 주차장, 홍신소의 전화, 접촉사고, 다툼…… 머리에 쥐가 날 정도로 몇 번을 다시 생각해봐도 블랙홀에 빠진 듯 어두컴컴했다.

'그럼 병원으로 가봐야 하는 걸까……' 하고 차에 타며 생각했지만, 시동을 걸자 마음이 바뀌었다. 아버지를 더 기다리게 했다 간 무슨 일이 벌어질지 예측조차 할 수 없었다.

 거만하게 팔짱을 끼고 안락의자에 깊숙이 기대앉은 이주승의 매서운 눈동자는 거대하고 육중한 원목 책상 위에 펼쳐진 두 개의 신문에 꽂혀 있었다. 신문 지면 위에는 커다란 헤드라인으로 '미녀 변호사, 뮤지컬에 도전하다'와 '헌정, 퀀텀 게이트 비리의 숨은 몸통?'이라는 내용이 각각 적혀 있었다. 헤드라인 활자들은 살아서 꿈틀거리는 바퀴벌레처럼 그의 심기를 건드렸다.
 이주승은 전화기를 들어 내선 번호를 눌렀다. 신호가 채 한 번 울리기도 전에 전화가 올 거라는 것을 예상했다는 듯 담담한 상대의 목소리가 들렸다.
 "예, 이 대표님. 김형석 변호사입니다."
 "난 이런 기사가 나오는 걸 원치 않아."
 "죄송합니다. 사전에 기사를 중단하겠다고 약속했었는데……"
 "우리는 밖으로 드러나면 안 돼. 보이지 않아야 두려운 법이거든."
 "잘 알고 있습니다."
 "어떻게 할 생각이지?"
 "당장 정정 보도와 사과문을 게재하지 않으면 20억 원의 소송을 청구하겠다고 하겠습니다."
 "그것만으로는 부족하지."

"예?"

"그렇게 해서는 재발을 막지 못해. 기사를 담당했던 취재기자의 사표를 받아내. 그리고 다시는 언론사에 발을 못 들이게 만들어."

"네. 그렇게 하겠습니다."

"아, 오늘 아침에 보니 회사 앞에서 집회하던 녀석들이 사라졌던데 일은 잘 마무리됐나?"

"예. 지난번에 직접 만나 타일렀는데도 듣질 않아서 손을 썼습니다. 현재 소송과 경찰 조사가 동시에 진행되고 있습니다."

"이번 일도 잘 처리하길 바라네."

수화기를 내려놓은 이주승은 진한 에스프레소 한 잔을 마시며 통유리로 된 거대한 창밖으로 바삐 움직이고 있는 사람들을 내려다보았다. 그건 마치 땅 위로 개미들이 우글거리는 모습을 연상시켰고, 마음만 먹으면 발로 그들의 목숨을 짓이겨줄 수 있을 것만 같았다. 그런 상상을 할 때마다 이주승의 입가엔 희미한 미소가 번졌다.

대형 로펌의 대표는 신도 부러워할 만한 자리였다. 대통령에게 따라다니는 임기도 없고 대기업 대표가 해야 할 이미지 관리도 필요 없었다. 마음만 먹으면 사람을 죽일 수도 살릴 수도 있었다. 사람들은 신에게 무언가를 바랄 때는 공짜로 바라고 무슨 일이 일어나면 무조건 원망하지만 이주승에게 뭔가를 바랄 때는 머리를 조아리며 무언가를 바쳐야 했다.

이주승이 창조해낸 권력은 그의 피와 함께 더욱 번성해가야 했다. 새로운 왕족의 탄생. 그러나 아쉽게도 그에게 아들은 없었다. 하지만 그가 가진 아름답고 똑똑한 딸은 아들이 해줄 수 있는 것 이상을 해내왔다. 그녀가 앞으로 해야 할 일은 더욱 뛰어난 변호사가 되어 다른 재벌가와 혼인하는 일이었다. 법조계의 최고와 재벌가의 결합. 상상만으로도 통제할 수 없는 쾌감이 일었다.
그런데 뮤지컬이라니! 어떤 재벌가문에서 딴따라를 좋아하겠는가.
'역시나 피는 속일 수 없는 것인가.'
이주승은 팔짱을 풀고 턱을 지그시 괴며 고민했다. 노크 소리가 들리는 순간, 그는 결정했다. 무턱대고 다그치는 것보다 따끔한 경고로 상황을 바로잡아야겠다고.
이주승은 사람을 다룰 줄 알았다.
문이 열리고 추리닝 차림에서 깔끔한 정장으로 갈아입은 민아가 사무실 안으로 들어왔다. 이주승은 다짜고짜 신문을 가리키며 서늘하게 말했다.
"설명해봐."
민아는 "먼저 말씀 못 드려서 죄송해요"라는 말을 시작으로 사무실로 오는 동안 생각해놓은 자신이 생각해도 뻔한 변명거리를 늘어놓았다.
"의뢰인 조사차 잠시 들른 곳이었는데, 왜 이런 기사가 났는지 황당해요. 오보예요. 당장 기사 내리라고 전화 돌렸어요. 그러지 않으면 명예훼손으로 고발할 거고요."

"그래. 가끔 기자들은 기삿거리를 만들려고 이야기를 지어내기도 하지. 어찌 보면 그만큼 네가 영향력 있는 변호사가 됐다고 볼 수도 있고."

민아는 아버지 표정에서 그가 지금 자신의 변명을 믿는 척하고 있을 뿐이라는 걸 알 수 있었다. 하지만 지금 상황을 넘길 수 있다면 어찌 됐든 상관없었다.

"그럼 나가볼게요."

"잠깐."

서둘러 자리를 피하려는 민아의 발걸음이 이주승의 묵직한 목소리에 멈췄다.

"……네?"

"네가 맡을 다음 사건이 김 회장이 의뢰한 S사와 A사의 스마트폰 특허 침해 건이었지?"

그렇게 묻는 아버지의 눈빛 속에 서린 교묘함의 의미를 깨닫는 순간, 민아는 급하게 말을 이었다.

"그 사건은 이미 완벽하게 준비해놨어요. 걱정 마세요."

"그래? 그런데 아까 이민아 변호사 투잡 기사 말이다. 오보랬지? 물론 난 믿어. 하지만 김 회장도 그럴까? 김 회장은 병적으로 사람을 믿지 않는 사람이야. 그런 그가 뮤지컬 배우를 투잡으로 꿈꾸는 젊은 변호사에게 수천억이 걸린 소송을 맡기고 두 발 뻗고 잘 수 있을까?"

"아버지!"

"지금까지 모은 자료는 진 변호사한테 넘겨. 사실 너에게 조금은 벅찬 사건이야."

"무슨 말씀이세요. 이번 소송도 별 탈 없이 마무리 지었잖아요!"

민아가 발끈했다. 민아의 얼굴을 빤히 쳐다보던 이주승이 입꼬리를 올리며 피식 비웃었다.

"너, 그게 온전히 네 실력으로만 이뤄진 결과라고 생각하니?"

"……네? 그 말씀은…… 뒤에서 로비를 하셨다는 말씀이세요?"

"로비? 그보다 더한 거지."

민아의 말문이 턱 막혔다.

"30년 형사 경력의 베테랑 조사원, 국내 최고의 법의학자 두 명, 스위스에서 데리고 온 저명한 법의학자, 서울대 법대 출신의 새끼 변호사 다섯 명."

"비용은 원고가 부담한 것 아닌가요?"

"단지 돈만으로 그 사람들을 부릴 수 있다고 생각하나?"

"어쨌든 로비를 하신 건 아니란 말씀이시죠?"

"내가 그딴 사건 하나로 아쉬운 소리를 해가며 로비를 할 것 같아?"

민아는 조그맣게 안도의 한숨을 내쉬었다.

"그래, 유죄인 걸 알면서도 변호한 가상한 용기는 인정하마. 하지만 그런 변호사는 넘쳐나. 특히 내 빌딩에선. 그건 너도 알겠지? 다시 말하면, 넌 아직 똑똑한 어린애에 불과해. 석 변호사 서포트나 하면서 머리 좀 식혀!"

"지금 저보고 딱새 짓이나 하라는 거예요?"

이주승이 의자를 돌리며 천천히 자리에서 일어났다. 그리고 창밖을 내려다보며 비릿하게 웃으며 말했다.

"세상엔 그 기회조차 얻지 못해 발버둥 치는 인간들로 가득하지."

그제야 민아는 깨달았다. 아버진 자신의 일을 빼앗고, 자존심을 짓누르며 이번 사건에 대한 경고와 벌을 동시에 주고 있다는 것을.

사라져버린 하루에 대해 솔직하게 고백하고 싶었지만 엄두가 나지 않았다. 마당에 잡초 하나만 올라와도 화학물질을 들이부어 뿌리부터 없애버리는 아버지가 집안에 정신이상자를 방치해 둘 리가 없었다.

자신이 알고 있는 한, 아버지의 마음을 바꿀 수 있는 방법은 없었다. "그렇게 하겠습니다" 하고 차갑게 대답한 후 이주승의 시야에서 사라졌다.

서둘러 자신의 사무실로 들어온 민아는 제일 먼저 눈에 띈 커피잔을 집어 들어 창문을 향해 힘껏 던졌다. 쨍! 하는 소리와 함께 상화유리를 맞고 튕겨나간 유리 파편들이 사방으로 흩어졌다. 민아는 유리 파편들을 밟으며 책상으로 걸어갔다. 그리고 이제까지 피땀 흘려 조사했던 스마트폰 특허 침해와 관련된 자료들을 모조리 찾아 찢어버리고 삭제해 복구가 불가능한 상태로 만들었다.

하지만 목을 조르는 것만 같은 분노는 사그라질 기세 없이 시간이 흐를수록 점점 더 커져만 갔다. 마치 시한폭탄처럼. 이대로 두었다가는 몸 안에서 터져버릴지도 몰랐다. 분노를 풀 대상이 없다는 것이 민아를 더욱 미치게 만들었다. 가해자가 없는 사건은 있을 수 없었다. 누군가는 죗값을 받아야 했다. 민아는 창에 비친 유력한 용의자를 보았다. 기억을 잃은 바로 자신이었다.

민아는 질끈 눈을 감고 고개를 세차게 흔들었다. 서둘리 죄를 덮어씌울 상대를 찾아야 했다. 순간 기억을 잃기 직전 걸려 온 홍신소와의 전화 내용이 떠올랐고, 민아의 얼굴에 가느다란 미소가 피어올랐다.

'다 너희들 때문이야. 그러니까 너희들은 죗값을 치러야 해.'

민아는 조금은 경쾌해진 발걸음으로 사무실을 빠져나와 주차장으로 향했다. 차에 타자마자 콘솔박스 안에 넣어둔 대포폰을 꺼내 문자를 확인했다. 홍신소에서 보낸 문자가 와 있었다.

—신길동 102-3번지 청우 빌딩, 307호 우편함, 고객님 핸드폰 번호 뒷자리.

"신길동?"

암호 같은 문자 내용을 머릿속에 입력한 민아는 더는 쓸모없어진 대포폰의 전원을 끄고 콘솔박스에 처박았다. 그리고 힘껏 액셀을 밟았다.

정의를 추구하는 것처럼 보이는 법의 이면에는 수많은 불법적인 수사와 선을 넘어선 조사, 그리고 범죄에 가까운 일들이 비일비재했다. 그런 불법적인 일들이 필요할 때 변호사들은 종종 흥신소를 찾는다. 그중 민아가 택한 '에이전트'는 깐깐한 변호사들 사이에서도 높은 신용도와 실력을 자랑하는 곳이었다.

내비게이션의 도움으로 신길동에 도착한 민아는 CCTV가 보이지 않는 곳에 차를 주차해놓고 청우 빌딩을 찾았다. 말이 좋아 빌딩이지, 다 쓰러져가는 허름한 5층짜리 건물이었다. 입구로 들어서자마자 퀴퀴한 냄새가 민아의 코끝을 자극했다. 적막한 건물 안으로 새어오는 스산한 바람 소리에 신경이 예민해진 민아는 서둘러 우편함을 찾았다. 먼지로 뒤덮인 우편함은 군데군데 시퍼렇게 녹슬어 있었다. 얼굴을 찌푸리며 가방 안에서 손수건을 꺼내 손을 감싼 후, 307호 우편함을 열었다. 낡은 우편함 안엔 그것과 어울리지 않는 신식 금고가 들어 있었다.

핸드폰 번호 뒷자리를 누르자 기계음과 함께 금고 문이 열리며 노란색 서류 봉투 하나가 민아의 시야에 들어왔다. 자신도 모르게 두리번거리며 주위를 확인한 민아는 낚아채듯 서류 봉투를 꺼내 가방에 넣었다. 그리고 미리 준비한 의뢰비를 금고 안에 넣은 후, 도망치듯 건물을 빠져나왔다.

애스턴 마틴의 날렵한 핸들을 잡은 민아는 평소보다 거칠게 차를 몰아 신길동에서 멀어져 갔다. 틈이 날 때마다 조수석에 놓아둔 가방 사이로 비죽 튀어나온 서류 봉투를 흘긋거렸다.

'그 새끼들은 지금 어떻게 살고 있을까.'

민아는 현재 성폭행범들의 삶이 최악만은 아니길 간절히 바랐다. 아니, 차라리 행복하길 바랐다. 바닥에 있는 사람을 쓰러뜨리는 것보다, 하늘에 있는 사람을 떨어뜨리는 게 몇 배는 더 짜릿할 테니까.

갑자기 굵은 빗방울 하나가 차창으로 툭 하고 떨어졌다. 반사적으로 하늘을 올려다보니 겨울 빛을 띠고 있던 푸른 하늘이 순식간에 어둠에 휩싸이고 있었다.

'한겨울에 웬 비?'

곧 후드득 빗줄기가 쏟아지며, 사정없이 차창을 후려쳤다. 클랙슨 소리가 급격히 늘어나면서 차가 막히기 시작했다.

민아는 짜증 섞인 한숨을 쉬며 내비를 켰다. 그리고 사무실로 가기 위해 건너야 하는 다리들의 교통 상황을 검색했다.

반포대교는 삼중 추돌사고로 심각한 정체를 보이고 있었고, 잠수대교는 곧 통제될 예정이었다. 성수대교나 동호대교도 갑갑한 상황은 마찬가지였다.

"짜증 나."

꽉 막힌 도로에 옴짝달싹 갇혀 시간을 허비하는 것은 딱 질색이었다. 더군다나 지금은 쓰레기들의 신상 정보에 대한 궁금증으로 몸이 바짝 달아오른 상태였다. 한시바삐 서류 봉투를 뜯어 호기심을 해소하지 못한다면 언제나처럼 누군가에게 시비를 걸지도 몰랐다.

때마침 구형 그랜저가 자신의 차 옆으로 무작정 차 앞머리를 들이밀었다. 문득, 어제 조수석 문짝을 들이받았던 아주머니가 떠올랐다. 기억을 잃는 바람에 영락없이 수리비는 자신의 몫이었다.

'지금 저 그랜저가 들이미는 방향이 운전석 문짝이 아닌, 반대였으면 좋았을 텐데……' 하는 치사한 생각을 하던 순간, 민아의 머릿속에 번뜩 무언가 떠올랐다.

CCTV.

'그래. 병원에 가서 주차장 부근의 CCTV를 확인해야겠어. 뺑소니 아줌마도 찾고, 잘하면 내가 기억을 잃게 되는 현장도 확인할 수 있을 거야.'

하지만 병원도 사무실과 같은 위치에 있었다. 민아는 일단 가까운 어딘가에 들어가 자료부터 확인하기로 결정했다. 때마침 오른쪽 길가에 있는 카페 하나가 눈에 띄었다. 민아는 카페를 향해 급하게 핸들을 꺾었다. 아슬아슬한 차이로 구형 그랜저는 고가의 수입차에 흠집 내는 불상사를 피할 수 있었다.

한마디로, 운이 좋았다.

민아는 카페 주차장에 정차하자마자 발레파킹 부스를 향해 신경질적으로 클랙슨을 눌렀다. 주차 요원이 뛰어왔고, 민아는 자연스럽게 그가 쓴 우산을 빼앗아 들고 카페로 들어갔다.

평일 낮이라 그런지, 원래 손님이 없는 건지 카페 안은 한적했다. 민아는 카운터에 앉아 책을 읽고 있던 웨이터를 향해 고개를 돌려 말했다.

"아이스 아메리카노!"

그리고 웨이터의 대답을 듣기도 전에 창가 끄트머리에 있는 구석진 자리로 향했다. 자리에 앉은 민아는 몸과 가방에 젖은 물기를 꼼꼼히 닦은 후 서류 봉투를 꺼냈다.

민아의 눈빛이 날카롭게 빛났다. 결연한 표정으로 봉투 입구를 찢으려는 순간, 옅은 커피 향과 함께 누군가의 목소리가 들렸다.

"아이스 아메리카노 한 잔 나왔습니다. 다른 필요하신 게 있으시면—"

민아에게 필요한 건 한시라도 빨리 웨이터가 사라지는 것이었다.

"귀찮게 하지 않으시면 돼요."

민아가 웨이터의 말을 칼같이 잘라버리고, 손목을 휘휘 저었다. 영락없이 '저리 꺼져'라는 의미였다. 무안한 표정의 웨이터는 달그락거리는 커피잔을 테이블 위에 조심스럽게 올려놓고 서둘러 사라졌다.

민아는 아이스 아메리카노 잔에 꽂힌 빨대를 빼내고 벌컥벌컥 들이켰다. 속이 뻥 하고 뚫리는 기분이었다. 기세를 몰아 서류 봉투 입구를 거칠게 찢었다.

봉투 안으로 투명한 파일 하나가 보였다. 파일 앞면 상단에 붙은 네임스티커엔 '김종식, 오경준 신상 정보'라고 적혀 있었다.
 파일을 열자 몰래 찍은 듯한 자연스러운 한 남자의 사진이 나타났다. 민아는 남자의 얼굴을 자세히 들여다보았다. 10여 년이라는 세월이 흘렀지만 확신할 수 있었다. 사진 속 남자가 그때 그 새끼라는 것을.
 민아는 끔찍한 기억 속에 휩쓸리지 않도록 호흡을 조절하며 냉정을 유지했다.
 '드디어 이제부터 2라운드가 시작되겠는걸? 재밌는 일이 벌어질 거야. 난 게임의 법칙을 모두 알고 있어.'
 그렇게 생각한 민아가 사진 속 김종식을 향해 나지막이 중얼거렸다.
 "난 네가 죽어버렸으면 좋겠다고 생각했어. 하지만 죽음은 순간의 고통으로 끝나버리잖아? 난, 일할 때도, 식사할 때도, 누군가와 만날 때도, 심지어 내가 사랑하는 남자와 맺어지는 상상을 할 때도 니가 남긴 끔찍한 기억과 수시로 맞닥뜨리는데 말이야. 그래서 계획을 수정했어. 너 또한 평생 벗어날 수 없는 지옥에서 살아가도록 말이야. 유죄를 무죄로 만들 수 있다면, 무죄를 유죄로 만드는 건 일도 아니겠지?"
 민아는 비릿한 미소를 지으며 자료를 읽어 내려가기 시작했다.
 첫 페이지는 놈들의 주민등록번호와 가족 관계, 출신 학교, 수감 시절에 대한 간단한 신상 정보가 나열되어 있었다. 자연스레 두 번째 페이지를 넘겨 첫 문장을 읽는 순간, 민아의 얼굴에 비치던 의연한 미소가 사라졌다.

　　김종식 ; 벤처기업 인텍스 CEO
　　오경준 ; 벤처기업 인텍스 CTO

　　벤처기업 인텍스 ; 홈페이지 제작과 전자출판, 기업의 하드웨어 관리 및 PC조립 등을 주기적으로 납품하며 안정적인 수익 구조를 갖추고 있음. 직원은 서른 명 남짓으로 작년 순수익이 20억을 넘어선 중소기업.

"말도 안 돼……!"
민아는 뒤통수를 얻어맞은 것 같았다. 분명히 놈들이 가능한 한 행복하기를 바라던 민아였다. 물론 지금도 그 마음엔 변함이 없었다. 하지만 이건 아니었다. 놈들 같은 쓰레기는 누려선 안 될 사회적 지위와 행복을 누리고 있었다. 자신이 복수만을 꿈꾸며 악착같이 살아오는 동안 놈들은 자신들의 꿈을 실현시키며 살아왔던 것이다. 민아는 개미지옥에 빠진 개미가 된 기분이었다. 하지만 한 가지 의문점이 개미지옥 끝까지 빠지려는 민아의 뒷덜미를 붙잡았다. 창업 자본. 벤처기업을 창업할 때 적지 않은 자본이 필요하다는 건 상식이었다. 조사 내용에 따르자면 인텍스 벤처의 초기 자본금은 12억, 주식은 모두 김종식과 오경준 소유였다. 그것은 다른 투자자가 없다는 뜻이었다.
　홍신소도 민아와 같은 의문을 품었는지 자본금 출처에 관한 조사를 시도해보았다고 했다. 하지만 가장 유력한 후보였던 놈들의 부모는 창업 당시 그럴 만한 여력이 없었다. 은행이나 제2금융권 또는 사채에서 대출받은 것도 아니었다.

'대체 전과자인 그 자식들에게 누가 그렇게 큰돈을 선뜻 내어 준단 말인가?'

민아는 결국 궁금증을 풀지 못하고 파일을 다음 장으로 넘겼다. 첫 문단을 읽는 민아의 눈빛이 교묘하게 빛났다.

다음 달 17일, 강남에 위치한 임피리얼팰리스 호텔에서 오경준의 결혼식이 열릴 예정.

'결혼식? 그래, 결혼식장이야말로 완벽한 무대지. 가장 행복해야 하는 날, 끔찍한 일이 시작되는 거야. 한 달…… 절대 길지 않은 시간이야. 서둘러야 해.'

민아는 아무래도 상관없는 의혹 따윈 앞으로의 계획 속에 잠식해두고, 그려놓았던 시나리오의 커다란 얼개 안에 김종식과 오경준을 집어넣었다.

창밖을 바라보니 어느덧 빗줄기는 힘을 잃었다. 다시 한 번 교통정보를 검색했다. 사고 처리가 끝난 반포대교의 교통 상황은 원활했다.

민아가 만족한 표정을 지으며 핸드폰을 가방 안에 집어넣으려는 순간, 벨소리가 울렸다. 건우였다. 그리고 보니 '금방 다시 전화할게' 라고 말하며, 서둘러 건우의 전화를 끊은 지 벌써 일곱 시간이 지났다. 민아는 잠시 머뭇거리다 결국 전화를 받았다.
"……나야."
"금방이 너무 오랜데? 벌써부터 팬 관리가 이러면 곤란해!"
건우가 너스레를 떨며 불만을 토로했다.
"미안. 바빴어."
"뭐 하는데? 뮤지컬 연습?"
"장난해? 사무실에서 일하고 있어."
뮤지컬이란 단어에 발끈한 민아가 거짓말을 했다.
"그래? 나 지금 너희 사무실 근처에서 미팅 중인데 곧 끝나. 사무실로 갈 테니까 잠깐 봐. 아, 나 배터리 없으니까 기다려줘."
뚜뚜 소리와 함께 전화가 끊겼다. 다시 통화 버튼을 눌렀지만, 전원은 꺼져 있었다.
민아는 계획을 수정했다. 먼저 사무실을 들러 건우와 만난 다음, 강남병원으로 이동해 CCTV를 확인하기로 했다. 어차피 사무실과 강남병원의 거리는 엎어지면 코 닿을 거리였다.
자리에서 일어나 카운터로 간 민아는 계산서와 카드를 내밀었다. 그때 카페 문이 열리며 검은 양복 차림의 남자가 들어왔다. 카운터 앞에 서 있는 민아를 발견한 남자는, 반가운 표정으로 대뜸 말을 걸었다.
"어? 다시 못 뵙는 줄 알았는데, 반갑네요!"
단말기에 사인하고 영수증을 찢어 웨이터에게 건네던 민아가 남자를 흘깃 바라보았다. 왼쪽 가슴팍에 달린 명찰엔 지배인이라 적혀 있었다.

"어제 앞으로 올 일이 없을 거라고 말씀하셔서 내심 서운했거든요."

뜬금없는 소리를 지껄이는 그를 무시하고 발걸음을 떼며 민아는 자신이 어제 저녁부터 오늘 낮까지의 기억을 도난당했다는 불쾌한 사실을 상기했다.

"생초콜릿 좀 포장해드릴 테니, 집에서 드세요."

지배인이 미소 띤 얼굴로 말한 후, 경쾌하게 발걸음을 돌렸다.

"잠깐만요!"

"네?"

"제가 어제 여길 왔었나요?"

"네. 어제 이 시간쯤? 커피랑 제가 서비스로 드린 생초콜릿을 드셨죠. 저 자리에서."

지배인이 손가락으로 자리까지 가리키며, 당황스러운 내색과 함께 설명했다.

이런 식으로 자신과 안면이 있는 것처럼 작업 멘트를 던지는 남자들이 종종 있긴 했다. 하지만 지금 지배인의 표정은 거짓이 아니었다.

"제가 그쪽이 준 초콜릿을 먹던가요?"

"……네."

민아는 초콜릿을 싫어했다. 더군다나 역할 정도로 단 생초콜릿은 냄새만 맡아도 머리가 지끈거렸다.
"괜찮으세요?"
민아는 지배인의 말에 대꾸하지 않고 서둘러 카페를 빠져나왔다.

사무실에 도착하자마자 책상 위로 가방을 탈탈 털었다. 핸드폰, 지갑, 자동차 키, 다이어리, 파우치 등이 우수수 떨어졌다. 민아는 지갑을 집어 들었다. 개인적으로 쓴 영수증은 그 자리에서 그대로 처분하는 습관을 지닌 민아의 지갑에서 영수증 두 개가 발견됐다. '아이모아 카페 하우스 커피'와 '신세계 백화점.' 영수증 상단에 찍힌 날짜는 바로 어제였다.
"나…… 정말 미치기라도 한 거야?"
민아가 어안이 막힌 표정으로 중얼거렸다.
"안 돼. 절대 안 돼. 난 지금부터 해야 할 일이 있단 말이야. 그것도 아주 중요한! 또다시 기억을 잃을 순 없어…… 난 그 쓰레기들에게 복수해야 해! 지옥으로 떨어뜨려야 해! 나처럼 평생 말이야!"
민아가 꽥 소리를 지르며, 영수증을 갈기갈기 찢었다. 그때 책상 위의 가방에서 떨어진 핸드폰이 울렸다. 모르는 번호였다. 하지만 낯익은 번호이기도 했다.
"이민아 변호사입니다."
"어딥니까? 대체 어떻게 된 거죠? 극단으로 기자들이 전화하고 난리가 났습니다."

뜬금없는 소리에 민아는 전화를 끊어버렸다. 하지만 낯익은 그 번호가 핸드폰 발신 표시에 찍혀 있던 뮤지컬 극단 번호라는 것은 직감으로 알 수 있었다.

다시 한 번 벨이 울렸다. 짜증이 솟구친 민아가, 핸드폰을 집어 들어 벽을 향해 냅다 던졌다. 벨은 끊이지 않고 계속 울렸다.

갑자기 민아의 호흡이 가빠졌다. 아무리 심호흡을 해봐도 소용없었다. 미끄럽고 불안정한 땅에 서 있는 것 같은 현기증이 일었다. 책상 모서리를 잡고 정신을 가다듬으려 애를 썼다. 하지만 계속해서 누군가 강렬히 자신을 밀어내는 듯한 기분이 들었다. 사물이 겹쳐 보이기 시작했고, 머릿속에 부옇게 안개가 서렸다.

무의식중에 민아는 생각했다. 이렇게 정신을 놓는다면, 또다시 어제와 같은 일이 벌어질 것만 같다고.

"안 돼……"

민아는 필사적으로 버텼다. 그때였다. 노크 소리와 함께 사무실 문이 열렸다. 흐릿한 민아의 시야 속으로 건우의 모습이 보였다.

"지금껏 날 기다려주다니 영광인데?"

사무실 문을 열고 들어온 건우가 장난스럽게 말하며, 민아에게 가까이 다가왔다. 새파랗게 질린 민아의 얼굴을 본 건우는 그녀를 향해 손을 뻗으며 소리쳤다.

"이민아! 어이, 이민아! 왜 이래!"

민아는 스르륵 바닥으로 쓰러졌다. 자신의 어깨를 흔들며 소리 지르는 건우의 목소리가 점점 아득해졌다. 사랑하는 남자 앞에서 흐트러지는 모습 따위 보이고 싶지 않았다. 하지만 더는 불가항력이었다.

민아는 정신을 잃었다.

5 chapter

As you like it

재희는 자신의 몸 안으로 스멀스멀, 벌레가 기어 들어오는 것만 같은 야릇한 기분을 느끼며 서서히 정신이 들었다. 항히스타민제 성분이 든 약을 복용했을 때와 같이 몸이 나른했다. 재희는 무겁게 닫혀 있는 눈꺼풀을 그대로 내버려둔 채, 기억을 더듬었다.

낯선 방에서 잠이 깼고, 자신의 심장이 도려내졌다는 끔찍한 사실에 절망했다. 하지만 우연히 접한 뮤지컬 단원 합격 소식에 절망감은 마법처럼 사라졌다. 들뜬 마음으로 극단을 향해 차를 몰며, '공연 첫날 익명으로 가족들에게 초대권을 보내야지' 라는 꿈에 부풀어 있었는데…… 그리고…… 그리고…… 암전.

"깼어? 너 사무실에서 쓰러졌었어. 내가 얼마나 놀랐는지 알아?"

누군가의 걱정스러운 목소리가 들렸다. 힘겹게 눈을 뜨며 목소리가 향한 곳을 찬찬히 응시했다. 손에 테이크아웃 커피잔을 쥔 남자가 걱정스러운 얼굴로 자신을 바라보고 있었다. 얼핏 보기에도 꽤 잘생긴 남자는 어디선가 본 듯한 인상을 풍기고 있었다.

"누, 누구세요?"

재희가 튕기듯 허리를 일으켜 세웠다. 왼쪽 팔에 따끔한 통증이 느껴졌다. 반사적으로 고개를 돌려보니 왼쪽 손목 혈관 사이로 주삿바늘이 꽂혀 있었다. 바늘과 연결된 투명한 고무관 안으로 누런색의 액체가 흘러내리고 있었다.

'링거? 내가 왜 링거를 맞고 있지?'

재희는 그제야 눈을 끔벅이며 주위를 두리번거렸다. 커튼 사이로 보이는 간이침대와 하얀 가운을 입은 의사와 간호사, 그리고 환자. 이곳은 응급실이었다. 그 사실을 인지하자 단어 하나가 재희의 머리를 강하게 강타했다. 장기 적출. 재희는 순식간에 새파랗게 질린 얼굴로 자신의 왼쪽 가슴을 확인했다. 다행히 심장은 멀쩡했다.

"왜 그래? 어디 아파?"

건우가 다급하게 물었다.

"거울…… 거울을 봐야 해."

재희가 중얼거리며 왼팔에 꽂힌 주삿바늘을 힘 있게 뽑아냈다. 그리고 침대에서 풀쩍 뛰어내려 어딘가를 향해 뛰기 시작했다. 재희의 돌발적인 행동에 당황한 건우도 커피를 내려놓고 서둘러 재희를 따라갔다.

재희는 화장실을 발견하자마자 한달음에 안으로 들어갔고, 건우는 그 자리에 멈춰 서서 맥없이 중얼거렸다.

"뭐야…… 급한 거였어?"

화장실 거울 앞에 선 재희는 떨리는 심정으로 거울에 비친 자신의 모습을 확인했다.

짙은 쌍꺼풀, 매혹적인 눈동자, 분위기 있는 입술을 가진 아름다운 얼굴. 그리고 가녀리면서도 육감적인 몸매.

재희가 자신도 모르게 안도의 한숨을 내쉬며 "다행이야. 이 몸이라서……"라고 중얼거렸다. 그 순간, 경기를 일으키듯 화들짝 놀랐다.

재희는 서둘러 수도를 틀었다. 그리고 뻔뻔한 자신의 모습에 경고라도 하듯이 거칠게 얼굴을 씻었다. 양쪽 볼이 얼얼해져 장밋빛을 띨 때까지.

하지만 결국, 뻔뻔해도 달리 어쩔 수 없다는 뻔뻔한 결론을 내렸다.

'그, 그래. 그때 난 불꽃같지만 짧은 인생을 선택했던 거야. 그러니까 난 민아 씨의 몸으로 내가 못다 한 꿈을 이뤄야만 해. 바로 그게 내…… 운명인 거야.'

스스로 암시라도 하듯 거울을 향해 말하던 재희가 문득 손목시계를 내려다보았다. 날짜는 변함이 없었다. 하지만 시간은 이 감독에게 '네. 금방 갈게요' 라고 들뜬 목소리로 말한 지 반나절이

나 훌쩍 지나 있었다.

　시간관념과 책임감이 결여된 단원은 필요하지 않다며 이미 아웃됐을 수도 있다. 게다가 아까 옆에 있던 남자의 말처럼 사무실에서 쓰러졌다면 자신이 기억을 잃은 동안 민아의 의식이 돌아왔다는 건데, 그렇다면 민아 씨가 오늘 자 신문을 보다가 자신의 기사를 발견하고선 경악을 금치 못한 채 극단에 전화했을지도 모르는 일이었다.

　"안 돼…… 빨리 극단으로 가야 해!"

　재희가 고개를 절레절레 흔들며 급하게 화장실에서 뛰쳐나갔다. 벽에 기대서서 재희를 기다리던 건우는 자신의 앞을 모른 척하고 스쳐 지나가는 재희의 손목을 빠르게 잡아챘다. 화들짝 놀란 재희가 뒤를 돌아보았다.

　"너 괜찮아?"

　재희는 자신 앞에 선 남자를 자세히 들여다보았다.

　옅은 갈색 머리와 눈에 띄는 보조개. 그는 분명히 엘리베이터에서 만난 남자와 닮아 있었다. 아니, 바로 그였다. 자신한테 작업을 거는 줄 착각했던.

　재희는 민아의 핸드폰에 떴던 이 남자의 이름을 기억해내려 애썼다.

　"괜찮은 거냐니까?"

　건우가 걱정이 가득한 얼굴로 재차 물었다. 순간 재희의 머릿속에 '아…… 잘생긴 이 남자가 민아 씨의 애인이구나' 라는 막연한 생각이 떠올랐다. 문득 손목의 욱신거림을 느낀 재희는 시선을 아래로 향했다. 반사적으로 재희의 시선을 따르던 건우가 그제야 재희의 손목을 잡고 있던 손에 힘을 풀며 멋쩍게 말했다.

"아. 미안. 아팠지?"

둘 사이에 어색한 침묵이 흘렀다. 그것을 깬 건 건우가 아닌 재희였다.

"저기요."

"뭐? 저기요? 갑자기 왜 또 존댓말이야?"

"아, 아니…… 나 어떻게 병원에 왔어? 택시 타고? 아님…… 그쪽 차?"

재희는 낯선 이에게 의식적으로 반말을 써야 하는 일이 어려운 나머지 더듬더듬 물었다.

"당연히 내 차지. 넌 의식을 잃었으니까."

건우는 도무지 영문을 알 수 없다는 표정이었다. 재희는 '민아 씨. 진짜 미안한데 남자 친구 한 번만 빌릴게요.' 하고 속으로 말한 후 조심스럽게 입을 뗐다.

"부탁인데…… 니 좀 어디 데려다 줄 수 있을까?"

건우는 발그스름해진 볼로 수줍게 자신과 바닥을 번갈아 바라보는 재희를 낯선 사람 관찰하듯 한참을 쳐다보았다. 그리고 결국 "그래" 하고 마지못해 대답했다.

재희는 건우와 함께 응급실을 빠져나와 스산한 겨울 바람을 온몸으로 맞으며 주차장으로 향했다. 확실히 뚱뚱했던 예전 몸이 없을 때보다 몇 곱절은 더 추위를 느꼈다. 손과 발이 떨리고 이가 아래위로 부딪히기 시작했다. 양팔로 몸을 감싸 안았지만 별반 달라지는 건 없었다. 그 모습을 본 건우가 자신이 입고 있던 밤색 코트를 벗더니 재희의 어깨 위에 걸쳐주며 말했다.

"아까 너무 놀라서 민아 네 코트를 못 챙겼어. 이거라도 입어."

"⋯⋯그럼 넌? ⋯⋯넌 안 추워?"

"당연히 춥지. 그러니까 빨리 가자."

"고, 고마워."

건우가 대답 대신 피식 웃으며, 장난스럽게 준비운동 포즈를 취하더니 뜀박질을 시작했다. 그런 건우를 물끄러미 바라보던 재희의 머릿속에 전 남자 친구와의 차마 웃지 못할 추억이 떠올랐다.

어느 추운 날, 남자 친구가 재희의 목에 꽁꽁 감긴 목도리를 부러운 눈빛으로 바라보며 넌지시 물었다. '넌 피하지방이 많으니까 나보단 덜 춥지 않아?'라고.

나쁜 놈! 재희는 고개를 가로저으며 이미 저만치 앞서가는 건우를 빠른 걸음으로 쫓았다.

건우의 차가 주차된 곳이 가까워질수록 재희는 왠지 모르게 주변이 익숙하다는 강렬한 느낌에 사로잡혔다. 문득 고개를 돌려 병동을 바라보았다. '강남병원'이라고 새겨진 거대한 간판이 재희의 시선을 단번에 장악했다.

재희는 그제야 깨달았다. 지금 자신이 걷고 있는 주차장이 불과 하루 전, 한 아주머니와 날카로운 실랑이를 벌이고 있던 민아의 몸으로 들어온 바로 그곳이라는 사실을.

재희의 발걸음이 그 자리에 멈춰 섰다. 그리고 머릿속은 우후죽순 떠오르는 질문들로 혼란스러워졌다.

'민아 씨는 왜 병원에 온 거지?' '대체 목소리는 어디로 사라진 거야?' '만약 지금 목소리가 다시 나타나 네 몸으로 돌아갈 수 있는 방법을 찾았다고 하면? 그럼…… 어쩌지?'

만약 그렇다 한들 지금의 솔직한 심정으로는 그리 반갑지 않을 것 같았다.

"어이, 빨리 타지?"

차 문을 열던 건우가 멀뚱히 서 있는 재희를 향해 차가운 입김을 뿜으며 소리쳤다. 정신이 번쩍 든 재희가 도망치듯 건우의 차에 올라탔다. 그리고 다급하게 건우를 향해 말했다.

"용산구 남산 창작센터…… 빨리!"

건우가 시동을 걸고 차를 출발시켰다. 접지력이 강한 타이어가 주차장 아스팔트 위에 고무 자국을 남기며 달리기 시작했다. 점점 속도는 빨라졌고, 재희가 룸미러를 슬쩍 올려다봤을 땐 이미 강남병원은 시야에서 사라진 후였다. 자기도 모르게 안도의 한숨이 흘러나왔다.

"근데…… 남산 창작센터? 뭐야? 너 혹시 뮤지컬 연습하러 가는 거야?"

건우가 뒤늦게 눈치챘다는 듯 흥미로운 표정으로 물었다. 재희가 머뭇거리자, 건우는 갑자기 호탕한 웃음을 터뜨렸다. 그리고 영문을 모르고 당황해하는 재희를 물끄러미 보며 사뭇 진지한 말투로 말했다.

"아까만 해도 아니라고 그렇게 빼더니만! 너, 대체 언제부터 뮤지컬 배우가 꿈이었던 거야?"

"……."

"시치미를 뗀 건 아버님 때문이야? 하긴, 니가 뮤지컬 배우가 되겠다고 하면 아버님 성격에 가만히 계실 리가 없겠지."

뭐라고 대답할 처지가 아닌 재희는 입을 꾹 다문 채 '민아 씨에게 무서운 아버지가 계시구나' 라고만 생각했다.

"그래도 나한테조차 한마디 말도 없었던 건 좀 서운한데? 암튼 의외야. 그리고……."

건우가 말꼬리를 흐리더니, 마침 신호에 걸린 차를 급하게 멈춰 세웠다. 그러곤 고개를 돌려 지그시 재희를 바라보았다. 건우는 '왜?'라는 듯한 눈빛으로 자신을 바라보는 재희를 향해, "멋지다. 너" 하고 나지막한 목소리로 말하며 예쁜 미소를 지었다. 볼 한가운데 쏘옥 하고 보조개가 파였다.

순간 재희의 심장이 덜컹, 내려앉았다. 그리고 주체할 수 없을 정도로 빠르게 뛰기 시작했다. 재희는 침을 꼴깍 삼키며 '그녀의 심장이기 때문일 거야' 라고 재빨리 단정 지었다. 애써 심장박동 수를 줄여가는 재희의 머릿속에 새로운 궁금증이 일었다.

'이렇게 근사한 남자의 사랑을 받는 민아는 대체 어떤 여자

일까?'

생각해보니 민아라는 여자에 대해 아는 건 그리스 신화에서나 등장할 법한 여신 같은 완벽한 외모를 지녔다는 것, 직업이 변호사라는 것, 나이 그리고 사는 곳이 전부였다.

문득 민아와의 첫 만남이 떠올랐다.

자신의 차 문짝을 박았다는 이유로 남편의 사고 소식을 듣고 다급하게 응급실로 향하던 아주머니의 발걸음을 붙잡아두던 그녀. 희미하게 올라가 있던 그녀의 입꼬리는 마치 그 상황을 즐기는 것처럼 보였다. 한마디로, 민아의 첫인상은 신경질적이고 날카로웠다.

재희는 반포대교 전방에서 과속 방지 카메라를 발견하곤 서둘러 속력을 낮추는 건우의 옆모습을 몰래 흘긋거리며 생각했다.

'이 남자도 여자의 외모는 무엇과도 바꿀 수 없는 절대적 가치가 있다고 생각하는 부류일까?'

하긴 천하의 아인슈타인조차 '남자가 예쁜 여자와 함께라면 한 시간도 1분처럼 느껴진다' 라는 비유를 들며 상대성 이론에 대한 설명을 하지 않았던가. 그렇게 생각하자 건우에 대한 실망스런 감정이 제멋대로 솟구쳐 올랐다. 재희는 고개를 절레절레 흔들며, 쓸데없는 생각 대신 민아에 대한 정보나 더 파악해야겠다고 생각했다. 가령 방금 그가 언급한 민아의 무서운 아버지라든가! 당분간 민아의 몸에서 살아가려면 그런 정보는 꼭 필요했다.

재희가 용기를 그러모아 물었다.

"저기, 난 어떤 사람이야?"

"응?"

뜬금없는 질문을 받은 건우가 의아한 표정으로 재희를 바라보았다.

"아…… 그냥 궁금해서…… 네가 생각하는 난 어떤 사람일까. 왜 가끔 그런 게 궁금할 때가 있잖아."

"그러니까, 내가 널 어떻게 생각하는지 궁금하다는 거야?"

"……어? ……으응."

질문은 재희의 의도에서 살짝 빗나간 듯 보였다. 건우는 미간을 살짝 찡그리며 깊은 생각에 잠겼고, 재희는 질문을 번복할 방법을 찾으려 머리를 굴렸다. 하지만 그러기도 전에 건우가 장난스럽게 눈빛을 번뜩이며 말했다.

"음. 노래 불러주면 말할게."

"……뭐? 노래?"

"응. 넌 10여 년 동안 단 한 번도 내 앞에서 노래는커녕 흥얼거린 적도 없잖아?"

"……"

"그런데 갑자기 뮤지컬 단원으로 뽑혔어. 난 지금 네 노래가 궁금해 죽을 지경이야."

재희는 방금 건우의 말에서 두 가지를 유추할 수 있었다. 민아가 노래 실력이 뛰어나거나, 노래 부르기에 취미가 있는 사람은 절대 아니라는 것. 그리고 둘 사이가 10여 년이라는 긴 세월 동안 지속됐다는 것.

"어때? 괜찮은 거래지?"

건우가 '창작센터 지상 주차장'이라고 적혀 있는 화살표 모양의 팻말을 따라 힘 있게 핸들을 꺾으며 말했다.

늦은 시각. 달빛과 가로등 불빛만이 전부인 야외 주차장은 휑뎅그렁했다.

유연하게 차를 주차한 건우가 재희를 향해 긍정의 답을 원한다는 의미가 담긴 눈빛을 반짝거렸다. 재희는 부담스러운 건우의 시선을 피해 창밖을 응시하며 생각했다.

'난 지금 가방, 지갑, 핸드폰, 심지어 동전 한 푼 없는 신세야. 이 남자마저 사라지면 집에 갈 방법조차 없을걸? 그리고…… 그는 민아 씨를 10여 년이나 알았다니까…… 어쩌면 민아 씨의 속옷 취향까지 알지도 몰라…… 난 그녀의 정보가 필요하다고.'

재희가 차 안에 장착된 전자시계를 한 번 보고 입술을 지그시 깨물었다. 그리고 어렵사리 말을 꺼냈다.

"여기서 잠시만 기다려줄 수 있어?"

"여기서?"

"금방 다녀올게. 다녀와서……"

"노래 불러준다고?"

"……응."

"좋아. 난 일이나 하고 있지 뭐. 요즘은 스마트 시대니까!"

단 한 번 고민하는 흉내도 없이 흔쾌히 답한 건우는 스마트폰을 흔들어대며 여유로운 미소까지 지어 보였다.

"고마워. 갔다 올게."

차에서 내려 차 문을 닫으려던 재희가 안으로 고개를 비죽 들이밀더니 건우를 바라보았다.

"지, 진짜 고마워. 그리고 나 같은 애 때문에 기다리게 해서 미안하고……"

약간은 서글픈 표정으로 말한 재희가 부끄러운 듯 뒤도 돌아보지 않고 극단을 향해 다다다 뛰어갔다. 차 문은 활짝 열어둔 채.

"나 같은 애……?"

건우가 영문을 모르겠다는 얼굴로 되뇌고는, 손을 뻗어 찬바람이 들어오는 조수석 문을 닫았다. 그리고 사이드미러를 통해 재희의 뒷모습이 어둠 속으로 사라질 때까지 바라보았다. 한참 후에야 '에이, 몰라' 하는 표정을 지으며 스마트폰을 꺼내 금일 주가를 분석하기 시작했다.

하지만 오늘따라 한층 더 들쑥날쑥한 그래프들은 좀처럼 눈에 들어오지 않았다.

지금도 그렇고, 어제 엘리베이터에서도 민아의 태도는 평소와 확연히 달랐다. 마치 다른 사람이 빙의된 것처럼. 게다가 오늘은 민아의 눈빛에서 그때 이후 사라졌던 순수함이 문득문득 엿보였다. 그건 도무지 뮤지컬 연기 연습이라고 치부해 넘기긴 어려운 문제였다.

'사람이 갑자기 변하면 죽는다는데……' 건우는 전화번호부에서 고등학교 동창인 '선정'을 검색했다. 그리고 문자를 보냈다.
―선정! 최근에 민아 만난 적 있어?
시간이 지나도 답문은 없었다. 통화를 시도해봤지만 몇 번의 신호만 울리고 전화가 끊기더니 비행기 탑승 모드 중이라는 문자가 도착했다.
건우는 생각에 잠겼다.

건우에게 민아는 아주 소중한 친구다.
아버지 업무 파트너의 딸로 만나게 된 민아의 첫인상은 마치 장식장 위에 도도하게 앉아 있는 유리 인형을 연상케 했다. 하마터면 자신도 모르게 예쁘다는 말을 내뱉을 뻔했다. 건우는 민아의 관심을 끌 심산으로 철학서에서 읽은 소크라테스의 '악법도 법이다' 라는 문구의 근원까지 인용하며 아버지들의 대화에 딴죽을 걸어보았다. 그리고 혼날까 봐 슬쩍 자리를 피했다.
고등학교 입학식 날 다시 만난 민아와 눈이 마주쳤을 때, 저절로 얼굴에 미소가 번졌다. 같은 반이 됐고 친구가 됐다. 건우는 민아의 가시 돋친 장미 같은 고결하고 도도한 분위기가, 냉정함 속에 감춰둔 순수함이, 그리고 특별히 자신에게만 열어주는 마음이 좋았다. 그게 딱히 어떤 감정인지는 알 수 없었다. 단지, 여동생이 있다면 이런 느낌일까 하는 정도였다. 가능하면 가까이에서 점점 아름답게 성장하는 그녀의 모습을 지켜보고 싶다고 막연히 생각했다.

고등학교 2학년 때 다른 반이 됐고, 민아는 소위 날라리라고 부르는 노는 친구들과 어울려 다녔다. 뒤늦게 사춘기가 왔나 싶어 조용히 민아를 주시했다. 어느 날 민아가 등교를 하지 않았다. 건우는 걱정스러운 마음으로 그녀의 집에 찾아갔다. 민아의 아버지는 민아가 급성맹장염으로 입원했다고 말했다. 놀란 건우가 병문안을 원했지만 민아의 아버지는 민아가 원치 않는다는 말과 함께 '허허' 하는 가식 웃음을 지으며 건우의 등을 떠밀었다.

민아는 한 달 후에나 학교에 나왔다. 반가운 마음에 들뜬 건우는 한달음에 민아 반으로 달려갔지만, 그녀를 보는 순간 잠시 말을 잃었다. '잘 있었어? 걱정했다며? 고마워'라고 말하며 건우를 향해 미소 짓는 민아는 마치 다른 사람 같았다.

"혹시 무슨 일 있었어?" 하고 지나가는 말투로 넌지시 물어보았지만 민아는 딱 잘라, 아팠을 뿐이라고 답했다.

민아와 어울렸던 몇몇 친구들이 소리 소문 없이 전학을 가거나 자퇴를 했고, 그녀에 대한 갖가지 소문들이 난무했다. 하지만 건우는 민아의 입에서 확실한 무언가를 듣기 전까지 그 어떤 소문도 믿지 않았다.

민아는 시간이 갈수록 변해갔다. 차갑지만 순수했던 눈빛은 독기로 가득 찼고, 도도함은 무례함으로 둔갑했다. 건우 이외의 다른 남자들이 가까이 다가올 듯한 낌새만 보여도 극도로 예민하게 반응했다. 비단 남자뿐만이 아니었다. 모든 사람에게 벽을 만들어 가까워질 기회를 애초에 차단했다. 민아는 점점 신경질적인 공부벌레가 되어갔다.

건우는 그런 민아가 진심으로 걱정됐다. 그녀를 도울 수 있는 건 뭐든지 하고 싶었다. 하지만 건우에게도 불행이 닥쳐왔다. 건우의 아버지가 외도를 했고, 그 외도가 단순한 불장난으로 끝나지 않은 것이다. 부모님은 이혼소송에 들어갔다. 소송은 재계인 친가와 정계인 외가의 집안 싸움으로까지 번졌다. 장장 6개월에 걸친 너저분한 법정 싸움을 끝으로 건우의 부모님은 결국 협의 이혼했다.

최대 피해자는 건우였다.

새 여자를 집으로 들인 아버지, 친정으로 들어간 어머니는 서로에게 건우를 떠넘겼다. 건우는 하루아침에 강씨 집안의 자랑스러운 외아들에서 천덕꾸러기로 전락하고 말았다. 결국, 아버지는 '글로벌 시대'를 들먹이며 건우에게 유학을 권했다. 아니, 강요했다. 어쭙잖은 반항을 택할 수도 있었지만, 건우는 '타인을 힘들게 하려고 스스로 자신을 괴롭히거나 망가뜨리는 일은 어리석나'고 결론지었다.

건우는 두 가지 조건을 내걸고 유학길에 올랐다. 첫째, 넉넉한 유학생활을 보장해달라. 둘째, 자유를 달라. 하지만 건우는 아버지의 신용카드가 자신의 지갑 속에 들어 있는 이상 진정한 자유 따위는 누릴 수 없다는 걸 알고 있었다.

건우는 타인에게 휘둘리지 않고 살 수 있을 만큼의 힘과 경제력을 갈망하기 시작했다.

그래서 무엇이든 닥치는 대로 배우고 경험했다. 동양인이라고 자신을 대놓고 무시하는 백인에게 달려들어 눈 코 입이 엉망이 될 정도로 패싸움을 하기도 하고(결국 친구가 됐지만), 세계 문화와 언어를 습득하기 위해 남녀노소, 국적을 불문하고 친구를 사귀었다. 골드만삭스의 인턴 추천을 받기 위해 기피 대상 0순위를 자랑하는 교수의 두 자녀를 몇 달 동안 수발들기도 했다.

결국 골드만삭스의 인턴이 됐고, 그 기간 동안 IT 컨설팅 사업부 이사의 눈에 들어 졸업 후 정식 직원으로 채용됐다. 하지만 곧 다른 사람의 사업을 컨설팅해주는 업무에 싫증을 느꼈다. 건우는 자신만의 것을 만들고 싶었다.

당시 IT업계는 급변하고 있었고, 건우는 자신도 그 물결을 타보기로 결심했다. 과감히 신의 직장이라 추앙받는 골드만삭스에 사표를 던지고, 똘똘한 친구 몇 명을 설득해 한국으로 귀국했다.

한국에서 자신만의 사업을 시작한 건우는 정말 눈코 뜰 새 없이 바빴다. 알람도 필요 없었다. 고객의 불만 전화로 하루를 시작했다. 영업을 뛰다 소규모 자영업자들에게 사기꾼 취급을 받을 때면 내가 왜 회사를 관두고 이 고생일까 하는 후회가 밀려오기도 했다.

하지만 몇 달 후, 친구의 친구가 그의 회사 이름을 알았다. 또 몇 달 후 친구들이 그의 회사 이름을 알았다. 또 몇 달 후 아버지에게 전화가 왔다.

"조선일보에 네 이름이 크게 실렸더구나."

그리고 몇 달 후, 외국계 기업에서 건우의 회사를 3,000억에 매입했다. 물론 건우의 CEO 자리는 그대로였다.

건우가 가진 특유의 재치와 판단력, 결단력, 긍정적인 성격, 자긍심, 끈기, 열정 등이 그를 빠르게 성장시킨 것이다. 원금에 이자까지 쳐서 아버지께 카드를 돌려주던 날, 건우는 아버지를 용서하기로 했다. 결과적으로만 따진다면 아버지는 자신의 성장의 최대 주주였다.

유학 시절 간간히 민아와 연락을 취했고, 한국에 와서도 짬이 날 때마다 잠깐씩 얼굴을 봤지만, 긴 세월 동안 이어져온 이도 저도 아닌 둘의 관계는 자연스레 친구로 굳어졌다.

그렇다고 다른 여자를 진심으로 좋아할 수는 없었다. 건우의 눈에 민아는 여전히 아름다웠다. 그리고 어떤 주제로 대화를 나누어도 막힘없을 정도로 지적이었다. 하지만 민아와의 대화는 대화 자체로 끝이었다. 영혼이 통한다는 느낌이 없었다. 정신이 교류되는 짜릿한 순간, 건우는 그것을 느끼고 싶었다. 그런 확신 없이 일순간의 욕정에 휩싸여 오랫동안 이어온 관계를 망치고 싶지는 않았다.

그만큼 민아가 자신에게 특별한 존재임은 확실했다.

그래서 점점 냉혈한 변호사로 변해가는 민아가 염려됐고 바로 어제, 자신의 그런 마음을 직설적으로 민아에게 전달했다. 하지만 그때까지만 해도 오늘 같은 정체불명의 불안이 느껴지진 않았다.

결국 건우는 차에서 내렸다. 그리고 민아가 사라진 방향을 따라 서둘러 걷기 시작했다. 겉옷을 민아에게 준 터라 찬바람이 살을 에었지만, 후회되진 않았다.

연습실 앞에 선 재희는 불빛도, 숨소리조차도 새어 나오지 않는 고요함에 고개를 갸웃거렸다. 손을 뻗어 조심스레 문을 열었다. 어제와 달리 연습실은 텅 비어 있었다. 조심스럽게 연습실 안으로 들어갔다. 나무 바닥에서 올라오는 열기와 땀내가 섞인 공기로 미루어 연습이 끝난 지 얼마 안 된 모양이었다.
"아직 9시도 안 됐는데……"
조명을 켜고 고양이 걸음으로 살금살금 연습실 중앙으로 향하며 소리쳤다.
"아무도 없어요?"
묵묵부답.
'어쩌지……'
재희는 왼쪽 벽면으로 걸어갔다. 그리고 공연 사진들과 관련 기사들이 덕지덕지 붙어 있는 그곳의 한 귀퉁이에서 워드로 작성된 비상 연락망을 찾아냈다.
두 번째 칸에 이 감독의 핸드폰 번호와 집 주소가 기재돼 있었다. 당장 전화를 걸어 한 번만 더 기회를 달라고 사정하고 싶었다. 하지만 재희의 수중엔 핸드폰이 없었다. 연습실 안에도 전화기는 없었다. 재희는 이 감독의 핸드폰 번호를 외우려고 애쓰다 포기했다. 결국, 연락망 모서리에 꽂힌 압정들을 하나씩 뽑았다.
 '이건 절도가 아니야. 비상 연락망이야 언제든 복사할 수 있는 거니까. 게다가 비상 연락망의 목적 자체가 비상 연락을 필요로 하는 사람을 위해 만든 거잖아.'
 마지막 압정을 뽑은 재희는 비상 연락망을 고이 접어 주머니에 넣었다. 그리고 도망치듯 연습실을 나가려다 피아노 앞에서 잠시 발걸음을 멈췄다. 괜스레 주위를 한 번 둘러본 후, 갓난아이 다루듯 조심스레 건반 하나를 눌러보았다. "딩" 단음의 경쾌한 소리가 연습실 안을 가득 메웠다.

 초등학교 3학년 때였던가. 친구네 집에서 피아노 건반을 처음 두들겨본 재희는 집에 돌아가자마자 후텁지근한 부엌에서 저녁 준비를 하던 엄마의 치맛자락을 붙잡고 졸랐다. 피아노를 배우고 싶다고. 그러기를 한 달, 엄마는 체념 섞인 한숨과 함께 어딘가에서 숨겨둔 쌈지 주머니를 꺼내 왔다. 그리고 꼬깃꼬깃한 만 원짜리 다섯 장을 꺼내며 말했다.
 "어차피 한 달밖에 못 다닐 거 뭣하러 배우려고 해! 감질 나게."
 결국은 한 달도 배우지 못했다. 그 돈을 손에 들고 피아노 학원으로 향하는 길에 놀이터에서 복권을 긁고 있는 아버지와 딱 마주쳤다. 아버지는 재희의 돈을 낚아채더니 재희를 끌고 피자집으로 갔다. 맛있게 먹으라고 말하며 '엄마에게는 비밀인 거 알지?'라는 말을 거듭 강조했다. 돈을 가져간 게 비밀인지, 둘이서만 맛난 피자를 먹은 게 비밀인지 헷갈렸지만, 그냥 둘 다 말 않기로 했다. 그 일로 재희는 한 달 동안, 엄마에겐 피아노 학원을 간다고 나와 하릴없이 방황해야만 했다. 재희는 생각했다. '아빠도 괴롭겠구나.'

'아빠 엄마는 뭐 하고 있을까. 한창 장례식 중일까. 아직 슬퍼하고 있을까. 하지만 그렇게 쉽게 딸의 장기를 기증하다니……'
이제야 그런 생각이 밀려든 재희의 맘속엔 물에 뜬 물감처럼 서운함을 비롯해 원망과 그리움, 미안함, 호기심 등이 엉기고 섞였다. 향이라도 피우러 가볼까 하고 생각했지만 이내 포기했다. 자신의 영정 사진을 볼 정도로 간 큰 성격은 못 되었다. 게다가 가족 얼굴은 잠깐밖에는 보지 못할 게 분명했다. 엄마 말이 맞다. 감질 날 바엔 애초에 포기하는 게 속 편했다.
　가슴이 아련해지더니, 금세 눈물이 고였다.
　약해지는 건 곤란했다. 재희는 서둘러 건반 하나를 눌렀다. 그리고 그 음에 맞춰 'think of me'를 부르기 시작했다.

Think of me, think of me waking, silent and resigned.
　생각해줘요, 늘 말없이 체념하며 지내던 나를.

민아의 성대가 조금은 익숙해져서일까. 목소리는 한층 더 깊고 넓게 울려 퍼졌다. 자신의 노래에 심취한 재희는 연습실 문 앞에 멈춰 선 누군가가 넋을 놓고 자신을 바라보고 있다는 사실은 까맣게 몰랐다.

Imagine me, trying too hard to put you from my mind.
떠올려봐요, 당신을 내 마음에서 지우고자 힘겨운 노력을 하던 나를.

마지막 소절을 부른 재희는 옅은 미소를 머금으며 관객들을 둘러보듯 시선을 찬찬히 옮기다 푹 고개를 떨어뜨렸다. 순간, 얼핏 운동화가 보였다. 화들짝 놀라 눈을 치켜떴다. 건우였다. 그가 여탕을 훔쳐보다 들킨 소년처럼 새빨개진 얼굴로 큼큼 헛기침을 했다. 두 사람 사이에 잠시 어색한 침묵이 흘렀고, 곧이어 건우는 힘차게 박수를 치며 상기된 얼굴로 말했다.
"이민아! 이건 그냥 잘하는 수준이 아니잖아?"
건우가 성큼성큼 걸어와 재희 앞에 우뚝 멈춰 섰다. 그리고 재희의 눈을 뚫어져라 응시했다. 재희는 어쩔 줄 몰라 건우의 시선을 황급히 피했다. 건우가 뭐라 말하기 위해 입술을 떼려는 찰나, 재희 배 속의 장기들이 요동쳤다. 꾸르르르륵. 그 소리는 공허한 연습실 안에 가감 없이 울려 퍼졌다. 그러고 보니 재희는 하루 동안 위 속에 무언가를 집어넣은 기억이 없었다.
건우가 순식간에 볼 전체가 시뻘겋게 물든 재희를 향해 너그러운 미소를 지으며 말했다.

"배고프다. 저녁이나 먹으러 가자."

"그, 그럴까?"

불을 끈 후, 연습실 문을 닫으며 재희는 주머니 속에 손을 넣어 비상 연락망을 만지작거렸다. '내일 꼭 전화해야지' 하고 생각하며 좁다란 계단을 앞장서서 걷고 있는 건우의 뒤를 바짝 따랐다. 듬직한 건우의 어깨가 믿음직스럽고 멋져 보였다. 재희가 삐끗거리자, 건우가 뒤를 돌아보며 "괜찮아?" 하고 불쑥 손을 내밀었다.

잠시 머뭇거리던 재희는 '연인 사이인데 손을 거부한다면 이상하게 여길 거야' 하고 자신의 손을 뻗어 건우의 손 위에 사뿐히 얹었다. 건우와 손이 맞닿은 짜릿한 순간, 재희는 미세하게 흔들리는 건우의 눈빛에서 긴장과 애정을 동시에 느꼈다.

'왜지? 여자 친구인데? 둘이 사귄 지 얼마 안 됐나?' 그런 궁금증을 품고 따뜻한 건우의 손이 이끄는 대로 하나하나 계단을 올랐다. 그리고 '이러면 안 되는데. 그는 외모만 따지는 남자인걸' 하면서도 괜스레 맘이 설레었다.

둘은 계단을 다 오르자마자 누가 먼저라고 말할 것도 없이 잡고 있던 손을 놓았다.

"뭐 먹을까?"

건우가 어색한 웃음을 지으며 물었다. 재희의 머릿속엔 떡볶이와 순대, 라면 등이 뭉게뭉게 피어올랐고, 순식간에 입 안 가득

침이 고였다. '그래. 분식집이라면, 수중에 땡전 한 푼 없는 내가 가자고 해도 얄밉지는 않겠지?' 재희가 슬쩍 입맛을 다시며 말했다.

"저기…… 분식집 좋아해?"
"분식집?"
"……응."
"나야 좋아하지만, 민아 넌 그런 데 딱 질색이잖아. 정신없고, 시끄럽고, 음식에서 싸구려 과자 맛만 난다며!"
건우가 믿지 못하겠다는 표정으로 재희를 바라보며 말했다.
"아…… 맞아. 내가 좀 그렇지. 근데 가끔은 당겨. 그리고 오늘이 가끔 있는 그런 날인 것 같아."

건우와 재희는 창작센터 근처에 위치한 분식집에 가 김밥과 라볶이, 순대 등을 주문했다. 재희는 분식집 음식에서 싸구려 맛을 느낀다는 민아의 취향을 고려해 게걸스럽지 않게, 최대한 우아하고 고상하게 김밥을 입에 집어넣으려 노력했다. 순대 간을 먹을 때조차 포크로 잘게 썰어 입 속에 집어넣고 오물오물 씹었다. 영 쉽지 않았다. 건우는 그런 재희를 바라볼 때마다 이해할 수 없다는 듯 미간을 찡그렸다. 식사를 마친 두 사람은 분식집 옆 건물 1층에 있는 스타벅스로 가 커피 두 잔을 샀다. 그리고 아무렇게나 주차해놓은 차로 후다닥 뛰어 들어갔다.
재희가 자신이 주문한 바닐라 라떼의 뚜껑을 조심스레 열자 달달한 바닐라 특유의 향긋한 향이 차 안을 가득 메웠다. 커피에 대고 코를 킁킁거리며 만족스러운 표정을 짓고 있는 재희를 향해 건우가 더는 못 참겠다는 듯, 대뜸 얼굴을 들이대고 물었다.

"너 대체 누구야?"

하마터면 재희는 컵을 놓칠 뻔했다. 얼굴은 순식간에 새파랗게 질렸고, 목구멍으로 침이 꼴깍 넘어갔다.

'눈치챘나? 이 상황을 어떻게 설명해야 하지? 말한다고 믿을까? 정신병에 걸렸다고 생각하는 건 아닐까? 어쩌지? 위에서 순대가 역류할 것만 같아······'

당황한 재희는 딸꾹질을 하기 시작했다.

"야야. 장난으로 던진 말에 왜 그렇게 당황하고 그래?"

"······장난?"

건우는 운전석 도어포켓을 뒤적거리더니 비치해둔 생수통을 따 서둘러 재희에게 건넸다. 재희의 딸꾹질이 멎고 나서야 건우는 다시 말을 이었다.

"근데 너 어제 오늘 진짜 다른 사람 같긴 해."

'다른 사람이긴 하지.' 재희가 생수통을 만지작거리며 속으로 중얼거렸다.

"노래 실력은 얌전히 숨겨뒀었다고 쳐. 하지만 민아 넌 순대 간은 기겁할 정도로 싫어했잖아. 더군다나 단 음식은 딱 질색했어. 당연히 지금 들고 있는 바닐라 라떼는 향조차 맡지 않았다고!"

건우가 요목조목 짚어가며 취조하는 형사같이 말했다.

"그리고……"

'그리고?'

"생수도 에비앙 아니면 안 마셔."

건우의 눈길이 재희의 손에 들려 있는 생수로 향했다. 덩달아 재희도 그의 시선을 따랐다. 생수 중앙을 둘러싼 띠지엔 '삼다수'라고 적혀 있었다. 재희가 콧잔등의 땀을 한 번 닦아낸 뒤 입술에 침을 바르며 더듬더듬 변명을 했다.

"아…… 당황해서 상표 확인을 못 했네…… 어쩐지 맛이 좀 어색하더라니……"

둘 사이에 불편한 침묵이 흘렀다. 그 틈을 타고 차 보닛 위로 새하얀 눈송이 하나가 내려앉았다. 반짝반짝 빛을 내던 눈송이는 보닛의 열기에 사르르 녹아내렸다. 순간 재희의 머릿속에서 목소리의 존재가 스쳐 지나갔다.

"눈 쌓이기 전에 출발해야겠네."

건우가 여전히 미심쩍은 얼굴로 재희를 향해 말하며 운전대를 잡았다. 부드럽게 차가 출발했다. 문득 재희는 지금 자신의 옆에 있는 매력적인 이 남자에게 목소리가 했던 질문을 던져보고 싶은 충동이 일었다.

"저기……"

"어?"

"뭐 하나 물어도 될까?"

"응. 가능할 것 같아."

건우의 익살에 재희가 풋 하고 작게 웃음을 터뜨렸고 분위기는 한층 밝아졌다.

"누군가가 너에게 불꽃같지만 아쉬울 정도로 짧은 인생과 무미건조하지만 굴곡 없이 긴 인생 중 하나를 택하라면 뭐라고 답할 거야?"

고민하듯 흐음, 짧은 신음을 내던 건우는 무언가를 떠올리곤 유창하게 영어로 말했다.

"It's better to burn out than to fade away."

재희는 갑작스러운 영어 세례에 '뭐라고?' 하고 되묻고 싶었지만, 변호사나 되는 민아가 저 정도 영어를 못 알아듣는다는 건 말이 안 된다는 생각에 입을 다물었다.

"서서히 꺼져가는 것보다 한 번에 불타오르는 게 낫다."

다행히 건우가 또박또박 우리말로 말했고, 그제야 재희는 속으로 한숨을 내쉬며 넌지시 물었다.

"아, 그럼 불꽃같지만 짧은 인생을 택하겠다는 거네?"

"아니, 커트 코베인이라면 그랬겠지. 조금 전 그 말을 한 사람이 너바나의 리더 커트 코베인이야."

"아…… 그럼…… 넌?"

"난, 아무것도 선택하지 않을래."

"아, 안 돼. 그런 건 없어."

재희가 당황해서 손을 휘휘 저으며 말했다.

"왜? 백지 답안은 내면 안 돼?"

"어. 무조건 하나를 꼭 선택해야 한다면 뭘 할 거야?"라고 되물었지만, 재희조차도 헷갈리기 시작했다.

"음…… 그렇다면……"

건우가 잠시 뜸을 들였다. 그러더니 흔들림 없는 얼굴로 앞을 주시하며 말했다.

"'당신 마음대로 하세요. 단 나한테 알려주진 말고요'를 선택할래."

"……뭐?"

"난 내 인생이 정해져 있는 걸 원치 않아. 내가 내 미래를 아는 것은 더더욱 싫어. 지난 스포츠 경기 재방송은 내 심장을 뛰게 하지 못했거든. 심장이 뛰지 않는다면 살아 있는 게 아니지."

뚝 하고 재희의 사고 회로가 일순간 끊겼다. 갑자기 함박눈이 펑펑 내리기 시작했다. 건우가 미간을 찌푸리며 속도를 낮췄다. 재희는 순식간에 하얗게 변하는 창밖의 세상을 바라보며 멍하니 생각에 잠겼다.

'난 지금껏 내가 무미건조하고 긴 인생을 선택했기에, 지리멸렬한 삶을 살고 있다고 생각했어. 그런데 요 며칠 내게 일어난 일로 혹시 불꽃같지만 짧은 인생을 선택했나, 헷갈리기 시작했지. 그렇게 생각하니 오히려 더욱 심장이 세게 뛰었어. 혹시, 재희였던 내게 좌절과 실패가 연속적이었던 이유는 내가 그런 인생을 선택했다고 지레 겁먹었기 때문은 아닐까?'

재희의 입 속에서 조그마한 탄성이 흘러나왔다. 재희는 건우를 바라보며 대뜸 말했다.

"넌 참 대단한 사람 같아."

"내가 대단한 남자인지 이제 알았어?"

그렇게 말해놓고 왠지 머쓱해진 건우는 하하하, 하고 웃었다. 하지만 재희는 웃을 수 없었다.

"호수에 낙엽이 떨어질 때 수면에 조용한 파문이 이는 것 본 적 있어? 방금 그쪽이 한 말이 내 가슴속에 그런 걸 만들었어."

그렇게 말하며 다시 창밖을 바라보는 재희의 옆얼굴을 건우가 물끄러미 바라보았다. 새하얗게 변해가는 순결한 세상 아래 달빛을 받은 그녀의 얼굴은 평소보다 더 순수해 보였고, 관능적이었다. 손을 뻗어 재희의 오뚝한 콧날과 핏기 어린 입술을 만져보고 싶은 욕구에 사로잡혔다. 하지만 이것이 단순한 욕정인지 사랑인지 아직 판단이 서질 않았다.

그 순간 재희가 건우 쪽으로 고개를 돌렸다. 그녀와 눈빛이 마주치자 건우의 심장이 두근거렸다.

한편 건우의 매력적인 얼굴을 바라보는 재희의 가슴속에도 무언가가 소용돌이처럼 일었다. 지금 이 감정을 표현하지 못한다면 죽을 것만 같은 기분이 들었다. '에라 모르겠다' 하고 재희는 건우를 향해 찬찬히 말했다.

"그거 알아? 넌 내가 본 어떤 남자보다 멋져."

건우의 심장에서 피가 왈칵 솟구쳐 올랐다. 이제 어찌 됐던 간에 그녀를 안고 싶었다. 그리고 그녀를 사랑하고 싶었다. 건우는 오른쪽으로 핸들을 꺾었다. 바퀴가 쌓인 눈을 밟으며 미끄러지듯 갓길로 들어섰다.

갑작스러운 건우의 행동에 당황한 재희가 놀란 토끼 눈으로 그를 바라보았다. 서둘러 기어를 파킹으로 옮긴 건우가 오랫동안 갈망해왔던 보물을 마주한 눈빛으로 재희를 향해 찬찬히 말을 꺼냈다.

"아까 물었지? 내가 널 어떻게 생각하느냐고."

"어? 어……"

"넌 내가 본 어떤 여자보다도 아름다워."

그렇게 말하는 건우의 오른손이 재희의 머리를 어루만졌다. 그리고 서서히 자신의 얼굴로 끌어당겼다. 숨소리마저 사치인 듯 고요했던 차 안은 두 사람의 요동치는 심장 소리로 가득 찼다. 둘의 입술이 포개지는 순간, 재희는 격렬한 심장박동으로 숨이 멎을 것만 같았다.

그의 입술은 따뜻했다. 하지만 아득했다. 그리고 부드러웠다. 재희는 이름도 성도 직업도 심지어 나이도 모르는 그가 못 견디게 사랑스러웠다. 하지만 한편으론 민아의 몸이기에 이토록 끓어오르나 싶기도, '그녀에게 또 하나의 죄를 짓는 거야'라는 죄책감에 그를 밀어내야 한다는 생각도 들었다.

'이러면 안 되는데, 이러면 안 되는데…… 이러면 진짜 안 되는데!'

하지만 불가항력이었다. 결국 재희는 지그시 눈을 감았다. 그리고 조수석 의자를 뒤로 젖히는 건우에게 자신을 맡겼다. 금세 차창은 희뿌연 서리로 가득 찼고, 재희와 건우는 눈 내리는 고요한 세상 속에 고립되어 둘만의 세계를 만들어갔다.

건우는 그녀 또한 자신의 마음을 받아주었다는 생각에 한없는 희열에 휩싸였고, 재희는 자신의 의지와는 상관없이 건우를 사랑하게 되리라는 것을 감지했다. 아니, 이미 사랑하고 있는지도 몰랐다. 둘은 더욱더 강렬히 서로를 원했다.

군데군데 자신의 살결에 닿는 건우의 손길이 사랑스러워서, 자신을 바라보는 애정 어린 눈빛이 간절해서 재희는 안타까운 행복에 빠져들었다. 이 행복이 자신의 것이 아니라 해도, 지금 이 순간만큼은 온전히 나만의 것으로 만들어 기억하고 싶었다. 그런데 점점 더 행복으로 빠져드는 만큼, 재희의 정신은 혼미해져 갔다. 강변북로를 타고 극단으로 가다 정신을 잃었을 때와 같이 오묘한 기운이 온몸을 휘감았다. 재희는 이 순간을 놓치고 싶지 않았다. 그래서 정신을 잃지 않기 위해, 더욱 건우와의 키스에 몰두했다. 하지만 그럴수록 전신에 힘이 빠지며, 온몸으로 느끼는 모든 것이 아스라이 멀어져 갔다. 그것 또한 또 하나의 불가항력이었다.

결국 재희는 스르륵 눈을 감았다. 그리고 그 순간 곧바로 '번쩍' 하고 다시 눈을 떴다.

하지만 재희의 눈빛이 아니었다.

# 6 chapter

그녀에게 편지를 쓰다

'……말도 안 돼.'

민아는 지금 자신에게 벌어지고 있는 상황을 도무지 믿을 수가 없었다. 사무실에서 정신이 아득해져왔고, 때마침 등장한 건우 앞에서 쓰러졌다. 그리고 또다시 끊어진 기억……

지금은 텁텁한 히터 바람, 그리고 희뿌연 서리에 둘러싸여 세상과 단절된 차 안에서 건우와 키스 중이었다. 그것도 삼류 드라마에서나 볼 법한 유치하고, 저속한 자세로.

한쪽 손으로 민아의 허리를 감싸 안은 건우의 입술이 떨리는 민아의 입술에서 턱으로, 턱에서 하얗고 가냘픈 목덜미로 찬찬히, 부드럽게 하지만 격정적으로 내려오고 있었다.

이런 식의 신체 접촉은 상대가 비록 사랑하는 남자일지라도, 아직 민아에겐 무리였다. 민아의 몸이 서서히 굳어가기 시작했다. 게다가 배 속 깊은 곳에선 구역질이 치밀어 올랐다. 방금 건우의 입술이 탐하고 간 자신의 혀끝에서 맴도는 역한 달달함과 맵고 짠 싸구려 맛이 원인인 듯했다. 굶어 죽는다 해도 코웃음 칠 그런 음식을 스스로 입 속에 집어넣었을 리 절대 없었다.

 이제 민아는 자신에게 끔찍한 일이 벌어지고 있다는 사실을 받아들일 수밖에 없었다.

 그것의 정체가 다중 인격이건, 해리성 정체 장애이건, 심지어 빙의이건 간에 거부할 수 없는 확실한 사실은 자신이 기억을 잃는 동안 다른 인격이 자신의 몸을 지배한다는 것이었다.

 그건 이제부터 밝혀내야 할 사안이었다. 그것보다 앞선 중요한 문제는 내 안의 다른 인격이 자신의 카드를 긁어 커피를 마시고, 쇼핑을 하고, 뮤지컬 오디션까지 본 것도 모자라 이제는 자신의 미각을 농락하고, 사랑하는 남자까지 탐하고 있다는 것이었다.

 '염치없는 년.'

 민아는 솟구쳐 오르는 분노를 가까스로 참으며 생각했다.

 건우는 결코 상대의 동의 없이 막무가내로 이런 행동을 취할 파렴치한이 아니었다. 그렇기에 매몰찬 태도로 건우를 무안하게 만들고 싶진 않았다. 민아는 최대한 자연스럽게 이 상황을 수습해야 한다고 판단했다.

 허리를 감싸고 있던 건우의 손이 민아 가슴팍의 단추 하나를 끌렀다. 또 하나, 또 하나, 큼직한 건우의 손이 벌어진 옷 사이를 비집고 들어왔다. 순간, 그때의 참혹한 기억이 번쩍 고개를 쳐들었다. 머리가 아찔해져왔다.

건우는 민아의 가슴을 감싸고 있는 브래지어가 방해물이라도 되는 듯 앞 후크를 끌렀다. 툭 하는 소리와 함께 헐거워진 속옷 안으로 그의 손이 들어왔다. 그리고 갓 구워낸 빵처럼 봉긋한 민아의 가슴을 살포시 움켜쥐었다.

"따뜻하고 포근해……."

민아의 귓속에 대고 나지막이 속삭이는 건우의 목소리가, '어때? 너도 기분 좋지?' 하고 역겹게 내뱉던 쓰레기의 목소리와 겹쳐졌다. 순간 끔찍한 모멸감과 수치심이 솟구침과 동시에 전신에 닭살이 돋으며 눈가엔 핏발이 섰다.

"그만!"

민아가 절규하듯 외치며 건우를 있는 힘껏 밀어냈다. 그 소리에 놀란 건우가 스프링처럼 민아의 몸에서 떨어졌다. 겁먹은 눈의 민아는 사시나무 떨듯이 바들바들 떨다, 곧 정신을 잃고 눈을 감았다.

"민아야! 이민아! 괜찮아?"

건우가 민아의 양 어깨를 흔들며 소리쳤다. 그러자 '흐음' 하는 신음과 함께 그녀가 눈을 떴다.

다시, 재희였다.

"괜찮아?"

"……무슨 일 있었어?"

재희가 영문 모를 가쁜 숨을 내쉬며 물었다.

"너 또 갑자기 정신을 잃었어. 괜찮은 거야?"

"아…… 어…… 괜찮아."

그렇게 말하며 주위를 둘러보았다. 달라진 건 가슴 언저리가 파헤쳐져 있는 블라우스와 반쯤 벗겨진 브래지어뿐이었다. 직감으로 알 수 있었다. 기억을 잃는 순간 민아가 돌아왔고, 무슨 이유에선지 또다시 자신으로 바뀌었다는 것을.

블라우스 사이로 드러난 가슴을 바라보며 멍하니 생각에 잠긴 재희를 곁눈질로 훔쳐보던 건우가 멋쩍은 표정으로 말했다.

"내가 너무 성급했지……? 워낙 꿈꿔왔던 키스라서 나도 모르게……"

재희는 건우의 말에 화들짝 놀라, 하마터면 '둘이 첫 키스였어?' 하고 물을 뻔했다. 재희의 머릿속에 민아가 느꼈을 당황스러움과 분노, 불쾌감 등이 자연스레 그려졌다. 숨이 턱 막혀왔다. '만약 끝까지 갔더라면……' 재희는 작게 고개를 절레절레 흔들며, 건우로부터 등을 돌렸다. 그리고 브래지어 앞 후크를 잠그며 최대한 태연한 척 말했다.

"저기…… 오늘은 이만 집에 가는 게 좋을 것 같아."

건우가 양손으로 재희의 어깨를 잡아 다시 자신 쪽으로 돌렸다. 그리고 블라우스 단추를 하나하나 직접 잠가주며 부드럽게 말했다.

"그러자. 10년 넘게 참았는데, 한 10년쯤 더 참는다고 큰일이야 나겠어? 많이 혼란스러울 거야. 나도 그러니까."

옷매무새까지 바르게 다듬어준 건우는 서리 제거 버튼과 열선 버튼을 동시에 눌렀다. 그러자 창가에 낀 서리들이 슬며시 자취를 감췄다. 눈은 그쳐 있었고, 흙과 눈이 뒤섞여 질퍽해진 도로 위로 차들이 쌩쌩 달렸다. 하얗던 마법은 사라져버렸다.

건우가 차를 세운 곳은 집이 아닌 빌딩 앞이었다. 영문을 몰라 머뭇거리는 재희에게 건우는 "내일 주말이야. 가방이랑 핸드폰은 챙겨야지"라고 말했다. 재희가 민아의 사무실 위치를 알 리가 없었다. 다행히 늦은 밤이라며 건우가 동행을 자처했다. 낯선 사무실 안으로 들어선 재희는 최대한 어색하지 않게 민아의 가방을 찾으려 눈동자를 이리저리 굴렸다. 책상 위에 엎어져 있는 가방을 발견한 재희가 반가운 표정으로 성큼성큼 발걸음을 옮겼다. 책상 앞에 다다른 재희의 발걸음이 갑자기 멈칫했다. 널따란 책상 위에는 자신이 마음대로 결제한 카드 영수증 두 장이 심각한 기운을 풍기며 나란히 놓여 있었다.

'영수증을 보며 민아 씨는 무슨 생각을 했을까?'

갑자기 위가 당겨왔지만 건우를 의식한 재희는 애써 태연한 척하며 주섬주섬 영수증, 가방, 핸드폰을 챙겨 밖으로 나왔다.

다시 집까지 가는 데는 얼마 걸리지 않았다. 설렘과 어색함이 직절히 섞인 인사를 하고 재희는 차에서 내렸다. 마른침을 꿀꺽 삼키며 대문 초인종을 누르고 인터폰을 향해 이름을 댔다. 그리고 머리 위로 보이는 카메라를 향해 조금은 어색한 미소를 지어 보였다. 철문이 천천히 열리고 재희가 들어서자 등 뒤에서 문이 닫혔다. 건우는 그제야 차를 출발시켰다. 재희는 정원을 가로질러 저택 현관으로 향했다. 낮에는 발견하지 못했던, 곳곳에 위치한 카메라들 때문에 괜스레 걸음걸이가 꼿꼿해졌다. 집 안으로 들어서자, 거실 입구에서 재희를 기다리던 아주머니가 '회장님께서 변호사님이 들어오길 기다리다 방금 취침에 드셨다' 라고 일러주는 듯 속삭이며 얘기했다. 재희는 왠지 모르게 흘러나오는 안도의 한숨을 내쉬며 고양이 걸음으로 살금살금 계단을 올라갔다.

민아의 방 안에 들어서 문을 닫자마자 온몸으로 하루의 피로가 밀려왔다. 재희는 쓰러지듯 침대에 드러누웠다. 은빛 펄이 은은하게 박힌 실크 벽지의 천장을 멍하니 바라보는 재희의 머릿속은 복잡하다 못해 난잡했다. 차근히 하나하나 정리해보려는 찰나 드르륵, 하고 옆에 던져둔 가방 안에서 문자 소리가 울렸다. 여자의 직감이 문자의 주인공을 예지해주었다. 방금 헤어진 그. 호기심 가득한 눈빛으로 가방을 만지작거리다 결국 핸드폰을 찾아 손에 쥔 재희는, 훔쳐보기라도 하듯 조심스레 핸드폰 화면을 켰다. 건우라는 두 글자가 깜박였다.

"이름이 건우…… 구나."

재희는 사물의 이름을 처음 배우는 사람처럼 건우의 이름 두 글자를 소리 내 발음했다. 그리고 메시지함으로 들어갔다. 멀티메일이었다. 다운을 받는 동안 재희의 심장이 두근두근 널을 뛰었다. 하지만 문자 내용을 확인하는 순간 얼굴이 딱딱하게 굳어 버렸다.
―좀 유치하긴 하지만, 우리 오늘부터 1일인 거지? 10여 년 친구 사이를 끊고 시작한 관계인 만큼 소중히 여길게. 잘 자.
'뭐? 오늘부터 1일? 그럼 둘이 첫 키스일 뿐 아니라, 연인 사이조차 아니었다는 거야?'
그렇다면 이는 인류의 역사까진 아니더라도, 한 남자와 한 여자의 운명 정돈 송두리째 바꿀 수도 있는 커다란 실수였다. 얼굴이 화끈거렸다. 침대에서 벌떡 일어난 재희가 방 안을 서성거리며 미친 사람처럼 중얼거리기 시작했다.
"민아 씨가 건우 씨를 좋아하지 않는다면 어쩌지?"
"아냐. 그럴 리 없어. 저렇게 매력적인 남자를 거부할 여자가 이 세상에 어디 있어?"
"아, 하지만 사람마다 취향이 다른걸? 게다가 민아 씨도 만만찮게 매력적인 여자잖아!"
"혹시 다른 남자 친구가 있을지도 몰라! 엄청난……"
"그럼 건우 씨는 상처 받는 긴기? 나 때문에 10여 년 동안 친구였던 관계가 깨지는 거야?"
"게다가 민아 씨가 영수증을 발견했어…… 내 존재를 눈치챘을지도 몰라. 아미 굉장히 혼란스럽겠지? 지금까지로 미뤄보아, 그녀와 난 자주자주 바뀌는 것 같아…… 그렇다면 그녀의 허락 없인 뮤지컬은 불가능하지 않을까?"

"……어쩌면 좋지?"

정신 착란증 환자처럼 한 시간 넘게 방 안을 서성거리며 안절부절못하던 재희는, 결국 민아에게 편지를 쓰기로 결심했다. 사과와 약간의 제안이 적절히 섞인.

침실과 화장실, 드레스 룸으로만 구성된 널찍한 방에 필기구는 좀처럼 눈에 띄지 않았다. 이런 대궐 같은 집에는 당연히 있을 법한 서재를 찾아볼까도 생각했지만, 아무 방이나 덜컥덜컥 열다 민아의 무서운 아버지와 마주치기라도 하면 곤란했다. 재희는 민아의 가방을 열어보았다. 큼지막한 서류 봉투가 제일 먼저 눈에 들어왔다. 봉투 안에는 A4 용지 몇 장과 남자 사진 두 장이 들어 있었다. '의뢰인 사건 파일인가?' 하고 생각하니 왠지 자신이 변호사라도 된 것처럼 호기심이 일었다. 대강 파일을 넘겨보았다. 하지만 서류에는 인물들의 신상 정보만 있을 뿐, 이들이 피해자인지, 피의자인지 알 만한 문구는 없었다. 재희는 물끄러미 사진을 바라보며 '대단하네. 범죄자가 벤처 대표까지 되다니' 하고 생각했다. 편지지로 쓰기엔 거창해 보이는 서류를 깔끔히 정리해 다시 가방 안에 넣으며, 대신 다이어리를 꺼냈다. 혹시나 민아에 대한 정보를 알 수 있을까 기대했지만, 다이어리는 감정 실린 일기 한 줄 없이 일정들로 빽빽했다. 깨끗한 속지 한 장을 북, 찢고는 다이어리에 꽂힌 만년필을 들고 화장대로 향했다.

향수병을 깼던 아침의 참사는 말끔히 정리돼 있었다. 화장품 몇 개를 한쪽으로 밀어내고 편지를 쓸 만한 장소를 마련했다. 엉덩이 사이즈에 딱 맞는 자그맣고 낮은 대리석 의자에 앉은 후 크게 심호흡을 했다. 그리고 루비콘 강을 건너는 장군같이 결연한 표정으로 펜촉을 들었다.

'To 민아'라고 썼다가 너무 친한 척하는 것 같아, 속지 한 장을 더 찢어 '이민아 씨에게'라고 바꿔 썼다. 그리고 '안녕하세요. 전 윤재희라고 해요'를 시작으로 몇 시간 동안 공들여 편지를 썼다. 달랑 한 장의 편지를 위해 희생된 다이어리의 속지는 대략 열 장이 넘었다. 편지의 묘미인 'ps.'까지 곁들인 후 마침표를 찍는 순간, 이마 언저리에 송골송골 맺혔던 구슬땀이 툭 하고 떨어졌다. 안도감과 함께 미친 듯이 졸음이 밀려왔다. '씻어야 하는데…… 이도 닦아야 하고. 내 몸이 아니니 더 깨끗하게 해야…… 근데, 민아 씨가 내 제안에 동의할까? 만약 그녀가 난 미쳤어, 라고 단정 짓고 자진해서 정신병원에 들어가면 어쩌지?' 생각하다 화장대 상판에 머리를 박고 그대로 잠들어버렸다.

하얀 눈이 소복하게 쌓인 드넓은 대지에는 시린 바람, 앙상한 나뭇가지, 듬성듬성 낀 안개, 부슬부슬 내리는 눈송이 그리고 재희뿐이었다. 재희는 자신이 꿈속에 있다는 것을 직감했다. 하지만 요 며칠 동안 자신에게 일어난 믿지 못할 일로만 따진다면 오히려 꿈속이 더 현실 같고, 육체를 잃은 채로 민아의 몸에 더부살이하는 현실이 더 꿈속 같았다. 아니, 꿈과 현실의 경계를 구분 짓는다는 것 자체가 무의미하게 느껴졌다.

재희는 자신의 몸을 훑어보았다. 손은 어묵처럼 통통했고, 청바지를 입은 장딴지는 터질 것같이 튼실했다. 얼굴을 보고 싶었지만, 이곳에 거울이 있을 리 없었다. 어깨를 들썩이며 움직여보았다. 한 발짝 한 발짝 뽀드득 소리를 들으며 발걸음을 내디뎌보았다. 겨드랑이가 쓸리고, 허벅지끼리 맞붙는 정겨운 느낌! 확실히 이 몸은 뚱뚱하고 못난 본래 자신의 몸이었다.
 반가우면서도 왠지 어색하고 한편으론 울적하기까지 한 묘한 감정이 일었다.
 '이제 내가 있어야 할 곳은 여기가 아닌데……'
 그렇게 생각한 자신에게 화들짝 놀라는 순간, 어디선가 흥얼흥얼거리는 노랫소리가 들려왔다. 멜로디는 정확하진 않았지만, 'think of me'를 닮아 있었다.
 '어디서 나는 소리지?' 소리가 나는 곳을 향해 고개를 돌렸다. 안개 낀 곳 저 멀리 누군가의 가느다란 실루엣이 보였다. '누구지?' 궁금한 마음에 발걸음을 옮겼다. 가까이 다가서자, 발목까지 덮는 기다란 실크 원피스를 걸친 여자가 눈 위를 맨발로 디디고 서 있었다. 칠흑처럼 긴 생머리를 가진 그녀의 옆모습은 숨 막히게 아름다웠다. 그런 그녀의 존재감은 너무나도 압도적이어서 도저히 꿈속의 인물이라 여겨지지 않았다.
 갑자기 여자의 노랫소리가 멈췄다. 그녀가 재희를 향해 고개를 홱 돌렸다. 순간 재희의 심장이 덜컥 내려앉았다. 여자의 눈빛은 어딘가 공허했지만, 한편으로는 섬뜩했다. 게다가 어디서 본 듯

한 낯설지 않은 얼굴이었다. 저벅저벅, 그녀가 재희 쪽으로 걸어왔다. 재희는 뒷걸음질 치다 발을 헛디뎌 눈 위로 쓰러졌다. 다리는 삐끗했는지 욱신거렸고, 몸은 굳어 꼼짝할 수 없었다. 여자는 더욱 가까이 다가왔다. 결국 재희 앞에 우뚝 서서 물끄러미 재희를 내려다보았다. 재희는 숨조차 쉴 수 없는 공포에 휩싸였다. 갑자기 그녀가 재희의 몸 위로 천천히 자신의 몸을 기울이며 손을 뻗었다.

"꺄악!"

재희의 비명이 공허하게 울려 퍼졌다. 하지만 여자의 손은 재희의 머리칼을 부드럽게 쓰다듬었다. 재희를 바라보는 그녀의 눈은 슬픔으로 가득했다. 왠지 모르게 재희의 가슴이 아려왔다. 그녀가 재희의 귓가에 대고 속삭였다.

"부탁해……"

그리고 그 뒷말은 들리지 않았다.

재희는 꿈에서 깼다. 식은땀으로 온몸이 축축했다. 엎드려 잠이 든 탓인지 허리가 뻐근했다. 비틀거리며 침대로 간 재희는 편하게 몸을 뉘었다. 그리고 다시 잠을 청했다. 한결 몸과 마음이 편안해졌다. 어쩐지 행복한 꿈을 꿀 수 있을 것만 같았다. 그렇지만 머릿속엔 계속해서 조금 전 꿈에서 본 여자의 눈빛과 목소리가 떠올랐다. 재희는 억지로라도 뮤지컬 〈오페라의 유령〉 무대에 선 자신의 모습을 상상했다. 모두가 자신을 경탄에 찬 눈빛으로 바라본다. 바라본다. 바라본다. 가족과 건우도 있다. 그들이 사랑이 가득 담긴 눈으로 자신을 바라본다. 바라본다. 바라…… 재희는 서서히 잠들었다. 그리고 정말 그런 꿈을 꾸는 것처럼 흐뭇한 미소를 지었다. 무척이나 행복해 보이는.

한참 후, 침대에서 뒤척거리다 잠에서 깬 건 민아였다. 뒤숭숭하고 기묘한 꿈속에서 허우적댔던 것만 같은 찜찜한 기분을 느끼며 아직 흐릿한 눈으로 주위를 둘러보았다. 자신의 방이었다. 건우의 차에서 또 기억은 점프!
 "헉!" 하고 신음과도 같은 탄성을 내뱉으며 자신의 속옷을 확인했다. 다행히 제대로 착용하고 있었고, 몸에서도 별다른 이상은 느껴지지 않았다. 하지만 불안감과 불쾌함으로 미쳐버릴 것만 같았다. 건우와의 키스를 꿈이라고 생각하기엔 여전히 입 속에 남아 있는 달달한 향과 싸구려 냄새가 거슬렸다. 서둘러 핸드폰을 찾았다. 건우가 보낸 문자를 확인한 순간, 민아는 말문이 막혔다.
 "뭐? 사귄다고? 나랑 건우가?"
 물론 건우와 사랑하는 연인 사이가 되는 건 예전부터 마음 깊이 바라던 일이었다. 하지만 이렇게는 아니었다. 절대!
 일단 끈적거리는 몸과 텁텁한 이를 씻어낸 후 차분히 생각하기로 결정한 민아는 침대에서 몸을 일으켜 욕실로 향했다. 그러던 중 화장대 위에 놓인 종이 한 장을 발견했다. 깨알 같은 글씨들이 어렴풋하게 보였다. 자신이 놔둔 것이 아니었다. 일하는 아주머니 또한 민아의 결벽증은 익히 알고 있었다. '뭐지?' 민아는 방향을 틀어 화장대로 갔다.

편지는 마치 초등학생이 쓴 것처럼 유치한 글씨체로 쓰여 있었다.

'이민아 씨에게. 안녕하세요. 전 윤재희라고 해요. 믿기 힘들겠지만 전 지금 당신의 몸에 들어가 있어요' 라는 앞머리 글을 읽자마자 씻고 싶은 욕구는 온데간데없이 사라져버렸다. 민아는 일단 방문을 걸어 잠갔다. 그리고 다시 침대에 걸터앉아, 편지를 읽어 내려가기 시작했다.

7 chapter

그녀에게 온 편지

이민아 씨에게.

안녕하세요. 전 윤재희라고 해요. 믿기 힘들겠지만 전 지금 당신의 몸에 들어가 있어요. 일단 제가 당신의 몸에 들어가게 된 경위를 간략하게나마 설명해볼게요.

······

그러다 병원 주차장에서 한 아주머니와 실랑이하던 당신을 발견했어요. 전 목소리에게 당신의 몸에 들어가겠다고 말했죠······

초반부터 허공의 목소리, 뇌사, 영혼, 빙의 등 터무니없는 단어들이 우후죽순으로 등장하는 바람에 마치 판타지 소설의 도입부를 읽는 듯한 착각이 들었다. 하지만 민아가 처음으로 기억을 잃었던 장소가 강남병원 주차장이었던 건 확실했다.

민아는 한층 진지해진 표정으로 편지를 주시하며 다음 문단으로 넘어갔다.

당신 카드로 커피를 마시고, 옷을 사고, 게다가 뮤지컬 오디션을 본 것도 모자라…… 건우 씨와 그렇게 된 것에 대해서는 죄송하다는 말조차 꺼내기 민망할 정도예요.
근데 전 정말 당신을 향한 그의 눈빛과 다정한 말투, 자상한 태도에서 두 분이 연인 사이일 거라 확신했어요. 그렇게 매력적인 남자를 옆에 두고 친구로만 지낸다는 건 제겐 너무 비현실적이라…… 아! 그렇다고 해서 그와 키스해버린 걸 잘했다는 말은 결코 아니에요. 그리고 진짜 진짜 키스가 끝이었어요. 근데…… 당신도 문자를 봤다면 알겠지만 건우 씨는 이제 당신과 사귄다고 착각하고 있어요. 어쩌죠? 죄송해요. 정말 이렇게 될지는 몰랐어요.

……

마지막으로, 제가 이렇게 편지를 쓰게 된 가장 큰 이유를 말씀드릴게요. 당신에게 부탁을 하고 싶어서요…… 염치없게 들릴지 모르겠지만, 아니, 염치없지만! 전 당분간 당신의 몸에 있을 수밖에 없어요. 나갈 방법을 모르고…… 그리고 전 당신의 아름다운 외모와 빼어난 목소리로 죽기 전 제 평생의 소원을 이루고 싶어요. 뮤지컬이요. 〈오페라의 유령〉 뮤지컬 무대에 꼭 한 번 오르고 싶어요. 물론 터무니없는 부탁인 건 알아요. 하지만, 그것만 허락해주신다면 제가 당신의 몸에 있는 동안, 당신이 원한다면 시키는 대로 뭐든 할게요. 얌전히 집에만 있으라면 집에만 있고, 몸매 관리 때문에 그 어떤 것도 먹지 말라면 쫄쫄 굶을게요. 건우 씨도 다시 만나지 말라면 만나지 않을게요! 그러니까 제발! 뮤지컬을 할 수 있도록 도와주세요!

 말도 안 되는 요구가 적힌 편지를 갈기갈기 찢어버리고 싶은 충동을 애써 억누른 민아가 양손을 불끈 쥐며 침대에서 일어났다. 편지의 내용을 받아들이기 전에 일단 확인해볼 것이 있었다.
 민아는 방에서 나와 서재로 향했다. 서재에 놓인 책상에 앉기가 무섭게 노트북을 작동시켰다. 인터넷 검색창을 띄워 '트럭' '20대 여성' '강남병원' 등의 키워드를 넣고 최근의 기사들을 꼼꼼하게 검색했다.
 검색 결과, 아이를 구하다 트럭에 치인 윤 모 양의 짤막한 기사 두어 개를 찾을 수 있었다. 확인사살의 순간, 민아의 심장이 덜컥거렸다.
 믿고 싶지 않았지만, 윤재희의 말은 사실이었다. 이건 다중 인격도, 해리성 정체 장애도 아닌 명백한 '빙의'였다.
 세상에는 '믿을 수 없는 일'들이 종종 일어난다. 외계인에게 납치되거나, 죽은 사람이 다시 살아나거나, 또 어떤 사람은 잠깐 달에 다녀왔다고 주장한다. 그런 믿을 수 없는 일을 경험한 사람들은 주변 사람들에게 자신의 경험을 끊임없이 털어놓는다. 하지만 주변 사람들은 흥미롭게 듣다가, 진지하게 정신과 상담을 권한다. 만약 누군가 믿는 듯한 태도를 취한다 한들, 그것은 겉치레일 뿐이지 속으로는 '미친놈'이라 외칠 것이다.

'믿을 수 없는 일'을 믿을 수 있는 사람은 오직 그것을 경험한 당사자뿐이다.

이 일을 누구에게도 알려서는 안 됐다. 누구도 알아서는 안 됐다. 민아는 혼자서 조용히 그리고 신속하게 '믿을 수 없는' 이 일을 처리해야만 했다.

사실 민아 역시도 믿을 수 없는 이런 일을 현실로 지각하고 받아들이기까지는 어느 정도의 시간이 필요했다. 하지만 그건 패배자들이나 하는 현실도피이자 시간 낭비일 뿐인 행동이었다.

민아는 깊은 한숨과 함께 다시 인터넷 검색창에 '빙의'를 쳤다.

빙의(憑依) ; 1) 다른 것에 몸이나 마음을 기댐.
    2) 영혼이 옮겨 붙음.

자신의 경우는 두 번째였다. 지금껏 옷 하나, 화장품 하나 하다못해 책 하나 타인과 공유한 적 없던 민아였다. 그런데 몸을 공유하게 되다니! 기가 찬 나머지 헛웃음마저 흘러나왔다.

편지를 읽는 내내 거슬렸던 유치한 단어 선택, 반복되는 어휘, 쓸데없는 말줄임표 등을 보아 새희라는 여자의 지적 수준을 예측할 수 있었다. 그리고 대책 없이 사과를 남발하는 점, 그러면서도 뻔뻔스럽게 뭔가를 요구하는 점에서는 그녀의 성향을 유추할 수 있었다.

한마디로 윤재희는 멍청하고, 착한 척은 혼자 다 하며 염치라곤 눈곱만치도 없는 여자였다. 자신이 제일 혐오하는 부류의.

마치 청천벽력과도 같은 암 소식에, 그중에서도 생존율 최하라는 췌장암 진단을 받은 것과 흡사한, 아주 고약한 상황이었다.

"왜 하필!"

치밀어 오르는 분노를 끝내 억누르지 못한 민아의 주먹이 책상 상판을 힘껏 내리쳤다. 사실 지금 민아의 화를 돋우는 가장 큰 요인은 윤재희라는 여자와 건우가 그 짧은 시간 만에 서로에게 끌렸다는 점이었다.

육체는 자신이었지만, 영혼은 다른 여자였다. 그렇다면 과연 건우는 누구와 사랑에 빠진 것일까. 그녀였을까, 아니면 민아 자신이었을까?

이 문제는 민아의 정신을 마구잡이로 흐트러뜨리기에 충분했다. 민아는 이성을 찾으려 노력했다. '문제와 맞닥뜨렸을 때 감정은 불평을 만들고, 이성은 해결 능력을 만든다' 라고 하지 않았던가.

다시 인터넷 창으로 시선을 옮겨 빙의와 관련된 사례들을 찾아보기 시작했다. 하지만 도대체 어디까지가 진실이고, 어디까지가 꾸며낸 거짓인지 판단이 서지 않았다. 인터넷으로는 역부족이라고 생각하는 찰나, 노트북 전원이 꺼졌다. 배터리 부족이었다. 문득, 의문점이 떠올랐다. 단 이틀 동안 무려 여섯 번이나 영혼이 바뀌었다. 과연 무턱대고 시도 때도 없이 바뀌는 걸까? 혹 원인이 되는 상황이나 그럴 때마다 보이는 공통점은 없을까?

아무리 말도 안 되는 일이라 해도 자세히 들여다보면 그 안에 법칙이 존재한다. 고대와 중세 시대, 어느 날 갑자기 나타나는 혜성의 존재는 우주의 질서를 깨뜨리는 공포의 대상이었다. 하지만 혜성의 출현 또한 법칙이 있었다.

민아는 가까이 있는 노트 하나를 낚아채듯 집어 들었다. 그리고 아무렇게나 펼친 페이지 위에 메모를 하기 시작했다.

윤재희 → 나	나 → 윤재희
• 뮤지컬 오디션 합격 소식을 듣고 운전 중	• 주차장에서 실랑이를 벌이던 중
• 경우와 키스를 나누던 중	• 사무실에서 영수증을 보던 중
• 내 방 침대에서 잠을 자던 중	• 경욱의 손이 가슴을 움켜쥔 순간

그렇게 적고, 뚫어져라 노트를 응시하며 생각하고 또 생각했지만 답은 쉽사리 나오지 않았다. 무서우리만치 집념과 끈기가 강한 민아는 풀리지 않는 문제에 더욱 열의가 불타올랐다. 민아는 기억이 끊기는 순간을 다시 한 번, 더욱 디테일하게 떠올리려 노력했다.

'아가씨 진짜 너무하네요. 실수였어요. 전 정말 아가씨 차를 박을 줄은 모르고.'
'실수? 하! 사기 처놓고 안 당할 줄 알았다, 폭행해놓고 안 맞을 줄 알았다, 강간해놓고 내숭인 줄 알았다, 상처 안 받을 줄 알았다? ……뭐가 다른데요? 대체 뭐가 다르죠?'

'안 돼. 절대 안 돼. 난 지금부터 해야 할 일이 있단 말이야. 그것도 아주 중요한! 또다시 기억을 잃을 순 없어…… 난 그 쓰레기들에게 복수해야 해! 지옥으로 떨어뜨려야 해! 나처럼 평생 말이야!'

'따뜻하고 포근해.' .
'어때? 너도 기분 좋지?'
'그만!'

생각만으로도 가슴이 답답해지고, 슬금슬금 분노가 치밀었다. 그 순간 "아!" 하고 짧은 신음과 함께 민아의 눈이 번뜩였다. 재빠르게 펜을 든 민아가 편지 중간 중간에 밑줄을 긋기 시작했다.
"설마……"
민아가 창을 통해 비치는 거북살스런 햇살에 눈을 찌푸리며 믿을 수 없다는 듯 내뱉었다.

같은 시각.

이른 아침부터 양재천에서 조깅을 하고 집으로 돌아온 건우는 샤워부스로 들어갔다. 건우는 장염과 독감에 걸렸을 때를 제외하곤 10년 이상 조깅을 거르지 않았다. 조깅 후 샤워를 하며 전날 쌓인 스트레스와 고민을 땀과 함께 깨끗이 털어내버린다. 그리고 새롭게 하루를 시작한다.

하지만 오늘만큼은 어제의 찜찜했던 기억들이 개운하게 가시질 않았다.

물론 민아에게 키스한 것, 그리고 그녀와 연인 사이가 된 것은 조금도 후회스럽지 않았다. 오히려 오래도록 얽히고설킨 실타래가 풀린 것처럼 후련한 느낌마저 들었다. 게다가 미래와 삶에 대한 책임감 또한 한층 단단해진 듯했다. 하지만 '그만!'이라고 소리치던 민아의 떨리는 목소리와 상처 받은 눈빛이 계속해서 눈앞에 아른거렸다. 너스레를 떨며 자리를 무마했지만 그 순간의 기억은 깨진 유리의 파편처럼 건우의 심장에 아픔으로 콕, 박혀버렸다. 하지만 민아에게 뭐라고 묻는단 말인가. 건우는 한숨과 함께 토스트기에 빵 두 조각을 넣고 커피를 내렸다. 그리고 평소와는 사뭇 달랐던 민아의 행동들을 찬찬히 되짚어보았다. 사랑스러웠지만 한편으론 자신을 불안하게 만들었던 낯선 행동들. 그때 핸드폰 소리가 울렸다. 국제전화였다.

"hello?"

"나야. 선정. 전화했었지? 비행기 안이었어."

"아…… 세미나 갔어?"

"응. 여기 프랑스야. 근데, 무슨 일 있어?"

졸음이 가득 섞인 선정의 말투에 건우는 민아에 대해 물으려던 생각을 잠시 접었다.

"그냥. 간만에 안부 전화. 목소리만 들어도 피곤해 보인다. Bonne nuit la copine."

"하하. 불어 발음 죽이는데? 한국은 이제 아침이지? 즐거운 하루 보내"라고 말하며 전화를 끊으려던 선정이 문득 무언가가 떠오른 듯 말을 이었다.

"건우, 너 최근에 민아 만난 적 있어?"

"어. 정확히 여덟 시간 전에 만났지…… 왜?"

"이상한 점 못 느꼈어?"

"……어떤?"

건우의 눈빛이 의미심장하게 빛났다.

"음. 나도 정확히 열다섯 시간 전에 민아를 만났거든? 아, 잠깐만!"

핸드폰 너머로 몽글몽글한 갖가지 톤의 불어가 넘실거렸다. 잠시 후, 선정이 귀찮음이 묻어나는 목소리로 자그마하게 한숨을 쉬며 말했다.

"건우야. 나 내일 저녁이면 한국에 도착하거든? 그때 만나서 얘기하자. 미안."

그 말을 마지막으로 한국과 프랑스 사이 5,600마일 떨어진 통화 연결이 끊어졌다. 덩달아 건우를 짓누르고 있던 정체 모를 불안감의 크기는 더욱 증폭됐다. 건우는 내일 저녁 스케줄을 비워놔야겠다고 생각했다. 그리고 조금은 식은 커피를 단숨에 마시며 중얼거렸다.

"그 누구한테서도 네가 상처 입게 내버려두지 않을 거야. 설령 그게 민아 네 자신이라도……"

민아는 머릿속에 뒤죽박죽 떠오르는 요소들을 우선순위에 따라 정리하려 애썼다.

말도 안 되는 일을 해결하는 최선의 방법은 자신의 몸에서 윤재희의 영혼을 영원히 쫓아내는 것이었다. 하지만 만에 하나 그것이 불가능하다면(물론 그럴 일은 없어야겠지만), 두 번 다시 윤재희가 자신의 몸을 장악하지 못하도록 해야 했다.

전자를 위해서는 빙의와 윤재희, 그리고 그녀가 이 일에 관련돼 알고 있는 최대한의 정보가 필요했다. 후자를 위해서는 언제, 어떻게 영혼이 바뀌는지 알아야 했다. 이미 어렴풋이 예상은 하고 있지만, 확신하기 위해선 실험이 필요했다. 즉, 한 번은 더 윤재희가 자신의 몸을 장악해야 했다.

꼭!

민아는 서둘러 방으로 돌아갔다. 그리고 화장실로 향했다. 아주머니일 거라 예상되는 노크 소리가 들렸지만 무시했다. 옷을 벗다 바지 주머니에서 극단 비상 연락망이라는 종이 쪼가리를 발견했다. 비웃음과 함께 그것을 갈기갈기 찢어 변기에 던져버렸다. 그리고 변기 레버를 신경질적으로 눌렀다. 쿠르릉 하고 재희의 희망이 변기통 소용돌이와 함께 사라졌다.

샤워 부스 안으로 들어간 민아는 샤워볼에 샤워젤을 듬뿍 뿌렸다. 순식간에 거품 눈사람처럼 변한 샤워볼로 자신의 몸 구석구석을 거칠게 문질렀다. 윤재희가 남긴, 자신이 윤재희였을 때 남겨진 흔적 따위는 미세한 세포 하나조차 남기고 싶지 않았다. 특히 건우의 손길이 닿았던 곳은 몇 번이고, 몇 번이고 씻어냈다.

전투적으로 샤워를 마친 민아는 옷을 챙겨 입고, 도망치듯 집 밖으로 나섰다. 바쁜 하루가 될 듯했다.

스마트폰 특허 침해 건에서 물러나게 된 게 다행이라고 생각될 정도였다.

모교로 간 민아는 중앙 도서관과 의학 도서관을 번갈아 오가며 닥치는 대로 빙의와 관련된 서적과 논문, 자료 등을 수집했다.

그중에서 쓸모 있는 몇 개만 간추린 뒤, 자신의 상황과 접목시켜보았다.

빙의는 정신의학적 측면에서는 빙의 현상을 개인이 가지고 있는 또 다른 자아인 다중 성격 증상으로 진단한다. 이는 평소에 자제되어 있던 내재된 다른 인격이 표출되는 것이라고 한다……

다중 인격, 해리성 정체 장애의 가능성도 고려해보지 않은 건 아니었다. 오히려 그 편이 나을지도 모른다는 생각까지 했다. 하지만 불행히도, 스물여덟의 멍청하고 뻔뻔한 윤재희는 신문 기사에까지 등장한 실존 인물이었다.

세계 보건 기구인 WTO에서 지난해 정신 질환 등에 '영적 치료'라는 단어를 삽입했을 만큼 빙의는 이제 전 세계적인 질환이 되었다. 이는 환자들의 몸속에 들어간 혼백, 즉 귀기(鬼氣)를 다스리는 데 현대 의학이 한계를 느낀다는 점을 인정한 대목이기도 하다. 종교적 영적 치료와 통원 치료를 겸했을 때 병이 호전되는 경우가 많다.

'종교적 영적 치료와 통원 치료의 병행?' 민아는 이 부분을 체크하며 생각했다. '다 실패할 경우 종교적 영적 치료를 택해야 할지도 모르는 걸까……' 생각하니 속이 메슥거리기 시작했다.

빙의가 되는 원인은 살아오면서 경험한 신체적, 심리적 트라우마에 의해 부착되는 경우가 가장 많다고 볼 수 있다.

'……원인?'

큰 사고나 수술 등에 의한 신체직인 손상, 어렸을 때의 학대나 놀림, 심한 두려움이나 슬픔, 폭행과 원한 등은 빙의 존재들을 불러들일 수가 있다. 이러한 원인은 그 사람의 생체 에너지를 약화시켜 빙의 존재의 침입을 쉽게 할 수 있기 때문이다. 그 원인 자체를 제거해주지 않으면 빙의된 존재들을 제거하더라도 언제든지 또 다른 빙의 존재들을 불러들일 수 있는 원인이 되며 부착된 존재도 잘 떠나지 않는다.

'어렸을 때의 학대…… 폭행……' 두 구절이 민아의 머릿속에 비수처럼 꽂혔다. 게다가 원인 자체의 제거라니. 그 길은 오로지 복수뿐이었다. 쓰레기들은 지옥 속으로, 그리고 어머니는…… 어머니는…… 민아는 고개를 절레절레 흔들며 자료로 다시 정신을 집중했다.

빙의 존재와 관련된 문제를 해결하는 방법은 두 가지이다. 첫째는 무속인들이 빙의 존재를 무속인 자신에게 불러들여 해원하게 하는 절차로, 빙의 존재를 제거하는 과정에서 치유될 수도 있다. 두 번째 방법은 최면 상태에서 빙의 존재를 불러내 빙의 존재의 감정을 공감해주고 해소해주는 최면 상담 방법이다. 빙의 치유 과정에서 빙의 존재와 관련이 없는 심리적 문제도 반드시 찾아서 해결해주어야 한다.

……

최면을 통한 빙의 제거는 빙의 제거 과정에서 빙의령도 한 사람의 내담자로 간주하여 충분히 빙의 존재의 마음을 알아주고 공감해주며 빙의령이 잘못 알고 있는 사항을 설득하고 설명하여줌으로써 자신이 가야 할 곳으로 스스로 가게 하는 방법이다.

설득? 설명? 내가 그깟 것한테?
"거지 같아!"
절로 쏟아져 나온 앙칼진 목소리에 도서관의 이목이 민아에게 쏠렸다. 도움될 만한 자료가 더는 없었다. 일단, 이 정도면 충분했다. 자리에서 일어난 민아는 자신을 향한 시선 따윈 아랑곳하지 않고 도도히 하지만 빠르게 도서관을 빠져나왔다.
민아는 빈 강의실을 찾아 들어갔다. 보이는 자리에 앉아 노트북을 꺼내 윤재희에게 편지, 그러니까 명목상 답장이라는 것을 쓰기 시작했다.
탁탁탁, 가느다란 민아의 손가락이 노트북 타자 위를 힘차게 움직였다. 몇 번이나 수정을 거친 후에야 준비해 온 편지지를 꺼냈다. 그리고 워드에 친 내용을 고스란히 옮겨 썼다.
철자 하나, 맞춤법 하나 어긋남 없는 설득과 설명, 그리고 드러나지 않은 협박과 제안이 적절히 섞이면서도 군더더기 없는 편지에 마침표를 찍는 순간, 민아의 입꼬리가 가느다랗게 올라갔다.
'그래. 이 정도면 되겠어!'
편지를 접으려는 찰나, 추가할 내용 하나가 문득 떠올랐다. 민아는 다시 펜을 들어 마무리 지은 편지 끝자락에 추가 내용을 적었다. 편지를 봉투에 담고, 봉투 위 가장자리에 '윤재희 양에게'라고 큰 글씨로 썼다. 그리고 망설임 없이 자신의 프라다 백 안에 찔러 넣었다. 윤재희가 잘 발견할 수 있도록 눈에 띄게.

한 가지 일을 마무리 지었다는 안도감과 과연 윤재희가 자신의 생각대로 움직여줄까 하는 긴장감이 나지막한 한숨으로 흘러나왔다. 민아는 시간을 체크했다. 오후 5시. 집을 나선 지 벌써 반나절이 가까워왔다. 허기가 느껴졌지만 딱히 입맛은 없었다. 민아는 새 워드 창을 띄워 빠르게 문서 하나를 더 작성했다. 그리고 컴퓨터실로 가 방금 작업한 문서를 인쇄했다. 그것을 서류 봉투에 깔끔하게 넣은 후, 차가 있는 곳으로 갔다. 핸드폰을 꺼내 백승훈 형사에게 전화를 걸었다. 단음의 신호음의 두어 번 울리더니, 백 형사가 전화를 받았다.

"네."

"이민아 변호사예요."

"아, 변호사님!"

핸드폰 너머에서 중저음의 날카로운 목소리가 반갑게 민아를 맞았다.

"잘 계셨어요, 백 형사님?"

"네. 변호사님 덕분에요. 변호사님께선 별일 없으시죠? 얼마 전 기사는 잘 봤습니다. 승소 축하드립니다."

"감사해요. 용건이 있어서 연락드렸어요."

"말씀하세요."

"……예전에 저한테 지신 빚, 갚아주셨으면 하는데요."

짧은 침묵 뒤에 "물론이죠"라는 결연한 백 형사의 목소리가 민아의 귓가에 믿음직스럽게 흘러들었다.

"그럼 잠깐 만날까요? ······제가 형사님 계신 곳으로 가죠."

'작은 마을'의 오래된 철제문이 끼익 열리며 문고리에 걸린 작은 종이 딸랑, 하고 사람 맞는 소리를 냈다. 열린 문틈 사이로 모습을 드러낸 백 형사가 비정상적으로 큰 발을 저벅거리며 칸칸이 나눠진 '작은 마을'의 작은 방들을 지나, 가장 끄트머리 방으로 들어갔다.

희끗희끗거리는 모발을 가진 50대 초반의 백 형사는 전형적인 형사의 외모를 지니고 있었다. 상대의 마음을 꿰뚫어 볼 것 같은 날카로운 눈빛, 금방이라도 킁킁거리며 냄새를 맡을 듯한 기세의 후덕한 코, 숱 없는 오른쪽 눈썹 위로 뚜렷하게 나 있는 상처. 그리고 큰 덩치를 방패처럼 감싸고 있는 근육은 단단하고, 날렵해 보였다.

갓 볶은 듯 힘차게 빠글거리는 머리를 하고 빨간 립스틱을 바른 마담이 싸구려 향수 냄새를 풍기며 백 형사가 자리한 방 안으로 들어왔다.

"오랜만이에요, 형사님. 약속 있으신가 봐요?"

"네. 늘 마시는 거요."

언제나처럼 무뚝뚝한 백 형사의 반응에 마담은 새치름하게 입을 비죽거리더니 홱, 하고 몸을 돌렸다. 그러곤 보란 듯이 엉덩이를 씰룩거리며 주방으로 향했다.

1년 전 백 형사의 아내가 세상을 떠난 후, 자신을 향한 주인마담의 마음을 그도 어렴풋이 눈치채고 있었다. 하지만 백 형사는 재혼할 생각 따위 눈곱만큼도 없었다. 아직도 아내를 사랑했고, 죽어서도 그 사랑은 변함없을 것이다. 그래서 마담의 태도가 부담스러웠다. 그럼에도 백 형사가 '작은 마을'을 찾는 이유는 딱 세 가지였다.

비밀스러운 대화를 나누기에 적합한 카페 구조와 자신의 입맛에 딱 맞는 커피. 그리고……

그때 마담이 다시 나타났다. 마담은 사각 얼음이 달그락거리는 다방 커피 한 잔과 약과 두 개가 담긴 꽃무늬 사기 접시 하나를 테이블 위에 조심스레 놓고는, "필요하신 것 있음 '자연 씨' 하고 부르세요오" 요기스럽게 말했다. 하지만 백 형사의 반응을 기다리다 못내 아쉬운 듯 사라졌다. 마담이 자리를 뜨자마자 백 형사의 손이 낚아채듯 약과를 집어 들어 한 입 베어 물었다. 예전에 아내가 해주던 약과 맛이 났다. 바로, 이 꿀맛 같은 아련한 약과가 백 형사를 종종 이곳에 들르게 하는 마지막 이유이자, 가장 큰 이유였다. 그렇다. 백 형사는 적당히 고지식하고, 적당히 타협할 줄 아는 사람이었다.

커피와 약과를 번갈아 맛보며, 백 형사는 생각에 잠겼.

'이민아 변호사가 갑자기 날 찾은 이유가 무엇일까?'

이민아 변호사는 백 형사에게 은인이나 다름없었다. 형사를 자신의 천직이라 여긴 백 형사는 밤낮, 평일, 주말을 가리지 않고 일에 푹 빠져 살았다. 백 형사 부부에겐 아이가 없었다. 아내는 항상 혼자 쓸쓸히 남편의 귀가를 기다렸다. 백 형사는 20년간 단 한 번도 아내의 생일 또는 그녀와의 기념일을 챙겨본 적이 없었다. 그래도 아내는 항상 웃으며 너그러이 이해했다. 아니, 아내의 겉모습만 보며 그렇게 착각했을지도 모른다. 어느 날, 아내가 딱 하루만 휴가를 내고 자신의 생일을 함께 보내자는 부탁을 했다. 어찌 보면 당연한 요구를 미안해하며 부탁하는 아내에게 죄스런 마음이 든 백 형사는 꼭 그렇게 하겠다고 약속했다. 하지만 그날 몇 년간 행방불명이었던 살인 용의자가 모습을 드러냈다는 제보가 들어왔다. 백 형사는 잠복근무를 해야만 했다. 결국 용의자를 잡는 데 실패했고, 백 형사는 지친 몸을 이끌고 집으로 향했다. 꽃집을 찾았지만 늦은 시각에 문을 연 곳은 한 군데도 없었다. 빈손이 민망했다. 그러다 마침 길가를 따라 한들한들하게 핀 코스모스를 발견했다. '아내를 닮았어' 하고 미소 지으며 손을 뻗어 한 송이를 꺾는데 핸드폰 벨소리가 울렸다. 그 순간 불길한 기운이 백 형사의 목덜미를 낚아챘다. 불행히도, 그의 직감은 적중했다.

"백 형사 자네 아내가 칼에 찔려 응급실에 실려 갔어!"

백 형사의 손에서 꽃이 흘러내렸다. 마침 맞은편 언덕에서 택시 하나가 미끄러지듯 내려왔다. 백 형사는 달리는 택시 앞을 막아섰다. 욕지거리를 내뱉는 택시 기사와 승객에게 형사 배지를 들이밀었다. 택시를 타고 응급실까지 가는 짧은 시간 동안 백 형사는 몇 번이고 지옥을 오갔다.

가해자는 백 형사가 3년 전 성폭행 현행범으로 잡아 직접 검찰에 넘긴 30대 후반의 남성이었다. 검찰은 남자에게 10년 형을 구형했다. 하지만 법원은 '음주로 심신이 미약한 상태'였음을 감안해 3년 형을 선고했다. 하필이면 오늘 그자가 퇴소한 것이다. 그자가 자신에게 복수를 한답시고 아내에게 했을 짓을 생각하니 헛구역질이 올라왔다.

응급실에 방치된 아내의 상처는 당장 수술이 필요할 정도로 심각했다. 하지만 새벽에 눈코 뜰 새 없이 바쁜 응급실은 돈 없고, 백 없는 그들에게 냉담했다. 신음하는 아내를 차마 곁에서 지켜보고만 있을 수 없어 몇 번이고 의사와 간호사를 붙잡고 아내의 위급함을 설명했다. 하지만 그들은 하나같이 백 형사의 눈을 한 번 흘겨본 후 건조하게 대답할 뿐이었다.

"아무리 이러서도 소용없습니다. 더 급한 환자들도 기다리고 있다고요."

하지만 수많은 현장 출동 경험을 가진 백 형사는 어렴풋이 알 수 있었다. 아내가 지금 당장 수술을 받지 못한다면 죽거나, 설령 목숨을 건진다 하더라도 평생 장애를 안고 살아야 한다는 끔찍한 사실을.

분노와 두려움이 백 형사의 목을 옥죄어왔다. 응급실을 송두리째 뒤집어엎고 싶은 충동을 가까스로 제어한 백 형사가 난데없이 자신의 낡은 지갑을 뒤지기 시작했다. 그리고 명함 하나를 찾았다.

백 형사는 여느 형사들이 그렇듯 자신이 애써 잡은 범죄자들의 형량을 낮추기 위해 노력하는 변호사들을 증오했다. 그래서 정보 유출을 위해 경찰서를 드나들며 형사와 친분을 맺으려 하는 변호사들을 멀리했고, 냉대했다. 하지만 오늘만큼은 다른 대안이 없었다. 백 형사는 명함에 적힌 번호로 전화를 걸었다. 그것이 바로 이민아 변호사였다.
 사실 백 형사가 이민아 변호사에게 도움을 청한 건 그녀가 단지 정·재계를 좌지우지하는 로펌 헌정의 외동딸이기 때문만은 아니었다.
 12년 전, 백 형사는 자신의 첫 근무지였던 반포 경찰서에서 봤던 여고생을 똑똑히 기억하고 있었다. 그녀는 분노와 두려움이 가득 담긴 핏기 서린 눈으로 경찰서 직원들을 바라보고 있었다. 부들부들 떨리는 몸을 애써 이겨내며, 성폭행을 당하던 그때의 정황을 조리 있게 설명했다. 그리고 범인들의 처벌을 강력하게, 아주 강력하게 요구했다. 하지만 어찌 된 사연인지 이미 수사는 종결된 후였다. 신참이었던 백 형사는 아무런 힘이 없었다. 따뜻한 녹차 한 잔을 건네주며 민아를 토닥거려주는 게 그가 할 수 있는 것의 전부였다.
 12년 후, 변호사가 된 민아와 재회했을 때(민아는 자신을 기억하시 못했지만) 백 형사는 의문이 들었다. 왜 검사나 판사가 아닌 변호사일까……
 어쨌거나 그것이 또 하나의 이유였다. 그리고 성폭행 경험을 가진 이민아 변호사가 성폭행범과 관련한 일에 나 몰라라 하지만은 않을 거라는 백 형사의 예상은 맞아떨어졌다.

자초지종을 들은 이민아 변호사는 자신이 도와줄 수 있을 것 같다고 말했다. 잠시 후 병원에서는 없다던 병실을 내어줬고 아침까지는 불가능하다는 수술 준비를 시작했다. 병원비마저 이미 정산돼 있었다. 아내의 수술은 성공적이었다. 하지만 1년 뒤 아내는 합병증으로 세상을 떠났다. 그래도 그 1년 동안 백 형사는 아내와 여태껏 함께하지 못했던 시간들을 보냈고, 추억을 쌓았다.

다시 한 번 딸랑거리는 종소리가 들렸다. 그리고 곧, 이민아 변호사가 모습을 드러냈다. 그녀는 약간 수척해 보였지만 변함없이 아름다웠다.

민아는 인사를 나누자마자 가방 안에서 봉투 하나를 꺼내 백 형사에게 건넸다. 말없이 봉투를 받은 그는 봉투 속에서 서류를 꺼내 빠르게 훑어보았다. 백 형사의 눈빛이 날카롭게 빛났다.

"이게 도대체……"

백 형사는 당황한 얼굴을 애써 감추며 입을 열었다. 하지만 백 형사의 말은 바로 뒤에 이어진 민아의 말에 의해 공기 중으로 산산이 흩어졌다.

"그렇게만 해주시면 나머지는 제가 알아서 처리할게요."

잠시 머뭇거린 백 형사가 묵묵한 말투로 말했다.

"알겠습니다…… 빚은 갚아야죠."

"감사해요. 보수는 넉넉히 드릴게요."

"빚을 갚는 겁니다. 보수는 필요 없습니다."

민아는 피식 웃으며 최대한 빨리 연락을 달라는 말을 남기고는 자리에서 일어났다. 따라 일어선 백 형사가 글러브 같은 두툼한 오른손을 내밀었다. 민아는 그것을 쥐었다. 단단한 악수였다. 그리고 때마침 주문을 받으러 온 마담의 질투 어린 눈빛을 뒤로한 채 도도히 사라졌다.

홀로 남겨진 백 형사는 덤덤한 눈빛으로 다시 한 번 서류를 훑으며 생각에 잠겼다.

사실 아무리 그때의 빚을 갚기 위해서라고 해도 이런 범죄에 가담하는 일을 쉽게 승낙한 자신을 이해하기 힘들었다. 서류 속의 임무는 무자비했다. 거대한 사회 시스템을 자신의 방식대로 굴리는 위험한 행동.

'내가 이런 일을······'

백 형사는 자신의 자아 속에 숨어 있는 어떤 감정을 찾아내려 집중했다.

쓰레기 같은 성폭행범에게서 지켜주지 못한 아내······

제정신이 아니었다는 이유만으로 쓰레기들에게 깨끗한 세상을 다시 더럽힐 기회를 주는 법원······

결국 백 형사는 지금 자신 안에 도사리고 있는 위험한 감정이 무엇인지 짚어내는 것을 포기했다. 중요한 건 이민아 변호사가 맡긴 일이 자신에게 온 것은 우연이 아니라는 것이었다. 오직 자신만이 할 수 있고, 자신만이 해야 할 일이었다.

식을 대로 식은 커피를 한 번에 들이켠 백 형사가 벌떡 자리에서 일어났다. 그리고 남은 약과 하나를 주머니에 집어넣으며 중얼거렸다.

"그래. 쓰레기들은 쓰레기장으로 가야지."

백 형사는 일단 하기로 마음먹으면 철저히 신랄해지는 사람이었다. 게다가 목에 칼이 들어와도 비밀은 지키는 돌덩이 같은 입을 가졌다.

민아는 백 형사의 그런 점을 이미 파악하고 있었다.

민아가 집에 가기 위해 다시 차에 탄 시각은 밤 11시였다. 몸은 지독히 소모되어 있었다. 이토록 지쳐버린 건 오랜만이었다. 얼른 샤워를 하고, 침대에 몸을 누이고 싶은 욕구에 있는 힘껏 액셀을 밟았다. 늦은 시각이라 도로는 한산했다. 집이 거의 가까워질 무렵 핸드폰이 울렸다. 건우였다. 받지 않았다. 다시 한 번 울렸다. 민아는 전화를 애써 외면했다. 아직 건우와의 관계까진 생각이 정리되지 않았다. 그래서 만나기가 꺼려졌다. 아니, 두려웠다. 모른 척 그를 받아들일까 봐. 하지만 그건 자존심이 용납하지 않았다. 건우가 자신이 아닌 윤재희에게 고백한 것은 명백한 사실이었다.

벨소리가 멈추더니, 문자 하나가 도착했다. 우회전만 하면 집 앞이었다. 민아는 한 손으로 핸들을 꺾으며, 다른 한 손으로 문자를 확인했다.

―안 받네? 집 앞이야. 기다릴게.

문자 내용에 화들짝 놀라, 고개를 드니 자신의 집 앞에 세워둔 차에 기대서서 고개를 까닥거리고 있는 건우의 모습이 눈에 들어왔다. 급하게 차를 멈춰 세웠지만 환한 헤드라이트 불빛에 고개를 돌린 건우의 찡그린 눈과 민아의 당황한 눈이 차창을 사이에 두고 뜨겁게 마주쳤다. 순간 민아의 심장이 두근거렸다.

건우가 반가운 미소와 함께 귀에서 이어폰을 빼냈다. 그리고 차 안에서 무언가를 꺼내 등 뒤에 숨기곤 한달음에 달려왔다. 민아의 차 앞에 우뚝 멈춰 선 그가 똑똑, 운전석 창문을 두드렸다. 민아는 잠시 머뭇거리다 차에서 내렸다.

"웬일이야. 집 앞에 다 오고?"

민아가 긴장을 감추기 위해 도도하게 팔짱을 끼며 가볍게 물었다. 건우는 질문에 답하는 대신 등 뒤에 감추고 있던 것을 민아 앞으로 쓱 내밀었다. 차가운 겨울 공기와 맞닿은 은은한 장미 향이 민아의 코끝을 스쳐 지나갔다. 민아가 '이게 뭐야?'라는 눈빛으로 건우를 바라보았다.

"장미 열세 송이야. 우리가 알게 된 지 13년이 됐으니까. …… 매년 그렇게 선물할게."

"……"

"그런데 나 아직 너한테 답을 듣지 못했어."

"……"

"어이, 설마 거절은 아니겠지? 나 떨려죽겠다."

건우가 너스레를 떨며 물었다. 하지만 아랫입술을 살짝 축인 건우의 모습에서 그가 느끼고 있는 긴장감을 엿볼 수 있었다. 민아는 그런 건우의 모습이 신선하면서도 서운했다. 설레면서도 미치도록 화가 났다.

민아는 대답을 재촉하는 건우의 눈빛을 슬며시 피하며 생각했다.

'거절을 할 경우 건우와의 관계가 어색해지거나 소원해질 가능성이 농후해. 하지만 어쭙잖게 수락하거나, 시간을 갖자고 한다면 윤재희가 다시 나타났을 때 둘이 어떤 행각을 벌일지 알 수 없는 노릇이잖아? 더는 용납할 수 없어! 일이 해결되기 전까지 떨어져 지내는 게 가장 좋은데……'

하지만 적절한 핑곗거리가 선뜻 떠오르지 않았다. 그때였다. 민아의 차 안에서 핸드폰 벨소리가 울렸다. 평소 같았으면 방해꾼이었을 핸드폰 소리가 오늘만큼은 구세주 같았다.

"……잠시만."

민아는 차 안에서 핸드폰을 꺼냈다. 저장되어 있지 않은 낯선 번호였다. 뮤지컬처럼 윤재희와 관련된 일은 아니겠지 하는 생각에 경계심이 일었다.

"네. 이민아 변호사입니다."

하고 말하는 순간, 핸드폰 너머에서 흐느끼는 소리가 들렸다.

"……말씀하세요."

"민아야."

낯익은 메마른 목소리…… 분명 최근에 들은 적이 있는데……

"민아야……"

다시 한 번 그 목소리를 듣는 순간 민아의 얼굴이 일그러졌다. 며칠 전 건우와 술을 먹다 걸려 온 전화 한 통. 어머니의 자살 시도를 알려 왔던 그때 그 전화만 아니었더라면, 윤재희가 자신의 몸에 들어올 일은 결단코 없었을 것이다. 끓어오르는 분노를 담은 한숨을 내뱉으며 전화를 끊어버리려는 찰나, 아주머니가 말했다.

"은희가…… 민아 네 엄마가 죽었어……"

민아는 아무 대답도 할 수 없었다.

"민아야."

"……그, 그래서요?"

가까스로 내뱉은 말.

"민아야, 네 엄마야. 널 낳아준."

정체를 알 수 없는 감정들이 소리 없는 해일처럼 순식간에 덮쳐왔다. 온몸 구석구석 열과 동반된 식은땀이 솟았다. 건우가 전화를 낚아챘지만, 막을 힘조차 없었다. 마치, 시간의 흐름이 멈춘 것만 같았다.

"무슨 일이죠?"

건우가 민아 대신 통화를 마쳤다. 건우는 목석처럼 서 있는 민아를 끌다시피 해 자신의 차에 태웠다. 그리고 손수 안전벨트까지 매주었다. 차가 출발했다. 한참 후에야 가까스로 정신을 차린 민아가 건우를 향해 말했다.

"차 세워."

"민아야."

"차 세우라고. 난 안 가."

"네 어머니야."

"너, 단 한 번이라도 우리 엄마를 본 적 있어? 단 한 번이라도 내가 엄마 이야기를 꺼내는 걸 들은 적 있어?"

민아의 목소리는 덤덤했지만 앙칼졌다.

"이민아!"

건우가 민아의 이름 세 글자를 힘주어 말했다. 그 순간, 민아의 가슴 깊은 곳에서 울컥하고 무언가가 치밀어 올랐다. 심장박동이 빨라지고 목소리가 커졌다.

"내 이름 부르지 마!"

"민아야……?"

"넌 나에 대해서 아무것도 몰라. 그러니까…… 그러니까…… 어제도."

몸이 가늘게 떨리기 시작했다. 주위 공기가 희박해진 것처럼 제대로 숨을 쉴 수가 없었다. '이민아!'라고 부르는 건우의 목소리도 점차 멀어졌다. 희미해지는 의식을 부여잡으며, 민아는 생각했다.

'그래…… 윤재희로 변하는 요인은 상황이 아니라, 바로 감정

상태였어.'

'잘됐네. 난 그 여자 마지막 가는 길 따위를 배웅할 정도로 한가하지 않아!'

'하지만 잠깐이나마 행복했던 시절도 있었어.'

'아냐. 그 여자는 힘없는 어린 날 폭행했어……'

'……다시는 그 여자를 볼 수 없는 거야……? 지금 이렇게 눈을 감으면 다시는……'

스르르 잠이 들듯이 눈을 감는 민아의 눈가에 작게나마 눈물이 고였다.

8 chapter

나의 장례식

  파르르 눈꺼풀이 떨리며 재희가 눈을 떴다. 온몸이 축 늘어진 모습이 꼭 물 먹은 병아리 같았다.
  "괜찮아?"
  건우가 걱정스럽게 물었다. 재희는 자신의 흐릿한 시야 안에 아른대는 건우와 차 내부를 번갈아 바라보며 생각했다. '민아 씨가 돌아왔나? 어떻게 된 걸까?' 하지만 사태 파악보다 다급한 건 얼빠진 정신과 육체의 회복이었다. 이 상태로는 시체나 다름없었다. 재희는 잠시간의 휴식을 취하며 불규칙한 호흡을 가다듬었다. 의식이 차츰차츰 제자리로 돌아오고, 온몸의 감각이 회복되어갔다. 건우가 그런 재희를 향해 조심스럽게 물었다.
  "근데…… 너, 어제랑 같았어. 그거, 무슨 발작은 아니지?"
  "아, 아니야. 가끔 있는 어지럼증이 또 도진 것 같아……"

재희가 생각나는 대로 둘러대고는 꽤 근사한 변명이었다고 뿌듯해했다.
"어지럼증? 운전할 때 그러면 큰일일 것 같은데?"
"걱정할 정도는 아니야."
"그래? 그 이야긴 나중에 하고…… 정말 가지 않을 생각이야?"
"뭘?"
건우의 눈빛이 미심쩍게 빛나더니 곧 "어머니 장례식"이라고 차분히 말했다.
그제야 재희는 차창 밖으로 보이는 풍경에 시선을 돌렸다. 병원 주차장이었다. 그것도 문제의 강남병원. '어머니 장례식? 건우 씨의? 아니면 민아 씨의?' 생각하는 찰나, 건우가 어린아이 타이르듯 부드러운 목소리로, 하지만 강단 있게 말했다.
"그래. 민아 네 말대로 너와 네 어머니의 관계가 어땠는지는 난 몰라. 상상 이상으로 끔찍했을 수도 있다고 생각해. 세상엔 좋은 부모만 존재하는 건 아니니까. 하지만……"
그렇게 말하는 건우의 눈에 한순간 슬픔의 그림자가 스쳐 지나갔다.
"하지만 마지막 가시는 길이야. 난 민아 네가 평생토록 후회하게 될 일을 곁에서 지켜만 보고 있을 수는 없어."
어머니, 장례식, 마지막 가는 길, 관계, 좋은 부모, 후회…… 건우의 입 밖으로 흘러나온 갖가지 단어들이 재희를 혼동 속으로 드밀었다.

"아…… 어지러워."

재희는 조금이라도 시간을 끌기 위해 어지러운 척했다. 다행히도 건우는 재희가 입을 열 때까지 참을성 있게 기다릴 작정인 듯했다. 재희는 상황 파악을 위해 머리를 굴렸다.

'민아 씨의 어머니가 돌아가셨어. 어찌 된 영문인지 민아 씨는 어머니의 장례식에 참석하고 싶지 않은 듯해. 건우 씨는 지금 참석해야 한다고 민아 씨를 설득하는 중이고…… 난 어떻게 해야 하지? 어떤 것이 맞는 거지? 아니, 어떤 것이 민아 씨를 위한 일이지?'

상황을 어떤 방향으로 몰아가든 귀결되는 생각은 단 하나였다.

'왜 하필 이런 곤란한 상황일 때 나로 바뀐 걸까.'

재희는 셰익스피어의 햄릿만큼이나 고뇌에 휩싸인 기분이었다. 아니, 차라리 죽느냐 사느냐를 두고 고민했던 햄릿의 상황이 쉬워 보였다. 적어도 햄릿은 자신의 선택에 자신이 책임질 테니. 결국 생각을 포기해버리고 건우를 향해 고개를 끄덕거리며 말했다.

"……갈게"라고. 그런 결정을 내린 이유는 민아를 위해서가 아니었다. 건우와 자연스레 함께하고 싶은 욕망 때문이었다.

차에서 내린 건우와 재희는 장례식장을 향해 무거운 발걸음을 옮겼다. 점점 가까이 다가오는 장례식장을 바라보며 재희의 마음은 착잡해졌다.

'아마 내 장례식도 저곳에서 치러졌겠지? 삼일장이니까, 하루,

이틀, 아…… 오늘 발인했을까?'

그때였다. 영구차 한 대가 무방비한 재희와 건우의 앞을 가로질러 갔다. 스치듯 짧은 순간이었지만, 재희는 영구차 차창을 통해 자신의 엄마와 똑 닮은 여성의 실루엣을 보았다. 만약 정말로 엄마였다면 저 차가 싣고 가는 관 안에 서늘한 자신의 시신이 드러누워 있을 것이었다.

그런 광경이 머릿속에 그려지는 순간, 심장이 미친 듯이 두근거리기 시작했다. 금세 머리부터 식은땀이 흘러 셔츠까지 축축해졌다. 속이 메슥거리고 구토가 일었다. 죽음 따위 이미 멋지게 받아들였다고 생각했는데, 착각이었고, 오산이었고, 꼴값이었다. 달빛 아래로 점점 멀어져 가는 영구차를 향해 뛰어가려고 하는 그때, 건우가 재희의 손을 붙잡았다. 재희의 흔들리는 눈동자가 건우를 향했다.

"괜찮아. 내가 옆에 있어줄게."

건우의 그 말은 마치 화살처럼 재희의 심장 한구석에 아프게 꽂혔다. 그러고 보니 자신이 죽은 후, 처음으로 듣는 위로의 말이었다. 재희의 눈에서 주르륵 눈물이 흘러내렸다.

재희의 눈물은 다시 한 번 건우의 마음을 세차게 흔들었다. 건우는 한 걸음 재희에게 다가가 떨리는 그녀의 어깨를 감싸 안았다.

"울지 마."

그렇게 말하는 건우의 눈빛이 안타까워서, 목소리가 부드러워서, 맞닿은 손길이 따스해서 재희는 영원히 건우의 품 안에서 살아가고 싶다는 충동에 휩싸였다.

하지만 이제 자신의 몸은 어디에도 없었다. 방금 본 영구차가 바로 끔찍한 사실의 증거였다. 죽음을 현실로 받아들이자, 그것은 곧이어 죽고 싶지 않다는 생각으로 이어졌다.

재희는 건우와 함께 안치실에서 만난 주연 엄마의 도움으로 장례 절차를 하나하나 처리했다.

재희는 사망신고서 작성을 위한 사체 검안서 등의 자료를 넘기며 3일 전 그날, 민아가 강남병원에 들른 이유를 추측할 수 있었다. 그러자 극도로 신경질적으로 보였던 민아의 첫인상이 조금이나마 이해가 됐다.

사랑했든, 증오했든 자신을 낳아준 어머니의 자살 기도 소식은 분명 커다란 충격이었을 것이다.

사망신고를 끝내고, 다음으로 처리해야 할 절차는 영정에 모실 사진을 제출하는 것이었다. 당연히 사진은 준비되어 있지 않았다.

"영정 사진 준비가 되어 있지 않으시다면 고인의 주민등록증 사진을 사용하시면 돼요."

처음부터 끝까지 내 가족 일처럼 모시겠다던 상담 직원은 과하지도, 모자라지도 않는 미소를 지으며 말했다. 그러고 보니 장례식장 직원들은 하나같이 저런 미소뿐이었다.

직원의 말을 들은 주연 엄마가 재희에게 어머니 유품이라며 빛바랜 가방 하나를 건넸다. 재희는 얼결에 받은 가방 안에서 주섬주섬 지갑을 꺼냈다. 그리고 지갑을 열어 주민등록증을 찾았다. 흘긋 민증을 바라보며 상담원에게 건네려는 순간, 재희의 시선 끝에 불안한 광채가 언뜻 빛났다.

칠흑처럼 긴 머리에 숨 막히도록 아름다웠던 어젯밤 꿈속의 여자. 나이는 조금 더 들어 보였지만, 민증 사진은 꿈속에서 봤던 여자가 확실했다. 재희는 소스라치게 놀랐고, 그 바람에 손끝으로 들고 있던 주민등록증을 놓쳐버렸다.

"왜 그래?"

건우가 바닥에 떨어진 민증을 주워 재희의 손에 다시 쥐여주었다. 사진 속의 여자와 눈이 마주쳤다. 알 수 없는 두려움을 느끼며 시선을 피하려던 찰나, 민증에 적힌 이름 석 자가 재희의 머릿속에 박혔다.

유은희. 사진 속에 미소 짓고 있는, 꿈속에서 만난 그녀의 이름은 유은희였다.

재희는 유은희를 알고 있었다. 창작 뮤지컬 선배들에게서 누누이 들어온 20년 전 최고의 뮤지컬 배우였던 유은희. 빛바랜 신문 기사에 실린 사진에서 슬픔에 잠긴 오필리아를 연기하던 그녀의 옆모습을 본 적이 있다. 꿈속의 여자가 낯익었던 이유가 명백히 밝혀졌다.

하지만 재희를 가장 놀라게 한 것은 유은희가 민아의 어머니라는 사실이었다. 한 사람이 지니고 있기엔 너무나 불공평하다고 생각했던 민아의 우월한 외모와 목소리, 눈빛, 이 모든 것이 이제는 당연하게 느껴졌다.

콩 심은 데 콩 나고, 팥 심은 데 팥 난다는 건 엄마를 보며 항상 생각해왔던 진리니까.

'그런데 그녀가 왜 내 꿈속에 나타난 거지?'

그 생각은 근조 화환 하나 없는 초라한 빈소를, 본의 아니게 상주라는 이름으로 지키고 있는 재희의 머릿속을 과부하가 걸린 컴퓨터처럼 복잡하게 만들었다. 우연일까, 아닐까. 민아 씨의 무의식 안에 어머니가 존재했나. 왜 하필 유은희가 죽기 하루 전날 자신의 꿈속에 나타났을까, 그녀가 자신의 귓속에 대고 속삭이던 내용은 대체 무엇이었을까.

끝없는 우주처럼 이어지던 생각은 고요한 정적을 파괴한 핸드폰 벨소리 덕분에 잠시 중단됐다. 벨소리의 출처는 빈소 한구석에 자리한 민아의 가방이었다. 분향소에 향을 피우고 절을 하던 문상객 두 분이 나무라듯 재희를 바라보았다. 재희는 서둘러 핸드폰을 꺼냈다. 하지만 당황한 나머지 손에서 핸드폰을 놓쳐버렸다. 잡으려는 순간 재희의 손가락이 화면을 터치했고, 핸드폰은 낙하하며 통화 상태로 바뀌고 말았다. 중요한 사실은 발신자 이름이 '아버지'라는 것이었다.

재희가 미처 손을 쓸 새도 없이 바닥에 떨어진 핸드폰에서 번개 같은 목소리가 튀어나왔다.

"이민아! 네가 거길 왜 가 있어? 당장 집에 들어오지 못해?"

처음 듣는 목소리였지만, 재희의 심장을 얼어붙게 하기에 충분했다. 얼빠진 표정의 재희 대신 마침 빈소로 들어온 건우가 핸드폰을 집어 들었다. 발신자를 확인한 건우는 재희의 어깨를 툭툭 가볍게 두드리더니, 핸드폰을 들고 밖으로 나갔다. 재희는 넓고 듬직한 건우의 등을 바라보며, 그가 어떤 위험으로부터도 자신을 지켜줄 것만 같은 착각에 빠졌다. 하지만 이내 이주승의 벼락같은 목소리를 떠올리며 '장례식장엔 괜히 온 걸까? 난 또 민아 씨를 곤란하게 만들었는지도 몰라' 하는 걱정이 들었다.

"그간 안녕하셨습니까. 저 강 회장님 아들 강건우입니다."

핸드폰을 귀에 댄 건우가 복도 끝, 인적이 드문 곳을 향해 걸어가며 정중히 말했다.

"어, 그래. 잘 있었지? 회장님도 잘 계시고?"

이주승은 예상치 못한 인물의 등장에 적잖이 당황했다.

"최근 우리 회사 M&A를 잘 처리해주셨는데 감사하다는 말씀도 못 드렸네요. 인수 자금 3,000억 원에, 미국 언론에도 많이 보도된 M&A라 신경도 많이 쓰이셨을 거예요. 정말 감사드립니다."

"허헛. 뭐, 내가 했나. 우리 헌정 직원들이 힘쓴 거지."

"그래도 아버님께서 지휘자이시지 않습니까. 전 어떤 지휘자를 내세우느냐에 따라 오케스트라의 색과 흥망이 결정된다고 생각하거든요."

건우가 젊은 나이에 맨손으로 커다란 IT 회사를 세워, 높은 금액으로 해외 기업에 매각한 것은 단순히 운이 좋아서가 아니었다. 사업 아이디어가 좋았던 것만은 아니라는 것이다. 건우에게는 MBA에서 수없이 반복했던 케이스 스터디와, 토론 경험으로 쌓은 '대화의 노하우'가 있었다. 그중에는 권위적인 사람에게 대항하는 노하우도 있었다.

"자네같이 스마트한 판단을 하는 사람이 하는 칭찬이니 내 고맙게 받아들이지."

"감사합니다. 그리고 민아는 제가 억지로 끌고 왔습니다."

그렇게 말하자 전화기 너머에서 성마른 기침 소리가 들려왔다.

"민아는 가고 싶지 않다고 하더라고요. 하지만 부모님의 마지막 가는 길을 외면하는 것은 절대 옳지 않다는 제 판단하에 그렇게 행동했습니다. 죄송합니다."

"……그랬군."

"민아는 제가 간소한 절차만 올리고 집으로 데려다 주겠습니다. 그리고 저희 아버지께도 아버님 안부 전해드리겠습니다."

"……알았네. 그럼, 내 자네한테 부탁 하나만 해도 되겠나?"

"네. 말씀하십시오."

"자네가 유품을 좀…… 아닐세. 남들 눈이 있으니 오래 머물지 말고. 그럼 이만 끊겠네."

하고 이주승은 하려던 말을 삼키고 딱딱하게 말했다.

"알겠습니다."

건우의 말을 끝으로 전화가 끊겼다.

이주승은 "이 애송이가"라고 중얼거리며, 던지듯 전화기를 내려놓았다. 그래도 이 애송이는 확실히 자신의 사윗감으로 탐나는 인물이었다. 정·재계 배경을 고루 갖춘 집안에 수려한 외모와 뛰어난 사업 아이디어, 그리고 방금 선보인 노련한 말솜씨.

문제는 어리다고 얕잡아 본 건우의 말솜씨에, 당황한 나머지 꺼내서는 안 될 단어 하나를 내뱉어버린 것이었다.

어떤 비밀이든 그것을 잠재우는 가장 확실한 방법은 비밀을 알고 있는 자의 눈을 영원히 감기는 것이었다. 이제 그 여자와 함께 비밀도 무덤 속으로 사라졌다.

노파심에 사람을 시켜 그 여자가 죽기 전에 남긴 것이 없나 알아봤지만, 염려했던 유서 따위는 존재하지 않았다. 그런데도 어딘가 찜찜한 마음은 사라지질 않았다.

'죽은 자는 어떤 방식으로든 가슴에 담아둔 말을 남기지 않는가.'

이주승이 흐음, 하고 신음을 뱉으며 안락의자 뒤로 등을 기대고 눈을 감았다. 잠이 올 것 같진 않았다. 민아를 기다려야 했다. 감았던 눈을 치켜뜨며 자리에서 일어났다. 서재를 둘러싼 빽빽한 책장으로 발걸음을 옮겨 책 한 권을 꺼냈다. 그리고 거실로 나갔다.

끼익, 타이어 마모되는 소리와 함께 건우의 차가 미끄러지듯 민아의 집 앞에 정차했다.

"오늘 수고했어."

건우가 기어를 파킹으로 옮기고 재희를 바라보며 다정하게 말했다. 재희에게는 그 말이 꼭 '안녕'이라는 작별 인사처럼 아쉽게만 들렸다.

새벽 3시. 어슴푸레한 달빛 아래 피곤한 듯 약간은 핼쑥해 보이기까지 한 그의 얼굴은 손을 뻗어 확인해보고 싶을 만큼 조각 같았다.

조금 더 이야기를 나누고 싶었다. 그의 따뜻한 시선을 받고 싶었다. 이대로 시간이 멈추었으면 했다. 솟구치는 욕망들이 눈 덮인 언덕길을 굴러 내려가는 눈송이처럼 점차 커져 결국 재희의 사고를 흐릿하게 만들었다.

"……집에 들어가고 싶지 않아."

재희와 건우의 눈빛이 뜨겁게 맞부딪혔다. 두 사람은 누가 먼저라 할 것 없이 서로의 입술을 탐하기 시작했다. 그들은 마치 짐승처럼 서로를 깊고 격렬하게 원했다. 건우의 머릿속이 점차 새하얘졌다. 이성이 마비된 머릿속은 온통 '그녀의 모든 것을 갖고 싶다'라는 어두운 욕망으로 가득 찼다. 건우의 섬세한 손이 재희의 새하얀 젖가슴을 감싸고 있는 셔츠의 단추 하나를 끄르려는 순간, 어젯밤 사시나무 떨듯 바들거리던 민아의 상처 받은 얼굴이 잔영처럼 스쳐 지나갔다. 건우의 몸이 고압 전류가 흐르는 벽에 닿기라도 한 듯 재희에게서 떨어졌다.

예상치 못한 건우의 행동에 당황한 재희가 놀란 눈으로 건우를 바라보았다.

"미, 미안. 내가 또 키스로는 만족하지 못할 뻔했네. 아버님 기다리시겠다. 이만 집에 들어가자."

"……."

어색한 기류가 마치 거대한 용꼬리처럼 둘 사이를 휘감음과 동시에 들끓는 욕망에 가려져 잠시 모습을 감췄던 재희의 이성이 눈을 떴다. 이성은 그녀에게 또한 어젯밤의 기억을 선명히 상기시켰다.

키스 도중 정신을 잃었다가 다시 눈을 뜬 그 순간, 재희의 시야 속엔 정확히 지금만큼의 거리를 둔 건우가 있었다. 건우의 표정은 미안함과 당혹감으로 역력했었다. 기억을 잃은 잠깐 사이에 무슨 일이 벌어졌는지 재희로서는 알 수 없었다. 하지만 진심이든 내숭이든 민아가 건우와의 성적인 행위를 원하지 않았던 것만은 분명했다.

'미쳤어.'

창피함이 거대한 산사태처럼 밀려와 재희를 덮쳤다. 단 1초라도 더 이 차 안에 머물러 있다간 허우적거리는 볼썽사나운 꼴을 보이는 것은 기본이요, 심지어 밀려온 토사에 숨이 막혀 죽어버릴지도 몰랐다.

"오, 오늘은 고마웠어. 난 먼저 갈게."

낚아채듯 가방을 집어 든 재희가 은행을 털고 도망가는 강도처럼 차 문을 열고는 냅다 뛰었다. 그리고 건우가 어떤 제스처를 취하기도 전에 대문 안쪽으로 자취를 감췄다.

건우는 룸미러를 통해 한참이나 재희가 사라진 자리의 흔적을 바라보았다.

홍당무처럼 붉어진 얼굴로 집 안에 들어선 재희가 두방망이질 치는 심장을 안정시키기 위해 심호흡을 시도하는 순간, 다시 한번 소스라치게 놀랐다. 화이트 가죽의 고급스러운 소파 끝에 놓인 흔들의자에 낯선 남자가 앉아 있었던 것이다. 회색빛이 감도는 실크 가운을 걸친 남자의 시선이 무릎 위에 올려놓은 두꺼운 책에서 재희에게로 찬찬히 이동했다.

"이제 왔냐?"

이주승이 표정 하나 없는 얼굴로 말했다.

재희는 그제야 뉴스에서나 보아왔던 부유한 기업인의 풍모를 가진 이 남자가 민아의 아버지라는 사실을 깨달았다. 집 안에선 사각팬티 안에 러닝을 구겨 넣은 차림만을 고수했던 자신의 아버지와는 너무나 상반된 모습에 재희의 몸이 일순간 경직됐다. 하지만 최대한 자연스럽게 답하려 노력했다.

"네. 조금 늦었어요."

"강 회장 아들과는 어떤 사이지?"

"……네?"

뜻밖의 기습 질문에 재희는 당황했다. '어째서 장례식에 대해 묻지 않는 거지……? 강 회장 아들?' 다행히도 이주승이 말한 인물이 건우라는 것은 어렵지 않게 유추할 수 있었다.

"나쁘지 않다."

"……?"

"민아 네 배필로 나쁘지 않은 상대라는 뜻이다."

재희는 자신도 모르게 고개를 끄덕거리다 흠칫 놀랬다. 이주승은 그런 재희의 솔직한 반응이 의외라는 듯이 볼을 씰룩거렸다. 재희는 자신의 태도를 번복할 만한 거리를 찾으려 애썼지만, 긁어 부스럼만 될 것 같아 이내 포기했다.

"늦었다. 들어가서 자거라."

그 말이 재희에겐 여름휴가 소식만큼이나 반갑게 들렸다.

"네. 안녕히 주무세요."

재희는 서둘러 발걸음을 옮겼다. 2층으로 이어지는 계단 위로 오른발을 내딛는 순간, 굵직한 이주승의 목소리가 다시 한 번 재희의 뒤통수를 때렸다.

"혹시 그 여자가 남긴 건 없더냐?"

"……네?"

"널 낳은 여자 말이다."

"아, 아니요."

"그래. 들어가라."

이주승은 그제야 누구도 알아채지 못할 만큼 미약한 한숨을 내뱉었다. 그리고 책을 덮고 흔들의자에서 몸을 일으켰다. 재희는 계단의 끝에 다다라서야 건우의 차에 고이 두고 온 유은희의 낡은 가방이 떠올랐다. 서둘러 고개를 돌려봤지만, 이주승은 이미 사라지고 없었다. 드넓은 집에서 이주승의 방을 찾는 수고를 할 기력도, 다시금 위압감 풍기는 이주승과 대면할 용기도, 지금의 재희에겐 남아 있지 않았다. '에라, 모르겠다.' 재희가 나머지 계단을 향해 힘없는 발을 힘차게 내디뎠다.

침실로 돌아와 가운을 벗어 침대 옆 행거에 깔끔하게 건 이주승은 구김 하나 없는 거위 털 이불을 훌쩍 들춰내고는 킹사이즈 침대 한가운데 드러누웠다. 그리고 자신이 만들어낸 최고의 작품 두 개를 떠올리며, 꿈틀대는 입꼬리를 슬쩍 올려 만족스러운 미소를 지었다.

이주승은 젊은 나이에 대형 로펌 대표 변호사라는 거대한 목표를 달성했고, 뜻하던 대로 자신의 딸 역시 자신의 대를 이어줄 변호사로 만들었다. 만약 자신의 극단적인 처방이 없었다면, 아마도 민아는 겉만 번지르르한 고급 창녀와 다를 바 없는 여자로 자랐을 것이다.

현재 이주승이 대표로 있는 헌정은 국내 로펌계의 선두주자로 탄탄대로를 달리는 중이었고, 민아 또한 업계에서 두각을 드러내고 있었다. 딴따라들이나 등장하는 뮤지컬 따위는 경쟁 변호사에게 사건을 빼앗기고 나서 잊었을 거라 생각했다. 민아는 분명 자신을 닮아 이성적이고, 냉철하고, 또 냉혈했다. 절대 얼간이가 아니었다. 이주승이 목표하던 것이 그의 손바닥에서 순조롭게 흘러가고 있었다.

물론 빛과 그림자는 반드시 동행하는 법. 목표를 향해 달려가는 과정에서 이주승은 필연적으로 비밀 몇 가지를 만들어야만 했다. 그 비밀들은 썩어빠지고 곪아 터져 이미 사라진 이주승의 양심마저 괴롭혔다.

하지만 그 비밀을 알고 있는 유일한 사람이 오늘 사라졌다. 자신의 아내였던 여자, 딸의 어머니였던 여자, 유은희가 죽어버린 것이다.

이제 이주승의 앞길을 막을 수 있는 것은 아무것도 없었다. 아무런 장애물 없이 곧고 길게 뻗은 활주로가 펼쳐져 있을 뿐이었다. 모든 것이 완벽했다. 만약 민아가 강 회장의 아들인 애송이와 결혼까지 한다면, 이주승은 대한민국 정·재계에 지대한 영향력을 지닌 최고의 인물로 꼽히게 될 것이다. 더 나아가 이 시대의 왕이 될 것이다.

'강 회장과 언제 한 번 필드를 나가야겠군. 그에게 처리하기 곤란한 법적 문제라도 생기면 좋을 텐데…… 한번 만들어볼까?'

그렇게 생각하며 이주승은 잠을 청하기 위해 눈을 감았다. 고요한 거실에 홀로 남겨진 흔들의자가 아직도 삐걱거리고 있다는 사실 따위는 모른 채.

한편 재희는 방에 들어서자마자 허물처럼 옷을 벗고 욕실로 들어갔다. 장례식장 곳곳에 은연히 배어 있던 죽음의 냄새를 없애기 위해 온몸 꼼꼼히 비누칠을 했다. 단단한 비누가 타원형으로 아름답게 부풀어 오른 민아의 젖가슴을 지나치자, 불현듯 건우가 떠올랐다. 올리브 열매를 연상시키는 젖꼭지가 돌연 딱딱해졌다. 재희는 세차게 고개를 흔들며 건우에 대한 생각을 지우기 위해 노력했다. 하지만 '배필로 나쁘지 않다'라는 이주승의 말을 떠올리며, 다시 한 번 건우를 상기시켰다.

건우 씨와 결혼이라…… 생각만으로도 아찔해지고 설레었다.

재희는 샤워를 마치자마자 '혹시나 그에게 문자가 와 있진 않을까' 하는 막연한 기대감으로 가방을 열었다. 하지만 가방을 뒤지던 재희의 시선을 장악한 건, 핸드폰이 아닌 편지 봉투였다. '윤재희 양에게'라고 커다란 글씨가 쓰여 있는. 재희는 조심스레 봉투 입구를 뜯었다. 그리고 편지의 첫 단어를 읽기도 전에 널뛰듯 뛰어오르는 심장 때문에 깊은 심호흡을 해야만 했다.

9 chapter

사랑할 수밖에

2011년 1월 10일 am 4:00

침대 끄트머리에 웅크리고 앉은 재희가 마치 예기치 못한 고백을 받은 사람처럼 떨리는 심정으로 민아의 첫 편지를 읽기 시작했다.

윤재희 씨에게.

쓸모없는 인사 따위는 생략할게요.
당신과 내게 일어난 일은 아직도 믿기 어려운 게 사실이에요. 죽은 사람의 영혼이 자신의 육체에 들어오다니, 이 세상에 어느 누가 과연 그 일을 쉽게 믿어줄까요?

물론, 하루아침에 예기치 못한 사고로 육체를 잃고, 떠도는 영혼 신세가 돼버린 재희 씨의 억울하고 속상한 심정은 이해해요.

하지만 재희 씨가 내 몸에 들어온 것은 결국 재희 씨의 선택이었네요. 그리고 다시 자신의 몸으로 돌아가지 못한 것은 재희 씨의 실수였고요. 즉, 이런 일이 일어나게 된 건 모두 재희 씨의 책임이라는 뜻이에요. 형법상으로는 미필적 고의 정도라 할 수 있겠죠. 이런 일이 일어날 수도 있다는 걸 예상했으면서도, 남의 육체라는 자각 없이 오디션을 보고, 또 약속 시간마저 지키지 않아 당신 몸을 잃었잖아요. 그 바람에 내게 피해를 줬고요. 한마디로 당신은 가해자, 저는 피해자예요.

그래도 일단 일어난 일이니 해결을 위한 쪽으로만 생각해보기로 해요.

앞으로 상황이 어떻게 흘러갈지, 언제 종결될지 아쉽지만 그건 감조차도 잡을 수 없네요. 하지만 한 가지 확실한 건 절대 당신 때문에 내 생활이 방해받아서는 안 된다는 거예요.

재희 씨 당신은 남의 집에 무단 침입한 범죄자나 다름없으니까.

......

내가 가지고 있는 사회적 지위나 기대는 재희 씨가 상상하는 것 이상으로 높아요. 인터넷으로 내 이름 석 자를 검색해보면 알 수 있겠지만, 내 말 한마디에 사람의 목숨이, 그리고 기업의 흥망이 달려 있어요. 당신은 전날의 술기운으로 손을 벌벌 떠는 의사에게 중요한 수술을 맡길 수 있나요? 내 말이 무슨 뜻인지 알겠죠? 즉, 당신과 내게 일어난 이 '믿을 수 없는 일'은 오직 당신과 나만 알아야 해요. 타인에게 설명해 동정 또는 이해 따위를 구하려는 생각을 조금이라도 하고 있다면 당장에 집어치워요. 당신이 죽었다고 생각하는 당신 부모님에게도 안 돼요. '믿을 수 없는 일'을 믿을 수 있는 사람은 오직 그것을 경험한 당사자뿐이에요.

내게 부탁을 했죠? 뮤지컬을 할 수 있게 해달라니. 사실 그건 무리한 부탁이네요. 그렇다고 용납할 수 없다는 뜻은 아니에요.

……

재희 씨가 내 육체에 있을 때 주의해야 할 몇 가지 사항을 일러줄게요. 일단 아버지와의 대화는 최대한 피하세요. 아니, 마주칠 상황 자체를 만들지 않는 게 좋겠네요. 만약! 아버지가 이 일을 알게 된다면, 그래서 이 일을 믿게 된다면 아마도 살아 있는 재희 씨 가족에게 피해가 갈 것 같아요. 우리 아버지, 그럴 만한 분인 데다 그럴 수 있는 파워도 가지고 계시거든요.

……

회사엔 이미 조치를 취해놨으니, 사무실에서 연락이 와도 무시해요.

……

품위 없는 행동은 삼가줘요.

……

아마, 위 내용들을 모조리 암기하긴 쉽지 않을 거예요. 그래서 휴대폰 메모장에 똑같은 내용을 삭성해뒀어요. 비밀번호는 0705.

위 주의 사항들만 철저하게 지켜준다면, 당신이 무엇을 하든, 내 카드로 무엇을 결제하든 신경 쓰지 않도록 할게요.

마지막으로, 앞으로 계속해서 내게 편지를 남겼으면 해요. 물론 핸드폰으로요.

언제 바뀌었는지, 어떻게 정신을 잃었는지, 그리고 당신이었을 동안 어떤 일이 일어났는지, 정확하게. 그래야 내 주변 사람들과 오해가 생기는 걸 최대한 막을 수 있을 테니까.

……

당신이 내가 말한 모든 것들을 지켜줄 자신이 있다면, 뮤지컬은 허락할게요. 하지만, 언론에 노출되는 일은 막아야 할 거예요. 아버지 귀에 들어가는 즉시, 뮤지컬 자체가 없어질지도 모르거든요. 선택은 당신 몫이에요.

ps. 피치 못하게 단 걸 먹었을 땐, 무슨 일이 있어도 양치는 해줘요. 그리고 핸드폰으로 편지를 쓴다 해서 이모티콘 따위를 사용하는 건 참을 수 없어요. 두 가지 꼭 주의해줘요.

재희는 시작부터 자신을 범죄자로 몰아가는 민아에게 작지 않은 불쾌함을 느꼈지만, 뮤지컬을 허락한다는 대목에서 그런 마음은 연기처럼 사라졌다.
'주의해줘요' 라는 마지막 문장까지 소리 내 읽은 재희의 눈동자에 문득 의문이 드리웠다. 뒷면을 들춰봤지만 분명 편지는 거기서 끝이었다. 처음부터 다시 꼼꼼하게 읽어 내려갔지만 마찬가지였다. ……건우에 대한 언급은 단 한 줄도 없었다.

'왜 없지? 침묵은 긍정이라는데…… 그럼 건우 씨를 만나도 상관없다는 뜻인가?'

그렇게 멋대로 결론짓는 순간, 재희의 마음은 풍선처럼 부풀어 오르기 시작했다.

재희가 튕기듯 침대에서 일어나 가방 속에서 핸드폰을 찾아 꺼냈다. 그리고 건우에게 '잘 들어갔어?'라는 내용의 문자를 보냈다. 설레는 마음으로 건우의 답장을 기다리는 동안 메모장을 열어 민아의 요구 사항 중 하나인 편지를 쓰기 시작했다. 그건 흡사 일기를 연상케 했다.

재희는 새삼 깨달았다. 이모티콘을 쓸 수 없다는 건, 엄지를 사용하지 않고 핸드폰 문자를 쓰는 것과 같이 불편하다는 것을.

2011년 1월 10일 pm 7:00 청담동

건우와 선정은 간단한 요깃거리에 맥주 한 잔을 곁들이며 서로의 근간을 이야기했다. 그러다 자연스레 만남의 목적이었던 주제로 넘어갔다.

건우는 민아와 진지하게 만나기 시작했다고 멋쩍음과 자랑이 적당히 섞인 말투로 고백했다. 선정은 자신 또한 건우를 짝사랑하던 시절이 있었기에 약간의 쓸쓸함을 느꼈지만 이내 진심으로 축하하며 잔을 부딪쳤다. "고맙다"라는 말과 함께 건우가 남은 맥주를 시원하게 들이켰다. 하지만 바닥에 잔을 놓자마자 건우의 표정은 사뭇 진지하게 바뀌었다. 그가 기밀 정보라도 누설하듯, 신중하게 입을 열었다.

"근데 민아가 평소와 좀 달라. 마치 다른 사람처럼······."

선정은 건우의 말에 별것 아니라는 반응을 보이지도, 딱히 동요하지도 않았다. 마치 오랫동안 기다렸던 질문을 들은 사람처럼 담담하고 침착했다. 선정이 벨을 누르더니, 맥주 두 잔을 추가 주문했다. 맥주가 도착하자마자 몇 모금 홀짝거린 선정이 나지막이 한숨을 내쉬었다. 그리고 작지만 정확한 목소리로 말했다.

"어쩜 민아 안에······."

건우의 목젖으로 자신도 모르게 침이 꼴깍하고 넘어갔다.

"또 다른 인물이 살고 있을지도 몰라."

"다른 인물이라니?"

"민아가 해리성 정체 장애를 앓고 있는지도 모른다는 뜻이야. 일반적 용어로는 다중 인격 장애."

선정은 건우에게 이틀 전, 민아가 자신의 병원을 찾아와 상담했던 내용들을 들려줬다. 건우는 멀거니 입을 벌린 채로 선정의 얼굴을 뚫어져라 응시했다. 귀에 들어온 말이 잘 믿어지지 않는 모양이었다. 하지만 선정은 어디까지나 진지한 얼굴이었다. 눈을 보면 알 수 있었다.

요 며칠 민아가 보였던 어색한 행동들이 잔영처럼 스쳐 지나갔다.

"확실해?"

"그건 자세한 검사를 해봐야 알아."

"그럼 당장 검사를……"

"어떤 검사라도 환자, 아니 당사자가 자신의 이상 증상을 자각하고, 증상의 원인을 파악하고 싶을 때 가능한 거야. 민아 성격에 자신에게 이상이 있다는 걸 인정할까? 웬만한 병은 기록을 남기지 않기 위해 건강보험조차도 쓰지 않는 민아가?"

선정이 차분하게 지적했다. 입 밖에 내지는 않았지만, 건우의 눈빛 또한 '절대 아니'라고 선정의 말에 동의하고 있었다.

"사실 의사는 환자의 비밀을 철저히 보장해야 해. 그런데도 내가 너에게 이런 이야기를 하는 건 민아를 설득시킬 수 있는 건 건우 너뿐이기 때문이야. 뜬금없는 이야기지만 민아는 예전부터 널 좋아했거든."

"……뭐?"

"믿어도 좋아. 나 이래 봬도, 꽤 이름 있는 정신과 의사라고."

"……몰랐어."

"내가 유명한 정신과 의사라는 거? 아니면 민아가 널 마음에 두고 있었다는 거? 어쨌든 해리성 정체 장애는 병이야. 그것도 심각한. 치료하지 않으면 목숨을 앗아 가기도 해."

'목숨을 앗아 가기도 해.' 선정의 말이 망치처럼 건우의 머리를 가격했다. 발작을 일으키던 민아의 모습이 떠올랐다. 주위의 공기가 돌연 희박해지는 것 같았다.

"……내가 어떻게 하면 될까?"

선정의 눈빛이 모호하게 빛나며, 건우를 향해 최대한 목소리를 낮춰 말했다.

"네가 다르다고 느낀 그 아이, 그 아이가 열쇠야."

10 chapter

로맨틱 스릴러의 결말

2011년 1월 11일 pm 7:30

민아는 히터 열기로 헛헛한 차 안에서 눈을 떴다. 서리로 가득한 창을 쓰윽 닦은 후 창밖을 둘러보니, 극단 주차장이었다. 민아는 서둘러 가방 안에서 핸드폰을 꺼내 날짜를 확인했다. 이틀이나 지나 있었다. 절망적인 한숨과 함께 재희가 남긴 편지를 읽기 시작했다.

〈2011년 1월 10일 am 5:00〉

민아 씨에게.

민아 씨 어머님이 돌아가신 것에 대해 어떤 위로의 말을 해야 할지 모르겠어요. 잘한 행동인지 모르겠지만 제가 민아 씨 대신 장례식장에 다녀왔어요.

빈소에 있는데, 민아 씨 아버님께 전화가 왔어요. 화를 내시면서 왜 거기 있느냐고, 당장 집에 들어오라고 호통을 치셨어요. 그래서 조금 있다 집으로 돌아갔어요. 어머니가 남긴 것은 없는지 물으셨는데, 깜박하고 없다고 답했어요. 근데 돌아서자마자 떠올랐어요. 건우 씨 차 안에 어머니 가방을 두고 내렸다는 사실을…… 미안해요…… 제가 좀 덤벙거리는 편이어서……

어머니에 관한 글귀를 읽는 민아의 눈빛이 적잖이 흔들렸다. 애써 아무렇지 않은 척, 다음 문단으로 넘어가려는 순간 '근데 아버지는 어머니가 돌아가신 건, 아니, 내가 장례식장에 있는 건 어떻게 아셨지? 장례식장에 온 누군가가 아버지에게 알린 건가? 누가? 왜? 게다가 남긴 것이 없느냐는 질문은 뭐지? 아예 타인이나 다름없는, 아니 타인보다 못한 사람인데……' 하는 종류의 의문들이 두더지 잡기의 두더지처럼 속속 고개를 쳐들었다. 질문들은 결론을 낳지 못한 채, 민아의 신경만 자극했다. 마치 약을 올리기 위해 만들어진 두더지 게임처럼.

결국 민아는 '그딴 건 지금 이 상황에 아무런 도움이 되지 않아'라고 결론 내렸다.

지금 이런 이야기를 하는 게 맞는지 모르겠지만, 뮤지컬 허락해주셔서 감사합니다. 절대 폐 안 끼치게, 민아 씨가 일러준 주의 사항대로 행동할게요. 약속드려요! 그리고 우리가 언제 바뀔지 모르니까, 시간 날 때마다 핸드폰에 메모할게요.
　아! 주민등록증을 보니 민아 씨가 언니인 것 같은데 민아 언니라고 불러도 될까요?
　그리고…… 건우 씨에 대한 언급이 없던데…… 어떻게 할까요?

민아가 건우와의 일을 적지 않은 것은 다분히 고의적이었다. 자신의 예상대로 윤재희가 행복할 때 자신으로 바뀐다면, 윤재희의 영혼을 자신의 육체에서 완벽히 쫓아내기 전까진 최대한 재희가 행복할 수 있는 환경을 조성해주어야만 했다(뮤지컬을 허락한 것도 같은 이유에서이다). 편지 내용으로 보아, 윤재희는 건우를 좋아하고 있었다. 좋아하는 사람과 함께할 때 행복에 빠지는 건 짐승조차도 어쩔 수 없는 원초적 본능이었다.
　사실 민아의 본심은 두 사람이 말 한마디 섞는 것, 눈빛 한 번 교환하는 것, 옷깃 스치는 것조차 치가 떨리게 싫었다. 민아는 서둘러 윤재희가 남긴 두 번째 편지를 읽었다.

〈2011년 1월 11일 am 10:00〉

민아 씨에게.

지금 여기는 뮤지컬 연습실이에요. 쉬는 시간이라 민아 씨 돈으로 커피 한 잔의 여유를 부리며 편지를 써요. 아, 아까 실수로 초콜릿을 먹었지만 이를 아주 깨끗이 닦았어요.

감독님에겐 다시는 이런 일 없도록 한다고 백번 사죄했어요. 다행히 허락해주셨고요. 때문에 다른 단원들의 눈총을 좀 받긴 했지만 오디션 탈락을 알리는 차가웠던 목소리에 비하면 그 눈빛은 오히려 따뜻하게 느껴진답니다. 감독님은 제가 다른 일을 하고 있는 걸 배려해주셔서 연습시간을 유동적으로 해줬어요. 물론 오디션이 끝나고 진짜 연습이 시작되면 다시 의논해야 한다고 했지만요. 아, 오디션은 엄격하게 실력으로 평가한다고 했으니 어쩌면 전 떨어질 가능성이 더 높겠죠. 그리고 언론에는 일단 알리지 않기로 했어요. 어떤 역이든 맡게 된다면, 그때 홍보하는 게 마케팅적으로 더 효과가 있지 않겠냐고 설득했죠.

……

민아 씨가 알려주신 '주의할 목록'에 따라 잘 행동하고 있으니 걱정 마세요. 다행히 꼭 전화를 받아야 할 사람 목록이 많지 않아 그리 어렵지는 않아요. 하지만 민아 씨 아버지를 대할 때면 저도 모르게 신경이 곤두서곤 해요. 아, 만약 기분이 상하셨다면 죄송합니다. 나쁜 뜻으로 한 말은 아니에요.

……

아, 오늘 저녁에 건우 씨와 만나기로 했어요.

다음 편지는 없었다.

재희는 어떤 상황에서 둘의 영혼이 바뀌는지 아직 감조차 잡지 못하고 있는 듯했다. 민아는 그 사실에 적잖이 안도감을 느끼는 한편, 건우와 만나기로 했다는 애매한 표현이 꽤씸했다. 누가 먼저 만나자고 연락을 했지? 건우? 아니면 재희? 민아는 일단 긍정적인 쪽으로 생각하기로 했다. 하지만 두 가지 모두 딱히 긍정적이라고 할 수는 없었다.

중요한 사실은 11일 저녁이 바로 지금이라는 것. 그러니까 민아에게 건우를 만나야 할 한 가지 이유가 생겼다는 것이었다.

민아는 '일단, 언니라는 표현은 듣기 거북하네요. 우리라는 단어도요'라는 날 세운 첫 문장을 시작으로 편지를 작성했다. 그것을 저장하기가 무섭게, 핸드폰 벨이 울렸다. 건우였다. 전화를 받았다. 그가 "나 이제 출발해"라고 말했다. 민아는 대답 대신 자신이 건우를 만나야 할 필연적인 이유를 찾아 물었다.

"가방, 가지고 있어? ⋯⋯어머니 거."

2011년 1월 11일 pm 8:00 서래마을 와인 바

약속 장소에 먼저 도착한 건 건우였다. 바의 문이 열릴 때마다, 건우의 신경이 바싹 곤두섰다. 초조함과 긴장감은 건우 앞에 놓인 물잔과 물병을 바닥나게 만들었다. 하지만 웨이터를 찾지 않았다. 민아가 도착했을 때, 테이블 위에 마실 거리가 존재하지 않아야만 했다.

사실 건우가 선정의 말을 전적으로 믿는 건 아니었다. 모든 환자나 환자의 가족들이 그렇듯 선정의 판단이 오진이길 바랐다. 그렇지만 불안이라는 감정이 건우의 심장을 계속 두드렸다.
열리는 문 사이로 드디어 민아가 모습을 드러냈다. 어렵지 않게 건우를 발견한 민아가 그에게로 향했다.
"오래 기다린 건 아니지?"라고 말하며 맞은편 자리에 앉는 민아와 건우의 시선이 마주쳤다. 그 순간 건우의 온몸 구석구석에 식은땀이 솟았다. 마치 얼굴에 묶어둔 끈이 끊어져 가면이 툭 떨어진 것처럼 민아는 또다시 하루 만에 완전히 다른 눈빛을 보이고 있었다.
'선정의 말 때문에 그렇게 보이는 것일 수도 있어.' 건우는 일단 침착했다.
빈 물병을 흘긋 바라본 민아가 주위를 두리번거렸다. 마실 거릴 위해 웨이터를 찾는 게 분명했다. 건우가 재빠르게 코트 주머니에 넣어둔 삼다수 물병을 꺼내 민아에게 내밀었다. 민아의 시선이 그것을 향하는 순간, 건우의 눈빛은 예리하게 빛났다. 하지만 민아의 신경은 온통 어머니의 유품에 쏠려 있어 건우의 의도를 알아차리지 못했다.
"왜 이래? 나 생수는 에비앙 아니면 안 마시는 거 몰라?"
민아는 그렇게 말한 후, 마침 지나가던 웨이터를 불러 세웠다. 그리고 "메뉴판 없어요?" 하고 나무라듯 말했다.
어제의 민아는 차 안에서도, 빈소 안에서도 아무 물이나 마셨다. 장례식장 직원이 실수를 해도 털털한 미소로 넘겼다.
　건우의 심장이 두방망이질 쳤다. 해리성 정체 장애라는 선정의 진단이 맞을 가능성이 한층 더 높아졌다. 선정의 말대로 민아에겐 검사가 필요했다. 설득하는 것은 건우의 몫이었다.
　지금 건우의 눈앞에 앉아 불만스러운 표정으로 메뉴판을 내려다보는 여자는, 생수는 에비앙만을 마신다는 여자는, 정신과 검사 따위는 절대 허락하지 않을 본래의 민아였다.
　'어떻게 하면 또 다른 민아를 만날 수 있을까?' 스스로 질문을 던지던 건우의 머릿속에 섬광 같은 의문 하나가 스쳐 지나갔다.
　'……난 누구를 사랑하고 있는 거지?'
　난데없이 떠오른 그 질문은 민아와 헤어질 때까지 계속해서 건우를 괴롭혔다.

　집에 돌아와 한쪽 엉덩이만을 침대에 걸터앉은 민아는 바닥에 내려둔 유은희의 유품인 빛바랜 가방을 한참이나 노려보듯 바라보았다. 손을 뻗어 지퍼를 만지작거리다 이내 관뒀다. 가방은 마치 판도라의 상자처럼 민아에게 경고하고 있었다. '나를 열면 모든 불행과 재앙이 시작될 거야'라고. 그녀는 호기심에 제우스의 명을 거역한 멍청한 판도라가 아니었다. 유은희가 남긴 물건은 조심해야 했다.
　가방은 쓰레기 봉투에 봉인되어 드레스 룸 옷장 깊숙한 곳에 처박혔다.

윤재희로 변하는 횟수를 줄이기 위해서는 분노를 표출시킬 수 있는 자그마한 요소조차 경계하는 것이 좋았다. 그리고…… 쓰레기들도 빨리 처단해야만 했다.

'백 형사님은 아직인가?'

민아는 윤재희에게 다시 한 번 연락과 관련한 당부의 편지를 남겼다. 사람들 앞에서 최대한 자신처럼 행동하라는 내용도 추가했다. 집에 돌아와 생각해보니 삼다수를 건넨 건우의 행동이 살짝 마음에 걸렸다.

'자신의 일상조차 스스로 컨트롤할 수 없다니!' 세상에 이보다 거슬리고 불합리한 일은 없었다. 이게 모두 윤재희 때문이었다. 한시바삐 윤재희를 쫓아내야만 했다. 국내에서 가장 실력 있다는 엑소시스트(퇴마사)와의 예약도 미리 해두었다.

2011년 1월 11일 am 2:00 경찰서, 형사과

백 형사는 자리에 앉아 컴퓨터를 켰다. 민아가 그에게 부탁한 일은 누군가에게 덮어씌울 만한 미해결 살인 사건을 찾아달라는 것이었다.

백 형사는 알고 있었다. 민아에게 건네받은 자료 속의 남자, 김종식과 오경준은 소녀였던 민아와 민아의 친구를 성폭행한 이유로 감옥에 들어간 놈들이라는 것을. 물론 민아는 백 형사가 그런 사실을 알고 있는 극소수의 인물 중 하나라는 사실은 모르고 있었다.

대한민국에서는 하루에도 수십 건의 살인 사건이 일어난다. 그 중에서 3분의 1 정도가 범인을 잡지 못한 채, 미해결 사건으로 종결된다. 김종식과 오경준이 미해결 사건의 죄를 뒤집어쓰는 것, 그게 민아의 계획이었다. 그 계획은 너무나 완벽해 하나의 예술 작품을 연상시켰다. 서류에는 검찰이 피의자의 유죄를 확신하게끔 하는 모든 요소들이 의심의 여지없이 준비되어 있었다. 이런 방법으로 사회의 시스템을 이용해 한 인간을 파멸로 이르게 할 수 있다는 생각을 하니 백 형사의 온몸에 소름이 돋았다. 만약 조건에 일치하는 완벽한 미해결 살인 사건을 찾은 뒤 그녀가 부탁한 증거 조작을 마무리하면 그녀는 행동을 개시할 것이다. 그리고 쓰레기들은 무기징역 또는 사형을 당할 것이다. 마치 이미 결말이 정해져 있는 소설 같았다.

백 형사는 주변의 눈치를 살핀 후, 작업을 시작했다. 김종식과 오경준에게 덮어씌울 적당한 살인 사건을 찾아내는 작업은 시간 그리고 끈기와의 싸움이었다. 수많은 미해결 사건 파일에서 육하원칙을 일일이 맞추어가며 그자들의 정보와 어긋난 것들은 하나하나 떨어냈다. 작업은 한마디로 모든 조건이 딱 들어맞는 교집합을 찾는 수학 문제와 다를 바 없었다. 다른 점이라면 수학 문제는 공식이나, 계산기 등의 도구 이용이 가능하지만, 이건 순전히 수작업이라는 것이었다.

백 형사는 빈아의 계획을 돕기 위해 자신이 할 수 있는 일을 꼼꼼히 짚어나갔다. 그렇지만 민아가 이 일을 실행에 옮기기 전에 그가 꼭 짚고 넘어가야 할 것이 하나 있었다. 성폭행범들이 정말로 이 정도의 응징을 받아야만 하는 쓰레기들인지 확인해야 했다.

백 형사는 자신이 믿고 아끼는 후배에게 성폭행범들에 대한 뒷조사를 부탁했다. 그들이 감옥에서 만났던 사람들을 포함한 주변 사람들에게 직접적인 정보를 캐내는, 민아가 했던 뒷조사와는 다른 루트의 조사였다.

배가 꼬르륵, 하고 우렁차게 울었다. 그러고 보니 이틀 동안 위 속에 들어간 건 커피와 우유, 편의점 땅콩 샌드가 전부였다. 하지만 주변에 먹을 것이라곤 물리고 물린 컵라면뿐이었다. 배 속을 달래줄 요깃거리를 사기 위해 의자 위에 걸쳐둔 겉옷을 입었다. 문 밖으로 나가는 순간, 핸드폰이 울렸다. 조사를 부탁했던 후배였다. 가까운 편의점으로 향하며 대화를 나누던 백 형사의 낯빛에 갑작스럽게 어두운 그림자가 번졌다.

"……뭐라고? 그게 정말이야?"

2011년 1월 15일 pm 1:30

건우는 좀처럼 일이 손에 잡히지 않았다. 건우는 PC, 핸드폰, 노트북 등 인터넷 연결이 가능한 것을 손에 잡을 때마다 해리성 정체 장애에 대한 정보를 검색했다. 그러다 결국 선정에게 전화를 걸었다. 다행히 브레이크 타임이었던 선정이 전화를 받았다.

"그럼 해리성 정체 장애 발생의 주된 원인은 뭐야?"

"음, 대개 유년 시절의 육체적, 정신적 학대 또는 정신적 외상이야."

"설마 민아에게 그런 일이······."

순간 건우의 머릿속에 오래된 기억 하나가 스쳐 지나갔다. 한동안 학교에 나타나지 않았던 민아. 그리고 그 후, 변해버린 눈빛.

"건우 넌 네가 민아에 대해 잘 알고 있다고 생각해?"

선정이 물었다. '아마도······'라는 말이 건우의 목구멍까지 차올랐다 다시 들어갔다. 어머니의 사망 소식을 들은 민아가 자신에게 소리치듯 했던 말이 불쑥 떠올랐기 때문이다.

'넌 나에 대해서 아무것도 몰라.'

조금만 더 채우면 가득 찰 것 같던 그릇이 실제로는 텅 비어 있었던 것을 깨달은 건우는, 자신의 존재가 우주 속에 떠 있는 지구처럼 한없이 작게만 느껴졌다.

"엄밀히 말하자면 우리 둘 다 민아와 아는 사이일 뿐, 잘 알지는 못해."

선정이 잠시 틈을 둔 뒤 말을 이었다.

"내가 걱정하는 건 말이야······."

또 다른 틈.

"······해리성 정체 장애는 심각한 범죄로 이어지는 경우가 잦다는 거야."

"범죄······?"

건우가 정색하며 반응했다. 모든 일에 평정심과 침착함으로 일관하던 건우였지만, 해당 분야의 전문가가 방금 내뱉은 단어는 그런 그의 마음조차 흔들어놓았다.

"아직 거기까지 생각하는 건 내가 너무 앞서가는 걸 수도 있어. 하지만 혹시나 해서 일러두는 거야."

"……"

"이 성향의 숨겨진 성격의 대부분은 분노가 많은 게 특징이야. 꼭 그런 건 아니지만. 건우 네가 느낀 다른 민아는 어땠어?"

숨겨진 성격. 분노. 건우는 머리가 혼란스러웠다.

"……아직 잘은 모르지만, 수줍으면서도 적극적이라고 해야 할까? 당당하면서도 생각이 많아 신중한 민아와는 상반된 모습을 많이 보여. 분노 성향이라면 오히려 민아 쪽이……"

"어쨌든, 네가 다른 인격을 느낄 수 있을 정도였다면 가벼운 상황은 아니야. 최대한 빨리 수를 써야 해. 그리고 어제도 말했지만, 그건 건우 너밖에 없어."

"……그래."

"무슨 일이 생기면 바로 나한테 연락해. 비상대기하고 있을 테니까."

"고마워."

"그럼 이만 끊을게."

"아! 한 가지만 더 물어볼게……"

"……뭐든."

건우가 머뭇거렸고, 선정은 수화기에 귀를 댄 채 건우의 생각이 정리되기를 참을성 있게 기다렸다. 한참 후에야 건우는 밤새 자신을 괴롭혔던 질문을 내던졌다.

"그럼 두 사람은 각기 다른…… 사람인 거야?"

"음. 사실 해리성 정체 장애는 여러 개의 인격이 아니야. 오랫동안 형성된 정신의 일부분일 뿐이지. 그리고 그 일부분이 그 사람을 조정하는 거지. 즉, 네가 다른 사람이라고 느끼더라도 그들은 모두 민아의 일부분일 뿐이야."

선정의 대답은 건우에게 묘한 안도감을 불러일으켰다. 전화를 끊고, 잠시 눈을 붙인 건우는 살포시 선잠에 들었고, 이윽고 몽롱한 꿈속에 빠졌다.

건우는 오랫동안 기다려왔던 영화표를 드디어 구매했다. 오른손엔 팝콘, 왼손엔 콜라를 들고 영화관 안으로 들어갔다. 안락한 의자에 앉아 스크린에 곧 펼쳐질 영화가 발랄한 로맨스 코미디일 거라 기대했다.

하지만 건우의 예상은 완벽하게 빗나갔다.

조명이 어두워지고 스크린 양쪽을 가린 커튼이 사라진 뒤 영화가 시작됐다. 시작은 설레는 두 남녀의 이야기였다. 하지만 어느 순간부터 그의 귓가에 들리는 대사와 멜로디는 건우의 심장을 서늘하게 만들었다. 극이 진행될수록 섬점 더……

로맨틱 스릴러. 그런 장르가 있었던가……

로맨틱 스릴러의 끝은 해피엔딩? 새드엔딩? 배드엔딩? 그것도 아니면……?

2011년 1월 18일 pm 7:00

혹시나 하는 기대에 찾아가본 퇴마사는 민아에게 무거운 짐만 안겨주었다.

퇴마사는 민아를 보자마자 귀신에 씌었다며 호들갑을 떨었다. 광적일 정도인 퇴마사의 행동은 민아를 당혹스럽게 만들었다. 그래도 단숨에 자신의 증상을 알아보는 퇴마사를 보니 해결 방안이 있을지도 모른다는 희망이 생겼다. 하지만 그 희망은 잠시 후 물거품이 되어 사라졌다. 물거품은 사라지고 물은 전보다 더 탁해졌다.

'그 귀신이 당신 육체를 탐내고 있어. 게다가 무언가 커다란 존재가 그 여자를 지켜주고 있어. 내가 해줄 수 있는 건 아무것도 없어.'

목적지 없이 운전대를 잡은 민아의 차 안에는 퇴마사가 남긴 말이 계속해서 메아리쳤다.

'윤재희는 분명히 약속했어. 뮤지컬만 할 수 있다면 사라지겠다고. 하지만 그걸 어떻게 믿지? 형식에 맞춰 계약서를 쓰고, 공증을 받은 것도 아닌데. 설령 그렇다 한들, 이건 법정이 개입할 수 있는 종류의 문제는 아니잖아? 인간은 이기적인 망각의 동물이야. 똥 누러 들어갈 때 다르고, 나올 때 다르다는 속담이 그냥 만들어진 게 아니야. 게다가 난 겉으로 볼 땐 집안, 직업, 외모, 하나 빠질 것 없는 대한민국 최상위 클래스에 속하는 인간이잖아.'

순간 민아의 머릿속에 '이 변호사님은 모든 걸 갖추신 분이에요.' '하루만이라도 변호사님으로 살아보고 싶어요.' '다시 태어나는 방법밖에 없겠죠?'라던, 그땐 그냥 비웃고 넘겼던 사람들의 부러움과 질투 섞인 말이 이제는 섬뜩하게 스쳐 지나갔다.

'설마……' 민아는 반사적으로 핸들을 꺾어 차를 갓길에 세웠다. 그리고 가방 속에 보관해둔 윤재희의 편지들을 다시 읽기 시작했다. 그녀의 진심을 파악해야만 했다.

민아는 첫 편지를 읽다 퇴마사가 언급했던, '다른 커다란 존재'일지도 모르는 단어 하나를 찾아냈다.

목소리.

핸드폰 벨이 울렸다. 백 형사의 문자였다.

―내일 저녁에 시간 괜찮으십니까.

민아는 백 형사에게 알았다는 문자를 보낸 후, 극단으로 향했다. 조금 더 재희를 컨트롤할 수 있는 열쇠를 만들어야만 했다.

2011년 1월 19일 pm 5:00 카페

약속 시간보다 일찍 도착한 민아는 백 형사를 기다리며 스마트폰으로 오늘 자 신문을 슬쩍슬쩍 넘겨보았다. 그중 어느 기사의 타이틀 하나가 민아의 시선을 자극했다.

〈전과자에서 CEO가 된 그들, 이제 해외 진출까지〉

　타이틀 바로 밑 사진에는, 김종식 오경준 두 쓰레기가 그들의 사무실로 추정되는 곳에서 서로 어깨동무를 하고 미소 짓고 있었다. 너무도 태연자약하게.
　하지만 민아의 눈엔 두 놈들의 미소 속에 숨겨진 잔인함, 흉포함, 악랄함이 적나라하게 드러나 보였다. 가증스럽기 짝이 없는 그들의 모습은 민아의 분노를 일깨웠다. 민아는 핸드폰을 재빨리 테이블 위로 내동댕이쳤다. 하지만 잔상은 쉽사리 민아의 뇌리 속을 떠나지 않았다. 억제할 수 없는 분노는 점점 민아의 몸을 장악했고, 동시에 정신은 혼미해져갔다. 이상했다. 최근 들어 재희로 바뀌는 횟수가 증가했다. 그것도 너무나 간단하고, 쉽게.

　민아가 눈을 감는 동시에, 재희가 눈을 떴다. 낯선 카페였다. 테이블 위에 있는 핸드폰을 집어 들어 현재 시각을 확인했다. 오후 5시. 재희는 달달한 커피 한 잔을 주문해 기분 좋게 마시며, 민아가 남긴 편지를 읽었다.
　편지는 총 세 개, 내용은 짧고 간결했다.

〈2011년 1월 11일 pm 7:50〉

　일단, 언니라는 표현은 듣기 거북하네요. 우리라는 단어도요. 사실 윤재희 씨와 나, 얼굴을 마주 보며 대화를 나눈 적조차 한 번 없는 낯선 사이잖아요? 그러니 그런 표현들은 삼가줘요.

극단에서 받아줬다니 나쁘지 않은 소식이네요. 하지만 윤재희 씨 극단 연습 시간에 '나'일 경우 난 어떠한 것도 할 수 없어요. 그 점 명심했으면 좋겠어요.

⟨2011년 1월 12일 am 2:00⟩

혹시, 내가 윤재희 씨일 때 '백 형사'에게 연락이 온다면 일단 만나요. 별다른 대화는 필요 없을 거예요. 아니, 최대한 말수를 줄여요. 백 형사는 직감이 뛰어난 남자니까. 단지 백 형사가 건네는 자료와 가방 안에 있을 하얀 봉투를 맞교환하면 돼요. 설마 그것들을 몰래 훔쳐본다거나 하는 몰지각한 행동을 하지는 않겠죠?

그리고 누군가를 만날 때 조금 더 당신 행동에 신경 써줬으면 좋겠어요. 특히 나를 잘 아는 사람을 만날 때 말이에요.

난 생수는 에비앙만 마셔요. 분식집 같은 싸구려 음식은 입에 갖다 대지도 않고, 초콜릿 같은 단 음식은 냄새만 맡아도 역겨워요.

맥주보다는 와인이나 양주를 즐기고, 와인도 화이트보다는 레드를 선호해요. 안주로는 땅콩이나 아몬드 등 불포화지방산이 많은 것보단, 과일을 먹어요. 탄산음료는 멀리하는 편이에요. 느끼한 음식을 먹을 때 꼭 필요하다면 제로 콜라로 마시고요.

체중을 재보니 정확히 1.23킬로그램이 늘었어요. 난 살이 찌지 않는 체질은 아니에요. 노력하는 거예요. 그러니 음식, 자제해줘요.
 명심해요. 윤재희 씨는 지금 내 육체에 얹혀살고 있는 일종의 '식객'이라는 것을.

⟨2011년 1월 18일 pm 10:00⟩

극단에 들렀어요.

'극단에 들렀다고?'
 '몰지각' '식객' 등 상대의 기분을 해치기에 충분한 단어들 속에서도 라떼의 달달함을 잃지 않던 재희의 인상이 일순간 과하게 찌푸려졌다. 왜지? 설마…… 심장마저 덜컹 내려앉았다. 재희는 라떼를 저 멀리 밀어놓고 편지에 집중했다.

생각해보니까, 윤재희 씨는 다른 오디션 단원들에 비해 핸디캡이 있더라고요. 시작부터가 그랬고, 나일 땐 연습에조차 참여할 수 없으니까.
 그런 부족한 것들을 다른 무언가로 충당시키는 게 현명하지 않을까, 하는 생각이 들더군요. 물론 무언가는 '돈'을 뜻해요.
 극단을 조사해보니, 최근 시행한 무대나 연습실 증축으로 재정 상태가 바닥이더라고요. 다행이죠. 그런 상황에서 건넨 돈은 뇌물이라기보다 기부니까. 극단 계좌로 정확히 3,000만 원 이체했어요. 이 감독이란 사람, 냉큼 받던데요? 공연 전 내 이름이 다시 한 번 가시화된다면, 다시 회수하겠다고 했어요. 최대한 내 편의를 이해해달라고도요. 그러니까 윤재희 씨 마음 놓고 노래 연습하고, 오디션에 집중해요. 행복하게.

그래야 당신 말대로 이승에 대한 미련도 사라지지 않을까요?

그리고 문득 든 궁금증인데, 목소리에 대해 조금 더 자세히 알고 싶네요. 저도 그에 대해 알 권리가 있는 것 같아요.

아, 약속은 지켜줄 거죠? 뮤지컬 무대에 서게 되면 내 육체에서 사라져줄 거라고.

마지막 질문을 읽던 재희의 표정이 순식간에 어둠에 휩싸였다. 마치 방학의 달콤함에 빠진 나머지 까마득히 잊고 있던 숙제가 불쑥 떠오른 개학 전날의 아이의 마음과도 같았다.

민아에게 처음 편지를 쓸 때, 꿈에도 원하던 뮤지컬 무대에 설 수 있게 허락만 해준다면 민아의 몸에서 사라지겠다고 약속한 건 틀림없이 진심이었다. 그리고 '그땐 그렇게' 생각했다. 그게 자신의 운명이라면, 미련 없이 이승을 뜰 수 있다고. '그땐.'

재희는 민아의 육체를 떠나는 방법은 알지 못했다. 열쇠를 지니고 있는 자는 오직 목소리뿐이었다. 그러기에 만약 목소리가 이대로 나타나지 않는다면, 어쩌면 재희는 지금과 같이 평생 민아의 몸에서 그녀와 모든 것을 공유하며 살아가야 할지도 몰랐다. 중요한 사실은 재희의 마음속 깊은 곳에서 그런 상황이 오길 바라고 있다는 것이었다. 간절히.

'민아 씨는 지금 어마어마한 돈을 지출하면서까지 나를 뮤지컬 무대에 세우기 위해 애쓰고 있어. 하지만 그건……'

'약속은 지켜줄 거죠? 뮤지컬 무대에 서게 되면 내 육체에서 사라져줄 거라고.'

편지의 마지막 문장이 계속해서 재희의 머릿속을 맴돌았다. 잠시간의 시간이 흐른 후, 재희는 문득 생각했다.

'어쩌면…… 어쩌면…… 내가 감사하게만 생각했던 민아 씨의 호의는 날 자신의 몸에서 내쫓기 위한 수단일 뿐일지도 몰라……'

그렇게 생각하자, 모든 것이 어두운 의문으로 다가왔다.

'갑자기 목소리를 궁금해하는 이유는 뭐지?'

'이민아 씨는 변호사야. 그건 뛰어난 두뇌를 가져야 가능한 직업이지……'

'그렇게 자신의 의견에 꼿꼿한 그녀가 건우 씨와 키스를 나누던 현장을 목격했으면서도 그에 대해 일절 언급하지 않는 이유가 뭘까?'

재희의 머릿속에 무언가가 스쳐 지나갔다. 그건 두뇌 회전의 결과도, 논리적 근거를 따진 그 무엇도 아니었다. 단순히 여자의 직감이었다.

재희가 민아의 편지들을 다시 읽기 시작했다. ……재희의 기억은 정확했다. 그녀는 단 한 번도 건우와의 일에 대해 좋다, 싫다, 상관없다와 같은 가타부타한 의견뿐 아니라 건우란 이름 자체를 꺼낸 적 또한 없었다. 그건 관심의 유무보다는 일종의 '회피'였다.

그리고 그것엔 분명히 이유가 존재할 것만 같았다.

핸드폰 단축 번호 1번. 10여 년간의 우정…… 혹시…… 재희의 머릿속은 기침이 나올 듯 말 듯한 코끝처럼 간질간질거렸다. 시원한 해답이 튀쳐나오려고 하는 찰나, 누군가의 묵직한 기척이 느껴졌다.

원망스러운 표정으로 고개를 들었다. 군데군데 머리가 희끗희끗하지만 몸은 20대 운동선수처럼 단단해 보이는 아저씨가 자신이 앉아 있는 테이블 맞은편 의자를 끌어당기고 있었다. 재희는 직감으로 알 수 있었다. 벽돌 같은 위압감을 풍기는 눈앞의 남자가 바로, 편지에 등장하는 백 형사라는 것을.

의자에 앉은 백 형사가 재희를 향해 눈인사를 했다. 재희도 그를 따라 고개를 끄덕였다.

백 형사는 별다른 말 없이 자신의 무릎 위에 올려놓은 해묵은 서류 가방에서 시류 봉투 하나를 꺼내 재희와 자신 사이에 있는 테이블 위에 올려놓았다. 재희가 슬그머니 자료를 향해 손을 뻗었다. 그때였다. 야구글러브같이 묵직한 백 형사의 손바닥이 서류 봉투 위를 힘 있게 내려갔다. 재희가 놀란 토끼 눈으로 그를 바라보았다. 백 형사의 매서운 눈빛과 마주친 재희의 머릿속에 편지 속 '맞교환'이라는 단어가 번뜩 떠올랐다. '아, 먹고 튈까 봐 그러는 걸까?' 그렇게 생각한 재희가 서둘러 가방 안에서 흰 봉투를 찾았다. 그리고 그것을 내미려는 순간, 백 형사의 다부진 목소리가 들렸다.

"변호사님께서 부탁한 일은 마무리 지었지만."

부담스러운 정적이 흘렀다.

"조사 과정에서 새로운 사실 하나를 알게 됐습니다."

백 형사는 나지막하게 한숨을 쉬더니 말을 이었다.

"세상은 몰라도 될, 아니 모르는 게 약일지도 모르는 일들이 수두룩하게 존재하죠. 하지만 그래도 알고 싶은 게 인간이란 존재더라고요. 선택은 변호사님께 달렸습니다. 전화 주십시오."

백 형사가 자기 자신에게 말하듯 가만히 고개를 끄덕였다. 그러고는 자리에서 일어났다.

"자, 잠깐만요."

재희가 손에 쥐고 있던 봉투를 백 형사에게 내밀었다. 백 형사는 무심한 얼굴로 봉투를 흘겨보더니 말했다.

"빚이라고 하지 않았습니까. 받은 걸로 해두죠."

백 형사는 아주 잠시 연민의 눈빛으로 그녀를 바라보더니 이윽고 발걸음을 옮겼다.

재희의 시선은 멀어져 가는 백 형사의 뒷모습에서, 한낱 종이일 뿐이지만 돌덩이 같은 기운을 풍기고 있는 서류 봉투로 이동했다. 백 형사가 한 말이 맞았다. 몰라도 될 일마저 알고 싶은 게 인간이었다.

다행인지 불행인지 서류 봉투 입구는 꼼꼼하게 접착되어 있었다. 민아가 준비한 봉투 또한 마찬가지였다. 하지만 그건 흰색이었다. 잘만 하면 속을 훔쳐볼 수 있는. 재희가 봉투를 높이 들어 전등 불빛에 비춰보았다. 예상대로 수표였다. 앞자리 숫자가 2, 그 뒤에 공이 무려 일곱 개나 붙은. 이렇게 큰돈은 처음 만져보는 재희였다. 행여나 누가 봤을까, 심장이 두근거렸다. 주위를 두리번거리며 애써 태연하게 봉투를 가방 안에 집어넣었다. 대신에 핸드폰을 꺼내 민아에게 편지를 쓰기 시작했다.

단지 백 형사를 만난 상황만 나열할 뿐, 그를 만나기 직전까지 했던 자신의 생각들에 대해서는 한마디도 표현하지 않았다. 민아의 심기를 건드려 좋을 건 아직 없었다.

편지를 마무리 짓고 극단 연습에 참가하기 위해 자리에서 일어날 때까지도 재희의 머릿속엔 자신의 수중에 있는 수표가 아른거렸다.

'그 사람이 받은 걸로 친다는데, 모른 척하고 아빠 엄마에게 보내면 얼마나 좋을까' 하는 생각이 들었다. 그런 생각은 마치 사과를 든 매혹적인 이브처럼 재희를 유혹했다. 하지만 지나치게 큰돈이었다. 그것보다도 추적 가능한 수표라는 게 마음에 걸렸다.

새희는 카페 주차장에 세워놓은 차에 올라탔다. 그리고 극단으로 향했다. 운전 중 신호에 걸릴 때마다 가방 속 핸드폰을 흘긋거리던 재희가 결국은 핸드폰을 집어 들더니 문자를 찍었다. 상대는 건우였다.

―뭐 해?

곧 답장이 도착했다.

―저녁에 시간 돼?

재희의 입가에 또렷하게 미소가 번졌다. 재희는 재빠르게 답문을 했다.

―당근이지^^

하지만 건우와 주고받은 문자를 흡족하게 바라보던 재희의 표정이 돌연 바뀌었다. 재희가 무언가를 고민하는 듯 한참을 잘근잘근 손톱을 깨물었다. 그러더니 결국 건우와 주고받은 문자들 중에서 자신이 보낸 것만을 삭제시켰다. 그러자 마음이 한결 홀가분해졌다.

건우와 만날 생각에 신바람이 난 재희는 극단에 가는 길에 위치한 마켓에서 단원들과 나눠 먹을 빵이나 음료 등의 간식거리를 구입했다.

재희는 이 몸의 원래 주인이 누구였는지 점점 잊어가고 있었다. 재희가 자신이 손님임을 자각할 때는 오직 거울에 비친 민아의 모습이 보일 때뿐이었다. 그런데 재희는 언제부터인지 무의식적으로 점점 거울을 피하고 있었다.

그런 현상들은 재희의 자각 없이 서서히 일어나고 있었다.

한편, 재희의 문자 속에서 웃음 표시의 이모티콘을 발견한 건우의 표정이 미묘하게 변했다. 민아는 외계어나 이모티콘은 쓰지 않았다. 아니, 싫어했다.

2011년 1월 19일 pm 11:00

건우는 어렵지 않게 알 수 있었다. 자신의 차 조수석에 앉아 무방비한 표정으로 제로 콜라가 아닌 일반 콜라를, 그것도 빨대 없이 마시고 있는 여자가 민아에게서 분리된 또 하나의 인격이라는 것을.

'또 다른 인격은 자신이 누군가에게서 파생되어 만들어진 인격이라는 걸 인지하지 못하는 경우가 대다수야. 자신 자체가 하나의 인격이라 생각한다는 점 유의해.'

건우는 선정의 말을 떠올리며 재희가 눈치채지 못할 정도의 작은 심호흡을 했다. 그리고 마침 신호에 걸린 차를 세우며 재빠르지만 자연스럽게 물었다.

"맛있어?"

"……어?"

"콜라."

"아, 난 탄산음료 중에서는 콜라가 제일 맛있어."

"……언제부터?"

건우의 입에서 질문이 튀어나옴과 동시에 재희가 놀란 얼굴로 건우와 자신의 손에 들린 콜라 캔을 번갈아 바라보았다. 아뿔싸.

느끼한 음식을 먹을 때를 제외하고는 콜라는 마시지 않는다는 민아의 편지 내용이 그제야 떠올랐다. 하지만 그건 답안지를 걷어 간 후에야 떠오른 정답처럼 뒤늦은 깨달음이었다.

변명거리를 생각해야 했다. 하지만 자신을 빤히 바라보고 있는 건우의 바다같이 깊은 눈동자를 바라보고 있자니, 변명거리 대신 엉뚱한 것이 떠올랐다.

백 형사의 등장으로 잠시 끊겨버렸던 그 의문에 대한 답.

'그래. 민아 씨는 건우 씨를 좋아하고 있었던 거야. 하지만 자존심 등의 이유 때문에 선뜻 먼저 다가서지 못한 채, 친구로 머물러 있었던 거고. 그래서 건우 씨와 이런 관계가 된 게 나쁘지만은 않은 거야. 아니, 유지하고 싶은 거지, 이 관계를……. 그래서 내게 아무 말도 하지 않은 거 아닐까? 게다가 건우 씨의 이름조차 언급하지 않은 이유는…… 이유는…… 자신은 발전시키지 못한 관계를 내가 만들어냈다는 사실을 인정하고 싶지 않은 거야. 자존심 때문에! 어쩌면…… 어쩌면…… 어쩌면 건우 씨는 민아 씨 안의 날 좋아하게 된 걸지도 모르니까……'

그와 같은 결론에 도달하자 오랫동안 조금씩 쌓여온 어떤 생각이 더는 자신의 무게를 감당하지 못하고 거세게 밀려와 재희의 뇌리 속에 정확히 꽂혀버렸다.

재희는 어느 순간부터 건우가 자신을 민아와는 다른 또 하나의 사람으로 알아주길 바라고 있었던 것이다. 마치 누군가가 찾아주길 간절하게 바라는 틀린 그림 찾기의 틀린 그림처럼.

'내가 왜 나의 존재를 굳이 숨겨야 하지?'
'건우 씨가 사랑하는 건 나일지도 모르는데……'
결국 '믿을 수 없는 일을 믿을 수 있는 사람은 오직 그것을 경험한 당사자뿐이에요'라는 민아의 당부는 무색해져버렸다. 재희는 두근거리는 심장을 그대로 받아들이며 조심스레 입을 열었다.
"……나한테 비밀이 하나 있어요."
"그 비밀…… 나한테도 말해줄 수 있어?"
재희는 가볍게 입술을 깨물었다. 그리고 고개를 끄덕이며, 바람만 불어도 지워져버릴 정도의 작은 목소리로 말했다.
"두 가지 약속만 지켜준다면."
"……"
"믿어줘요. 그리고……"
잠시간 침묵.
"비밀로 해줘요. 내가 이런 이야기 했다는 거. 민아 씨한테. 비밀로 하기로 약속했거든요."
순간 건우의 얼굴엔 '설마 했던 것들이 현실로 닥쳤을 때' 대부분 사람들이 느끼는 감정들이 차례차례 스쳐 지나갔다. 하지만 곧 평소의 모습을 되찾고는 가만히 고개를 끄덕였다.

둘은 근처에 위치한 카페로 들어갔다. 다행히 한적했다.
서리 낀 창가 구석 자리, 들릴 듯 말 듯 차분한 음악 소리, 따뜻한 커피 두 잔.

재희는 최근 며칠간 자신에게 일어난 '믿지 못할 이야기'를 건우에게 고백하듯 차근차근 들려줬다. 건우는 단 한 번도 질문 없이 재희의 이야기에 귀 기울였다. 하지만 재희의 이야기가 끝나고 난 한참 뒤에도 건우의 입술은 굳게 다물어져 있었다.

"믿지 못하겠죠? 그게 당연해요······."

재희가 어색한 존댓말로 한숨을 내뱉으며 중얼거렸다. 그런 재희의 모습을 물끄러미 바라보던 건우가 드디어 입을 열었다.

"아니, 믿어."

그 순간 재희의 입가에 희미한 미소가 번졌다.

"그, 그럼 내 이름 한 번만 불러줄 수 있어요?"

"······뭐?"

"윤재희라고 한 번만 불러줘요. 민아야, 말고 재희야, 라고."

터무니없는 부탁을 요구하는 그녀의 눈빛이 너무나 간절해서, 건우는 잠깐 머리를 긁적이다 나지막이 말했다.

"윤재희······ 재희야······."

건우가 내뱉은 두 단어는 재희에게 세상의 어떤 말보다도 값지고 소중하게 다가왔다. 재희는 눈물이 날 정도로 행복했다. '내가 그의 이름을 불러주었을 때 그는 나에게로 와서 꽃이 되었다'라는 김춘수의 시가 애틋하게 가슴에 와 닿는 순간이었다.

하지만 재희는 꽃 대신······ 민아로 변했다.

재빠르게 정신을 차린 민아가 건우, 커피, 음악 소리 등의 주변 상황을 인지한 다음으로 확인한 건 가방 속이었다. 낯선 서류 하나가 눈에 띄었다. '다행이네'라고 생각한 민아가 걱정스럽게 자신을 바라보고 있는 건우를 향해 낮은 목소리로 말했다.

"미안한데, 갑자기 컨디션이 별로네. 이만 집에 가면 안 될까?"

건우는 이번에도 쉽게 알아챌 수 있었다. 지금 자신의 눈앞에 있는 건 민아였다. 민아와 재희, 두 사람은 확연히 달랐다. 선정의 말을 듣기 전까지 눈치채지 못했던 것이 오히려 이상하게 느껴질 지경이었다.

"그래. 영화는 다음에 보러 가자."

건우가 일부러 그렇게 말했고, 민아는 짐짓 표정이 변하더니 곧 태연하게 답했다.

"그래. 미안. 아쉽지만 다음에 보자."

완벽한 확인사살이었다.

"일어나자. 데려다 줄게."

건우가 일어나며 민아에게 손을 내밀었다. 하지만 민아는 모른 척 그 손을 외면하고 혼자 일어나 앞장서 걷기 시작했다.

건우는 자신의 손을 무안하게 만든 민아의 뒷모습을 한동안 물끄러미 바라보았다. 항상 당당하게만 느껴졌던 민아가 오늘따라 위태위태 슬퍼 보였다. 달려가 민아를 안아주고 싶었다. 다 괜찮다고, 내가 옆에 있을 거라고⋯⋯ 난 너를 사랑하고 있다고. 그렇게 말해주고 싶었다. 하지만 건우는 그럴 수 없었다. 재희와 약속했다. 민아에겐 비밀로 하기로. 그리고 아직 아무런 해결 방안도 없는 주제에 민아의 하늘 같은 자존심을 건드릴 순 없었다.

민아는 사실 건우의 손을 잡고 싶었다. 그리고 여느 연인처럼 다정하게 영화를 보고 싶었다. 모른 척하고 재희가 만든 이 상황을 있는 대로 받아들이고 싶은 마음이 하늘 높이 솟아 있는 어느 대성당의 첨탑과도 같았다. 하지만 그럴 여유가 없었다. 그리고 그녀의 자존심이 절대 용납하지 않았다.

집에 도착한 민아는 방문을 걸어 잠그기가 무섭게 가방에서 서류 봉투를 꺼내며 생각했다.

'윤재희와 바뀌는 과정도 시간도 점점 간결해져. 게다가 윤재희일 때의 시간이 늘어만 가고 있어.'

민아는 그런 사실을 깨닫자 죽을 만큼 초조했다. 빨리 모든 것을 해결해야만 했다.

날카로운 커터 칼날로 찢겨나간 서류 봉투 입구 안으로 파일 하나가 드러났다. 민아는 그것을 꺼내 찬찬히 넘겨보았다. 파일에 적힌 백 형사가 선별한 미해결 살인 사건은 쓰레기들에게 꿰맞추기에 안성맞춤이었다.

민아가 만족스러운 듯 자신의 입꼬리를 양 끝으로 살짝 올렸다. 하지만 실제로 미소는 떠오르지 않았다. 그 비슷한 것이 보일 뿐이었다.

자료를 침대 위에 털썩 던져놓고는 핸드폰을 확인했다. '저녁에 시간 돼?'라는 건우의 문자를 제외하고는 민아의 심기를 건드릴 만한 것은 다행히 없었다. 다음으로 재희가 남긴 편지를 확인했다.

⟨2011년 1월 19일 pm 6:00⟩

백 형사님을 만났어요. 그가 한 말을 생각나는 대로 적어볼게요.
'변호사님께서 부탁한 일은 마무리 지었어요. 그런데 그 과정에서 새로운 사실 하나를 알게 됐어요.
세상은 모르는 게 약인 일들이 수두룩하지만 그래도 알고 싶은 게 사람 마음이죠.
새로운 사실을 알고 싶다면 전화하세요. 선택은 변호사님께 달렸습니다.'
정확히는 기억나지 않지만 뭐 대충 이런 내용이었던 것 같아요.
아, 돈은 받지 않았어요. 그건 그대로 가방 안에 넣어뒀어요.
……
극단에 주신 기부금 감사드려요. 꼭 열심히 해서 무대에 서고……
그리고 어떻게든 민아 씨 몸에서 나가도록 할게요.
아무쪼록 그때까지 도와주세요.
……

'조사하는 과정에서 알게 된 새로운 사실?'

민아는 이마에 주름을 잡고 백 형사가 남겼다는 말에 대해 잠시 생각했다.

백 형사의 말대로 세상엔 모르는 게 약인 일들이 수두룩하게 존재했다. 하지만 또 그의 말대로 그래도 알고 싶은 게 사람의 속성이었다.

분노를 불러일으키는 요인 따위는 최대한 멀리해야 했지만, 그것보다 급선무인 건 근본적인 원인을 제거하는 일이었다. 만약 백 형사의 새로운 정보라는 것이 자신에게 실오라기만큼이라도 도움이 된다면, 재희로 변하는 위험을 감수하고서라고 알아야만 했다.

하지만 백 형사가 선택권을 자신에게 넘긴 이유는 굳이 자신이 알 필요 없다는 뜻일 가능성도 농후했다. 또 하지만 그렇다면 군더더기 없는 성격의 그가 애초에 이야기를 꺼내지 않았을지도 몰랐다. 마지막으로 민아의 머릿속에 박힌 생각은 백 형사는 자신에게 그 정보가 필요한 것인지 아닌지 알 리가 없다는 것이었다.

민아는 마음을 차분하게 가라앉힌 다음, 백 형사에게 전화를 걸었다.

"네."

백 형사는 마치 민아의 전화를 기다렸다는 듯 덤덤한 목소리로 전화를 받았다.

"알고 싶어요. 말씀하세요."

"그렇게 결정하셨다면…… 미리 말씀드리지 못해 죄송하지만, 알고 있었습니다."

"……네?"

"변호사님께서 일전에 저한테 맡기신 일의 근원 말입니다."

민아의 동공이 흔들렸다.

"10여 년 전, 변호사님께서 당하신 일. 그때 담당 경찰서의 형사들 중 하나가 저였습니다. 말단 형사였다는 이유로, 도움이 못 된 점 진심으로 죄송하게 생각하고 있습니다."

순간 민아의 머릿속이 과거로 이동했다. 경찰서 한 귀퉁이에 힘없는 어린 소녀가 서 있었다. 소녀의 모습은 금방이라도 쓰러질 듯 위태위태해 보였다. 안타까움과 분노가 슬며시 고개를 들었다. 민아는 재빨리 고개를 가로저으며 머릿속 소녀의 모습을 지우려고 애썼다. 다행히 그것들은 금세 자취를 감췄다. 이유는 알 수 없었지만, 어쩌면 지금 고개를 숙인 채 사죄하고 있을지도 모를 백 형사의 진심이 묻어나는 목소리 때문인 것 같았다.

"아니에요. 백 형사님은 잘못이 없어요. 모든 것의 원흉은 그 쓰레기들이에요. 그리고 전 그것을 바로잡아야 해요. 이제, 본론을 듣고 싶네요."

민아가 서늘한 목소리로 덤덤하게 말했다. 백 형사가 잠시 뜸을 들이더니 판결을 선고하는 판사와 같은 엄숙한 목소리로 말했다.

"변호사님께 일어난 그 일, 쓰레기들끼리 벌인 일이 아닌 것

같습니다. 배후가 있는 듯합니다. 그리고……"

"……"

"배후는 변호사님 아주 가까운 곳에 있는 인물일지도 모릅니다."

"무슨 뜻이죠? 자세히 말씀해주세요."

"자세한 건 아직 조사하고 있습니다. 전 다만, 변호사님께서 그자들을 벌하기 전에 더 큰 진실을 알아야 한다고 생각합니다. 뒤늦게 후회하지 않도록."

"백 형사님!"

답답함을 참지 못한 민아가 큰 소리를 냈다.

"이틀 후에 전화드리겠습니다. 그때까지만 변호사님께서 진행하려던 일을 멈춰주실 수는 없을까요? 물론 그것 또한 변호사님의 선택입니다. 그럼 밤이 늦었습니다. 안녕히 주무십시오."

백 형사의 인사말을 마지막으로 전화는 끊어졌다.

"폭탄을 던져놓고는 안녕히 주무시라고?"

민아가 끊긴 전화에 대고 앙칼지게 소리쳤다. 하지만 재통화 버튼을 누르진 않았다. 민아가 알고 있는 백 형사는 타협은 할 줄 알아도, 한 번 내뱉은 말을 번복하는 사람은 아니었다. 그리고 실없는 이야기를 떠벌릴 사람도 아니었다.

이틀 후라니. 지금이라도 당장 일을 진행하려고 했던 민아의 계획에 차질이 생겨버렸다.

'배후…… 가까운 사람…… 누굴까. 누가 어린 나에게 그런 원

한을 품을 수 있지?'

의문은 호기심의 날개를 달고 날아가 안개에 갇힌 어떤 섬에 도착했다. 본 적은 있으나 기억은 나지 않는 미지의 섬.

민아에게는 많은 친척이 있었다. 지금은 사라진 혜성 그룹을 물려받았을 친척들. 하지만 민아에게 친척들에 대한 기억은 없다. 기억이 없다는 것은 본 적이 없다는 것, 본 적이 없다는 것은 사이가 좋지 않았다는 것, 사이가 좋지 않았다는 것은…… 백 형사가 말한 배후일지도 모른다는 것을 뜻했다.

민아는 서둘러 인터넷을 켜고 검색을 시작했다. 다행히 아주 오래된 기사에 혜성 그룹의 창업자이자 자신의 할아버지인 이영우의 가계도가 실려 있었다. 민아는 가계도 속 인물들의 이름 하나하나를 검색창에 입력했다. 검색하는 과정이 반복됨에 따라 민아의 동공이 커졌고, 입은 벌어졌다. 가계도의 인물들은 한 명씩 차례차례 사라졌다. 회사가 부도난 후 한강에서 투신자살, 검찰 조사 중 자살, 본사 옥상에서 투신자살, 심장마비로 사망, 심근경색으로 사망. 두려움보다는 공포에 가까운 무언가가 민아의 방문을 부수고 밀려들어 왔다.

'어째서 난 이런 사실을 전혀 모른 채 살았던 거지?'

어느 순간 친척들에 대한 기사는 더는 찾아볼 수 없었다. 그것은 그들이 사람들에게 잊혔거나, 아님 모두 다 죽었거나, 둘 중 하나였다.

'분명히 내가 모르는 무언가가 있어.'

문득 아버지가 어머니의 유품을 물었다는 재희의 편지 내용이 떠올랐다. 한달음에 드레스 룸으로 간 민아는 옷장 깊숙이 숨겨둔 낡은 가방을 꺼냈다. 그리고 가방을 거꾸로 들어 바닥을 향해 탈탈 털었다.

슬립 핸드폰, 각종 알약, 지갑, 동전 등이 바닥을 향해 와르르 쏟아졌다. 그것들 중 민아의 시선이 한 가지 물건에 꽂혔다.

낡고 허름한 캥거루 인형.

어느 완연한 봄날이었다. 생일을 맞아 엄마와 함께 동물원에 간 민아는 배 속에 새끼를 넣고 다니는 캥거루가 마냥 신기했다. 동물원 기념품 가게에는 진짜 캥거루의 20분의 1쯤 되는 크기의 캥거루 인형이 예쁘게 전시되어 있었다. 배 속에는 새끼 캥거루도 있었다. 민아는 엄마에게 그것을 사달라고 졸랐다. 그리고 캥거루처럼 안아달라고 떼를 썼다. 그때의 엄마는 상냥하게 웃으며 인형을 사줬다. 그리고 민아를 번쩍 들어 올려 따뜻하게 안아줬다.

그것이 민아의 마지막 행복한 생일이었다.

'왜 이런 걸 아직……'

민아는 바래고 바래 본디의 색은 이미 사라진, 털 사이사이에 퀴퀴한 먼지가 껴 있는 캥거루 인형을 조심스레 집어 들었다. 순간 캥거루의 배 속에서 무언가가 바스락거렸다. 배 속을 열어보니 그 속엔 있어야 할 새끼 캥거루 대신 곱게 접힌 종이 하나가 얌전히 자리하고 있었다.

'뭐지?' 민아는 그것을 꺼내 펴보았다. 빼곡하게 차 있는 글씨가 보였다. 제일 윗줄에 적힌 글을 바라보던 민아의 눈빛이 날카롭게 빛났다.

'사랑하는 내 딸 민아에게'라니.

캥거루가 토해낸 종이는 어머니가 자신에게 남긴 유서가 분명했다. 민아는 그것을 읽고 싶지 않았다. 아니 당장에라도 찢어버리고 싶었다. 하지만 선뜻 그러지 못했다.

'이 안에 진실이 들어 있을지도 몰라.'

'아니, 그딴 거 알아서 뭐해.'

'난 지금도 충분히 불행해.'

'하지만 불행의 씨앗을 없애기 위해선 뿌리 자체를 뽑아야 해.'

미친 여자처럼 방 안을 서성거리며 중얼거리기를 한참, 민아는 결국 편지를 읽기로 마음먹었다. 만약 편지를 읽다 재희로 변한대도 그건 피치 못할 희생이라 생각했다.

사랑하는 내 딸 민아에게.

때로는 진실만으로는 세상을 살아가기가 쉽지 않아. 하지만 진실을 피하다 보면 세상은 가끔 우리에게 등을 돌리곤 한단다. 난 분명히 어느 순간부터 네 아버지가 변하고 있다는 것을 알고 있었어. 그의 눈빛, 그의 말투, 그의 생각, 그 모든 것이 서서히 변하고 있었어. 하지만 난 그것을 애써 외면했지. 하지만 어느 날, 나는 그 모든 것의 진실을 알게 됐어. 어쩌면 알지 않아도 되는, 아니 몰랐어야 했을 진실이었지. 난 그로 인해 네 아버지와 점점 멀어졌어. 난 네 아버지를 설득하고, 되돌리려 했지만 이미 폭주를 시작한 열차는 철도가 끊기지 않는 한 계속 달리기 마련이더구나. 얼마 후 네 아버지는 인간으로선 하지 말아야 할 일을 하기 시작했어. 한번 알아보렴. 네 친가 친척들이 지금 어떻게 살고 있는지.

너를 위해서라도 그의 폭주를 막아야 한다고 생각한 난 네 아버지를 협박하기로 했지. 아마 너도 그날을 기억할 거야. 내가 네 아빠와 크게 싸운 그날. 넌 방으로 도망가 문을 잠갔지. 넌 그날 이후로 큰 충격을 받은 모양이더구나. 얼마 후부터 네가 자해를 시작했으니까. 난 네 팔과 몸에 든 멍을 보며 가슴이 찢어질 듯이 아팠지만, 그 당시 네 아버지의 기행에 큰 충격을 받아 미처 너에게 신경을 써주지 못했단다. 미안하구나.

……자해라니. 그건 분명히 자해가 아니었다. 학대였다.

얼마 후 믿을 수 없는 일들이 일어났어. 아마도 네 아버지는 그날 이후로 치밀하게 준비해왔던 모양이야.

내가 너를 잃게 될 때까지는 단지 며칠밖에 걸리지 않았어. 내가 너를 학대했다는 이유로 접근 금지, 이혼, 양육권 등 엄청난 법적인 절차들이 빠르게 처리됐으니까. 아마 네 아버지는 모든 연줄과 자금을 이용했겠지. 난 정말 맹세코 널 때린 적이 없단다. 이건 진실이야. 세상을 떠나는 사람이 거짓말을 해서 무슨 소용이겠니. 다만 신경 쓰이는 부분이 있다면 언젠가부터 가끔가끔 기억이 끊길 때가 있었던 것뿐.

나는 모든 인간에게는 선택권이 있어야 한다고 생각해. 그래서 나는 이 진실을 네가 알고 싶어 하는지 아닌지 선택하게 해주고 싶구나. 만약 네가 살고 있는 그 삶에 만족하고 이대로 살고 싶다면, 이만 이 편지를 접길 바란다. 하지만 네가 그날 있었던 일에 대한 진실을 알고 싶고 현실에 만족하지 않는다면 내가 시키는 대로 하길 바란다.

아버지 옷장으로 가서 네 아버지가 결혼식 때 입은 턱시도 왼쪽 아래를 찢어보렴. 그럼 그 안에 서류 하나가 있을 거야. 그 서류가 모든 일의 진실이란다.

잘 생각하고 행동하렴. 그 진실은 네 모든 것을 송두리째 바꿔버릴 거야.

단 한 번도 민아를 잊어본 적 없는, 하늘에 가서도 영원히 기억할 엄마가.

민아는 그 편지를 읽으며 지독히도 속이 울렁거렸다. 마지막 문단을 읽자마자 자신의 의지와는 상관없이 방을 나서 거실로 향하는 계단을 내려갔다. 현관을 확인해보니 아버지의 신발은 보이지 않았다. 아직 귀가하지 않은 게 분명했다. 조심스레 아버지의 방으로 들어갔다. 옷장을 열었다. 고급 양복 수십 벌이 빽빽하게 걸려 있었다. 민아는 기억을 더듬었다. 기억력에 있어서만큼은 누구보다 자신 있는 민아였다. 이미 오래전에 사라진, 아버지와 어머니의 결혼식 사진이 희미하게 떠오르기 시작했다.

하지만 아무리 찾아도 턱시도는 옷장에 없었다. 이곳이 아닌가, 포기하려던 찰나 금고가 떠올랐다. 민아는 아버지의 방과 연결된 서재로 이동했다. 냉장고만 한 금고 앞에 선 다음, 아버지는 꿈에도 자신이 알고 있으리라 생각하지 못하는 비밀번호 열두 자리를 눌렀다. 철커덕 문이 열렸다. 금고 제일 위 칸, 큼지막한 박스 하나가 눈에 띄었다. 민아는 박스를 끄집어내 뚜껑을 열었다. 박스 안에는 어머니가 말한, 자신의 기억 속에 잠들어 있던 턱시도가 얌전히 놓여 있었다. 그것을 향해 손을 뻗는 찰나, 초인종 소리가 울렸다. 곧이어 아주머니의 경박스러운 발소리와 함께 "네, 회장님"이라는 목소리가 들렸다. 민아는 서둘러 턱시도 안주머니의 단추를 열고 그 속을 뒤졌다. 주머니 안에는 빛바랜 봉투 하나가 있었다. 재빠르게 그것을 손에 쥔 민아는 모든 것을 제자리로 돌려놓았다. 금고 문을 닫고, 서재에서 아버지 방으로, 방에서 다시 거실로 빠져나오기까지 단 10초도 걸리지 않았다.

오늘만큼 필요 없을 정도로 널따란 정원이, 절대 자기 스스로 문을 여는 일 없는 아버지의 습관이 다행으로 느껴진 적이 없었다.

민아가 2층으로 향하는 첫 계단에 발을 디디는 순간, 드르륵 현관과 거실 사이의 문이 열리는 소리가 들렸다. 그리고 아버지의 묵직한 목소리가 거실 전체를 가득 메웠다.

"아직 안 자냐?"

민아는 서류를 옷깃 속에 찔러 넣고는 아주 살짝만 몸을 돌려 말했다.

"조금 출출해서요. 이제 자려고요. 아버지도 들어가서 주무세요."

"그래. 잘 자라."

그 말을 끝으로 민아는 성큼성큼 계단을 올라갔다. 아버지가 보이지 않는 곳에 다다라서야 한달음에 방으로 들어갔다. 방문을 잠갔다. 옷깃에 감춘 봉투를 열어 그 안의 내용물을 확인했다.

그것은 누군가의 또 다른 유서였다.

11 chapter

선택은 언제나 당신의 몫

 또 다른 유서의 주인공은 지금은 사라지고 없지만 30년쯤 전만 해도 대기업이었던 혜성 그룹의 회장, 민아의 할아버지였다.
 민아는 하룻밤에 두 번씩이나 누군가의 유서를 읽게 되는 괴기한 일에 실소하며 그것을 읽어 내려가기 시작했다.
 유서의 초반은 자신이 어떻게 혜성을 시작했는지, 어떻게 손꼽히는 대기업으로 성장시켰는지에 대한 일종의 자서전과도 같은 내용이었다. 하지만 한편으로는 성취한 것이 너무 많아 죽음으로 잃을 것 또한 가득하기 때문에 점점 다가오는 죽음을 경계하고 두려워하는 인간의 절절한 심정이 곳곳에 녹아 있었다.
 민아는 자신의 할아버지가 자신이 여섯 살이 되던 해에 세상을 떠난 것으로 기억하고 있었다. 그것 외에는 할아버지라는 사람에 대한 기억은 존재하지 않았다. 친척들도 마찬가지였다. 아무리 기억의 저 밑바닥을 헤집어보아도 건져낼 기억은 없었다.

유서는 초반부를 지나자 기업 회장의 유서라면 반드시 존재해야 할 재산 분할 이야기가 등장했다.

아까 검색해본 기사에 따르면 혜성 그룹은 수십 개의 작은 회사들로 분리되어 다른 회사들에게 매각되었다. 하지만 유서에는 큰아들이 모든 경영권을 물려받는 것으로 되어 있었다. 미치지 않고서야 자신의 기업을 그렇게 분열시킬 경영자는 없었다.

기억 속에 이름이나 단편적인 모습 외에는 남아 있지 않은 로열패밀리였던 친척들과 할아버지. 어느 날 공중분해된 기업. 그들에 대해 일절 언급하지 않았던 부모님. 그리고 그 즈음 급격히 사이가 틀어진 자신의 아빠와 엄마. 큰아들에게 가 있어야 할 금고 안의 할아버지 유서. 어머니의 유서. 백 형사의 말.

갑자기 수많은 궁금증이 우후죽순 튀어나왔다. 민아는 입술을 깨물며 위의 몇 가지 사실들을 머릿속에 열거하고 전후좌우를 정비했다.

"서, 설마."

하지만 그 설마는 유서의 다음 문단을 읽자마자 현실이 되었다. 그 문단은 그녀의 안구를 움직이는 미세한 근육들을 돌처럼 굳게 만들었다.

'이럴 수가, 말도 안 돼.'

하지만 말도 안 되는 일이지, 있을 수 없는 일은 아니었다.

'아버지가 대체 무슨 짓을 한 거지? 아버지는 분명히 할아버지

로부터 물려받은 유산으로 로펌을 시작했어. 하지만 유서에 따르면 아버지는 한 푼도 받지 못해……'

유은희가 언급했듯이 금고 안의 유서는 민아가 알고 있던 세상을 송두리째 바꾸어놓았다. 폭행을 기억하지 못하는 유은희, 배후가 있다는 성폭행, 일가친척들의 끔찍한 역사, 현실과 다른 내용이 적혀 있는 할아버지의 유서.

민아에게 일어났던 모든 일들은 결국 아버지와 연관되어 있었다.

갑작스러운 안개처럼 들이닥친 자괴감은 민아의 이성을 밀어냈다. 그리고 밀려든 안개는 충격, 배신감, 증오, 고독, 외로움이라는 인간을 파괴하는 수많은 감정으로 민아의 가슴과 머리를 가득 채웠다. 그것들 외엔 아무것도 보이지 않고 아무것도 느낄 수 없었다.

민아는 서서히 정신을 잃었지만, 저항할 힘조차 없었다. 안간힘을 다해 할아버지의 유서와 어머니의 유서를 가방 안 깊숙한 곳에 넣어두는 게 민아가 할 수 있는 전부였다.

재희가 방 안에 쓰러진 채로 눈을 떴다. 온몸이 결린 듯 피곤했다. '왜 여기 쓰러져 있는 거지?' 재희는 몸을 일으키자마자 서둘러 시계를 보고 날짜와 시간을 확인했다. 20일 새벽 2시. 그토록 기다리던 오디션 당일이었다. 재희는 '휴, 오디션을 볼 수 있게 돼서 천만다행이야.' 안도의 한숨을 쉬며 최대한 숙면을 취하기 위해 침대로 가 쓰러지듯 몸을 뉘었다.

서서히 몽롱한 잠속으로 빠져드는 재희의 귓가에 누군가의 목소리가 들렸다.

소스라치게 놀란 재희가 벌떡 몸을 일으켜 주위를 둘러보았다. 하지만 방 안엔 자신 이외의 그 누구도 존재하지 않았다.

잘못 들은 건가, 쿵쾅거리는 심장을 애써 진정시키며 순간적으로 바싹 마른입을 뗐다.

"……누구세요?"

"……저기요?"

"……아무도 없어요?"

몇 번이나 속삭이듯 허공을 향해 물었지만 들려오는 답은 단지 묵묵한 어둠뿐이었다. 재희는 단순한 환청이길 바라며 다시 침대에 누웠다. 잠들기 위해 애썼지만 졸음은 이미 저만치 달아나 버린 후였다.

재희는 천장을 바라보며 양을 세기 시작했다.

양 한 마리. 양 두 마리. 양 세 마리……

계속 세면서 자연스레 눈을 감았다. 양 스무 마리…… 스물한 마리…… 재희의 눈앞에 널따란 들판이 펼쳐졌다. 들판 위를 흰 솜뭉치 같은 수많은 양 떼가 유유자적 노닐고 있었다. 평화롭고 따스하고 정겨워 보였다. 그 풍경을 보고 있자니 재희의 마음은 한결 부드러워졌다.

하지만 이상하게도 양의 수를 세면 셀수록 그 수가 늘어만 갔다.

'왜지?'

갑자기 하늘이 어두컴컴해지더니 들판 어딘가에서 불길한 바람 소리가 들렸다. 재희는 소리가 들리는 곳을 향해 재빨리 고개를 돌렸다. 멀지 않은 곳에서 눈보라가 휘몰아치고 있었다. 그리고 눈보라는 이렇다 할 새 없이 모든 것을 덮쳤다.

순식간에 푸르던 들판은 마치 양 떼처럼 새하얗게 변했고, 따스함은 홀연히 자취를 감추었다.

재희의 심장이 쿵쾅거리기 시작했다.

그때였다.

"재희 씨."

자신의 이름을 부르는 목소리가 재희의 귓가에 꽂혔다. 재희는 번쩍 눈을 떴다. 가쁜 숨을 내쉬며 방 안을 둘러보았다. 여전히 아무도 보이지 않았다. 하지만 세상 이치가 그렇듯 보이지 않는다고 존재하지 않는 건 아니었다.

미세한 공기의 변화, 방 전체에 흩뿌려진 미묘한 기운, 재희는 그가 돌아왔다는 걸 깨달았다. 목소리.

"재희 씨."

다시 한 번 낮은 목소리가 바닥에 나지막이 깔렸다.

갑작스러운 목소리의 등장에 낯빛이 파리하게 질린 재희에게, 잘 지냈느냐는 짤막한 안부 말과 함께 재희를 찾아온 이유를 말했다.

"재희 씨. 이젠 때가 됐어요."

"……네?"

"돌아가야 할 때예요."

"도…… 돌아가다니요? 어디로요?"

재희는 이미 답을 알고 있었지만, 되물었다.

"죽은 사람이 원래 가야 할 곳이요. 재희 씨를 이승에 머물게 할 방법은 끝내 찾지 못했어요. 미안해요."

"시, 싫어요!"

목소리는 아무 말이 없었다.

"지, 지금은 안 돼요. 오늘이 드디어 크리스틴 역 오디션이 열리는 날이란 말이에요."

목소리의 침묵은 계속되었다. 그 짧은 시간 동안 재희는 일급 살인 사건에서 판사의 유무죄 판결을 기다리는 죄수와 같은 심정이었다. 죽음과 자유의 갈림길.

"전 당신에게 지금 돌아가라고 강요하진 않겠어요. 모든 일의 발단은 제 실수니까요. 하지만 지금 돌아가지 않으면 좋지 않은 일이 일어날 거예요."

목소리가 자신의 실수를 인정하자 재희의 마음속에 희망의 불꽃이 작게나마 일기 시작했다.

"오디션만은 꼭 보고 싶어요."

재희가 희망의 붙꽃에 힘을 담아 강하게 주장했다.

"자연의 모든 것들은 본래의 형태로 돌아가려는 힘이 있어요."

목소리는 잠시 틈을 둔 뒤 재희를 설득하려는 부드러운 말투로 말을 이었다.

"삶을 영위했던 모든 생명은 다시 흙으로 돌아가고, 여행을 마친 물은 원래 자신이 있어야 할 곳인 바다로 돌아가죠. 본래 한 인간의 영혼은 하나여야 해요. 그리고 그것을 유지하는 힘이 민아 씨의 몸에 재희 씨의 영혼이 들어 있는 것을 알아챘어요. 그리고 앞으로는 그 힘이 재희 씨를 향해 다가갈 거예요."

"……그 힘이라는 게 뭐죠?"

"죽음의 힘이란 한 인간의 몸에 한 영혼만을 남게 하려는 힘으로……"

"죽음의 힘이요?"

재희는 목소리가 무언가를 망설이고 있다는 것을 느꼈다. 그리고 목소리의 망설임에서 앞으로 그가 하는 말이 재희 자신에게 무엇보다도 중요할 것임을 알 수 있었다.

"민아 씨는 사고로 죽을 거예요. 세상의 균형을 위해서. 하지만……"

목소리는 조금 전보다 더욱 주저하고 있었다. 절대 누설해서는 안 되는 일급 비밀을 어쩔 수 없이 털어놓는 사람마냥.

"그렇게 하는 힘은 한 영혼만 데리고 갈 가능성이 커요. 장담할 순 없지만 그게 그 힘의 목적이니까. 즉, 한 영혼은 몸에 남게 될 수도 있다는 거죠."

"몸이 죽는데 어떻게 한 영혼만 남을 수 있죠?"

"지금 당신이 있는 육체에는 두 개의 영혼이 들어 있어요. 그리고 두 영혼은 작은 밀도 차이 때문에 서로 섞이지 않은 채, 시시각각 서로 위치를 바꾸죠. 그리고 위로 떠오르는 영혼이 의식을 지배해요. 생각해보세요. 만약 컵 바닥에 구멍이 뚫리면 어느 영혼부터 빠져나가겠어요……?"

재희는 상상 속에서 물과 기름이 섞인 종이컵 아래에 구멍을 뚫었다. 그러자 컵 아래부터 줄줄 물이 새기 시작했다.

"……아래에 있는 영혼이요?"

"네. '평형을 원하는 힘'이 언제 재희 씨를 찾아갈지는 저도 아직 몰라요. 만약 죽음의 순간이 찾아오고 그 힘이 단지 한 영혼을 앗아 가는 데 그친다면…… 그때 깨어 있던 사람의 영혼이 몸에 남을 거예요."

"남…… 남는다는 게 무슨 뜻이죠?"

"그 몸의 유일한 주인이 되어 살아남는다는 거죠. 그때의 죽음은 균형을 위한 죽음이라는 것을 명심해요. 만약 죽음이 찾아오더라도 육체의 모든 영혼이 빠져나가기 전에 구멍을 막는다면……"

"피할 수는 없나요? 미리 알 수 있다면 피할 수도 있잖아요."

"만약 이번에 죽음을 피하더라도 얼마 후 죽음은 다시 찾아올 거예요. 균형이 맞지 않으면 기울 수밖에 없으니까요."

목소리의 모든 말이 뜻하는 바를 구체적으로 그려보던 재희는 오소소 온몸에 소름이 돋았다. 끊임없이 찾아오는 죽음이라니. 영화 〈데스티네이션〉을 연상케 했다. 그렇게 가슴 졸이며 살 순

없었다.

"어떻게 할 건가요? 지금 돌아가지 않을 건가요?"

재희는 만약 목소리에게 형체가 있다면 그 앞에서 뒤돌아서 고개만 돌린 채 이런 말을 하고 있을 거라 생각했다.

"그, 그건……"

"……그럼 이만."

다행히도 목소리는 재희의 입으로 잔인하고 이기적인 말을 뱉어야 하는 일은 면제해주었다. '민아 씨의 몸이 사고로 죽더라도 난 오디션을 봐야겠어요' 라는.

항상 그렇듯이 목소리는 부드러움으로 가장하고 있지만, 일방적이고 무책임했다. 적어도 재희가 느끼기에는 그랬다. 앞으로 일어날 일에 대한 힌트를 주는 것은 고마웠지만, 목소리는 또다시 수많은 궁금증과 의문, 그리고 죄의식을 남겨놓고는 자취를 감추려 하고 있었다.

"우린 서로 어떻게 바뀌는지조차 몰라요. 제가 오디션을 보고 나서 민아 씨를 살리고 싶어도 바뀌는 방법을 모르면 할 수 있는 일이 없잖아요!"

재희는 고개를 좌우로 돌리면서 목소리에게 호소했다.

"이렇게 그냥 가버리면 어떻게 해요! 네?"

재희의 울부짖음이 끝날 때 즈음 다시 한 번 목소리가 들려왔다.

"육체의 주인은 알고 있을 거예요. 그리고…… 여전히 선택은 당신의 몫이에요."

마지막으로 들린 이 말은 발음이 부정확한 데다 너무나 낮고 작은 목소리여서 재희는 할 수만 있다면 목소리의 볼륨 스위치를 오른쪽으로 돌리고 싶은 심정이었다.

하지만 더 이상 목소리는 들리지 않았다.

재희는 깨끗하고 선명한 의식의 세계로 돌아왔다. 고요히 가라앉은 방 안에 세상을 삼켜버릴 듯한 거대한 의문과 함께 덩그러니 남겨져버린 것이다. 지독한 밤이 될 것 같은 예감이었다. 머리가 둔하게 욱신거리고 물 속에 있을 때처럼 모든 감각이 멍했다. 재희는 일단 혼란스러운 마음을 수습하고 정신을 가다듬으려 애썼다. 그리고 턱을 괴고 목소리가 한 말에 대해 생각했다.

'내가 살기 위해선, 민아 씨가 죽어야 한다는 건가?'
'그때 의식이 깨어 있는 영혼이 살아남는다고?'
'서로가 변하는 이유가 대체 뭘까?'
'정말 그녀는 변하는 방법을 알고 있을까?'
'그렇다면 그녀는 어떻게 알았을까?'
'알면서 왜 나로 변하는 거지?'
'왜 그녀는 알고 나는 모르지?'
'아니, 안다고 한들 어떻게 할 거지? 이 육체의 주인은 원래 민아 씨야.'
'그녀를 죽이고 내가 대신 살아?'
'내가 선택하면 그게 가능한 거야?'

'하지만…… 하지만……'

시간은 소리 없이 흘러갔다.

어느덧 창가 사이로 들어온 햇빛이 공기 중 떠돌아다니는 미세한 먼지들을 비추었다. 동시에 오디션에 늦지 않기 위해 재희가 맞춰놓은 알람 소리가 방 안을 가득 메웠다.

결국 재희는 그 자세 그대로, 뜬눈으로 밤을 지새운 것이다. 하지만 결론은 없었다.

반복되는 알람 소리에 재희는 기계처럼 몸을 일으켰다. 그리고 화장실로 향했다. 미지근한 물로 샤워를 했다. 화장대 앞에 앉아 화장을 했다. 하지만 화장을 하는 재희의 눈은 민아의 얼굴을 정확히 바라보지 못한 채, 초점이 빗나가 있었다. 방문을 열고 나가니 일하시는 아주머니가 관례적인 미소와 함께 인사를 했다. 아주머니는 밤사이에 있었던 소란에 대해선 아무런 언급도 하지 않았다. 분명히 자신이 외친 소리는 아주머니의 방까지 들렸을 것이다. 그렇다면 어젯밤 있었던 일은 꿈에서 일어난 일일까?

차를 타고 극단으로 향했다.

재희의 오디션 번호는 하필, 4번이었다.

12 chapter

그녀가 죽길, 바라다

2011년 1월 20일 극단 공연장

 뮤지컬 〈오페라의 유령〉의 배역을 결정하는 오디션은 뮤지컬이 상연될 공연장에서 서른 명의 단원, 그리고 총감독인 이 감독을 포함한 여럿의 감독들과 운영진이 참석한 가운데 몇 대의 카메라까지 동원돼 공정하고 명백하게 이뤄졌다.
 뜬눈으로 밤을 샌 재희는, 피부는 푸석푸석하고 눈은 퀭했지만 극단에 오기 전 들이켜듯 마신 악마같이 진한 에스프레소 두 잔이 정신만은 멀쩡하게끔 지탱해주었다.
 무대 한가운데에 선 단원 한 명이 노래를 부르고 있었다. 재희의 머릿속엔 어젯밤 목소리가 던지고 간 말만이 베토벤의 '월광 1악장'처럼 암울하게 울려 퍼지고 있었다.
 사실 목소리가 던진 선택 사항의 질문에서 군더더기를 건져내고 단순히 뼈대만을 남겨놓고 생각해본다면 아주 간단했다.

 살래, 죽을래? 지나가는 아무개한테 물어도 사람들은 뇌까리며 대답할 것이다. 살고 싶다고. '살고 싶다' 그것이 인간이 가진 기본 욕구의 모든 것을 귀결하는 원초적 본능일 테니까.

 하지만 질문의 형태가 조금만 틀어져도, 전제가 조금만 달라져도 대답엔 엄청난 고민이 따르고 만다.

 고통스럽게 살래, 편하게 죽을래?
 연인 대신 죽을래, 연인을 죽이고 대신 살래?
 ……민아를 죽이고, 내가 살래?
 ……내가 죽고, 민아를 살릴래?

 고개를 절레절레 흔들던 재희는 뚫어져라 자신을 바라보고 있는 이 감독과 눈이 마주쳤다. 이 감독이 '4번, 이민아 씨 차례입니다'라고, 눈빛으로 재차 말하는 것 같았다. 그제야 주위를 둘러보니 모두의 시선이 자신에게로 향하고 있었다.
 "아, 네……"
 얼떨결에 자리에서 일어난 재희가 텅 비어 있는 무대로 향하며 생각했다.
 '딱 5분, 5분만 목소리의 질문을 잊자. 5분 후 다시 생각하는 거야.'
 무대 중앙에 선 재희는 자신을 둘러싼 공기를 마음껏 들이마시고 또 한껏 토해냈다. 마치 드넓은 수면으로 떠오른 바다 고래가 자신의 거대한 폐 속의 공기를 통째로 바꿔 들이는 것처럼.

한결 마음이 편안해졌다.

"시작할까요?"

이 감독이 물었다. 재희는 고개를 끄덕였다. 그러자 탁, 하는 소리와 함께 꿈에도 그리던 조명이 재희를 비추었다. 재희를 하얗게 두른 동그라미 안 외에는 물러날 곳이 없었다.

재희는 뮤지컬 배우라는 꿈을 처음 꾸었던 시절로 돌아갔다. 윤재희라는 인간이 살아 있었고, 당연히 이런 곤란한 질문 따위는 생각할 필요가 없었던 그때로.

재희가 오디션 곡으로 선택한 크리스틴의 'think of me' 피아노 반주가 시작됐다. 재희는 눈을 감고 노래를 부르기 시작했다.

……

Flowers fade, the fruit of summer fade

꽃들이 지고, 한여름의 과일들이 사라지듯이

They have their seasons, so do we.

저들에겐 제철이 있어요, 마치 우리처럼.

But please promise me that sometimes you will think of me.

하지만 약속해줘요. 가끔은 날 생각해주겠다고.

……

마지막 소절을 끝낸 재희가 모든 것을 내려놓은 겸허한 표정으로 심사위원들과 단원들을 바라보았다. 재희는 자신을 바라보는 그들의 눈빛에서 희망을 발견했다.
 "좋은 연기였습니다. 묻고 싶은 게 하나 있는데."
 심사위원 중 하나가 재희를 향해 입을 열었다.
 "……네."
 "로펌에 다니고 계신다고 들었어요. 만약 오디션에 붙으셔서 본격적으로 공연을 시작하게 되면, 일은 그만두실 수 있나요?"
 "아, 죄송하지만 동시에 하는 건……"
 "불가능하다면요! 그만두실 수 있나요?"
 "……"
 침묵이 길어지자 질문을 던졌던 심사위원이 들고 있던 볼펜 앞꽁지로 테이블 위를 톡톡 쳤다. 그러더니 다시 재희의 심사평가서로 볼펜을 이동했다. 그 손동작이 재희의 심장을 조급하게 만들었다. 일순간 격하게 흔들리던 재희의 표정이 어떤 결심을 한 듯이 차분해졌다. 재희가 심사위원의 눈을 응시하며 처연한 목소리로 답했다.
 "네. 붙으면 당연히 그만두어야죠."
 "알겠습니다."
 심사위원은 만족한 얼굴로 재희의 심사평가서에 무언가를 체크했다. 다른 질문은 없었다.
 두 시간 후 오디션이 끝났다. 결과는 정해지는 대로 공지하겠다고 했다. 하나둘 사람들이 사라졌고, 결국 텅 빈 공연장엔 재희만이 남겨졌다.

'네. 붙으면 당연히 그만두어야죠.'

어째서 그런 말이 튀어나온 거지? 긍정적인 심사위원의 반응보다 자신이 내뱉은 한마디가 더욱 오디션의 여운을 느끼게 했다. 처음에는 다급한 마음에 튀어나온 말이라고 생각했다. 재희는 자신의 입에서 나온 그 말이 자신의 가슴 깊이 자리 잡은 어떤 본심과 연결된 것인지 그 가느다란 선을 찾기 위해 노력했다. 그리고 찾았다. 선이 끊어지지 않도록 신중하게 선을 따라 저 밑으로 내려갔다. 한참을 내려가자 그곳에는 외면하고 싶은 진실이 숨어 있었다.

그건 마치 더러운 오물을 최대한 꾹꾹 눌러 담은 드럼통과 같이 더럽고 추악하고 당혹스러운 진실이었다.

갑자기 구역질이 올라왔다. 재희는 자리에서 벌떡 일어나 화장실로 뛰어갔다. 속을 게워낸 후 손을 씻었다. 손바닥이 닳을 지경까지 손을 씻으면서도 자신이 이러고 있는 이유가 떠오르지 않았다. 한참 후에야 재희는 파묻고 있던 고개를 들었다. 그곳엔 오랫동안 청소를 하지 않아 흐리고 군데군데 얼룩져 있는 커다란 거울이 있었다. 재희는 거울에 비친 흐릿한 자신의 모습을 유심히 쳐다보았다. 거울에 비친 사람은 더는 민아가 아니었다. 그곳에 서 있는 사람은 앞으로 뮤지컬 〈오페라의 유령〉 크리스틴 역을 맡게 될 윤재희였다.

차로 돌아간 재희는 핸드폰을 켰다. 그리고 민아와 주고받은 편지를 살펴보았다.

'육체의 주인은 알고 있을 거예요.'

재희는 민아와 주고받은 편지를 토씨 하나 빼먹지 않고 읽고 또 읽었다. 그러고 보니 민아는 항상 재희에게 기억을 잃을 당시의 자세한 상황 묘사를 강요했다. 그러니까 결론적으로 민아는 재희가 자신으로 변하는 상황 그리고 자신이 윤재희로 변하는 상황 그 모두를 파악하고 있었다. 그리고 그곳에는 영혼이 바뀌는 비밀의 패턴이 숨어 있는 듯했다.

하지만 재희는 답을 찾을 수 없었다. '난 민아 씨와 달리 그녀가 나로 바뀔 때의 상황은 알지 못해. 그러니 당장에 그 비밀의 패턴이라는 걸 알아내긴 힘들지도 몰라.' 그렇게 결론지은 재희는 한참의 심사숙고 끝에 편지를 쓰기 시작했다. 민아에게.

민아 씨, 목소리가 나타나서 말했어요. 곧, 어떤 사고로 민아 씨가 죽을 거래요. 사고가 일어날 시간은 다시 알려주기로 했어요. 하지만 아이러니한 건 우리 둘 중 하나는 살 수 있다는 거예요. 사고가 일어날 당시 깨어 있는 사람이 죽을 거래요.

그러니까, 제가 깨어 있어야 할 듯해요. 전 이 정도로도 충분히 행복했었으니까요. 그럼……

재희는 거짓말을 했다.

13 chapter

룰이 바뀌었다

건우는 오후 미팅이 끝나자마자 선정의 클리닉으로 향했다. 최근 여러 대기업이 건우의 회사를 벤치마킹한 경쟁사를 만들어내고 있어 건우의 업무는 전보다 배가 되었다. 하지만 건우는 언제나처럼 모든 일을 우선순위에 따라 처리해나갔다. 지금 건우에게 있어 가장 중요한 일은 '민아'였다.

선정이 방금 뽑은 캡슐 커피 두 잔을 테이블에 내려놓고는 건우와 마주 보고 앉았다. 건우는 커피에 눈길 한 번 주지 않고 스마트폰을 꺼내 재생 버튼을 눌렀다. 폰 안에 장착된 작은 스피커에서 어젯밤 건우와 재희가 카페에서 나눈 대화가 흘러나왔다. 그것을 듣는 내내 심각한 표정으로 일관하던 선정은 재생이 끝나자마자 나지막한 한숨과 함께 건우에게 말했다.

"아무에게도 이 일에 대해 이야기하지 않겠다고 민아와 약속했다니."

건우는 선정의 눈빛을 살피며 긴장된 표정으로 고개를 작게 끄덕였다.

"민아 또한 이 상황을 받아들인 게 분명해. 난 사실 민아가 빙의라는 허무맹랑한 이야기를 믿고 있다는 자체가 지금 이 상황보다 더 어렵고 황당하게 느껴져. 어쨌든 윤재희는 자신의 탄생 비화까지 만들어가며 자신의 인격을 점점 크게 형성시켜가고 있어. 윤재희를 속여서 데려오든, 민아를 납치해 오든, 한시바삐 입원시켜 치료하지 않으면…… 정말 민아에게 큰일이 생길지도 몰라."

건우는 다시 회사로 돌아가는 차 안에서 민아에게 전화를 걸었다. 건우는 핸드폰 너머로 들려오는 어색한 존댓말에서 민아가 아닌 재희라는 것을 눈치챘다. 그것은 마치 이미 찾아버린 틀린 그림처럼 보지 않으려 해도 알 수 있었다.

건우가 말했다.

"……재희야. 우리 저녁 같이 할까?"

pm 7:00 동작대교

건우와 재희는 반짝거리는 동작대교 다리 위에 자리한 구름카페에서 만났다. 간단한 식사 후, 디저트를 주문하고 기다리는 동안 둘은 이렇다 말 없이 창밖의 야경을 바라보았다. 두 사람의 머릿속에는 절대 서로가 예상하지 못할 각자의 생각으로 분주했다.

건우는 오늘 재희를 만나 해리성 정체 장애 검사에 응하도록 어떻게든 설득시킬 생각이었다. 식사를 핑계로 재희와 심도 있는 대화를 나누며 천천히 생각해볼 계획이었다. 하지만 재희를 만나자마자 건우는 당황했다. 자신의 앞에 있는 여자는 확실히 민아는 아니었다. 그렇지만 지금까지의 재희도 아니었다. 어딘가 모르게 분위기가 변해 있었다. 그리고 그런 재희의 모습은 눈덩이처럼 커지는 건우의 불안감을 가속시켰다.

재희는 몇 시간 전 '내가 살아야겠어' 하고 결심을 굳힌 이후로, 몇 년은 늙어버린 것 같았다. 그리고 두 가지가 마음에 걸렸다.

일단 민아가 자신의 말을 믿어줄지가 의문이었다.

오래전 추석 특집으로 방영된 영화 하나가 떠올랐다. 한 테러리스트가 수십 명이 넘는 승객이 탄 여객기에 탑승해 폭발물을 설치한 후 자신은 비행기에서 내린다. 하지만 테러리스트는 CIA에게 잡힌다. 다행히 여객기에 타고 있던 요원 하나가 CIA와 연락을 취해가며 폭발물을 찾아내고 분해하기 시작한다. 하지만 요원은 폭파 시간을 얼마 남기지 않은 시점에서 생사의 갈림길에 선다. 빨간 전선과 파란 전선. 둘 중 하나는 폭발을 멈추게 하는 선이었고, 다른 하나는 폭파를 일으키는 선이었다. 폭파 시간이 얼마 남지 않자 요원은 직접 테러리스트를 설득하기 시작한다. 테러리스트는 결국 빨간 선을 끊으라고 말한다. 테러리스트의 말을 믿어야 할지 말아야 할지, 요원은 고민에 휩싸인다. 결국 요원은 폭파 1초를 남겨놓고, 파란 선을 끊고선 질끈 눈을 감는다. ……비행기는 폭파하지 않았다.

요원은 테러리스트의 말을 믿지 않은 것이다.

'거짓과 진실을 오가며 변론하는 변호사인 민아 씨가 과연 내 말을 믿어줄까?'

하지만 자신의 편지를 믿지 않는 것은 매우 큰 도박일 것이다. 그런 무리수를 두는 것은 영화에서 극적 긴장감을 주기 위한 장치일 뿐, 현실에선 어려운 선택이다. 그렇지만 지금 상황이 영화와 다를 바 또한 없다는 게 문제였다.

두 번째로 마음에 걸리는 건 지금 자신의 눈앞에 있는 남자, 건우였다. 민아가 사라지고 자신이 민아의 육체를 차지하게 된다면, 건우는 어느 순간부터 모습을 보이지 않을 민아에 대한 행방을 궁금해할 것이고 자신에게 물어볼 것이 분명했다.

어제 모든 일을 건우에게 고백하지 않았다면, 민아인 척 시치미를 뚝 떼고 살아갈 수 있었을지도 모른다. 하지만 자신이 어떻게 민아의 육체에 들어왔는지, 심지어 목소리의 존재까지 알고 있는 건우는 자신을 향해 의심의 눈초리를 보낼지도 몰랐다.

"주문하신 초코케이크와 아메리카노 두 잔 나왔습니다."

갑자기 등장한 웨이터의 목소리에 건우와 재희의 시선이 창밖

먼 곳에서 서로에게로 돌아왔다. 둘은 상대를 바라보며 잠깐 멋쩍게 미소 지었다.

구름카페에서 나온 두 사람은 건우의 차에 올라탔다. 건우는 일단 선정의 병원이 위치한 방향을 향해 운전대를 잡았다.

"저기."

"저기요."

건우와 재희가 동시에 어색한 침묵을 깨려던 찰나, 차창으로 눈꽃 하나가 떨어지더니 금세 스르르 녹았다. 또 한 송이가 떨어지더니, 조금씩 양이 많아졌다.

"먼저 말해."

"아니요. 건우 씨 먼저 말해요."

"그럴까……."

건우가 잠시 뜸을 들이더니, 한숨을 내쉬었다. 하지만 재희의 귓가에 들리는 목소리는 자신의 옆에서 운전 중인 건우의 목소리가 아니었다.

허공의 목소리였다.

자신에게 행복과 불행을 동시에 가져다준, 천사인지 악마인지 알 수 없는, 볼 수도 만질 수도 없는, 하지만 믿을 수밖에 없는 미지의 존재였다.

재희는 갑작스러운 목소리의 등장에 적잖이 당황했다. 이제 목소리의 등장은 더는 재희에게 기대나 희망을 가져다주지 못했다. 목소리가 가져올 소식은 오직 하나였다. 건우에게 잠시 차를 세우라고 말하고 싶었지만, 이미 차는 올림픽대로로 빠지는 고가에 올라탄 상황이었다.

"재희 씨. 지금으로부터 정확히 네 시간 후, 죽음이 도착할 거예요."

"네? 그렇게 빨리요?"

재희가 자신도 모르게 큰 소리로 말했다. 그러고는 스스로도 놀라 건우를 향해 재빨리 고개를 돌렸다. 당연히 건우는 재희보다 한층 휘둥그레진 눈으로 재희를 바라보고 있었다.

재희는 어쩔 수 없이 건우에게 설명했다.

"제가 어제 이야기한 목소리예요. 잠시 대화 좀 할게요. 신경 쓰지 말고 운전하세요."

그렇게 말하고는 막연한 눈빛으로 허공을 바라보며 "자세히 말씀해주세요"라고 말하는 재희를 난감한 얼굴로 바라보던 건우는 설득 따위는 포기하기로 마음먹었다. 어떻게든 선정 앞에 재희를 데리고 가야만 했다. 건우는 차선을 1차선으로 이동하며 속도를 조금 더 높였다. 그러자 룸미러로 건우의 차 바로 뒤를 따라오던 검은색 벤츠가 건우를 따라 이동하는 게 보였다. 속력도 딱 건우의 차만큼 빨라졌다. 건우는 살짝 의아했지만 '설마' 하고 단정 짓고 운전에, 그리고 혼잣말을 하는 재희에게 정신을 집중했다.

"하지만 말했듯이 어떤 사고가 일어날지 몰라요. 칼에 찔릴 수도, 추락할 수도 있죠."

"그, 그럼 아무도 없는 집에 있으면 될까요?"

"아무리 안전한 곳에 있더라도 사고는 일어나요. 만약 집에 혼자 있다면 건물이 붕괴하거나, 가스가 폭발할 수도 있어요. 그렇게 되면 그 어떤 영혼도 담을 수 없을 정도로 외상은 심할 거예요. 다른 누군가가 다칠 수도 있고요. 가령, 당신 옆의 남자라든가."

"그럼 어떻게 해야 하죠?"

재희가 목소리의 말을 끊고선 다급하게 물었다.

"하지만 죽음의 힘에도 한계는 있습니다. 천재지변은 힘들다는 뜻이죠. 그것은 인간 또는 동물의 정신, 그리고 인간이 만들어놓은 불완전한 물건들에 영향을 미쳐 죽음을 일으켜요. 당신은 그것의 힘이 가장 미치기 어려운 곳에 가 있어야 합니다. 그리고 가장 중요한 건……"

"……?"

"두 영혼이 모두 빠져나가기 전에 육체의 구멍을 메워야 한다는 거예요. 그럼 행운을 빌어요."

그 말을 끝으로 목소리는 또다시 홀연히 자취를 감췄다. 순간 재희는 무의식적으로 현재 시각을 확인했다. 저녁 8시. 그러니까, 네 시간 후면 자정이었다.

'네 시간……!'

재희의 숨이 가빠왔고, 주위 공기가 급속하게 희박해져갔다. 재희가 지금 할 수 있는 일은 목소리가 말한 '영혼이 빠져나가는 육체의 구멍'을 빨리 메울 수 있는 방법을 찾는 일이었다. 두 영혼이 모두 몸에서 빠져나가지 않도록.

재희는 여전히 운전대를 잡은 채 걱정스러운 눈빛으로 자신을 흘긋거리는 건우를 향해 재빨리 부탁했다.

"나랑 네 시간만 같이 있어줘요! 무슨 일이 있어도."

"……대체 무슨 일인데?"

갑작스러운 재희의 부탁에 당황한 건우가 갓길에 차를 세우며 되물었다. 차가 멈춘 순간 재희의 머릿속에 무언가가 스쳐 지나갔다.

앞으로 네 시간 동안 이대로 재희가 깨어 있을지 아니면 민아로 변할지 지금의 재희로서는 알 수 없었다. 하지만 민아가 재희의 말을 믿는다는 가정하에, 또 목소리의 말대로 민아가 변하는 방법을 알고 있다는 가정하에 생각한다면, 네 시간 후 즉, 사고의 순간에 재희 자신의 의식이 깨 있을 가능성은 매우 높았다.

재희는 생각했다. 어쨌거나 사고 당시 자신이 깨어 있을 수만 있다면 사고를 최소화하는 동시에, 최대한 빨리 병원으로만 이송된다면 자신은 살아남을 수 있을 거라고. 그러기 위해서는 분명 누군가의 도움이 필요했다. 그리고 그건 이 믿을 수 없는 상황을 알고 있는 건우가 가장 적합했다.

하지만 재희가 입을 열려고 하는 순간 커다란 의문들이 그녀의 입을 가로막았다.

'그에게 거짓말을 해야 하는 걸까? 아니면 진실을 말해야 하는 걸까? 민아 씨에게 했던 것과 같이 거짓말을 했는데도 건우 씨가 날 돕는다면? 내가 사라져도, 아니 죽어도 괜찮다는 걸까? ……
그렇지만 진실을 말했다가 민아 씨가 깨어나서 둘이 이 사건에
대해 이야기하면 어떻게 되는 거지?'

짧은 순간에 재희의 머리는 폭발할 정도로 혼란스러워졌다. 죽음과 함께 딸려온 수많은 문제가 그녀의 사고를 마비시켰다. 하지만 잠시 후, 그 모든 혼란은 이성과 연결된 끈이 뚝 하고 끊어지면서 폭풍 후의 바다와 같이 잔잔해졌다. 재희의 본능은 말하고 있었다. '일단 살아야 해……!'

재희는 어제 오늘 목소리에게서 들은 이야기를 최대한 조리 있고 차분하게 건우에게 설명했다.

재희는 건우가 자신의 이야기를 믿지 않을 것이라고는 손톱의 때만큼도 의심하지 않았다. 하지만 그건 착각이었다. 지금 재희가 내뱉은 말은 SF 혹은 호러소설 마니아조차 믿어줄지 의심스러운 이야기들이었다.

"재희야."

건우가 재희를 불렀다. 심각한 눈빛으로 재희를 바라보았다. 재희가 고개를 끄덕였다.

"내 말 잘 들어. 오해하지 말고……"

"……?"

"재희 넌 어쩌면…… 민아에게서 파생된 또 하나의 인격인지도 몰라. 혹시…… 해리성 정체 장애라고 들어본 적 있어?"

생각지도 못한 건우의 말에 재희는 알베르 카뮈의 『이방인』에

등장한 아랍인처럼 쨍쨍한 태양 아래 아무런 예고도 없이 총에 맞은 것과 같은 커다란 충격에 휩싸였다.

해리성 정체 장애라니. 건우는 자신의 말을 믿지 않고 있었다. 아니, 애당초 믿고 있지 않았을지도 모른다. '믿을 수 없는 일'을 믿을 수 있는 사람은 오직 그것을 경험한 당사자뿐이라는 민아의 말이 맞았다.

재희의 온몸 가득 건우를 향한 뜨거운 배신감이 치밀어 올랐다.

"내 말을 전혀 믿지 않고 있었군요!"

건우는 언성을 높이는 재희의 모습에 적잖게 당황했다. 지금만큼은 재희와 민아의 모습이 오버랩됐다.

"아냐, 믿어. 하지만…… 하지만 말이야 난, 네 말 전부를 믿진 않아. 아니, 네 말은 믿는데, 네가 알고 있는 것들이 전부 사실은 아닐 수 있다는 이야기야."

"결국은 믿지 못한다는 이야기네요."

건우는 재희의 말을 부인하지 않았다. 단지 난감한 얼굴로 재희를 바라볼 뿐이었다. 순식간에 재희는 한없는 고독에 빠졌다. 자신의 말을 온전히 믿어주는 사람은 세상에 오직 한 사람뿐이었다. 그건 아이러니하게도 이 상황을 공유하고 또 이 상황에 대해 터놓을 수 있는 유일한 동지이자, 하지만 서로 죽여야만 자신이 살 수 있는 적군과도 같은 존재, 바로 민아였다.

"됐어요. 믿지 못한다면 필요 없어요."

재희가 그렁그렁한 슬픈 눈으로 건우를 바라보며 차갑게 쏘아붙였다. 그리고 오른손을 뻗어 차 손잡이를 열었다. 건우가 재희의 팔을 움켜쥐며 다급하게 말했다.

"지금 너에게 필요한 내 도움은 선정에게, 아니 병원에 가서 함께 검사를 받는 거야."

"난 아픈 게 아니에요. 이거 놔요!"

재희는 건우의 손을 뿌리치고 결국 차에서 내렸다. 건우가 깊은 한숨과 함께 따라 내리려는 찰나, 계속 건우의 차를 뒤따라오던 검은색 벤츠가 건우의 차 앞을 막고 섰다. 차 문이 열리더니 검은 양복을 입은 사내 여럿이 우르르 내렸다. 그중 두 남자가 쏜살같이 재희에게 다가가 재희 양옆으로 팔짱을 꼈다. 그리고 마치 범인을 강제 연행해가듯 재희를 끌었다.

"누, 누구세요?"

재희가 갈라지는 목소리로 외쳤다.

남자 둘이 눈빛을 마주치더니, 한 남자가 낮은 목소리로 말했다.

"저희와 함께 가주셔야겠습니다."

14 chapter

이곳이 사막인 이유

"저희와 함께 가주셔야겠습니다."

"어디로요? 아, 아니, 당신들은 누군데요?"

남자들을 향해 소리치는 재희의 목소리엔 갑작스레 다가올 죽음에 대한 두려움이 묻어나 있었다.

"가보시면 알게 됩니다."

재희는 무의식적으로 남자의 손목에 차여 있는 시계를 바라보았다. 8시 10분. 목소리가 말한 자정까지는 아직 세 시간 50분이나 남았다. 즉, 죽으려면 아직 멀었다.

"재희야!"

재희는 건우가 부르는 소리에 있는 힘껏 뒤를 돌아보았다. 그곳에는 갑작스러운 광경에 당황한 나머지 어쩔 줄 몰라 하는 한 남자가 서 있었다. 아마 오늘은 그의 인생에서 절대로 잊을 수 없는 날이 될지도 몰라, 재희는 생각했다. 더군다나 얼마 후 목소리가 예고한 일이 실제로 일어난다면…… 그러면 건우는 자신을 믿어줄 수밖에 없을 거라고도 생각했다. 그땐 건우가 재희가 말한 모든 것을, 그리고 '믿을 수 없는 일'을 알게 되는 유일한 사람이 될 것이었다.

비밀을 아는 한 사람이 가고 새로운 사람이 나타난다. 세상은 그렇게 흘러가는 법이다. 인간은 그렇게 외롭기만 한 존재는 아니다.

차 앞에 멈춰 선 사내들이 재희를 머리부터 차 안으로 밀어 넣었다.

"당신들 누구야!"

그제야 정신을 차린 건우가 온힘을 다해 벤츠 앞으로 달려왔고, 사내들 중 한 명이 그의 어깨를 막고 붙잡았다.

"당신들 뭐냐니까?"

건우가 빠져나오려 애썼지만 건우의 어깨를 잡은 남자의 손은 마치 롤러코스터의 안전띠마냥 단단해 꿈쩍할 수가 없었다.

"당신들 뭐냐고!"

건우의 눈에 핏발이 섰다. 남자는 건우의 그런 눈을 바라보며 어쩔 수 없다는 듯 조용히 말했다.

"서둘러 민아 씨를 회사로 데리고 오라는 이 회장님의 지시입니다."

예상치 못한 대답을 들은 건우의 눈이 번쩍 빛났다.

"회장님이? 그래도 이렇게 사람을 납치하는 건 예의가 아니지."
"저희는 단지 이 회장님 지시에 따를 뿐입니다. 그냥 모른 척 물러서 주십시오."
"그렇겐 못하겠는데?"
건우가 기합을 넣듯 힘껏 소리치며 반격했다. 하지만 남자는 수년간 충분히 단련된 몸과 기술로 가뿐히 건우를 제압한 후, 건우의 팔을 잡고는 건우의 뒤로 돌아섰다. 건우는 꺾인 팔에서 오는 격한 통증에 신음을 냈다. 건우의 팔을 꺾은 채 뒤에서 붙잡고 있던 사내는 차를 향해 고개를 끄덕였다. 그러자 건우와 건우의 팔을 꺾고 있는 남자만을 덩그러니 남기고 벤츠는 붕 소리를 내며 튕기듯 출발했다.
순간 건우가 있는 힘껏 고개를 뒤로 쳐들었다. 쿵, 건우는 자신의 뒤통수에서 느껴지는 둔탁한 충격에서 자신의 뒤통수가 남자의 코끝과 강렬히 충돌했다는 것을 알 수 있었다. "윽!" 사내는 외마디 비명을 지르며 건우를 잡고 있던 팔로 자신의 코를 감쌌다. 상처 부위를 2차 충격으로부터 보호하는 행동은 다년간의 훈련에도 불구하고 거스를 수 없는 인간의 본능이었다. 건우는 뒤도 돌아보지 않고 자신의 차를 향해 뛰었다. 건우가 차에 들어가 시동을 걸었을 때야, 차창을 통해 양손으로 피가 쏟아지는 코를 부여잡고 온갖 상스러운 말을 쏟아내며 자신의 차를 향해 뛰어오는 남자를 볼 수 있었다. 건우는 기어를 D로 바꾸고 있는 힘껏 액셀을 밟아 방금 전 출발한 벤츠의 뒤를 쫓기 시작했다.

민아의 아버지가 민아를 납치한 건 딸에게 이상을 감지했기 때문일 수도 있었다. 그리고 이 회장은 딸의 병보다 그것이 자신에게 끼칠 세간의 이목을 더욱 두려워할 인간이었다. 적어도 건우의 눈에는 그렇게 보였다.

더군다나 지금 민아의 몸을 장악한 것은 재희의 인격이었다. 만약 다급해진 재희가 민아의 아버지에게 자신의 상황을 곧이곧대로 고백해버린다면, 그 파장은 정확히는 알 수 없겠지만 거대할 것임이 분명했다.

건우는 민아의 아버지가 그녀에게 끼칠 해가 두려웠다.

'재희가 이 회장을 만날 땐 나도 함께 있어야 해.'

건우는 있는 힘껏 액셀을 밟았다. 점차 저 멀리 그녀를 납치해 간 벤츠가 보이기 시작했다. 차는 어느새 한강의 어느 다리를 건너고 있었다. 건우도 그 다리를 타기 위해 미끄러지듯 고가를 탔다.

재희는 조수석에 달려 있는 사이드미러를 통해 뒤에서 바짝 따라오고 있는 건우의 차를 발견했다. 그때 재희의 가방에서 핸드폰 벨소리가 들리기 시작했다. 재희는 반사적으로 옆에 앉은 남자의 눈을 쳐다봤고, 남자는 짧고 간결하게 '받지 마십시오' 하고 말했다.

재희는 운전석 앞에 있는 계기판으로 시선을 옮겼다. 계기판의 속도계는 시속 80킬로미터를 가리키고 있었다. 재희는 다시 창문 밖을 보았다. 자신이 탄 차는 3차선으로 달리고 있었고, 갓

길에는 차가 한 대도 보이지 않았다. 긴 간격을 두고 심어져 있는 가로수는 달리고 있는 차의 속력을 실제보다 느리게 느끼게 만들었다. 옆에 앉은 두 남자는 아무 표정 없이 앞만을 주시하고 있었다. 재희의 팔짱에 껴져 있던 남자의 팔은 이미 풀린 지 오래였다.

재희는 이들이 누구인지 알지 못했다. 하지만 확실한 건 만약 이들에게 납치된 상황에서 죽음의 순간을 맞는다면 육체의 구멍을 막는 일은 쉽지 않을 것이다. 즉, 무기력하게 죽음을 맞이할 가능성이 높다는 것이다.

그때였다. 벤츠 앞을 달리던 봉고차 한 대가 휘청거리더니 급브레이크를 밟았다. 덩달아 재희가 타고 있는 벤츠 또한 급브레이크를 밟았고, 시속은 40킬로미터까지 뚝 떨어졌다. 순간 재희의 머릿속에 '정확히 네 시간 후, 죽음이 도착할 거예요'라고 말하던, 목소리의 말이 떠올랐다. 그 말은 곧, 그 시간 전에는 죽지 않는다는 말이었다.

재희가 오른쪽에 앉은 남자의 팔을 있는 힘껏 물었다. 그리고 그가 비명을 지르는 사이 문의 잠금장치를 풀고 손잡이를 당겨 힘껏 밀었다. 바깥바람이 휘몰아치듯 차 안으로 들어왔다. 텁텁하고 뜨거운 히터 바람으로 가득 차 있던 차 안의 공기와는 다르게 시원하고 상쾌했다. 재희는 질끈 눈을 감고 서늘한 공기 속으로 몸을 날렸다.

눈으로 보고도 믿기 어려운 돌발 상황은 너무나도 순식간에 일어나, 사내들은 달리는 차 안에서 갓길을 데구루루 구르고 있는 재희를 넋 놓고 바라볼 뿐이었다. 사내들 중 하나가 소리를 질렀다.

"당장 세워!"

다행히 재희는 정신을 잃지 않았다. 하지만 몸을 일으킬 힘은 없었다. 그런 재희의 앞으로 건우의 차가 섰다.

"미쳤어?"

건우가 차에서 뛰어내리며 소리쳤다. 실랑이를 벌이고 있을 틈이 없었다. 저만치 앞에서 차를 세운 벤츠 문이 열리며 사내들이 내렸다. 그들은 100미터 달리기의 결승점이 재희인 것인 양 전속력으로 달려오고 있었다.

"일단 타자."

건우가 재희를 번쩍 들어 올려 자신의 차 조수석에 태웠다. 그리고 빠르게 운전석에 올라타 힘 있게 액셀을 밟았고, 보기 좋게 사내들의 옆을 바람처럼 스쳐 지나갔다.

"미쳤어?"

건우가 사이드미러를 통해 점점 멀어지는 벤츠를 바라보며 다시 한 번 말했다.

"말했잖아요. 죽는 건 네 시간 후라고. 그러니까, 지금은 죽지 않아요."

어이없는 재희의 밀에 건우는 날을 잃고 그녀를 빤히 바라보았다.

"제발 나를 좀 믿어줘요."

그렇게 말하며 자신을 바라보는 재희의 눈동자에는 일말의 흔들림조차 없었다. 또한 그 속에 담긴 진심은 너무나 진중하고 진지해 거짓 또한 진실로 믿게 만들 수 있는 힘을 가지고 있었다. 결국 건우는 모든 이성과 합리성을 뒤로하고 믿을 수 없는 이 일을 일단 믿어보기로 했다. 그 결심에는 방금 전 차에서 뛰어내린 재희의 믿을 수 없는 행동 또한 한몫 거들었다.

"……상처부터 치료하자."

건우가 재희의 무르팍에 뜯어진 스타킹 사이로 번지는 피를 보며 말했다. 다행히 더는 룸미러에서도, 사이드미러에서도 그들을 쫓던 벤츠는 보이지 않았다.

로펌 헌정, 이주승 집무실

"뭐? 차에서 뛰어내렸다고? 도대체 일을 어떻게 처리하는 거야!"

붉게 단 얼굴의 이주승이 핸드폰에 대고 버럭 소리를 질렀다.

"당장 다시 찾아 데려와."

"근데 그게, 이민아 변호사님과 함께 계시던 남자분이 쫓아와 변호사님을 데리고 사라지셨습니다."

"어떻게든 내 앞으로 끌고 와!"

그렇게 말한 이주승은 책상 위로 핸드폰을 집어던졌다. 그리고 튕기듯 의자에서 일어나 씩씩대며 집무실 안을 서성거렸다.

이주승은 지금 자신의 하나뿐인 딸이 달리는 차에서 뛰어내렸다는 소식을 듣고도 자식의 안위보다는, 민아가 가지고 있을지도 모를 다른 무언가가 더욱 염려되고 불안해 미칠 것만 같았다.

오늘 아침 이주승은 로펌과 관련된 기밀 자료를 찾기 위해 자신의 서재 안에 비치된 금고의 비밀번호를 눌렀다. 육중한 문이 열리며 그를 파멸로 이끌 수도 있는 문서들이 모습을 드러냈다. 그때까진 평소의 평일 아침과 다를 바 없었다. 하지만 금고 문을 닫으며 우연찮게 턱시도를 넣어둔 박스로 시선이 향하는 순간 자신의 눈을 의심했다. 박스가 오른쪽으로 살짝 비뚤어져 있었다. 이주승은 병적으로 더러운 것, 비뚤어진 것, 원래와 같지 않은 것을 혐오하는 사람이었다. 그런 자신이 저따위로 박스를 놓았을 리 없었다. 게다가 저 박스는 자신이 이렇게 성장한 데에 대한 일종의 징표와도 같은 것으로 절대 함부로 열어보지조차 않는 것이었다.

서재에 들어올 수 있는 사람은 이주승 자신과 일하는 아주머니, 그리고 민아뿐이었다. 당연히 일하는 아주머니는 금고의 비밀번호를 알 리 없었다. 민아 또한 마찬가지였다. 불현듯 이주승의 머릿속에 회사의 기밀 자료 하나를 민아에게 보여주기 위해 민아 앞에서 금고 문을 열었던 기억이 떠올랐다.

"설마……"

이주승은 서둘러 박스를 꺼냈다. 그리고 아버지의 유서를 보관해놓은 주머니를 뒤졌다. 그것은 더 이상 그곳에 자리하지 않았다.

얼굴이 새파랗게 질린 이주승은 한달음에 서재에서 빠져나가 2층으로 올라갔다. 그리고 노크 없이 민아의 방문을 벌컥 열었다. 누군가가 움직이고 있었지만, 그건 민아가 아니라 민아 방을 청소하고 있는 아주머니였다. 아주머니의 말에 따르면 민아는 아침 일찍 집을 나섰다고 했다.

이주승은 곰곰이 생각했다. 민아가 아무 정보 없이 금고를 열어 턱시도 주머니를 뒤지고 유서를 가져갔을 리는 없었다. 분명히 비밀을 알고 있는 누군가가 민아에게 알린 것이었다. 그리고 그 누군가는 이미 세상에서 사라진 민아의 엄마 유은희였을 것이다.

이주승은 섣불리 민아에게 전화하는 행위는 하지 않았다. 민아에게 생각을 정리하고 거짓말을 준비할 시간을 줄 수는 없었다.

사람을 시켜 자신이 지시한 일인지 모르게 민아를 데리고 오게 했다. 자신의 딸이니만큼 그녀에 대해 잘 알고 있었으므로 상황에 따라 무력을 사용하는 것도 허락했다. 아무것도 모르는 제삼자의 입장에서 본다면 이는 분명한 납치였다. 이주승은 이 과정에서 민아가 상해를 입거나 정신적 충격을 받아도 어쩔 수 없다고 생각했다. 한 번 부러졌던 뼈는 더욱 단단하게 붙고 상처는 인간을 더더욱 강하게 만든다. 좌절과 배반, 차별로 점철된 삶을 살았어도 이토록 높은 지위까지 올라온 자신이 그것에 대한 증거였다.
 하지만 그것이 잘못된 생각이란 걸 그는 미처 모르고 있었다. 부러진 뼈가 더욱 단단하게 붙고 상처 입은 인간이 더더욱 강해질 수 있는 건, 주변의 관심과 사랑이 존재하기 때문이다. 만약 그것이 없다면 부러진 뼈는 기형이 되고 상처 입은 인간은 괴물이 될 뿐.

대치동 파크 하얏트 호텔, 파크 스위트 룸
 창가 쪽에 위치한 킹사이즈의 침대 위에 약간은 넋이 나간 듯 보이는 재희가 혼자 덩그러니 앉아 있다. 재희는 이제야 자신이 달리는 차 안에서 뛰어내렸다는 사실이 실감 났다. 그러자 등 뒤로 오소소 소름이 돋았다.
 하지만 근육이 조금 놀랐을 뿐 상처는 무릎이 까진 다리와 살짝 찢어진 팔꿈치가 전부였다.
 덜커덕 소리와 함께 문이 열리더니, 손에 약 봉투를 든 건우가 모습을 드러냈다. 건우는 별말 없이 재희 앞에 털썩 앉았다. 그리고 한참을 난감한 표정으로 스타킹을 신은 재희의 상처 입은 다리를 바라보더니 "잠시, 실례할게" 하고 말했다. 그가 재희의 다리를 쓰윽 자신의 앞으로 당겼다. 하마터면 발라당 뒤로 나자빠질 뻔한 재희가 당황한 얼굴로 건우의 손에 잡힌 다리를 빼내려 했지만, 그는 놔주지 않았다.
 "가만히 좀 있어봐."

그렇게 명령하듯 말한 건우는 약 봉투를 거꾸로 들더니 탈탈 털었다. 의료용 가위, 거즈, 밴드, 소독약, 봉합 테이프 등이 와르르 침대 위로 쏟아졌다.

건우는 재희의 뜯어진 스타킹 사이로 가위를 밀어 넣어 상처 부위를 잘라냈다. 이미 피딱지가 들러붙은 스타킹이 재희의 눈살을 찌푸리게 만들었다. 건우는 그 위에 소독약을 조심스레 부었다.

"아! 아얏!"

결국 쓰라린 통증을 참지 못한 재희는 짧은 신음을 흘리며 한 껏 얼굴을 일그러뜨렸다.

"엄살은."

건우는 피식 미소 지으며 살살 스타킹을 떼어낸 후, 새 솜에 소독약을 묻혀 다시 한 번 재희의 상처 난 무릎을 문질렀다. 그리고 거즈로 피와 소독약 등으로 지저분해진 부위를 부드럽게 닦아냈다. 마지막으로 적당한 크기로 잘라낸 밴드를 상처 부위에 꼼꼼히 붙였다.

하지만 팔꿈치에 난 상처는 꽤나 깊은 데다 틈까지 벌어져 있어 흉터를 남기지 않기 위해서는 성형외과에서 봉합해야 할 것 같았다. 건우는 아까처럼 상처를 깨끗하게 소독한 다음, 벌어진 부분을 조심스럽게 모아 봉합 테이프를 붙였다.

건우가 유학 시절 활동하던 미식축구 동아리에서 몸에 익힌 응급처치가 유용한 순간이었다.

"수술 끝! 하지만 오른쪽 팔꿈치에 있는 상처는 병원에 가서 예쁘게 꿰매야 할지도 몰라. 지금은 임시로 봉합 테이프를 붙여놨어. 뭐, 그건 12시 지나서 생각하자고!"

건우가 만족스럽다는 듯 손을 탈탈 털며 말했다. 재희가 어이없는 웃음을 흘렸고, 건우 또한 머쓱하게 미소 지었다. 하지만 웃음이 끊기자, 침묵은 이미 정해진 운명처럼 방 안을 무겁게 감싸 안았다.

잠시 후 조용히 침묵을 몰아낸 건 건우였다.

"믿어볼게."

"……어?"

재희가 잘못 들었다는 듯 동그랗게 눈을 뜨고 건우를 바라보았다. 건우는 다시 한 번 재희의 눈을 정확히 응시하며 나지막한 목소리로 말했다.

"재희 니 말 믿어본다고. 옆에 있어줄게. 그 시간까지."

건우의 그 말이 재희의 귓가에 울려 퍼지는 순간 재희는 말로 형용할 수 없는 울컥한 감정에 휩싸였다. 사랑하는 남자가 내 말을 믿어준다. 이제 이 세상에 재희의 말을 믿어주는 사람이 한 명 더 생긴 것이다. 게다가 그 사람은 재희와 적도 아니고 무언가를 위해 투쟁해야 하는 상대도 아니었다. 건우는 재희가 이 세상에 살아남는다면 평생을 함께하고 싶은 단 한 사람이었다.

재희는 마치 죽음의 사막을 홀로 헤매다 사랑하는 사람을 만난 듯한 기분이었다. 불현듯 생텍쥐페리의 『어린 왕자』가 떠올랐다. 해석에 따르면 어린 왕자가 있던 곳은 사막이 아니었다고 했다. 어린 왕자는 우리가 살고 있는 도시와 같이 수많은 사람이 있는 어느 곳에 떨어진 것이다. 그렇지 않다면 장미 백 송이를 볼 수 없었을 것이다. 하지만 어린 왕자를 믿어주고 이해해주는 사람이 아무도 없었기에 그곳은 사막이었다. 자신을 믿어주고 이해해주는 이 하나 없는 곳은 아무리 큰 대도시라 할지라도 사막과 다름없다고 재희는 생각했다.

하지만 더 이상 재희는 혼자가 아니었다.

"그러니까 내가 어떻게 해야 하는지, 아니 우리가 어떻게 해야 하는지 생각해보자. 대신, 만약 재희 니가 말한 사고가 일어나지 않는다면."

건우가 무슨 중요한 학설을 검증하는 것마냥 진지하게 말했다. 하지만 갑작스럽게 주위 공기가 희박해짐을 느낀 재희에게 건우의 목소리는 물 속에 있을 때처럼 멍하게 들릴 뿐이었다.

"그러면…… 그때는 나와 함께 병원에 가줘."

하지만 건우의 마지막 말은 결국 재희에게 닿지 않았다.

민아가 눈을 떴다. 호텔방. 건우. 찢어진 스타킹. 침대 위에 어질러져 있는 의료 도구. 그리고 온몸 구석구석에서 느껴지는 아찔한 통증.

민아는 도무지 상황 파악이 되지 않았다. 그렇지만 건우에게 '이게 어떻게 된 상황이냐' 하고 묻지 않았다. 아니, 물을 수 없었다.

다만 말없이 가방 속에서 핸드폰을 꺼내 날짜와 시간을 체크했다. 할아버지의 유서를 읽다 정신을 잃은 후 만 하루가 안 되는 시간이 흘러 있었다. 민아는 핸드폰을 켠 김에 재희와 편지를 공유하는 폴더로 들어갔다. 그리고 건우가 눈치채지 못하게 그것을 쓰윽 훑는 순간 낯빛이 새파랗게 바뀌었다.

'곧, 어떤 사고로 민아 씨가 죽을 거래요.'

"잠깐 나 화장실 좀 다녀올게."

민아가 침대에서 벌떡 일어나며 말했다. 하지만 건우가 민아의 손목을 낚아채듯 잡아 끌었다.

"무슨 짓이야?"

자신이 사랑하는 남자가 윤재희와 함께 호텔에 머물러 있다는 상황에 이미 머리끝까지 화가 난 민아가 앙칼지게 소리쳤다. 그런 민아를 이해한다는 듯 물끄러미 바라보던 건우가 잠시 머뭇거렸다. 하지만 결국 결심한 듯 굳게 다물었던 입술을 조심스레 떼며 말했다.

"나 알고 있어."

"······뭘?"

"이민아, 그리고······ 윤재희."

민아의 눈빛이 흔들렸다.

"알고 있다고. 지금 민아 네 안에 또 다른 인격이 살고 있다는 걸."

그 순간 민아의 다리가 풀리며 침대 위로 쓰러지듯 주저앉았다.
건우는 민아에게 어젯밤 들은 재희의 고백, 불과 몇 시간 전 재희가 말한 오늘 일어날 죽음, 방금 이주승이 민아를 납치하려 했던 상황, 그리고 그때 생긴 상처 때문에 이곳에 왔다는 것까지 찬찬히 세세하게 설명했다.
재희가 달리는 차에서 뛰어내렸던 일에 대해 말할 때, 민아는 자신의 온몸 구석구석을 살폈다. 그리고 무릎과 팔꿈치에 난 상처를 발견하자마자 자신의 소중한 것을 함부로 다룬 재희에게 분노와 증오가 일었다.
건우의 이야기가 끝난 후 민아는 약간은 싸늘한 표정으로 건우에게 말했다.
"아버지가 날 왜 납치하려 했는지, 그건 짐작해. 근데 넌 윤재희의 말을 믿어?"
"……어떤 말?"
"윤재희가 말한 모든 것. 사고, 목소리, 빙의, 그리고 오늘 생길 거라는…… 일."
"민아 넌…… 믿어?"
민아는 한참을 말없이 고민에 빠졌다. 그러더니 무언가를 결심한 듯 입술을 지그시 깨물고는 핸드폰에서 재희의 사고 기사를 찾아 보여줬다. 건우의 표정이 일순간 충격에 휩싸였다.
"난 윤재희라는 여자와 단 한 번도 만난 적 없는 사이야. 그날 병원에서 마주친 게 전부라고."

"……"

"넌 당연히 해리성 정체 장애라고 생각하겠지. 나도 처음엔 그걸 의심했으니까. 아니, 차라리 그게 나았을지도 몰라. 그건 치료를 받으면 나을 수도 있는 일종의 병이니까."

"……"

"하나만 물을게. 뭐, 아무래도 건우 네가 나보다 윤재희에 대해 더 잘 알 것 같으니까."

그렇게 말하는 민아의 눈동자 속에 얼핏 질투가 비쳤다. 그리고 그건 건우도 느낄 수 있었다.

"말해봐. 민아 네가 궁금해하는 게 뭔지."

"내가…… 윤재희를 믿어도 된다고 생각해?"

"그게 무슨 말이야?"

"너도 윤재희에게 들어서 알고 있잖아. 오늘 밤 내가 죽을지도 모른다는 거."

"……"

건우는 윤재희의 트럭 사고와 관련된 기사를 보고서도 빙의에 대해 회의적이었다. 아니, 솔직히 믿지 않았다. 그래도 일단 민아를 믿는다고 안심을 시키고 나서 자정에 아무 일도 일어나지 않는다면, 그땐 어떻게 해서든 병원에 데리고 가기로 결심했다. 그것이 지금 건우가 민아를 위해 할 수 있는 최선이었다.

"건우 너한테는 어떻게 말했을지 모르겠지만, 나에게는 그때 깨어 있는 영혼이 죽고 잠들어 있는 영혼이 살아남을 거라고 했어."

"사건 당시 상처는 최소화되어야 하고, 또한 최대한 빨리 응급실로 가야 한다고."

건우가 민아의 말을 이어 말했다.

"그래. 내가 윤재희를 믿어도 될까? 윤재희의 말에 내 목숨을 걸어도 될까?"

뜻밖의 질문 앞에 선 건우는 잠시 당황했다. 하지만 민아의 표정은 그 어느 때보다 진지했다. 생각해보니, 민아에겐 이것이 생사의 갈림길이나 다름없었다. 일단 믿기로 한 이상 건우는 최대한 진지해지기로 결심했다.

"생각해볼게."

건우는 지금껏 재희와 만나 있었던 일들을 하나하나 차례대로 떠올렸다.

민아는 건우의 대답을 기다리는 동안 '만약 내가 사라지고 윤재희가 내 몸을 차지하게 된다면 어떻게 해야 할까'에 대해 가만히 눈을 감고 생각했다. 도대체 이런 비이성적이고 비합리적인 일의 종착점은 어디일까?

민아는 눈을 떴다. 아니 섬광처럼 지나간 하나의 생각이 민아의 눈꺼풀을 벌렸다. 그 생각은 너무나 폭력적이고 자기 파괴적이며 또한 기발하여 그녀의 심장과 손발을 순식간에 얼음처럼 차갑게 만들었다. 비록 최후의 수단이긴 하나, 그것은 분명 그녀의 마지막 가는 길만은 억울하지 않게 만들어줄 수 있었다.

쓰레기들을 직접 자신의 손으로 죽여버리고, 재희를 평생 감옥에서 살게 하는 것.

평생을 지옥 속에 갇혀 살아오며 힘겹게 이루어낸, 손끝으로 간신히 쥐고 있는 모든 것들을 난데없이 나타난 윤재희란 여자가 앗아 가게 내버려 둘 순 없었다.

거기엔 물론 건우도 포함돼 있었다. 민아가 어떤 선택을 할지는 지금 건우가 내린 답에 의해 크게 좌지우지될 것이었다.

건우가 답을 내렸다는 듯 민아를 바라보았다. 그리고 가만히 고개를 끄덕였다.

"······그건 믿어도 된다는 뜻이야?"

"어. 믿어도 될 것 같아. 내가 본 윤재희는 거짓말을 할 사람은 아니었어."

건우가 또박또박 자신의 말에 확신을 담아 말했다. '내가 본 윤재희는 거짓말을 할 사람은 아니었어.' 건우의 입에서 흘러 온 그 말에 민아는 적잖이 충격을 받았다. 하지만 그런 감정들을 애써 숨긴 후, 자기 자신에게 말하듯 건우에게 말했다.

"그래. 넌 윤재희를 믿고······ 그리고 난······ 건우 너를 믿어. 그러니까 난 윤재희가 한 말을 믿어야 할 것 같아."

민아는 시계를 확인했다.

10시 30분. 자정까지는 정확히 한 시간 반이 남아 있었다.

민아는 건우가 재희를 믿는다는 말에 방금 전 생각했던 자기 파괴적인 방안은 일단 잊기로 했다. 하지만 만에 하나 모르는 일이었다. 혹시나 일이 잘못돼 자신이 죽는다면, 그전에 꼭 짚고 넘어가야 할 일이 있었다.

"잠깐, 나 통화 좀 할게."

심각한 얼굴의 민아가 침대에서 벌떡 일어서며 말했다. 가방에서 핸드폰을 꺼내 들더니 삼성역 일대가 훤히 내려다보이는 창가로 이동했다. 하지만 자신을 빤히 바라보고 있는 건우의 시선이 부담스러워 다시 화장실 쪽으로 방향을 틀었다.

건우는 화장실 안으로 사라지는 민아를 불러 세우려다 가까스로 참았다. 그녀에겐 잠시 혼자 있을 시간이 필요했다. 그리고 그건 건우 또한 마찬가지였다.

건우의 머릿속에서 수많은 단편적인 생각들을 승객처럼 태우고 달리는 '사고의 열차'가 달리기 시작했다. 열차는 중간 중간 역에 설 때마다 여러 생각들을 태웠다. 그리고 그 생각들은 서로의 의견을 내세우며 토론했다. 종착지에 대해. 그렇게 한참을 달리던 열차가 드디어 종착지에 도착했다. 종착지에 있던 결론은 단순했다.

'민아나 재희가 아닌 그녀를 지켜주자. 영국의 철학자 흄의 말대로 인간은 '기억에 의해 형성된 관념의 다발'이다. 우리는 자신을 하나의 인격체로 간주하지만 사실은 그렇게 보일 뿐이다. 우리는 화가 났을 때, 행복할 때, 질투를 느낄 때 등 상황에 따라 다른 행동 양식을 보이지 않는가. 그녀는 단지 그 차이가 아주 큰 것뿐이다. 그녀는 지금 그녀 자신이나 타인들이 그녀를 두 사람이라고 느끼게 만드는 상태일 뿐 그녀는 여전히 그녀일 뿐이다.'

그가 해야 할 일은 단 하나였다. 그녀를 세상으로부터 지켜야 한다. 그녀가 다시 세상에 적응할 수 있도록 도와야 한다.

건우는 이 모든 생각들을 마음의 땅에 심고 물을 주었다. 그리고 빠르게 뿌리가 퍼져나가도록 열심히 가꾸었다.

화장실 안으로 들어가 문을 걸어 잠근 민아는 누군가에게 전화를 걸었다. 백 형사였다.

"네, 변호사님."

다행히 백 형사가 한 번에 전화를 받았다.

"어제 말씀하신 사건의 배후라는 사람에 대해 알려주셔야겠습니다."

"죄송하지만 지금은 알려드릴 수 없습니다. 아직 확실하지가 않거든요."

"그래요? 그럼 어쩔 수 없네요. 제가 급한 일이 생겨서 저만의 방식으로 그냥 처리하기로 했거든요."

"당신만의 방식이라는 게……"

"법의 힘을 빌리지 않고 직접 죽여버린다는 뜻이에요."

"그건……"

백 형사가 적잖이 당황했다. 민아는 그때를 놓치지 않고 한 번 더 일침을 가했다.

"어쩔 수 없잖아요. 시간은 없고 배후는 모르는데, 제가 직접 헤치울 수밖에."

백 형사는 한동안 침묵하더니, 나지막한 한숨과 함께 말했다.

"제가 알려드리면 어쩔 생각이십니까."

"배후에게 찾아가 물어봐야죠. 나한테 왜 그랬냐. 뭐가 불만이었냐. 그리고 대답을 들어보고 생각해야죠. 어쨌거나, 전 지금 한시가 급합니다. 백 형사님이 그런 제 사정을 이해해주셨으면 해요."

"어리석은 행동을 하시는 건 아니겠죠?"

"형사님은 선택하실 수 있어요. 이대로 전화를 끊어 쓰레기들에게 오늘 본 태양이 마지막 빛이 되게 만들든지, 아니면 배후를 알려주시고 제가 배후와 대화를 나누고 생각을 해볼 수 있게 해주시든지."

"갑자기 왜 이러시는 겁니까."

"말씀드렸잖아요. 시간이 없다고."

민아의 절박한 목소리는 백 형사에게 그대로 전달됐다. 백 형사는 깊은 고민에 빠졌다. 냉철한 이 변호사가 이렇게까지 나온다는 건 그만한 사정이 있는 거라 생각했다. 그리고 백 형사는 민아에게 죄책감과 고마움, 둘 다를 품고 있는 사람이었다. 민아가 살인자가 되는 것은 원하지 않았다. 그가 어쩔 수 없다는 듯한 깊은 한숨을 쉬며, 굵직한 목소리로 찬찬히 말했다.

"어떻게 된 일인지 아무리 알아내려 해도 어디선가 막혀버립니다. 그러니 제가 아는 범위 내에서 알려드리지요. 이건 성폭행범들이 교도소에 있을 때 같이 지냈던 사람의 녹취입니다."

녹음기의 재생 버튼을 누르는 딸깍, 소리가 들렸다.

"재미난 이야기였지만 말도 안 된다고 생각했죠. 조폭 같은 사내들이 찾아와 그…… 여자애들을 유인해 성폭행하라고 시켰다네요? 사례는 두둑이 한다고. 물론 뒤도 봐주고요. 일부러 술을 많이 마신 다음에 하라고까지 일러줬다는데. 나중에 경찰서에서 어떻게 진술해야 할지도 미리 알려주고요. 근데 더 어이없는 건 여자애들 중 민아라는 애는 겁주고 때리는 것까진 괜찮지만 그 이상은 건들지 말라고 했다네요. 건드리면 니네 인생도 좀 치는 거라고."

또 한 번 딸깍 소리.

"뭔가 짐작 가시는 데가 있습니까?"

"……이제 나머지는 제가 처리하죠. 감사합니다."

떨리는 목소리를 숨기기 위해 서둘러 전화를 끊은 민아는 화장실에서 나왔다. 그리고 주변을 둘러보았다. 침대와 미니 바 사이에 자리한 고급스러운 원형 테이블 위에 과일 바구니가 있었다. 그리고 과일 바구니에는 날카로워 보이는 과도가 들어 있었다.

한순간에 모든 것이 틀어진 민아에겐 도박이 필요했다. 그것도 강렬한 반칙이 동반된.

민아의 눈빛이 마치 과도의 칼날처럼 날카롭게 빛났다. 민아는 낚아채듯 과도를 집어 들었다. 과도를 움켜쥔 손으로 자신의 팔뚝에 붙여진 봉합 테이프를 있는 힘껏 뜯어냈다. 찢어진 두 피부 사이를 붙들고 있던 봉합 테이프는 예상치 못한 민아의 격한 손동작에 따라 한쪽 피부를 쉽게 놓아주었다. 하지만 자신의 본분을 잊지 않고 반대쪽 피부에는 마지막 힘을 다해 매달려 있었다. 쩌억, 소리가 날 만큼 상처는 본디의 상태보다 크게 벌어졌다. 주르륵 피가 흘러내렸다. 민아는 결국 테이프를 손에서 놓쳐버렸다. 아프진 않았다. 하지만 팔꿈치 아래로 흘러내리는 붉고 뜨거운 액체가 방 안의 공기를 순식간에 비릿하게 바꿔놓았다.

민아는 과도로 그 피를 닦아냈다. 황당한 얼굴로 민아의 행동을 바라보던 건우가 달려와 과도를 빼앗았다.

"지금 뭐 하는 짓이야?"

"줘, 칼."

"민아야!"

"달라고. 넌 몰라. 넌 죽었다 깨도 몰라."

민아가 소리 질렀다. 민아의 눈은 금방이라도 떨어질 것 같은 눈물이 그렁그렁하게 맺혀 있었다. 하지만 그녀는 절대 울지 않았다.

"이상한 짓 하지 않아. 그냥 진실을 알기 위해 필요한 도구일 뿐이야. 줘……"

"민아야."

"아직 자정까지는 한 시간 반 정도 남았어. 만약 그때 내가 죽을지도 모른다면, 난 꼭 해결해야 할 일이 있어."

순간 민아의 호흡이 가빠지기 시작했다. 주위가 희미해지고, 머리가 멍했다. 아직은 바뀌면 안 돼! 민아는 애써 정신을 가다듬으려 애썼다. 하지만 언제나처럼 점점 정신이 혼미해져갔다. 그때였다. 건우가 있는 힘껏 민아를 끌어안았다.

"내가 있어. 절대 어디 가지 않고, 네 옆에 있을게."

건우의 따뜻한 품속에서 건우의 목소리를 듣자 이상하리만큼 마음이 진정됐다. 호흡은 원 상태로 돌아왔고, 머릿속도 맑아졌다.

민아는 잠시 건우의 품에서 마음을 진정시켰다. 조금씩 마음이 가라앉았다. 온전히 원래의 상태로 돌아오고 나서야 슬그머니 건우를 밀어냈다. 그리고 손을 내밀었다. 건우가 할 수 없다는 듯 과도를 민아의 손에 쥐여줬다. 대신 민아를 끌어당겨 침대에 앉히더니 상처를 다시 치료하기 시작했다.

건우가 봉합 테이프를 상처 위에 붙일 때 즈음 민아가 건우에게 말했다.

"……나 좀 회사로 데려다 줘."

15 chapter

날 지켜줘

pm 10:53

건우의 자동차가 테헤란로에 즐비해 있는 빌딩 중 가장 높은 빌딩 앞에 멈춰 섰다.
"정말 말하지 않을 거야? 내가 도울 수 있을지도 모르잖아."
"아니. 이건 나 혼자만이 해결할 수 있는 일이야."
민아는 도움의 손길을 내미는 건우의 호의를 단호하게 거절하며 '과연, 해결할 수 있을까' 하고 자신에게 질문했다. 그러더니 손을 뻗어 문을 열고 차에서 내렸다. 하지만 빌딩 정문을 향해 한 걸음 내딛는 그 순간, 다시 건우를 향해 고개를 돌렸다. 건우가 재빠르게 조수석 창문을 내려 민아와 눈을 마주쳤다. 둘 사이에는 감히 말로는 표현할 수 없는 복잡하고 미묘한 감정이 흘렀다.
잠시 후 민아는 건우를 향해 걱정 말라고 말하는 듯한 차분한 미소를 지어 보이고는 시계를 쳐다보며 말했다.

"최대한 빨리 올게. 시간…… 없으니까."

그리고 걸음을 재촉했다.

거대한 괴물이 입을 벌리고 서 있는 듯한 형상의 빌딩을 향해 걸어가는 그녀의 뒷모습은 건우에게 오래전 영화에서 보았던 잔 다르크를 떠올리게 했다. 하지만 그 모습이 천사의 계시를 받고 전투에 나갈 때의 것인지, 죽음의 문턱으로 다가서는 화형장에 끌려갈 때의 것인지 가늠하기 힘들었다.

무엇 때문에 이 회장이 자신의 딸인 민아를 납치까지 해가며 자신 앞에 세우려 했는지, '믿을 수 없는 일'을 믿고 있는 민아가, 그래서 불과 몇 시간 후 닥칠 죽음을 준비해야 한다는 민아가, 죽음보다 더 큰 굳은 결심을 한 사람의 얼굴을 하고 이 회장을 찾아가려 하는 것인지, 건우는 알 길이 없었다. 한 가지 확실한 건 이 회장과 민아 둘 사이에 자신이 모르는 거대한 비밀이 존재한다는 것이었다. 그리고 앞으로도 자신은 그것을 영원히 알 수 없을 것이라는 것 또한.

드디어 빌딩이 민아를 집어삼켰다. 괜스레 건우의 심장이 옥죄이었다.

pm 10:56

민아는 1층 로비를 지나, 직원용 엘리베이터를 지나, 이주승만의 전용 엘리베이터를 향해 걸었다. 로비에 서 있던 경비와 몇몇 로펌 직원들이 며칠 만에 모습을 드러낸 민아에게 형식적인 인사를 건넸지만, 민아는 그들의 존재조차도 인지하지 못했다. 그만큼 민아의 모든 세포와 시신경이 오직 이주승만을 향해 뻗어 있었다.

전용 엘리베이터 앞에 선 민아는 비밀번호를 눌렀다. 곧 32층 펜트하우스에 머물러 있던 엘리베이터가 민아가 서 있는 1층을 향해 고속 하강하기 시작했다.

민아는 자신이 서 있는 곳의 정면 위쪽에 설치된 CCTV를 슬쩍 올려다보았다. 보고 계시겠지, 생각하며 민아는 부드럽게 열린 엘리베이터 문 안으로 몸을 움직였다.

pm 10:58

회색빛이 감도는 고급 대리석으로 만들어진 엘리베이터 문의 안쪽에는 단테의『신곡』중 지옥문에 등장하는 문구가 원어인 이탈리아어로 새겨져 있었다.

'Lasciate ogne speranza, voi ch'intrate(이곳에 들어오는 자, 모든 희망을 버려라)'.

정말 괴상한 취향이 아닐 수 없었다.

'이 문 안이 지옥일까, 이 문밖이 지옥일까.'

1층과 32층만을 왕복하는 전용 엘리베이터는 빠른 속도로 올라가며 민아에게 중력을 느끼게 했다. 1층에서 출발할 당시 민아의 몸은 납덩이처럼 무거웠지만, 32층으로 가까워질수록 깃털처럼 가벼워졌다. 뒤꿈치를 살짝 들어 점프를 한다면 천장에 머리가 닿을 것만 같았다. 하지만 그 가벼운 느낌은 32층의 지옥문이 열림과 동시에 저 멀리 보이는 검은 실루엣에 의해 산산조각 났다.

빌딩 펜트하우스의 주인인 검은 그림자는 커다란 집무용 책상과 유리로 된 벽면 사이에 우두커니 서서 자신의 세상을 하찮게 내려다보고 있었다.

엘리베이터에서 내린 민아는 자신의 어깨에 들린 가방을 슬쩍 바라보았다. 그 안에는 참전하는 군인들의 총과도 같은 것이 숨죽인 채 자리하고 있었다. 적을 협박하고, 심지어 목숨을 앗아 갈 수도 있는 무기.

민아는 턱을 당기고 똑바로 앞을 바라보았다. 등을 꼿꼿이 세운 후 자신이 바라보는 그곳을 향해 분명한 걸음걸이로 걸었다. 한 걸음 한 걸음이 마치 경사 높은 계단을 오를 때와 같이 무거웠다. 그리고 아버지에게 다가갈수록 계단의 경사는 가팔라지고 높이는 높아져갔다.

이주승은 민아의 인기척을 느꼈음에도 창문 앞에 꼼짝 않고 서 있었다. 마치 수억대의 가치를 자랑하는 로마 시대 조각상처럼 거만하고 꼿꼿하게.

pm 10:59

이주승은 민아의 발걸음이 책상 앞에 멈추고 나서야 영원히 그 자세일 것만 같던 몸을 아주 천천히 돌렸다. 민아를 바라보는 이주승의 표정은 소름이 돋을 만큼 태연했다.

"달리는 차에서 뛰어내렸다더니, 용케도 제 발로 다시 걸어 들어왔구나."

"걱정하셨나 봐요?"

민아 또한 이주승의 페이스에 말려들지 않도록 능청스럽게 대꾸했다.

"그래. 당연히 걱정했지."

이주승이 부드럽게 말하며 천연 가죽으로 된 의자를 자신 앞으로 끌어당겨 앉더니 다리를 꼬았다. 그리고 미소 비슷한 것을 지으며 민아를 바라보았다. 민아는 그것과 닮은 미소를 알고 있었다. 바로 자신의 미소였다. 역겨움이 물밀듯 밀려왔다. 민아는 이런 말장난 따윈 때려치우고 곧바로 본론으로 들어가기로 마음먹었다.

"제 안위를 걱정하신 건가요? 아니면……"

"……?"

"아니면, 제가 가지고 있을지도 모를, 할아버지 유서의 행방이 걱정되신 건가요?"

민아의 입에서 유서라는 단어가 튀어나오는 순간, 이주승의 눈빛은 극적일 만큼 변했다. 얼굴 근육이 제각각의 방향으로 힘껏 당겨지고, 코와 입이 폭력적으로 뒤틀어졌다. 그런 모습을 목격한 웬만한 사람이라면 간담이 서늘해져 재빨리 그 자리를 벗어

나려 애썼을 것이다. 하지만 민아는 꿈쩍하지 않은 채 그의 눈을 정확하게 응시했다.

살얼음판같이 아슬아슬한 침묵을 깬 건 이주승이었다.

"너 말고 다른 사람이 그걸 봤냐?"

"저만 봤어요" 라고 말한 민아가 곧, "아직은"이라고 덧붙여 말했다.

이주승의 표정이 조금이나마 수그러들었다. 이주승이 다시 자리에서 일어나 집무 책상 한쪽 끝에 있는 양주가 진열된 장식장으로 자리를 옮기며 말했다.

"불행 중 다행이구나. 안 그러면 손에 피를 묻혀야 했을지도 모르니."

민아는 아무렇지도 않게 '피'라는 단어를 사용해 살인을 언급하는 아버지의 발언에 사뭇 놀랐지만 애써 태연함을 유지했다.

이주승은 장식장 유리문을 열어 위스키와 위스키잔 두 개를 꺼내며 물었다.

"한잔할 테냐?"

"아니요."

"아쉽구나. 지금 이 분위기와 절묘하게 어울리는 위스키를 골랐는데."

이주승은 위스키 뚜껑을 열고 잔에 술을 따라 부었다. 그러고는 미니 바에서 아이스버킷을 꺼내 큼지막한 얼음 두어 개를 술잔에 집어넣었다.

"그런데, 그 유서가 존재한다는 건 어떻게 알았지?"

이주승은 완성된 위스키잔에 살짝 혀를 축이며 물었다.

"유서의 존재를 아는 단 한 사람으로부터요."

"그래. 그렇겠지. 헌데, 네 어미가 너 아닌 다른 사람에게도 유서의 존재를 알렸나?"

날카롭게 질문이 날아왔다.

"아마도 아닐 거예요. 저에게도 아주 은밀하게 전달했으니까요. 어머니에게 사람을 붙인 아버지조차 유서를 발견하지 못했잖아요?"

이주승은 도발적인 민아의 발언에 얼굴 근육을 살짝 일그러뜨리더니, 다시 차분히 말을 이었다.

"즉, 유서의 존재를 아는 사람은 이제 너와 나뿐이구나. 웃기구나. 비밀을 아는 존재 하나가 사라지니 또 다른 존재가 나타나다니. 하지만 이번에는 그리 나쁘지 않아. 너는 당연히 유서를 가지고 뭘 어쩌려는 생각은 없을 테니까. 그렇지?"

"설명해주세요."

민아는 이주승의 질문에 대한 대답 대신 다른 질문을 던졌다.

"뭘 말이지?"

"어머니의 유서에 따르면 그녀는 절 학대했다는 걸 기억하지 못해요. 오히려 제가 자해를 했다고 생각하고 있어요."

"그 여자는 마지막 가는 길에도 거짓말을 하는구나."

"아니요. 거짓말이 아니에요. 어떻게 된 건지 말씀해주세요."

어떻게 그렇게 오랫동안 심하게 어린 딸을 폭행했으면서 기억하지 못할 수가 있죠? 분명히 이유가 있을 거예요. 아버지는 그 이유를 알고 계시고요."

"질문이 틀린 거 같구나. 올바른 질문은, 왜 그 여자가 마지막까지 거짓말을 하고 있느냐, 바로 그거야. 그리고 그에 대한 내 대답은……"

민아의 가느다란 목젖의 움직임이 현재 그녀가 느끼고 있는 긴장감을 적나라하게 보여줬다.

"나도 알 수 없다는 거야."

이주승의 허탈하기 그지없는 대답을 듣자마자 아슬아슬하게 유지하고 있던 민아의 냉정함이 일순간 힘을 잃었다.

"거짓말은 아버지가 하고 있어요. 어머니의 유서에는 두 분이 다투기 시작한 이후로 가끔 기억이 끊기는 일이 잦아졌다고 했어요."

"그건 그 여자가 미쳤기 때문이겠지. 넌 지금 널 이렇게 만들어준 나보다 널 학대하고 평생을 빌빌거리며 살다가 죽은 네 어미를 더 믿는 거냐?"

이주승이 입술을 비뚜름하게 하고선 다시 의자에 앉으며 약간은 언성을 높여 말했다.

"좋아요. 진실을 말해주지 않으시겠다면 저도 가만히 있을 수만은 없어요."

"이거 어디서 많이 들어본 말이로구나? 가만 보자. 아, 네 어미가 했던 말이구나."

　이주승은 민아가 한 말을 예상이라도 했다는 듯 틈을 두지 않고 말했다.

　"나한테 협박하고 제대로 살아 있는 사람은 세상에 아무도 없어. 날 적으로 만드는 건 네가 세상에서 할 수 있는 바보 같은 일 중에서도 가장 멍청한 짓이야."

　"전 어머니처럼 호락호락하지 않아요. 아버지도 아시겠지만 전 힘 있는 변호사예요. 만약 제가 할아버지의 유서를 폭로하면 어떻게 되는지 그건 아버지가 더 잘 아시겠죠?"

　"네 어미도 나한테 똑같이 말했지. 하지만 아무리 강해도 개는 개일 뿐, 사자한테는 먹잇감에 불과하지. 그리고 넌 스스로 힘을 가지고 있는 변호사가 아니야. 힘 있는 내 밑에 딸린, 힘 있는 척 하는 개일 뿐."

　이주승은 비열한 웃음과 함께 싸늘한 눈빛으로 민아를 쏘아보며 말했다.

　"그래요. 그렇다 쳐요. 하지만 난 적어도 진실을 세상에 알릴 수 있을 정도의 힘은 가지고 있어요."

　"진실? 난 네가 진실과 사실을 구별할 줄 안다고 생각했는데? 진실은 사람들이 사실이라 믿고 있는 것일 뿐이야. 그건 너도 잘 알지 않니?"

　이주승이 코웃음을 치며 말했다. 그리고 위스키잔을 달그락달그락 돌렸다. 얼음이 까랑, 하는 소리를 내며 방 안의 분위기를 더욱 차갑게 만들었다.

"그래. 내가 만드는 게 곧 진실이야. 너도 해봐서 알잖아? 그 누구더라?"

이주승이 미간을 찌푸리며 잠시 생각에 잠겼다.

"맞아! 산부인과 의사. 뭐가 진실이었지? 그 의사가 불쌍한 여자를 죽이지 않았다는 거. 그게 진실이었나?"

순간 민아의 눈빛이 미묘하게 빛났다. 행간을 정확하게 캐치한 이주승은 자신이 승리라도 거둔 듯 비열하게 웃어댔다.

민아의 머릿속에 불과 며칠 전 일어났던 재판장의 형상이 생생하게 떠올랐다.

무죄 판결을 받은 살인자의 승리에 도취한 더러운 미소, 자신의 아내와 딸을 살인한 자가 무죄 선고를 받고 풀려나는 것을 힘없이 지켜보던 피해자의 원망과 분노가 그득했던 눈빛. 살인자가 피해자로, 피해자가 패배자로 변해버린 그날.

민아의 입가에서 허탈한 웃음이 흘러나왔다. 결국 이렇게 될 일이었던가. 민아는 진실을 찾으려는 여정에서 목적지를 바로 앞에 두고 너무나 높고 두꺼운 벽 앞에 마주 선 것이다. 민아는 눈을 감았다. 조용히 숨을 들이마신 뒤 다시 조용히 내뱉었다. 입 안에 고여 있던 침을 삼켰다. 그리고 지금껏 자기가 증오해 마지않는 그런 유의 인간이 바로 자신이었다는 사실을 겸허히 받아들였다. 민아는 다시 눈을 뜬 후, 이주승을 바라보았다.

"그래요. 저도 아버지와 다를 바 없는 인간이에요."

"오늘 들은 말 중 가장 반가운 말이구나. 넌 내 뒤를 이어 이 로펌을 이끌어갈—"

"아니요. 전 그렇게 할 수 없어요."

민아가 이주승의 말을 끊으며 단호하게 말했다.

"뭐? 없어?"

"네, 없어요. 전 이 자리에서 아버지와 작별 인사를 할 테니까. 그리고, 그때까지 과연 아버지의 로펌이 건재할까요?"

"작별 인사? 건재?"

이주승이 갑자기 큰 소리로 웃기 시작했다. 난데없이 시작된 이주승의 웃음소리는 마치 차갑고 진득한 뱀처럼 민아의 온몸을 휘감았다. 온몸에 오소소 소름이 돋은 민아가 입술을 지그시 깨물더니, 가방 안에서 무언가를 꺼냈다. 그리고 그것을 이주승 앞으로 툭 내던졌다.

쨍, 그 물건은 쇠붙이 특유의 진동음을 내며 바닥에 튕겨 이주승의 바로 앞까지 밀려갔다. 그것은 민아가 호텔에서 들고 온 과도였다. 시퍼런 칼날 군데군데 아직 마르지 않은 피가 엉겨 붙어 있었다. 그것이 이주승의 동공을 장악하는 순간, 그의 웃음소리는 온데간데없이 사라졌다.

"이게…… 뭐냐?"

이주승이 최대한 침착하게 물었다.

"그 쓰레기들은 이제야 자신들이 받아야 할 죗값을 받았어요."

"쓰레기들?"

"성폭행범들 말이에요. 설마 하나뿐인 딸에게 일어났던 사건인데 벌써 잊은 건 아니겠죠?"

"갑자기 그 녀석들은 왜……"

"그 쓰레기들이 죽기 전에 이상한 소리를 내뱉더군요."

"주…… 죽기 전에?"

이주승의 갈라진 목소리에선 긴장감이 역력히 묻어났다. 감정을 숨기기가 힘들어진 그는 더듬더듬 책상 위에 놓인 위스키잔을 집어 들었다.

"원래 받아야 할 죗값이었어요. 안 그래요? 그런데 흥미로운 건 그 쓰레기들에게 공범이 있다더라고요. 아니 교사범인가? 죽기 전에 살려달라고 울면서 고백하던걸요? 자신들은 시켜서 한 것뿐이라고. 그리고 그 사람이…… 바로 당신, 제 아버지라더군요."

민아의 말이 끝나는 순간, 이주승은 손에 든 위스키잔을 놓쳐 버렸다. 바닥에 떨어진 위스키잔은 강렬한 파열음을 내며 산산조각 났다. 유리 파편 중 하나가 민아의 볼을 스치고 지나가며 상처를 냈다. 바닥으로 새빨간 선혈 한 방울이 뚝 떨어졌다. 하지만 민아는 시선을 돌리지 않고, 아버지의 눈을 똑바로 바라봤다. 마치 유리창에 얼굴을 대고 빈 집 안을 구석구석 들여다보는 것처럼.

민아의 눈빛에 언뜻 슬픔이 비쳤다. 사실 민아는 자각하지 못했지만, 그녀의 심연 한구석에는 어머니의 유서와 백 형사의 조사에서 드러난 자신의 추측이 착각이길, 오해이길 바라는 마음이 자리하고 있었다. 하지만 그 바람은 이제 자리할 곳을 잃었다. 모든 것은 확실해졌다.

민아를 지옥 속에 살게 만든 근원은 바로, 아버지였다. 이상하게 분노는 일지 않았다. 오히려 모든 것이 허탈하게 느껴졌다.

"말도 안 된다. 너 혼자 힘으로 어떻게 남자 두 명을—"

"당연히 사람들의 힘을 빌렸죠. 왜 그러세요. 아버지께서도 무슨 일을 할 때 혼자 하신 적 있어요? 물론 모든 일의 책임은 제가 지기로 했어요. 이제 아시겠죠? 불과 몇 분 전 제가 작별이라고 했던, 아버지의 로펌이 건재할까요, 라고 물었던 말의 의미……"

이주승은 입을 벌린 채 새파랗게 질린 얼굴로 민아를 바라보았다. 민아가 그를 향해 말했다.

"자수할 거예요."

"……뭐?"

민아가 계속해서 말을 이었다. 마치 신문 기사를 소리 내어 읽듯.

"내일 모든 매체의 1면을 장식하게 되겠죠. 로펌 헌정 대표의 외동딸이자 파트너 변호사가 남자 둘을 살해했다. 그것도 잔인하게. 그리고 그 이유는 어릴 적에 당했던 성폭행 사건 때문이었다……"

"그래. 그럼 니 말대로 너와는 작별 인사를 하겠구나. 하지만 회사에는 그 어떠한 해도 끼칠 수 없어. 난 그냥 딸을 하나 잃는 셈 치면 되는 거야."

이주승은 최대한 침착하고 차갑게 말했다.

"물론 그것만으로는 부족하죠. 자칫 잘못하면 동정론을 살 수도 있고요."

"……"

"하지만 이 모든 비극의 시작은 다름 아닌 그녀의 아버지였던 로펌 헌정의 이주승 대표. 과연 그들에게 무슨 일이 있었던 걸까…… 어때요? 더러운 먹잇감을 찾고 있는 기자들이 눈을 희번덕거리며 달려들지 않을까요? 아마 그들은 있는 것 없는 것 다 들춰내려 하겠죠. 그리고 전 그들에게 던져줄 거예요."

"……"

"이 회사가 저지른 엄청난 불법들을 증명하는 증거들을."

이주승의 눈빛이 날카롭게 빛났다. 민아는 그때를 놓치지 않고 마지막 일격을 가했다.

"설마 제가 비밀 금고에서 유서 하나만을 가져갔다고는 생각하지 않으시겠죠? 호기심에 한번 훑어봤는데 정말 가관이더군요. 이 회사는 사회의 악이에요. 아버지 회사가 하는 일은 살인청부업과 다를 바 없어요. 목적을 위해서는 수단과 방법을 가리지 않고 뭐든지 하니까요. 증거 자료들이 사회에 불러일으킬 파장이 정말 기대되네요. 물론 철창 안에서 지켜봐야겠지만."

이주승의 얼굴은 다시 한 번 극적일 정도로 일그러졌다.

"그럼 전 이만 가볼게요. 아, 여기서 저를 또다시 납치해 비밀을 틀어막으려 해도 소용없어요. 제가 아무 준비 없이 아버지 앞에 섰을 거라고 생각하시지 않잖아요. 이주승의 딸, 이민아가 말이에요."

그 말을 끝으로 민아는 서서히 몸을 돌렸다. 등을 꼿꼿이 펴고 발걸음을 옮겼다. 정확히 다섯 걸음 앞으로 나섰을 때, 이주승의 자포자기한 듯 낮은 목소리가 민아의 귓가에 꽂혔다.

"……거기 서라. 네가 듣고 싶어 하는 이야기를 해줄 테니."

민아는 발걸음을 멈췄다.

"하지만 그런 이야기들이 도대체 네게 무슨 소용이지? 그것을 안다고 달라지는 건 아무것도 없어."

"그건 제가 판단해요."

"유서와 자료들은 어쩔 거지?"

여전히 아버지에게서 등을 돌리고 있는 민아가 시계를 보았다. 자정까지는 아직 여유가 있었다.

"이야기에 진실이 담겼다면 비밀은 묻어두죠."

이주승이 새 위스키잔을 꺼내, 목을 축였다. 그리고 다시는 떠올리기 싫었던 끔찍한 과거를 기억했다.

이주승의 어린 시절의 기억은 아버지의 부재와 존재가 잔인하게 얽힌 방구석의 먼지 덩어리 같았다.

초등학교 때, 반 아이들은 시간이 날 때마다 새로 생긴 장난감, 그리고 그것을 사다 준 아빠 자랑을 하기에 바빴다.

"우리 아빠는 방송국 다녀."

"우리 아빠가 어제 이거 사 왔어."

"우와와와와."

이주승은 무리에 끼고 싶었다. 하지만 그에게는 자랑할 만한 장난감도, 그것을 사줄 아빠라는 존재도 없었다. 어린 이주승이 할 수 있는 일이라고는 아이들이 '넌? 너희 아버지는 뭐 해?'라는 질문을 던지지 않길 바라며 콩콩 뛰는 심장을 뒤로한 채 묵묵히 방금 배운 것을 복습하는 것뿐이었다.

어느 날 김치와 밥이 전부인 저녁을 먹으며 조심스레 엄마에게 물었다.

"엄마…… 나는 왜 아빠가 없어?"

"없긴 왜 없어. 남자 없이 어떻게 애가 태어나."

엄마는 젓가락질하며 무심하게 대답했다.

"근데 왜 날 보러 안 와?"

"너무 바빠서 그러지 뭐."

"아무리 바빠도 쉬는 날은 있을 거 아니야."

"아니 얘가 오늘따라 왜 이렇게 귀찮게 굴어! 먹기 싫으면 먹지 마!"

엄마는 들고 있던 젓가락을 식탁 위에 세차게 내려놓으며 소리 질렀다. 그리고 이주승 앞에 놓인 밥그릇을 들고 부엌으로 사라졌다. 그는 그날 밤 밤새 배가 고팠다. 밥에 대한 그리움은 아빠에 대한 것보다 훨씬 더 선명했다. 그래서 그날 이후로 더는 아버지에 대한 이야기는 꺼내지 않았다.

그로부터 한참 뒤인 어느 주말이었다. 엄마는 텔레비전을 보고 있었고, 어린 이주승은 엄마 옆에서 『미운 오리 새끼』를 읽고 있었다.

'이 이야기는 말도 안 돼. 어떻게 백조가 자기가 백조인지 몰라. 나라면 멍청한 오리들에게 한마디 해주고 바로 백조 무리를 찾아갔을 거야.'

이주승이 스토리에 의구심을 품은 그때였다. 뉴스를 보고 있던 엄마가 어린 아들의 허리를 발끝으로 툭툭 치며 말했다.

"야. 저 사람이 니 아빠야. 저기 저 단상에서 말하고 있는 체격 좋은 남자!"

어린 이주승은 유명한 사람들만 등장한다는 뉴스 속에서 처음으로 자신의 존재의 근원을 보았다. 텔레비전 속의 낯선 남자는 기자들에게 사진 세례를 받으며 무언가 중요한 이야기를 하고 있었다. 때마침 클로즈업 중인 남자의 얼굴을 자세히 들여다보았다. 자신과 닮아 있었다.

"친자 확인 소송을 한다고 말해놨으니까 조만간 연락이 올 거야. 그럼 우린 고생 끝이야."

엄마는 깔깔깔, 웃기 시작했다. 그 웃음소리는 어린 이주승의 귀에도 어딘가 경박스럽고 천한 구석이 있었다. 하지만 그 당시의 그는 엄마가 한 말의 뜻도, 웃음의 의미도 알지 못했다. 단지 자신과 꼭 닮은 텔레비전 속의 아버지가 신기하고 반가울 뿐이었다.

다음 날 신문 1면에 실린 아버지의 큼지막한 사진을 반 친구들에게 보여줬다. 그리고 신문 속의 남자가 자신의 아버지라 자랑했다. 하지만 친구들의 반응은 하나같이 실망스러웠다.

"말도 안 돼."

"근데 너희 집은 왜 가난해?"

"우연히 닮은 거야."

마음만 먹으면 친구들을 설득할 수도 있었다. 하지만 애써 그러지 않았다. 이주승은 이제야 미운 오리 새끼를 이해할 수 있었다. 멍청한 오리들은 백조를 본 적이 없었다. 오리의 눈에는 모두가 고만고만한 오리일 뿐이었다.

'그래! 멍청한 오리들은 그저 농장에서 알이나 낳으라지!'

그날부터 아버지를 만날 날만을 손꼽아 기다리며 열심히 공부했다. 아버지를 만난다면 분명히 다른 어른들처럼 '공부는 잘하고 있니?' 하고 물어볼 것이다. 그때 '네, 반에서 항상 1등이에요'라고 자랑스레 대답하고 싶었다.

다시는 같은 반 멍청이들 앞에서 아버지 이야기는 꺼내지 않았다. 멍청이들의 아버지와 자신의 우상을 비교하고 싶지 않았다. 자기 스스로 벽을 만들었다. '저들과 나는 다르다.'

그렇게 어서 백조가 되기를 꿈꾸며 1년이 지났다. 하루는 아침 일찍 학교에 가려는 이주승을 엄마가 불러 세웠다.

"오늘은 학교 가지 마."

"왜요?"

"아빠 만나러 갈 거야. 어서 깨끗이 씻고 여기 있는 옷 입어!"

식탁 위에는 종이 한 장이 놓여 있었다. 종이의 상단엔 '친자 확인 검사 결과'라고 적혀 있었고, 바로 옆에 자신의 이름과 이영우라는 아버지의 이름이 나란히 적혀 있었다. 그리고 알 수 없는 그래프들. 하지만 이주승은 하단에 적혀진 말만은 정확히 이해할 수 있었다.

'친자 관계가 성립합니다.'

미운 오리 새끼는 정말 백조였다.

엄마와 함께 택시를 탔다. 심장 뛰는 소리가 택시 안을 가득 채웠다. 모진 구박과 험난한 상황에서도 굴하지 않고 버텨온 미운 오리 새끼가 드디어 자신의 고향인 백조들의 무리로 돌아가는 것이다. 이제 자신도 백조가 되어 하늘을 날며 우아하게 살아가게 될 것이다.

택시는 어느새 큰 도로에서 빠져나와 골목길로 들어섰다. 그리고 담이 너무 높아 안이 전혀 보이지 않는 저택 앞에서 차를 세웠다. 택시 기사는 "여기가 우리 집이에요"라고 굳이 말하며 택시값을 지불하는 엄마를 처음과는 사뭇 다른 눈빛으로 쳐다보았다. 엄마는 기사의 시선을 즐기기라도 하는 듯 천천히 문을 열고 우아하게 내렸다.

엄마가 벨을 눌렀다. 담 너머에 과연 어떤 세상이 펼쳐져 있을지 상상하는 것만으로도 가슴이 벅차올랐다.

이제 곧 백조 무리를 만날 것이다. 그리고 백조들은 애처로운 눈빛으로 자신을 쳐다보며 지금까지 어떻게 지냈느냐고 궁금해할 것이다. 그러면 그는 한숨과 함께 이렇게 대답할 것이다. "말하자면 길어요."

 높은 문이 열렸다. 두 사람은 검은색 양복을 입은 남자의 안내를 따라 다양한 식물들이 자신의 아름다움과 진귀함을 과시하는 기나긴 정원을 지나, 또 다른 문을 지나, 운동장같이 거대한 거실로 들어섰다. 그곳엔 스무 명에 가까운 사람들이 모여 있었다. 가족이라기보다 일족 같은 분위기였다. 모여 있는 사람들은 어린 이주승이 거실로 발을 디딤과 동시에 일제히 이주승을 쳐다보았다. 그들의 눈빛은 이주승이 기대하던 동족을 만난 백조의 눈빛이 아니었다. 극단적인 그들의 눈빛과 표정에 서려 있는 메시지는 어린 이주승도 단숨에 읽을 수 있었다.

 '쟨 왜 태어났을까?'
 '저 아이가 커서 자신도 우리와 하나라고 생각하면 어쩌지?'
 '그건 안 돼. 쟨 우리랑 신분이 달라.'
 '어디서 사고라도 나서 죽어버렸으면.'
 자신의 존재를 부정하는 가족들의 날카로운 눈빛은 그가 그렇게 고대하던 미운 오리와 백조와의 만남을 산산조각 내버렸다. 자신에게 겨냥되었던 시선은 어린 이주승의 망막 속에 강렬하게 새겨졌다. 그랬다. 그는 백조가 아닌, 돌연변이였다.

 이주승은 불편한 진실을 알게 되었다. 자신의 존재는 엄마에게 신분 상승의 도구일 뿐이었다. 지긋지긋한 생활에서 벗어나 꿈의 세계로 들어갈 수 있는 황금 열쇠. 엄마는 이주승이라는 열쇠를 쥐고 끊임없이 문 앞을 기웃거렸고, 결국 안으로 들어갔다. 하지만 문 안의 세계는 엄마에겐 천국일지 몰라도, 이주승에겐 지옥이었다.

두 사람은 반지하 월세방에서 고층 아파트로 이사했다. 적지 않은 생활비까지 받았다. 받아낸 돈은 화려한 옷차림과 비싼 외제 차 등 집안 사람들의 삶을 좇아가기 위해 사용되었다. 마치 바닥이 구멍 나 채울 수 없는 독처럼 돈은 빠르게 새어 나갔다. 이주승의 엄마는 밤마다 집으로 남자를 불러들였고, 그때마다 어린 이주승은 집에서 쫓겨났다. 엄마가 술에 취한 날은 더욱 끔찍했다. 엄마는 집 안의 물건들을 이주승에게 집어던지며 악을 써댔다.

"너 따위 낳는 게 아니었어. 난 너만 낳으면 모든 게 해결될 줄 알았다고. 이따위 취급을 당할 줄은 몰랐단 말이야!"

'도대체 어떤 대우를 기대했던 걸까.' 이주승은 날아오는 물건을 피하며 생각했다.

엄마는 이영우와 이주승이 종종 따로 만나 식사를 하거나, 사격을 하는 등 함께 시간을 보낸다는 것을 알자마자, 아버지를 설득해 더 많은 생활비와 더 좋은 집을 제공해달라고 말할 것을 종용했다. 이주승은 아버지에게 그래야 하는 사실이 죽기보다 싫었다. 시간이 지날수록 점차 자신과 아버지의 관계를 망치는 엄마를 증오하게 됐다. 결국 아버지에게 부탁해 고등학교 진학과 동시에 본가에 들어갔다. 하지만 그곳은 지옥과 천국 사이에 있는 연옥일 뿐, 괴로운 건 마찬가지였다.

이주승은 아직 사회에서 인정받지 못하는 둘째 부인의 아들이라는 것을 재빨리 받아들였다. 그리고 그런 자신의 존재에 대한 회의에 빠지지 않기 위한 방법은 단 한 가지뿐이라고 생각했다.

'남들보다 뛰어나야 한다.'

하지만 결과는 예상 밖이었다. 이주승의 성적이 올라갈수록 그의 도시락은 가벼워지고, 일가친척들의 냉대는 더욱 심해졌다. 오직 한 사람만은 예외였다. 아버지. 아버지만은 이주승에게 따뜻한 눈빛과 칭찬의 말을 건넸다. 아버지에게 인정받기 위해 이주승은 고난을 견뎌냈다. 그리고 일가친척의 괄시는 시간이 해결해주리라 믿었다.

의미 있는 사람, 비록 자신을 업신여기긴 해도 친지들을 도와줄 수 있는 사람, 가족의, 회사의 보탬이 되는 사람이 되고 싶었다.

하루는 아버지가 공부 중인 이주승의 방으로 들어오더니 말했다.

"변호사가 되는 건 어떻겠니?"

아버지의 뜻대로 이주승은 법대에 들어갔고, 2년간 사법시험을 준비한 끝에 합격했다.

하지만 사법시험 합격 발표날, 일가친척들은 '너 따위가' '집안의 수치가' '저게 무슨 쌍쌍이로 변호사가 되려는 거지?' 하는 경계, 경멸, 증오가 한층 불거진 눈으로 이주승을 바라보았다.

이주승은 완전히 잘못 짚은 것이었다. 가족들이 자신에게 바라는 것은 오직 한 가지였다. 자신이 그들의 눈앞에서 완전히 사라지는 것.

하지만 그림자가 강하다면 그곳엔 빛이 있는 법. 어두운 세상에도 이주승의 발을 본가에 묶어두는 것이 하나 있었다. 바로 아버지 이영우.

"이 피…… 정말 죽인 거냐."

이야기를 잠시 중단한 이주승이 물었다. 민아가 고개를 끄덕였다. 이주승은 현기증이 일었다. 하지만 계속해서 말을 이어갔다.

유은희는 이주승이 고시에 합격한 다음 친구들과의 축하 파티에서 만난 여자였다. 그녀는 사람에게서 빛이 난다는 것이 어떤 느낌인지 이주승에게 깨닫게 해준 최초의 여성이었다. 친구들은 이주승의 눈빛을 보고 유은희에게 반했다는 것을 한눈에 눈치챘다. 친구들은 이주승을 재벌가 아들이라고 호들갑을 떨며 유은희에게 소개해주었다. 하지만 그는 그녀가 자신의 배경에나 관심을 가질 여자가 아니라는 것을 한눈에 알 수 있었다.

그녀는 예쁘지만 비싸 보이지 않는 원피스를 입고 있었다. 그녀 앞에 놓인 가방 또한 명품이 아니었다. 화장도 피부 결을 보정하는 정도였다. 친구들은 유은희가 유명한 극단에 소속돼 있고, 이미 그쪽 업계에선 탄탄한 연기력을 인정받은 유망주라고 자랑했다. 하지만 그런 것들은 이주승의 귀에 들어오지 않았다. 이미 사랑에 빠져버렸던 것이다. 얼마 후에 두 사람은 연인이 되었다. 그리고 어렵지 않게 결혼에 골인했다. 결혼식은 조촐하게 치러졌다. 일가친척들은 별 볼 일 없는 여자와의 결혼을 반겼다.

어느 날, 산책 중에 이주승은 유은희에게 '왜 청혼을 받아들였냐'는 질문을 던졌다. 유은희는 잠시 고개를 갸웃거리더니 몸을 돌려 그를 마주 바라보며 말했다.

"음, 당신은 겉보기와는 달리 순수해. 마치 아기처럼. 아직 하얀 도화지라고 표현하는 게 적당하겠다. 난 앞으로 당신과 함께 하얀 도화지에 예쁜 그림을 그려갈 거야."

이주승은 갑자기 급소를 한 대 맞은 사람처럼 가슴이 답답해졌다. 들어서는 안 될 진실을 알아버린 것이다. 이주승은 무표정한 얼굴로 앞을 보며 자신의 도화지가 그나마 하얗던 시절을 떠올렸다. 자신이 백조일지도 모른다는 헛된 꿈을 꾸던 시절 말이다.

이주승은 약간 모자란 연수원 성적으로도 검사에 임용되었고, 일하는 동안 몇 가지 사실을 알게 되었다. 아버지가 자신 몰래 뒤에서 도와주고 있었다는 사실이었다. 아마도 친척들의 시기와 질투는 아버지의 사랑에 대한 반작용이었을 것이다. 우주 어느 곳에서나 존재하는 작용, 반작용의 법칙은 바로 그의 옆에서도 생생히 살아 숨 쉬고 있었다.

재벌 총수인 아버지의 사랑. 그 한 줄기 빛이 이주승이 어둠에 빠지지 않도록 붙잡아두고 있었다. 하지만 그 빛마저도 점점 정체를 드러내기 시작했다.

어느 날 이영우는 이주승을 조용한 곳으로 불러내 곤란한 일 처리를 맡겼다. 의대에 다니는 이영우의 조카가 다른 학생과의 성추행 사건에 휘말린 것이다.

"이런 걸 가족이 아닌 다른 사람들에게 알릴 순 없잖니. 네가 좀 알아서 처리해주렴."

"네. 알겠습니다. 아버지."

상황을 자세히 알아보니 아버지의 조카는 억울할 것 하나 없는 가해자였다. 그래도 이주승은 자신이 가진 권한으로 사건을 조용히 무마시켰다.

이주승은 이런 괴상망측한 일에서도 두 가지 긍정적인 면을 찾아냈다. 하나는 아버지가 자신을 믿는다는 것, 두 번째는 이것으로써 가족들이 자신을 보는 태도가 변할지도 모른다는 것이었다. 하지만 이주승이 모르는 것이 있었다. 바퀴벌레가 모기를 잡아먹는다고 해도 아무도 집에서 바퀴벌레를 기르진 않는다는 것을.

이주승은 아버지 회사를 위해서라면 누구보다 먼저 발 벗고 나섰다. 회사의 모든 어두운 면과 어려운 일들을 도맡아 처리했다. 그리고 그 과정에서 누구보다 회사를 잘 이해하게 되었다. 이영우가 세운 제국은 겉으로 보기엔 건재하지만 여러 곳에 위험이 도사리고 있었다.

날이 갈수록 이주승에 대한 아버지의 믿음은 커졌다. 일은 힘들었지만 아버지의 칭찬과 따뜻한 눈빛이 이주승 자신을 돌연변이가 아닌 백조라고 다시금 착각하게 만들었다.

그러던 어느 날 밤, 갑작스러운 태풍에 비행기가 결항되어 집으로 돌아온 이주승은 사람들이 깨지 않도록 조용히 집 안으로 들어갔다. 그때 어디선가 들리는 말소리에 자신도 모르게 소리가 나는 곳으로 발걸음을 옮겼다. 분명 그냥 지나쳐 방으로 갈 수도 있었지만, 그 소리는 '넌 이걸 꼭 들어야 해' 라고 속삭이며 그를 끌어당겼다. 그리고 그가 알면 안 되는 진실을 알려주었다.

"역시 아버지 말씀이 맞았어. 언니도 인정할 건 인정해. 집안의 더러운 일을 청소해주는 변호사 한 명이 있으니까 얼마나 좋아? 몰래 학교 생활기록부를 보고 변호사로 키울 생각을 다 하시고. 아버진 역시 보통 분이 아니셔."

"그래도 난 가끔 걔가 어떤 생각을 하고 다니는지 불안해. 우리가 그렇게 모질게 굴어도 화 한 번 안 내니까. 보통 그런 인간들은 대개 숨겨둔 꿍꿍이가 있다고!"

"그래서 아버지가 잘 대해주시잖아. 애완견처럼. 아니, 집을 지키니까 호위견인가?"

"그래 인정한다. 그렇게 저주하던 애도 쓸모가 있으니까 이렇게 만들어버리고."

"그러니까 아버지 말씀대로 걔가 집안의 충실한 개가 될 수 있게 잘 좀 해. 개도 궁지에 몰리면 주인을 물어."

"걔가 끝까지 모르길 바라야지. 개는 개일 뿐, 가족이 될 수 없다는 사실을!"

그 순간 이주승이 딛고 있던 바닥은 무너지고, 자신을 비추고 있던 햇살은 자취를 감추었다. 그의 도화지는 전부 시커먼 색으로 물들어버렸다.

그날 이후로 이주승의 가슴 속에는 분노, 원망, 복수라는 감정들이 자리 잡았다. 오붓하고 단란한 가정을 꿈꾸는 아내와의 사이에 벽이 세워졌다. 유은희에겐 야망이 없었다. 유은희가 추구하는 가치들은 이주승에겐 쓰레기와 다를 바 없었다. 혐오스럽고 경멸스럽기까지 했다. 그 점이 더욱 이주승을 번뇌케 했다.

결국 이주승의 깊은 내면에서 올라온 불기둥이 몸과 마음을 모두 다 끓어오르게 만들 즈음, 그에게 목표가 생겼다. 대형 로펌을 만드는 것. 그렇게만 된다면 일가친척들은 더는 자신을 업신여기지 못하게 될 것이라 생각했다.

루이 14세 시절에 왕이 곧 법이었다면 지금은 법이 곧 왕이니까.

이주승은 방금 자란 날카로운 발톱을 발 깊숙한 곳에 숨겨놓았다. 그리고 때를 기다렸다.

날이 갈수록 식구들이 이주승을 찾는 횟수는 늘어갔다. 교통사고가 나도 보험사를 부르지 않고 이주승에게 전화를 걸었다. 그런 일이 거듭되자 가족 모두가 저마다 이주승과 비밀을 공유하게 되었다. 하지만 이주승은 알고 있었다. 그건 그들이 자신을 믿어서가 아니라 자신을 충성스러운 개로 여기기 때문이라는 것을. 개 앞에서 옷 벗는 걸 누가 부끄러워하겠는가.

이주승은 로펌 설립에 대한 구체적인 계획을 세우기 시작했다.

끊임없는 구상과 고민 끝에 계획은 수면 위로 떠올라 윤곽을 드러냈다. 이주승에겐 혜성 그룹의 경영권이 필요했다. 그리고 혜성 그룹의 경영권을 안겨줄 수 있는 유일한 길은 이영우의 유언이었다. 이주승은 조용히 이영우가 유서를 준비하길 기다렸다. 사냥감을 기다리는 표범처럼 아주 참을성 있게, 얌전히, 끈질기고 침착하게.

어느 날, 이영우가 이주승을 불러 유언에 대한 이야기를 꺼냈다. 이영우가 선택한 유언 방식은 공정증서에 의한 유언이었다. 공정증서에 의한 유언은 검인 절차 없이 곧바로 집행에 옮길 수 있어 편리하지만 절차가 복잡했다. 이주승이 해야 할 일은 공증 변호사, 그리고 증인 두 명과 함께 유서를 조작하는 일이었다. 이주승은 이 모든 고난을 쉽게 헤쳐 나갈 수 있다고 믿었다. 이영우가 이주승을 믿고 있었기에.

이런 중대한 업무를 맡을 변호사를 돈으로 매수하는 것은 위험했다. 처음부터 끝까지 한 배를 타야만 했다. 이주승은 주변 변호사 중에서 그런 인물을 찾기 시작했다. 그리고 얼마 지나지 않아 적임자가 나타났다. 바로 현재 로펌 헌정의 공동 설립자인 장용재 변호사였다. 장용재 변호사는 이주승과 같은 야망과 포부를 지니고 있었나. 평범한 변호사가 될 생각은 추호도 없는 사람이었다. 한 가지 아쉬운 점이 있다면 '깡'이 부족하다는 것이었다. 장 변호사는 재벌 총수의 유서를 조작한다는 계획에 큰 거부감을 나타냈다. 그도 그럴 것이 일이 틀어지게 되면 변호사로서의 인생도 끝나는 일이었다. 이주승은 끈질기게 그를 설득했고, 결국 장 변호사는 일단 이영우 회장을 만나보기로 했다.

일은 예상외로 수월하게 흘러갔다. 장용재 변호사는 막상 이 회장을 만나고 나서는 자신감이 넘쳐흘렀다.

"유언 문제는 내가 알아서 다 처리할게. 자네는 경영권을 넘겨받은 뒤에 어떻게 로펌을 설립할지 준비하도록 해."

이영우는 그들이 준비해놓은 무대에 순진하게 넘어갔다. 이주승은 다양한 사례를 들어 그룹의 총수는 유언을 늦게 공개할수록 이익이라고 설득했다. 사실 이영우는 후계자 선정에 꽤 고민하고 있었다. 본부인과의 사이에서 태어난 세 아들은 누가 봐도 그룹을 이끌어나갈 능력이 없었다. 그건 이주승의 눈에도 마찬가지였다.

얼마 후 가짜 유서가 먼저 완성됐다. 유서는 너무나 완벽했다. 물론 전부 맘에 드는 것은 아니었다. 회사의 경영권은 이주승에게 있지만, 일가친척에게도 꽤 많은 수준의 주식이 배분됐다. 하지만 누가 봐도 진짜 같은 유서였다.

"정말 그럴듯해. 진심이야. 대단해. 이건 누가 봐도 진짜야."

이주승이 감탄하자 장 변호사는 단지 멋쩍게 웃으며 '이 정도야'라고 으스대며 말했다.

약간의 시차를 두고 이영우의 진짜 유언이 완성됐다. 유언은 예상대로였다. 아버지가 자신에게 남긴 건 아무것도 없었다. 오직 가족을 뒷바라지하라는 파렴치한 부탁만이 적혀 있었다. 모욕적이었다.

이주승은 계획에 박차를 가했다. 유언이 공개되면, 1년 안에 혜성 그룹은 공중분해될 것이었다. 그리고 그 결과 생긴 엄청난 현금을 통해 이주승과 장용재의 로펌이 탄생할 것이다. 크고, 화려하고, 강한, 법의 제국이.

하지만 이 모든 계획에는 예측할 수 없는 난관이 있었다. 이영우가 자신의 유언을 언제 어떤 방식으로 공개하느냐는 것이었다. 하지만 이주승에게는 강한 믿음이 있었다. 아버지는 자신에게 가족을 모아달라고 부탁할 것이란 것을. 자신은 집을 지키는 개니까.

그리고 그날이 왔다. 이주승이 밤늦게 사무실에서 혼자 서류를 정리하고 있을 때였다. 핸드폰이 울렸고 발신자는 이영우였다.

"유언을 공개해야겠어."

이주승의 심장은 유례없이 크게 뛰기 시작했다.

"당장 모두에게 연락을 취하겠습니다."

"아니 너만 와."

"네?"

"너에게만 미리 긴밀히 할 이야기가 있어."

이주승은 진화를 끊사마사 떨리는 손으로 장용재 변호사에게 전화를 걸었다.

"이영우가 유서를 공개하려 해."

"알겠어. 내가 곧장 갈게."

장 변호사의 대답이 끝남과 동시에 전화가 끊겼다. 장 변호사는 이제 얼마 있지 않아 이영우의 집에 도착할 것이다. 그리고 유서에 관해 할 이야기가 있다고 하며 이영우와 단둘이 있는 자리를 마련할 것이다. 장 변호사는 이영우가 잠시 한눈판 사이 주사기로 링거에 약을 집어넣을 것이다. 약 한 시간 뒤 이영우는 자연사할 것이다. 그들은 노쇠한 노인에게 그 약을 투여할 경우 자연사인지 타살인지 알아내는 것은 절대로 불가능하다는 사실을 알고 있었다.

다시 한 번 핸드폰이 울렸다. 이영우였다.

"아직 도착하려면 멀었나?"

"네. 차가 너무 막히네요."

"되도록 빨리 오게. 몸에 힘이 점점 빠지는 것 같아."

전화기 저편에서 생명의 불씨가 꺼져가는 한 인간의 기침 소리가 들렸다. 아마 약이 효력을 발휘하기 시작했을 것이다.

"최대한 빨리 가겠습니다."

이주승이 전화를 끊음과 동시에 장 변호사에게 전화가 왔다.

"왜 통화 중이야?"

장 변호사가 다급하게 물었다.

"아버지한테 전화가 왔었어."

"무슨 용건으로?"

장 변호사의 목소리가 갈라졌다. 아마 긴장 때문일 것이다.

"그냥 빨리 와달라고, 그나저나 어떻게 됐지?"

"완벽해. 이제 한 시간만 버티면 돼."

"그런데 뭔가 찜찜해. 가족들 말고 나 혼자 오라고 하신 것이."

"절대로 가면 안 돼. 절대로. 만약 네가 간다면 일이 틀어질지도 몰라."

이주승은 곰곰이 생각해보았다. 지금 자신이 간다고 해서 틀어질 일은 없었다. 물론 잠시 후 있을 이영우의 죽음에 대한 오해를 살 수는 있었다. 하지만 이주승이 이영우를 만날 때는 그 옆에 두 명의 간병인이 있을 것이었다. 이주승은 아마도 장 변호사가 방금 전에 큰일을 처리하고 온 것에 대한 긴장으로 과민 반응하는 것이라 생각했다.

"도대체 나한테 무슨 말을 남기려는 걸까?"

"분명히 버러지 같은 가족들 뒷바라지를 부탁한다는 거겠지. 지금부터는 전화도 받지 마."

"그래도 마지막 가시는 길인데."

"그런 감상적인 행동 하나에 모든 계획이 수포로 돌아가는 거야. 한 시간만 참아. 그럼 우린 최고의 로펌을 만들 수 있게 될 거라고."

이제 장용재 변호사에게선 처음의 망설이던 태도 따위 전혀 찾아볼 수 없었다. 장 변호사는 전상에서 능을 내줄 수 있는 용감한 전사였으며 든든한 동지였다. 앞으로 벌어질 유서의 진위에 대한 지루한 법정 투쟁도 장 변호사와 함께라면 두렵지 않았다.
 잠시 후 이주승의 핸드폰이 다시 울렸다. 하지만 이주승은 조용히 배터리를 빼냈다.
 이영우의 사망과 함께 유언장이 공개되었고, 그의 경영권 인수는 일사천리로 처리됐다. 곧바로 유언의 무효를 주장하는 일가친척들의 소가 제기됐다. 시간은 오래 걸렸지만 모두 다 싱겁게 이주승의 승리로 끝났다. 친척들의 주장으로 유서의 증인들과 장용재 변호사에 대한 거짓말 탐지기 조사도 해봤지만 결과는 오히려 유서의 신빙성을 높였다.
 이주승은 계획대로 혜성 그룹을 공중분해시켰다. 일가친척들은 하루아침에 돈만 있는 졸부로 전락해버렸고, 그들은 예전의 영광을 되찾기 위해 발버둥을 쳐댔다. 하지만 이영우 아래서 안락하게만 살아왔던 그들은 끝끝내 재기하지 못했다. 오히려 남은 재산까지 말아먹고야 말았다. 복수는 섬세했던 만큼 완벽하고 아름답게 끝났다. 이제 그들에게 이주승은 두려워할 수밖에 없는 존재가 되었다. 이주승은 언제든 사람들을 몰락시킬 수 있는 법의 힘을 가지고 있었다.
 이주승은 영광의 징표를, 올림픽에서의 금메달과 같은 유서를 버리지 않았다. 이주승은 자신의 결혼식 때 입은 턱시도 안주머니를 뜯어 그 안에 유서를 보관했다. 그리고 얼마 후 장용재 변호사의 충고대로 이주승의 감상적인 행동이 일을 그르쳤다.
 사건은 이영우의 장남 이건철의 한강 투신자살 사건과 겹쳐서 일어났다. 이주승은 애써 미소를 감추며 뉴스를 지켜보았고, 마침 그 옆에서 과일을 깎던 유은희는 남편의 얼굴에 잠깐 스치는 미소를 발견했다. 유은희는 큰 충격에 휩싸였다. 그리고 다음 날 남편이 나간 사이 옷장 속에 있는 앨범을 꺼냈다. 앨범 속에는 두 사람의 행복했던 순간들이 그대로 담겨 있었다.
'어디서부터 잘못된 걸까.'
그녀는 옷장에서 사진 속의 웨딩드레스와 턱시도를 꺼냈다. 그리고 턱시도를 깔끔하게 다리기 시작했다. 검은 턱시도 위로 눈물이 뚝 떨어졌고, 그 눈물은 다리미의 열기 때문에 금세 수증기로 올라왔다. 그때였다. 다리미가 왼쪽 주머니 한참 아래에서 무언가에 걸렸다. 유은희는 다리미를 살짝 들어 그 위를 다렸고 잠시 후 옷 위에 네모난 자국이 선명하게 남았다. 자국의 원인을 살피기 위해 안쪽 주머니에 손을 넣어보았으나 막혀 있었다. 그것은 유은희의 호기심을 자극했고, 그녀는 작은 칼로 주머니 안쪽을 뜯기 시작했다.
턱시도 안에서 나온 것은 이영우의 유서였다. 유서 내용은 현기증을 일으킬 정도였다. 모든 악몽의 시작이 그곳에 있었다.
하지만 유은희는 섣불리 판단하지 않았다. 일단 침착하게 그가 퇴근하기만을 기다렸다. 그리고 밤늦게야 집으로 돌아온 그를 붙잡고 대화를 시도했다. 그녀의 손에 들린 유서를 본 이주승의 표정은 심하게 뒤틀렸고 그를 의심했던 것이 오해이기만을 바랐던 유은희의 기대는 무너져 내렸다. 그의 뒤틀린 표정은 원래대로 돌아가지 않았다. 그는 하루아침에 낯선 이가 돼버렸다. 그래도 그녀는 남편을 포기할 수 없었기에 그를 설득하고, 되돌리려 노력했다. 하지만 그녀는 결국 자신이 사랑했던 남자는 오래전에 사라지고 껍데기만 남았다는 사실을 깨달았다. 이러한 끔찍한 사실을 받아들인 유은희는 공포와 배신감에 지배당했고, 결국 유서를 사람들에게 폭로하겠다는 말로 그를 협박하기까지 이르렀다.

다음 날, 사무실 책상에 앉은 이주승은 다시 한 번 계획을 세워야만 했다. 이 상황을 완벽하게 정리하는 방법. 아무도 유은희의 말을 믿지 않게 만들어야 했다. 그것은 아주 간단했다. 아내를 미친 사람으로 보이게 만들어버리는 것이다. 이주승은 사람을 시켜 아주 특별한 약을 준비했다. 사람을 반쯤 미치게 해서 환각과 정신 착란에 빠뜨리고 폭력적으로 변하게 하는, 소지한 것만으로도 죄가 되는 금지된 약이었다.

약을 투여한 지 두 번째 되는 날, 아내와의 사랑의 결실이었던 딸 민아의 팔뚝에 작은 멍이 생긴 것을 발견할 수 있었다. 딸의 표정 또한 예전과는 달랐다. 이주승은 약의 투여량을 늘렸다.

이주승은 누군가가 민아의 상처를 발견해주길 기다렸다. 이런 일들은 당사자보다 관련 없는 제삼자가 발견했을 때, 더 큰 반응을 이끌어낼 수 있는 법이다. 민아의 늘어가는 멍이 마음에 걸렸지만, 모든 것은 자신의 천년 왕국을 위한 대가였다. 대가 없는 성공은 없었다.

얼마 후 이주승의 비서가 민아의 학교 선생님에게서 전화가 왔다고 보고했다. 분노한 민아의 담임 선생님 덕분에 일이 아주 손쉽게 해결되었다. 이혼, 접근 금지, 정신병원. 모든 게 완벽했다.

하지만 모든 계획은 예상치 못한 결과를 수반하는 법. 민아는 엄마의 폭행과 이혼, 정신병원이란 충격에서 예상외로 쉽게 헤어 나오지 못했다. 자신의 딸은 생각했던 것보다 유약했다. 자신처럼 힘든 어린 시절을 보내지 않았기 때문이라고 생각했다. 온실 속의 화초는 약간의 강한 햇빛에도 시들해져버린다. 그렇지만 아직 민아가 어리고 순종적이었기에 일단은 관심을 다른 곳으로 돌렸다. 딸은 가만히 두어도 자라지만 자신의 제국은 그렇지 않았다.

이주승이 다시 민아에게 관심을 돌렸을 때 그는 인형처럼 순종적이던 딸의 극적인 변화에 적잖은 충격을 받았다. 변화는 급격히 일어났고, 어디가 시발점인지는 알 수 없었다. 결과적으로 민아는 골칫덩어리로 전락해 있었다. 자신의 제국을 물려받아야 하는 단 하나의 핏줄이, 자신이 세상에 존재할 필요도 없다고 생각하는 쓰레기가 되어가고 있었다. 민아는 끊임없이 말썽을 피웠다. 딸의 비행은 당연히 이 사회의 제재를 야기했다. 하지만 그 제재는 그가 가지고 있는 힘에는 비할 바가 못 되었다. 그는 그 제재들이 그녀의 인생에 오점을 남기지 못하도록 감싸주었다. 하지만 그가 그녀에게 한 행동은 여느 맘 약한 부모들이 어쩔 수 없이 아끼는 자식을 보호하는 것과는 질적으로 달랐다. 그에게는 다른 부모들과는 다른 계획이 있었다.

딸에겐 치료가 필요했다. 그래서 이주승은 자신만의 방법으로 민아를 '치료'하기로 마음먹었다. 그리고 치료의 수단은 이미 이주승이 살아오면서 끊임없이 경험해왔기에 알고 있는 방법이었다. 'Whatever doesn't kill you simply makes you stronger'라는 니체의 말처럼 죽지 않을 정도의 고통을 주는 것이다.

예상대로 치료의 결과는 탁월했다. 민아는 모든 비행을 멈추고 공부에 몰두했다. 그리고 자신과 같은 사람이 되고 싶어 했다.

다시 한 번 모든 것이 완벽해졌다. 자신의 딸은 훌륭한 변호사가 되었고, 꿈에도 그리던 로열패밀리와의 결혼도 가능해 보였다. 만약 민아가 건우와 결혼한다면 이주승의 천년 왕국은 완벽히 도래하는 것이다…….

모든 이야기가 끝났다.

"그랬군요. 어머니가 그래서 절 때린 것조차 기억하지 못했던 거군요."

민아가 중얼거리듯 말했다. 그리고 한참이나 아무 말도 하지 않았다. 민아는 이주승이 말한 과거를 찬찬히 그려보고 있었다. 분명 그중 어딘가에 뒤엉킨 실뭉치 같은 덩어리가 있었다. 그때 민아의 핸드폰에서 문자 소리가 울렸다. 민아는 이곳으로 향하는 건우의 차 안에서 백 형사에게 간단한 조사 하나를 더 부탁했었다. 예상대로 문자의 발신인은 백 형사였다. 문자를 확인하는 순간, 민아의 눈빛이 날카롭게 빛났다. 간단하게 실타래는 풀렸다. 민아는 우후죽순 떠오르는 생각들을 잠시 정리한 후, 이주승을 향해 표정 없이 물었다.

"이야기를 듣다 보니 떠오르는 의문이 하나 있어요. 유서 조작 이후, 두 증인이 아버지께 연락해 온 적은 없나요?"

"……증인?"

"유언에서……"

"우린 유언에 대한 모든 소송이 끝나고 나서 그들에게 큰돈을 지불했다. 그 뒤론 아무런 연락도 하지 않았어."

"그럼 이제 아무 관계도 없는 건가요?"

"내가 비밀을 지키려고 그들을 죽이기라도 했을까 봐?"

민아는 무언가를 깨달은 듯 미간을 찡그렸다.

"할아버지 유서의 마지막 부분, 너무 인위적으로 당신의 감정을 건드린다고 생각하지 않으세요?"

"무슨 말을 하려는 거냐."

"유서가 가짜라는 생각은 해본 적 없어요?"

"……유서가 가짜라니?"

"지금 제가 들고 있는 이 유서요. 아버지가 진짜라고 생각하고 있는 이 유서야말로 가짜일 수도 있다는 생각을 해본 적 없느냐는 말이에요."

"사람을 죽이더니, 망상이 지나치구나."

이주승이 민아를 비웃었다. 민아는 개의치 않고 말을 이었다.

"만약 당신의 예상과 달리 할아버지가 당신에게 경영권을 준다는 유언을 했다면, 장용재 변호사는 어떻게 행동했을까요? ……만약 유언대로 첫째 아들이 경영권을 승계하게 될 것이었다면 왜 할아버지는 미리 당신에게 언지해주고 뒷바라지를 부탁하지 않았을까요?"

"경영권 승계에 대한 비밀이 미리 새어 나가면 안 되니까."

이주승이 여전히 두말하면 잔소리라는 식으로 답했다.

"당신이 맡았던 할아버지의 불륜 이야기는 새어 나가도 되고요?"

"그건 어쩔 수 없었으니까."

"아까 아버지 입으로 말씀하셨잖아요. 할아버지가 당신을 완전히 믿고 있었다고."

"그건 그것과는 다른 믿음이야. 아버지는 나를 그렇게 생각하지 않았어."

"만약 할아버지가 가족들 앞에서 당신에 대해 그런 태도를 취하지 않았다면? 당신이 거기서 살아남을 수 있었을까요? 왜 할아버지는 돌아가실 때 그렇게 당신을 혼자 보려고 했을까요?"

"……너 뭔가를 알고 있구나."

이주승의 목소리에선 이제껏 민아가 한 번도 느껴보지 못한 종류의 두려움이 서려 있었다. 그런 이주승의 모습을 찬찬히 바라보던 민아가 방금 전 백 형사가 보낸 문자 내용을 설명했다.

"이 유서의 공증인이 헌정 대표 변호사인 장용재 변호사님인 걸 알고, 또 다른 증인 두 명은 어떤 사람일까, 지금 무얼 하고 있을까 하는 궁금증이 들었죠. 그래서 아는 분께 증인에 대해 간단히 조사를 부탁했어요. 아주 좋은 집에 살면서 실제로 출근도 하지 않는 회사로부터 매달 500만 원씩 입금을 받고 있더군요. 시간이 없어서 그 법인의 정체에 대해 알아보진 못했지만, 전 당연히 아버지께서 보내는 거라 생각했어요."

순간 이주승의 표정은 민아가 피 묻은 과도를 던지며 살인을 언급한 그때와 같아졌다.

"전 단지 이상하단 생각이 들었을 뿐이에요. 도대체 누가 비밀을 숨기고 있는 사람인지."

민아는 자신이 들고 있던 유서를 이주승의 책상 위에 던져주었다. 이주승은 그것을 줍더니 사막에서 물을 찾은 사람처럼 읽기 시작했다. 그리고 이주승의 얼굴엔 당혹스러운 표정이 서서히 퍼져갔다. 아마도 몇십 년 동안 발견하지 못했던, 진짜라고 믿었던 유서에서 발견된 결함 때문일 수도 있었고, 오랜만에 보는 유서로부터 번지는 아버지에 대한 분노 때문일 수도 있었다. 하지만 민아에게 그것은 중요하지 않았다.

민아가 가볍게 입술을 한 번 깨물더니, 이주승에게 말했다.

"만약 아버지가 끝까지 진실을 이야기해주지 않았다면, 쓰레기들을 죽이러 갈 생각이었어요."

"……뭐? 그럼 이건?"

이주승이 바닥의 칼과 민아를 번갈아 바라보며 휘둥그레진 눈으로 물었다.

"제 피예요. 이제 그 칼은 필요 없어요. 그자들은 아버지에게 범죄를 사주받은 쓰레기에 멍청한 인간들일 뿐이니까."

"……"

"확실하지 않지만, 만약 지금 제 예상이 맞다면 아버지도 조금, 아니 많이 불쌍한 분이시네요. 하지만 그렇다고 해서 어머니께, 또 제게 한 짓을 용서할 수는 없어요."

그렇게 말하며 여전히 충격에서 빠져나오지 못하는 이주승을 바라보는 민아의 표정에서 연민이 느껴졌다. 민아는 그 말을 끝으로 고개를 돌리고 엘리베이터 쪽으로 걸어가 버튼을 눌렀다. 32층에 머물러 있던 엘리베이터 문이 바로 열렸고, 민아는 그 안으로 들어갔다. 순간 그대로 문이 닫히길 기다릴까, 아니면 뒤돌아서 닫힘 버튼을 누를까 고민했다. 결국 참지 못하고 몸을 돌렸다. 닫힘 버튼을 향해 손을 뻗는 민아의 손이 잠시 주춤했다.

바로 눈앞에 처음 보는 얼굴의 이주승이 서 있었다. 아버지는 한없이 작아져 왜소해 보이기까지 했다. 봄에 방금 핀 꽃도 시들게 할 수 있는 차가운 표정은 원래의 냉기를 잃고 공허해졌다.

이주승의 흔들리는 눈빛이 민아에게 용서를 구하고 있었다. 이주승이 민아를 향해 뭐라고 말을 하려는 순간, 엘리베이터 문이 차가운 기계음을 내며 닫혔다. 민아는 닫힌 문을 다시 열지 않았다. 엘리베이터는 그대로 1층으로 하강했다.

민아는 생각했다.

'모두 다 피해자였어. 나를 학대했던 어머니도, 돈의 유혹에

현혹되어 범죄를 저지른 그 쓰레기도, 그리고…… 첩의 아들로 태어나 그런 삶을 살아가게 된 아버지도. 그런 아버지를 사랑했지만 제대로 표현 한 번 못 해보고 죽임을 당한 할아버지도.'

그렇게 생각하니 모든 것이 부질없게 느껴졌다. 빠르게 하강하는 엘리베이터 안에서 민아를 그토록 번뇌케 했던 모든 것들이 연기처럼 사그라지고 있었다.

엘리베이터 앞에 오도카니 남겨진 이주승은 갑작스럽게 찾아온 커다란 고독에 몸을 움츠렸다. 자신이 단 한순간이라도 사랑했던 사람들은 모두 죽거나 떠났다. 아버지도, 아내 유은희도, 그리고 이제 딸까지 자신의 곁에서 떠났다.

그렇게 만든 장본인은 바로, 자신이었다.

pm 11:23

빌딩 로비의 고요한 정적 속에서 CCTV를 지켜보고 있던 경비는 어디선가 들려오는 미세한 바람 소리에 고개를 돌렸다. 소리의 정체는 회장님의 전용 엘리베이터였다. 경비는 퇴근하는 회장님에게 인사를 하기 위해 자리에서 벌떡 일어나 옷매무새를 다듬었다. 경비는 항상 회장님을 최선을 다해 모셨다. 그리고 그 복종엔 항상 용돈이라는 달콤한 열매가 따랐다. 경비가 인사를 하기 위해 목청을 가다듬고 있을 때, 엘리베이터 문이 열렸다. 하지민 엘리베이터에서 내린 사람은 회장님의 따님인 이민아 변호사였다. 아까 그녀가 자신의 인사를 쌩하니 무시하고 지나간 것을 떠올렸다. 그렇다고 그녀를 무시할 수는 없었다. 이민아 변호사는 자신이 몸담고 있는 이 제국을 물려받을 단 하나의 여자였다. 하지만 그는 민아에게 인사할 엄두조차 내지 못했다. 말로 표현할 수 없는 어떤 아우라가 그녀를 감싸고 있었기 때문이었다. 그 오로라는 너무나 강렬해 그와 같은 평범한 사람조차도 느낄 수 있었다. 경비는 민아가 회전문을 지나 밖에 비상등을 켜고 서 있는 차를 향해 걸어가는 모습을 숨죽인 채 지켜보았다.

pm 11:24

이주승은 넋 나간 표정으로 자신의 의자에 쓰러지듯 앉아 있었다. 단 20분 만에 20년은 늙어버린 것 같았다. 그는 초점 없는 흐릿한 눈으로 창밖의 세상을 바라보며 생각했다.

이주승이 세운 제국은 아직 건재했다. 회사, 사회적 지위, 인맥이 그것을 증명하고 있었다. 헌데 이상했다. 자신을 받치고 있던 수많은 기둥 중에서 단지 하나가 무너졌을 뿐인데 전체가 휘청거렸다.

갑자기 가슴이 답답해지고 심장이 옥죄어왔다. 이주승은 서둘러 두 번째 서랍을 열어 신경안정제를 꺼냈다. 뚜껑을 열고 손바닥 위에 털었다. 약이 우르르 쏟아졌고, 이주승은 손 위에 남은 것들을 입 속으로 털어 넣었다. 몸과 정신이 나른해져왔다. 그는 눈을 감았다.

pm 11:25

건우의 차.

조수석에 앉아 약간은 불안한 모습으로 핸드폰을 만지작거리던 민아는 차창 밖으로 커피빈 문을 열고 나오는 건우를 물끄러미 바라보았다. 건우는 민아와 눈이 마주치자 싱긋 미소 지으며, 양손에 들린 커피 두 잔을 슬쩍 들어 올렸다. 그리고 추운지 몸을 움츠리며 발걸음을 재촉했다. 곧 운전석 문이 열리고 건우가 차에 탔다. 진한 에스프레소 향이 차 내부를 가득 채웠다. 그렇지만 민아는 지금 이 순간 사랑하는 건우도, 파트너처럼 달고 살던 커피 향도 그리 달갑지 않았다. 그것들의 존재 자체가 자신의 집중력을 한숨에 흐트러뜨렸기에.

민아는 건우를 슬쩍 노려보았다. 하지만 그건 그의 탓도, 커피 향의 탓도 아니었다.

어머니의 학대를 받던 유아 시절의 자신을 기억해보고, 쓰레기들에게 폭행당하던 지옥 같은 순간도 떠올려보았다. 모든 악의 근원이었던, 지금 자신의 웃음과 닮은 아버지의 비릿한 미소도 애써 그려보았다. 하지만 어찌 된 영문인지 분노가 일지 않았다. 오히려 그렇지 못한 것에 대한 분노가 치밀었지만, 그건 원하는 일이 멋대로 되지 않을 때 느끼는 치기 어린 짜증이나 화 따위 정도였다.

민아는 시계를 보았다. 밤 11시 25분. 이제 죽음이 닥칠 시각까지는 35분밖에 남지 않았다. 점점 마음이 조급해왔다.

"왜 그렇게 심각해?"

건우가 커피를 건네며 넌지시 물었다. 민아는 커피를 받아 들고는 컵홀더에 내려놓았다. 그리고 크게 한숨을 내쉬었다.

"이상해…… 바뀌지가 않아."

"그게 무슨 소리야?"

"아무리 해도 흥분과 분노 상태가 되질 않아…… 안 돼……"

민아는 고개를 저으며 자신에게 말하듯 중얼거렸다. 건우는 이해하기 힘든 미적분 문제를 바라보듯 한참 민아를 응시했다. 그러더니 양손으로 그녀의 어깨를 감싸 자신과 마주 볼 수 있도록 상체를 틀었다. 민아의 눈동자 속에 언뜻 절망이 비쳤다. 건우가 아이를 달래듯이 부드럽게 말했다.

"자세히 설명해봐."

"……"

"그래야 내가 널 도울 수 있어. 어?"

민아는 한참 후에야 고백하는 것처럼 말했다.

"알다시피, 난 윤재희를 믿기로 했어. 죽음이 닥쳐올 때 깨어 있는 영혼은 사라지고, 잠들어 있는 영혼만이 살아남는다는 것 말이야."

"그래."

건우가 진지하게 대답했다.

"그러려면 그 시간 전에 난 윤재희로 변해야 해. 그리고 난 윤재희와 내가 변하는 방법을 알고 있었어."

"⋯⋯그게 뭔데?"
"⋯⋯내가 윤재희로 변하기 위해서는⋯⋯."
건우가 어서 말하라는 듯 고개를 끄덕였다.
"⋯⋯공포와 두려움 또는 흥분 상태에 빠져야 해. 지금까진 그래왔어."
민아가 잠시 입을 다물더니, 입술을 지그시 깨물었다. 손을 뻗어 컵홀더에 끼워놓은 커피를 들어 살며시 입을 축였다. 그리고 다시 말을 이었다. 힘겹게.
"넌 모르겠지만, 나에겐 평생을 괴롭혀오던 사건 두 가지가 있었어. 생각하고 싶지 않아도 물에 집어넣은 공기주머니처럼 자꾸만 떠올라 나를 괴롭혔어. 그리고 그때마다 난 기억을 잃었어. 아마 너도 기억할 거야. 내가 처음으로 네 앞에서 정신을 잃은 날."
"⋯⋯민아 네 사무실에서?"
"어. 하지만 그 기억들은 더는 나를 괴롭히지 못해. 진실을 알아버렸거든. 모두가 피해자고, 또 모두가 가해자였어."
순간 건우의 머릿속에 선정과의 대화가 스쳐 지나갔다.
'그럼 해리성 정체 장애 발생의 주된 원인은 뭐야?'
'음, 대개 유년 시절의 육체적, 정신적 학대 또는 정신적 외상이야.'
건우는 민아를 괴롭게 한 사건들이 무엇인지 알고 싶었다. 그리고 민아가 가진 상처를 공유하고 싶었다. 하지만 지금은 그것을 묻지 않기로 했다. 지금의 민아라면 말해줄지도 몰랐지만, 현재 가장 중요한 것은 자정이 되기 전까지 그녀들의 뜻에 따라주는 일이었다. 그래야 그 시간이 지나자마자, 이렇게 말할 수 있을 테니까. '봐, 목소리란 존재가 말한 대로 했지만 아무 일도 일어나지 않았잖아. 이제 네가 해야 할 일은 목소리 대신 날 믿는 일이야' 라고.

"민아 네가 재희로 바뀌려면 극도의 분노와 두려움이 필요하다는 거지?"

"……어."

시간은 계속해서 무심하게 흘러갔고, 민아의 초조함은 그에 비례해 점점 더 커져만 갔다.

민아는 생각했다. 이제야 그 오랜 세월 동안 증오하고 원망했던 어머니를 이해했다. 쓰레기들 또한 아버지의 사주를 받은 한낱 태엽 인형에 불과하다는 것을 알았다. 그 모든 악의 근원이었던 아버지는 자신이 그토록 사랑했으며, 한없이 사랑받았던 할아버지를 오해 때문에 죽음에 이르게 만들었다. 그리고 결국 자신 앞에서 맥없이 쓰러졌다. 이 슬픈 이야기가 어디서부터 시작됐는지는 알 수 없었으나, 중요한 건 종착점을 향해 달려가고 있다는 것이었다. 조금만 더 시간이 흐른다면 과거의 기억들을 희석시켜 어쩌면 일곱 살 이전 천진했던 그때로 돌아갈 수 있을지도 몰랐다. 증오, 복수, 원망 이런 감정들 대신 따뜻함, 믿음, 사랑과 같은 감정을 품을 수 있을지도 몰랐다. 하지만 아이러니하게도 그렇게 될 수 있는 내적 상태가 이뤄졌기에, 행복해질 가능성은 무너지고 있었다.

이대로 죽고 싶진 않았다. 불안하게 지켜온 것, 가까스로 얻은 것, 이제 막 꾸기 시작한 꿈. 그랬다. 민아는 건우 옆에서 행복해지고 싶었다. 사랑하는 남자 건우 옆에서…… 그 순간 민아의 뇌리 속에 무언가 번뜩였다. 민아는 고개를 절레절레 흔들었다. 하지만 잠시 후 지금껏 단 한 번도 보이지 않았던 따뜻한 목소리로 건우의 이름을 불렀다.

"……건우야."

건우는 눈빛으로 대답했다. 민아는 가볍게 입술을 깨물며, 자기 자신에게 다짐하듯 눈을 감았다 떴다. 그리고 떨리는 목소리로 물었다.

"넌…… 누구와 사랑에 빠진 거야?"

건우는 민아를 처음 본 순간부터 좋아했다. 사랑일지도 몰랐다. 그걸 깨닫게 해준 것이 재희였다. 다 떠나서 건우에게는 재희든 민아든 결국 한 사람 '민아'였다. 하지만 지금의 민아는 그렇게 생각하고 있지 않았다. 민아에게 재희는, 완벽한 타인이었다.

건우의 얼굴은 당혹감을 감추지 못했다. 그것은 건우가 피하고 싶었던 질문이었다.

둘 중 누구를 사랑하느냐.

"넌 윤재희와 나 둘 중 어느 쪽을 사랑하는 거냐고……"

민아가 재차 물었다.

"그야 당연히……"

건우가 순간 말을 멈췄다. 민아의 눈빛이 무언가를 호소하고 있었다. 건우는 민아가 갑자기 이런 질문을 꺼낸 이유를 어렴풋이 알 것만 같았다. 분명히 그녀는 이렇게 말했다. '윤재희와 나'라고. 왜 그토록 자존심 센 민아가 자신의 이름을 재희 다음으로 언급했을까? 절대 실수는 아니었을 것이다. 문득 건우의 머릿속에 어느 심리학 책에서 읽은 문구 하나가 떠올랐다. '사람에게 양자택일 문제를 낼 때 상대가 고르길 원하는 것을 앞에 둬라. 십중팔구는 전자를 택한다.'

그렇다 해도 자신과 재희를 완벽한 다른 사람으로 인지하고 있는 민아 앞에서 너 아닌 재희를 사랑한다는 말은 결코 꺼내기 쉽지 않았다.

"난……"

건우는 한숨을 쉬었다.

"난 말이지……"

건우는 숨을 깊이 들이마시고, 다시 크게 한숨으로 내뱉었다. 그리고 굳게 결심했다.

"미안해. 난…… 재희를 사랑하는 것 같아."

건우가 말했다. 공기 중에 흩뿌려진 건우의 말은 어느 순간 총알로 변해 민아의 심장을 파고들었다. 찢어질 듯 강렬한 심장의 고통과 함께 민아의 눈가가 촉촉하게 젖어들었다.

그것은 민아가 원했던 답이었다. 하지만 자살을 시도하는 사람도 결국 죽음의 문턱 앞에 선 순간 자신의 선택을 후회하는 것과 같이, 그래서 숨이 끊어지기 전까지 살기 위해 몸부림치는 것과 같이, 민아 또한 자신이 원했던 답을 들었음에도 불구하고 그 질문을 했던 몇 초 전으로 시간을 되돌리고 싶을 만큼 후회스러웠다.

민아는 다시 한 번 깨달았다. 자신은 건우라는 남자를 세상 그 누구보다 사랑한다는 것을.

문득 이런 생각도 들었다. 건우라면 자신의 의도를 파악하고 이런 답을 했을지도 모른다고. 하지만 그건 자신만의 착각일지도 몰랐다. 만약 건우가 정말 자신 안의 재희를 사랑하는 거라면? 그래서 만약 윤재희가 사라진 후 그녀를 그리워한다면? 윤재희 대신 나를 살린 걸 후회하게 된다면? 나를 보면서 윤재희를 추억한다면?

그런 생각이 우후죽순 고개를 쳐들자마자 민아는 둔탁한 무언가로 머리 중앙을 얻어맞은 것 같은 충격에 휩싸였다. 머릿속이 둔하게 욱신거리고 주위 공기가 급속히 희박해졌다. 그리고 점점 정신이 희미해졌다. "민아야"라고 자신을 부르는 건우의 목소리가 물 속에 있을 때처럼 멍하게 들렸다. 민아는 위험한 수술을 앞둔 환자가 수술실을 들어가기 직전, 사랑하는 이들을 바라보며 그들을 다시 볼 수 있길 간절히 염원하는 마음으로, 건우를 바라보았다. 다시 눈을 떠 건우를 바라볼 수 있을지, 그대로 영원히 잠들지, 그건 오직 신만이 알 수 있었다. 후회해도 소용없었다. 민아는 이미 루비콘 강을 건너고 있었다.

민아는 점점 희미해져가는 의식을 부여잡으며 건우를 향해 지금껏 단 한 번도 꺼내지 않았던, 아니 내색조차 하지 않았던 마음속 깊이 숨겨두었던 말을 힘겹게 속삭였다.

"널 오랫동안 좋아해왔어. 날…… 지켜줘."

그것이 민아가 마지막으로 내뱉은 말이었다. 건우는 마치 종이인형처럼 쓰러지는 민아를 두 팔로 감싸 안았다. 서서히 감기는 민아의 눈에 눈물이 고였다. 그리고 눈물이 차오른 눈꺼풀 뒤에는 마지막이 될지도 모르는 건우와의 만남을 기억하려는 애틋한 눈빛이 있었다. 잠시 후 민아의 눈은 온전히 감겼고, 두 눈의 양쪽으로 고여 있던 눈물이 흘러내렸다. 그것은 건우의 가슴을 아련하게 적셨다.

건우는 민아의 그 고백이 세상 그 어떤 값진 선물보다 크게 느껴졌다. 그 말 한마디가 앞으로 세상을 살아갈 원동력이 될 것만 같았다. 건우는 민아를 꼭 껴안았다. 그리고 다짐했다.

'내가 민아 널 꼭 지켜줄게.'

16 chapter

Please promise me that sometimes you will think of me

pm 11:30

재희는 건우의 품 안에서 눈을 떴다. 자신이 잠들어 있는 사이 건우와 민아에게 어떤 일이 일어났는지는 예측조차 할 수 없었지만, 건우가 민아를 이토록 따스하게 껴안고 있었다는 사실 하나만으로도 질투라는 감정이 목구멍까지 차올랐다.

그렇지만 재희는 민아에게 그런 추악한 감정을 느껴서는 안 된다고 마음을 다잡았다. 자신은 지금 민아로부터 영원히 이 남자, 그리고 그녀의 육체를 빼앗으려 하고 있었다.

재희는 '역시 목소리의 말대로 민아 씨는 우리가 변하는 방법을 알고 있었어. 다행이야. 날 믿어줘서' 라고 생각하며 양팔로 슬그머니 건우를 밀어냈다. 그리고 폐에 고여 있던 텁텁한 공기를 바깥으로 토해내며 손목을 들어 시계를 확인했다.

순간 재희의 낯빛이 새파랗게 바뀌었다.

11시 30분. 자정까지는 불과 30분밖에 남아 있지 않았다. 갑자기 격렬한 현기증이 일었다. 살짝 몸이 휘청거렸다.

"괜찮아?"

건우가 물었다. 건우는 이제 눈빛만 봐도 두 여자를 구분할 수 있었다. 사실 건우는 민아가 더는 과거의 기억들이 자신을 괴롭히지 못한다고 고백하듯 말했을 때, 민아의 해리성 정체 장애가 사라졌길 기대했다. 하지만 민아는 결국 다시 재희로 바뀌었다.

"괜찮아요. 근데 시간이 없어요. 난 지금 가장 안전한 곳으로 가야 해요."

재희가 건우를 향해 다급하게 말했다. 건우는 고개를 끄덕이며, 그건 이미 생각해놨다는 듯 차분하게 이야기했다.

"아무리 생각해봐도 가장 안전한 곳은……"

재희의 침이 꼴깍 넘어갔다.

"……그럼 우리 집으로 가자."

건우의 말이 끝나기가 무섭게 재희는 미간을 찌푸리며 고개를 절레절레 저었다.

"집은 안 돼요."

"왜지?"

재희는 건우에게 목소리의 경고와 조언에 대해 그대로 들려주었다. 그렇게 말하는 재희의 눈빛은 너무도 완고해 설득이 비집고 들어갈 틈이 없어 보였다. 건우는 재희가 들을 수 없을 정도의 작은 한숨을 내쉬고, "그럼 어디가 좋을 것 같아?" 하고 재희에게 그리고 자신에게 되물었다.

"집은 절대 안 돼요. 인적이 드물어야 하고, 천재지변 이외의 사고가 날 확률이 낮았으면 좋겠어요. 중요한 건 응급실이 가까이 있어야 해요. 그리고 지금 여기서 멀지 않은 곳…… 시간이 얼마 없으니까……"

재희가 다시 한 번 시간을 확인하며 말했다. 이제 남은 시간은 25분. 건우는 '그래, 그녀가 원하는 대로 상황을 만들어야만 해' 하고 마음을 다잡았다. 그리고 미간을 찌푸린 얼굴로 잠시 생각했다. 곧이어 건우의 눈은 다이아몬드 광산을 발견한 사람처럼 반짝였다.

"나 그런 곳을 한 군데 알 것 같아."

"……네? 거기가 어디예요?"

"일단 가자."

건우가 시동을 걸었다.

우렁찬 소리와 함께 계기판들이 야광처럼 빛을 냈다. 계기판 시계가 37분에서 38분으로 막 바뀌었다. 죽음은 1분 더 가까이 다가왔다.

pm 11:40

건우는 시속 120킬로미터로 시내를 달렸다. 재희는 빠른 속도에 불안을 느꼈는지 창문 위에 달린 손잡이를 꼭 붙잡았다.

내비게이션은 현재 위치에서 목적지까지 걸리는 시간을 10분으로 예상하고 있었다. 그들에게 남은 시간은 20분.

"너무 빨라요."

"지금은 죽지 않아."

건우는 재희를 슬쩍 바라보며 몇 시간 전 벤츠에서 뛰어내린 재희가 비장한 표정으로 했던 말을 흉내 냈다.

피식, 하고 둘 사이에 가벼운 웃음이 새어 나왔다. 덕분에 재희의 긴장이 다소 완화되었다.

건우는 어차피 믿고 있지도 않은 지금의 상황에 이렇게 목숨을 걸고 있는 자신을 바라보며, 문득 어릴 적 한창 게임에 빠져 있었던 때를 떠올렸다. 슈퍼마리오와 함께 점프하고, 구르고, 온몸을 날리며 자신이 슈퍼마리오라고, 잠시 현실 세계에 나와 있는 거라고 착각했었다.

건우는 지금은 그때와 반대 상황이라고 생각하기로 했다. 현실에서 민아와 재희가 믿고 있는 '믿을 수 없는 세계'에 잠시 발을 들여놓은 것이다. 건우는 지금 슈퍼마리오가 아닌 그녀에게 빠져 있으니까.

건우는 조금 더 속력을 높였다.

pm 11:50

건우가 차를 세운 곳은 어느 학교 운동장 앞이었다. 재희가 의아한 눈으로 건우를 바라보았다.

"우리 동네 학교 운동장이야. 우리 집 베란다에서 훤히 내려다 보이는. 그래서 잘 알아. 컴컴해지면 가끔 순찰하는 경비 아저씨의 손전등 불빛만 보일 뿐이지, 사람 하나 없이 고요해. 그리고 야심한 밤에 운동장에 위험 요소라고 해봤자, 흙, 농구 골대, 바람뿐이야. 게다가 바로 가까운 곳에."

건우의 손가락이 가까운 어딘가를 가리켰다. 재희의 시선이 차창 너머 건우가 가리키는 곳으로 이동했다. 거기엔 '강남세브란스병원' 이라는 대형 간판이 보였다.

"어때? 맘에 들어?"

재희가 슬며시 미소 지으며 고개를 끄덕였다.

"문제가 하나 있긴 하지만……"

"문제요?"

"다행히 해결할 수 있는 문제야. 내리자."

건우가 차 문을 열며, 믿음직스럽게 말했다.

pm 11:52

건우의 예상대로 운동장으로 들어가기 위한 철문은 깊게 잠든 사자의 입처럼 굳게 닫혀 있었다.

"어떻게 해결하죠?"

"이 정도면 넘어갈 수 있어. 내가 먼저 넘어가서 네가 내려오는 걸 도와줄게. 이런 건 올라가는 것보다 내려오는 게 힘들거든."

건우는 바지를 약간 걷고 무릎 높이쯤 위치한 문틀에 두 발을 올렸다. 그리고 손을 뻗어 잡을 만한 곳을 더듬거렸다.

이제 8분. 재희의 마음은 점점 조급해졌다.

건우가 팔의 힘을 이용해 하체를 점프시키려는 그때였다. 약간은 우스꽝스럽기까지 한 건우의 모습에 조명이 비쳤다. 마치 서커스단의 기행을 비추는 하이라이트처럼.

건우와 재희는 거의 동시에 빛을 비추는 쪽을 바라보았다. 철문 안쪽에서 경비복 차림의 남자가 손전등을 들고 수상쩍은 눈으로 그들을 응시하고 있었다. 경비는 건우와 눈이 마주치자 불쾌감이 묻어나는 굵직한 목소리로 소리쳤다.

"지금 뭣들 하시는 겁니까? 운동장 개방 시간은 10시까지입니다!"

그렇게 말하며 들고 있는 손전등으로 초소 위에 걸린 시계를 가리켰다. 그러고는 초소로 돌아가기 위해 몸을 돌렸다.

건우가 '어쩌지?' 하는 눈으로 재희를 바라보았다. 그때였다. 재희가 경비를 향해 크게 소리쳤다.

"아저씨!"

경비가 발걸음을 멈추더니 마치 거북이처럼 쓰윽 고개만 돌렸다.

"제가 아까 운동하다가 MP3를 떨어뜨렸어요. 만약 지금 찾지 않으면 내일 학생들이 그걸 발견할 거예요. 중요한 것들이 많이 담긴 MP3예요. 빨리 찾고 나갈게요. 부탁드려요."

경비는 그 말의 진위를 파악하려는 듯 유심히 재희를 쳐다보았다. 잠시 후 건우는 그의 눈빛이 과하다 느꼈고 약간 기분이 불쾌해졌다. 철문에서 내린 건우가 경비 쪽으로 묵직한 한 걸음을 내딛으며 말했다.

"경찰에 신고하면 경찰의 입회하에 들어갈 수 있을 겁니다. 하지만 그렇게 복잡하게 하고 싶진 않습니다."

경비는 잠시 머뭇거리다 결국 바지 주머니에서 열쇠를 꺼내 문을 열어주었다.

끼이이익, 쇠끼리 스치는 소리가 고요한 어둠 속을 가르며 소름 돋게 했다.

"감사합니다."

재희가 고개 숙여 인사했다. 경비는 그런 재희를 다시 한 번 유심히 쳐다보았다. 그리고 미간을 잔뜩 찌푸리며 고개를 갸우뚱거렸다. 그러더니 "최대한 빨리 찾고 돌아가십시오" 하고 내뱉듯이 말하며 초소로 발걸음을 옮겼다. 그의 발걸음은 초소가 가까워질수록 빨라졌다.

"정말 혼자 들어갈 거야?"

건우가 물었고, 재희는 굳은 의지가 담긴 눈빛으로 고개를 끄덕였다. 건우는 못 말리겠다는 듯 한숨을 내쉬며 물끄러미 재희를 바라보았다.

"핸드폰은?"

재희가 싱긋 미소 지으며 주머니에서 핸드폰을 꺼내 들어 보였다. 건우는 그것을 낚아채더니 전화번호부에서 자신의 번호를 찾았다. 건우는 자신의 단축 번호를 설정해놓으려 했다. 무슨 일이 터졌을 때를 대비해 곧바로 전화 걸 수 있게끔. 하지만 단축 번호는 이미 설정되어 있었다. 게다가 1번이었다. 건우는 약간 머쓱한 표정을 지으며 재희의 손에 핸드폰을 다시 올려놓았다.
"무슨 일 생기면 바로 전화해야 해."
"……네."
"5분 남았어. 가봐."
"고마웠어요."
재희가 약간 뜸을 들이더니 말했다.
"그리고 사랑했어요"라고 덧붙여 말하고는 도망치듯 운동장을 향해 뛰어갔다.

가로등 아래 혼자 남겨진 건우는 재희의 말이 왜 '고마워요, 사랑해요'가 아닌 '고마웠어요, 사랑했어요'라는 과거형이었는지 곰곰이 생각해보았다. 그리고 그제야 미처 깨닫지 못한 한 가지 중요한 사실을 깨달았다. 그녀들의 이야기대로라면 12시 정각에 죽음이 닥쳤을 때 깨어 있는 영혼인 재희는 사라지게 된다. 그렇다면 방금 그 대화가 재희와의 마지막인 것이다. 그 사실을 깨달은 건우가 점점 멀어져 가는 재희의 이름을 힘껏 부르려는 순간 허탈하게 웃으며 고개를 절레절레 흔들었다.
'너무 빠져들었어, 강건우. 이제 니가 해야 할 일은 현실로 돌아와 5분이면 끝날 이 어이없는 해프닝 이후를 계획하는 거야.

그래, 일단 그녀를 편안하게 재우고, 아침 일찍 성형외과에 가서 그녀의 팔과 다리에 난 상처를 치료할 거야. 도중에 선정에게 전화해 국내 최고의 정신과 의사를 소개받아야겠어. 국내에 없다면 당장에라도 비행기를 타면 돼. 드디어 내가 가진 것들을 사랑하는 누군가를 위해 쓸 수 있는 거야. 그녀는 내가 꼭 고칠 거야. 꼭!'

뛰어가는 재희를 바라보던 건우는 주변을 둘러보았다. 건우의 시선이 경비 초소에서 멈추었다. 초소는 내부가 훤히 들여다보일 정도로 불빛이 밝았다. 건우는 초소 안을 유심히 들여다보았다. 아무래도 아까 재희를 바라보던 경비의 눈빛이 살짝 마음에 걸렸다. 경비는 컴퓨터 앞에 앉아 있었다. 그리고 진지한 표정으로 열심히 키보드를 두드리고 있었다. 일을 하는 듯, 아니 사이버 머니가 걸린 도박이라도 하는 듯.

'괜한 걱정인가.'

건우는 다시 재희를 찾았다. 재희는 운동장 중앙에 오도카니 서 있었다. 조명을 비추면 금세 뮤지컬의 주인공처럼 노래라도 부를 것 같은 아리따운 모습으로.

이제 4분밖에 남지 않았다.

pm 11:56

차가운 겨울 바람이 홀로 서 있는 재희를 매섭게 때리고 지나갔다. 재희는 코트 옷깃을 여미며, 얼어붙은 손을 비볐다. 저 멀리 가로등 불빛 아래 건우의 실루엣이 어렴풋이 보였다.

재희가 건우에게 '고마웠어요, 사랑했어요'라는 과거형으로, 또 영원히 마지막인 것과 같은 애틋한 기분으로 인사를 한 건…… 계획적이었다. 건우에게 자신은 죽을 결심이었다는 걸 알려줘야만 했다. 그래야 자신이 이 육체에 남든, 아니면 무언가가 어긋나 물거품처럼 사라지든 건우에게 좋은 이미지로 남을 수 있었다.

민아가 건우에게 깨어 있는 영혼이 죽을 거라는 자신의 편지 내용을 이야기했는지는 알 수 없었다. 만약 하지 않았다면 다행이었고, 했더라도 방금 그 인사로 적당히 얼버무릴 수 있었다.

'어찌 된 영문인지 그 순간 민아 씨로 바뀌어버렸어요'라고.

시계의 초침이 흘러갈수록 재희는 초조해졌다. 바람결에 앙상한 나뭇가지들이 흔들리는 소리에도 재희의 심장은 힘차게 내리치는 대장간의 망치처럼 뛰었다.

죽음이라는 게 그랬다. 예고하든, 예고하지 않든 느끼는 정도의 차이일 뿐, 그 순간까지 느끼는 공포와 두려움은 인간의 언어로는 결코 표현할 수 없었다. 누가 말했듯이 인간의 쾌락은 고만고만하지만 공포와 두려움은 모두 각각의 색깔과 특징이 있다는 것처럼.

앞으로 3분.

죽음이 가까이 다가오자 재희의 마음 한편에 '정말 이래도 되는 걸까' 하는 의문이 다시금 고개를 쳐들었다. 하지만 그것은 완벽한 해답을 찾지 못한 채 박쥐 떼처럼 머릿속을 휘적거리며 날아다니다 결국은 '뮤지컬 무대에 서고 싶어' '건우 씨를 갖고 싶어' '그러기 위해선 살아야 하잖아!'라고 달콤한 악마의 유혹처럼 속삭이다 사라졌다.

중요한 건, 이제 와서 마음을 바꿔먹는다 해도 어쩔 도리가 없다는 사실이었다.

재희는 '어차피 난 민아로 변하는 방법을 알지 못해' 생각하며, 애매한 한숨을 내쉬었다.

시계는 이제 막 11시 57분 30초를 지나고 있었다. 그때였다. 구름의 움직임이 이상해졌다. 구름은 방향을 틀어 달을 가리기 시작했고, 달빛은 점점 희미해져갔다. 구름이 완벽하게 달의 모습을 감추는 그 순간, '파지직' 하고 소름 끼치는 소리가 재희의 귓가에 파고들었다. 섬뜩한 공포가 재희의 등줄기를 훑고 지나갔다. 반사적으로 소리가 난 곳을 향해 고개를 돌렸다. 재희의 가까운 곳에 우두커니 자리를 지키고 서 있던 가로등 불빛이 깜박깜박대더니 결국은 꺼져버렸다.

재희는 죽음과도 같은 깊은 어둠 속에 홀로 갇혀버렸다. 온몸에 식은땀이 배였다. 당장에라도 건우에게 달려가고 싶었다. 하지만 사랑하는 남자를 위험에 처하게 할 수 없었다. 그리고 이런 공포를 또다시 경험하고 싶지는 않았다. 한 번에 끝내야 했다.

이제 2분만 견디면 됐다.

문득 재희의 머릿속에 '난 어떻게 죽게 될까?'라는 생각이 스쳐 지나갔다. 아무리 생각해도 이곳은 갑작스러운 사고를 맞기에 적합한 곳이 아니었다. 갑자기 천둥 번개가 친다거나, 비행기가 추락한다거나, 심장마비로 쓰러지지 않는 이상은.

'안 돼. 생각하지 말자.'

재희는 두려움을 떨쳐내기 위해 두 눈을 질끈 감고 노래를 흥얼거리기 시작했다. 하지만 도무지 집중이 되질 않았다. 뚝뚝 끊어져 나오는 목소리는 차가운 공기에 닿자마자 살얼음이 되어 조각조각 나버렸다.

눈물이 와락 쏟아질 것만 같았다. 하지만 불평은 사치였다. 자신이 살기 위해 남을 죽이기로 하고 택한 어려운 선택이었다.

경비 초소 안.

한참을 초점 없는 눈으로 모니터를 뚫어져라 바라보던 경비가 입술을 굳게 다물더니, 벌떡 자리에서 일어났다.

pm 11:58

건우는 시계를 바라보다, 갑자기 들리는 낮은 대화 소리에 깜짝 놀라 고개를 돌려보았다. 대학생쯤 되어 보이는 사내 둘이 농구공을 든 채 건우가 서 있는 정문 쪽을 향해 까불거리며 걸어오고 있었다.

"문 열려 있는데? 여긴 밤새 개방인가 봐."

"아싸! 술 깨는 데는 농구가 최고지."

사내들이 가까이 다가오자, 술기운으로 불그스름한 얼굴이 눈에 띄었다. 건우는 왠지 그들을 운동장 안으로 들여보내면 안 될 것 같은 불길한 예감에 휩싸였다. 농구공을 들고 있던 반삭 머리가 마치 덩크슛을 하듯 농구공을 던졌다. 농구공은 건우를 향해 날아왔고, 건우는 가볍게 받아냈다. 그리고 다시 그들에게 던지며 정중하게 말했다.
"이 운동장 지금 개방 시간이 아닙니다. 잠시 찾을 게 있어서 열어둔 거라, 곧 닫을 거예요."
"그래? 그럼 그때까지만 한 판 하지 뭐."
건우가 던진 농구공을 받은 반삭 머리가 약간은 꼬인 혀로 건우를 향해 말했다. 기분 나쁘게 히죽히죽 웃으면서.

굳게 닫혀 있던 초소 문이 열리더니 경비가 모습을 드러냈다. 주위를 두리번거리는 경비의 시선이 운동장 중앙에 서 있는 재희를 향해 차갑게 번뜩였다. 그가 쓰고 있던 모자를 얼굴의 반이 가려질 만큼 더욱 깊게 눌러쓰더니 재희를 향해 뚜벅뚜벅 걷기 시작했다.

"댁이 뭔데 농구하고 싶은 스포츠맨의 욕구를 막는 거야? 이 학교 주인이라도 돼? 어?"
반삭 머리가 한 손으로 건우를 툭툭 밀치며 물었다. 친구는 옆에서 넘겨받은 공을 드리블하며 킥킥댔다.

"미안하지만 전 이 학교 학생이 아닙니다."

건우가 치밀어 오르는 화를 애써 억누르며 부드럽게 말했다.

"학생? 누가 학생이라 물었어? 주인이냐고 했지?"

"학교 주인이라는 게 학교 학생 아닙니까?"

건우의 말에 사내 둘은 서로 마주 보고 깔깔 웃어젖히기 시작했다. 건우는 한숨과 함께 시계를 보았다. 이제 1분. 1분만 지나면 됐다. 그땐 눈앞의 이 자식들이 운동장에 들어가 농구를 하든, 축구를 하든, 그녀를 데리고 나올 것이다. 정확히 57초 후.

"뭐, 너도 끼워주지. 술값 내기 어때? 어? 돈 꽤 있는 샌님 같아 보이는데. 크크크."

재희의 손목을 부드럽게 감싸고 있는 시계의 초침이 11시 59분을 넘겼다. 그리고 1초, 또 1초가 흘러갔다.

갑자기 달을 가리고 있던 구름이 다시 이동하기 시작했다. 그러자 조금씩 달빛이 지상을 비추었다. 그 빛 덕분에 재희는 저 멀리서 흐릿하게 움직이는 형체 하나를 발견했다. 그것은 점점 자신에게 가까이 다가오고 있었다. 재희는 덜컥 겁이 나 뒷걸음질을 쳤다. 하지만 곧 어둠 속에서 빛을 받은 사람의 얼굴이 흐릿하게 보였다. 얼굴의 정체는 아까 문을 열어준 경비였다. 재희는 자신이 오랫동안 나오지도 않고, 가로등 불마저 고장 나자 자신이 걱정돼 찾아 나선 것이라 생각했다. 하지만 재희는 30초 후에 죽을 위기에 닥칠 운명이었다. 정말 이곳으로 폭탄이 떨어질지,

브레이크가 고장 난 차가 돌진할지 알 수 없는 일이었다. 관련 없는 사람을 위험에 빠뜨릴 순 없다고 재희는 생각했다. 자신이 미안해야 할 상대는 민아 하나로도 벅찼다.

"아저씨, 여기로 오시면 안 돼요!"

재희가 크게 소리쳤지만, 경비는 듣지 않고 계속 자신을 향해 걸어왔다.

"여기로 오시면 안 된다고요!"

재희가 손을 휘휘 저었다. 그런데도 경비는 발걸음을 멈추지 않았다. 문득 재희는 경비가 아까는 들고 있던 손전등을 들고 있지 않다는 것을 깨달았다. 대신 손에 다른 것이 들려져 있었다. '뭐지?' 하고 재희는 실눈을 뜨고 그것을 바라보려 애썼다.

20초

건우는 결국 흙 묻은 손으로 자신의 어깨를 툭툭 치는 사내들의 도를 넘어선 건방진 태도를 참지 못한 채 반삭 머리의 멱살을 잡고 발을 걸어 그대로 땅바닥에 넘어뜨렸다. 반삭 머리가 발라당 뒤로 나자빠지며 아야야, 하고 신음을 했다. 그러자 다른 한 명이 "이 자식이" 하고 씩씩거리며 건우에게 달려들었다.

10초

재희가 다시 한 번 경비에게 소리 지르려는 찰나, 경비의 손에 들린 무언가가 재희의 시야에 들어와 그녀의 성대를 마비시켰다. 그리고 그 마비 증상은 성대로부터 시작해 급속도로 온몸으로 퍼졌다. 재희는 숨이 턱 막혀왔다. 경비의 손에 들린 날카로운 과도가 달빛에 반사되어 자신의 위험한 존재를 과시했다. 과도의 날카로운 서슬은 정확히 재희를 향해 있었다. 재희는 저도 모르게 온몸의 에너지를 모아 크게 소리쳤다.

"건우 씨!"

경비는 그 말에 반응이라도 한 듯 재희를 향해 뛰기 시작했다. 재희의 온 신경은 경비의 손에 들려진 과도에 집중됐다. 과도의 날카로운 끝 부분이 공기를 가르며 자신을 향해 돌진해 오고 있었다. 숨이 막히고, 발은 무거웠다. 손가락 하나 꼼짝할 수 없었다.

건우가 날아오는 상대의 주먹을 잡고, 팔을 꺾으려는 찰나, 자신을 부르는 재희의 목소리가 들렸다. 건우의 고개가 반사적으로 소리가 나는 곳을 향해 돌아갔다. 운동장 한가운데, 아까 그 경비가 재희를 향해 성난 불소처럼 돌진하고 있었다. 순식간에 건우의 낯빛이 새파랗게 변했다. 건우는 내팽개치듯 상대를 밀쳐낸 후 재희를 향해 달리기 시작했다.

경비의 칼이 재희의 복부를 날카롭게 파고들었다.

"헉."

단말마의 신음과 함께, 재희가 믿을 수 없다는 얼굴로 경비를 바라보았다. 경비가 시뻘겋게 핏발이 선 눈으로 중얼거렸다.

"당신이 나쁜 거야."

경비가 쑤욱 칼을 빼냈다. 시뻘건 선혈이 주르륵 흘러내렸다. 재희는 반사적으로 자신의 복부를 감싸 안았다. 금방이라도 타들어갈 듯한 열기에 휘감긴 재희의 몸은 마치 영화의 슬로 장면처럼 서서히, 아주 서서히 쓰러지기 시작했다.

"쿵."

둔탁한 소리와 함께 찾아온 아찔한 충격. 등 언저리에서 밀려오는 으슬으슬한 느낌. 귓가에 흐르는 뜨거운 액체.

트럭에 치였을 때와 모든 것이 똑같았다. 재희의 의식은 점점 희미해져갔다. 갑자기 어디선가 들려오는 'think of me' 노랫가락에 재희는 사라지려던 의식의 한 가닥을 부여잡았다. 어디서 들려오는 소리일까. 정신이 혼미해져서 들리는 것일까? 하지만 그 소리는 너무나 선명했고 익숙했다. 소리의 정체는 핸드폰 벨소리였다. 축축한 허리 주변에서 진동을 느낄 수 있었다.

'왜 이 벨소리가……'

'think of me'는 재희가 원래 자신의 몸을 가지고 있을 때 설정해놓은 핸드폰 벨소리였다. 불과 얼마 되지 않았지만 아득한 기억 저편에 있는 작고 뚱뚱한 재희가 말이다. 재희는 알 수 없는 힘에 이끌려 주머니를 향해 손을 옮겼다. 아니, 마치 누구가 재희의 손을 잡고 주머니로 끌고 가는 듯했다. 주머니에 손을 넣자 작고 네모난 물건이 소리를 지르고 춤을 추며 자신의 존재를 증명하고 있었다. 재희는 있는 힘을 다해 주머니에서 핸드폰을 꺼냈다. 재희의 흐릿한 시야에 액정 속 '이 감독'이란 글자가 눈에 들어왔다. '설마……' 재희는 있는 힘을 다해 핸드폰을 받았다.

"저 이 감독입니다. 밤늦게 전화해서 미안합니다. 민아 씨가 크리스틴 역에 뽑혔어요. 그런데……"

상대는 인사도 없이 다짜고짜 말을 시작했다. 하지만 재희는 대답할 수 없었다. 그럴 만한 힘이 없었다.

"문제는 그걸 어떻게 알았는지 기자들이 계속 연락해와서…… 어떻게 할지 의견을 묻기 위해 이 밤에 전화했습니다."

재희의 머릿속에는 '크리스틴 역에 뽑혔어요'라는 말만이 반복적으로 울렸다. 내가 크리스틴 역에 뽑혔다니…… 무대에 설 수 있게 되다니…… 재희의 온몸에 알 수 없는 묘한 감정이 피어올랐다. 그리고 자신을 부르며 달려오는 건우의 얼굴이 보였다. 빨리 이 기쁜 소식을 건우에게 알리고 싶었다. 간절히 바라던 꿈과 사랑하는 남자…… 재희는 지금 그 어떤 때보다 황홀한 행복에 젖어들었다.

'이제 드디어 뮤지컬 무대에 설 수 있는 건가.'

건우가 뚝뚝 피가 떨어지는 칼을 손에 쥔 채 멍하니 자신을 내려다보며 서 있는 경비에게 달려들었다. 재희는 그런 건우를 바라보며 아주 작은 목소리로 흥얼거렸다.

We never said our love was ever-green or as unchanging as the sea.

우린 단 한 번도 우리 사랑이 영원히 푸르거나 바다처럼 변함없을 거라 말하지 않았지요.
But please promise me that sometimes you will think of me.
하지만 약속해줘요. 가끔은 날 생각해주겠다고.

그리고 재희는 의식을 잃었다.

파르르 눈꺼풀이 떨리며 민아가 눈을 떴다.
허리 부근에 느껴지는 아찔한 통증. 차가움. 가쁜 숨. '내가 왜 이런 곳에 쓰러져 있는 거지······?'
민아는 축축하고 뜨거운 손을 들어보았다. 새빨간 피가 진득진득하게 굳어가고 있었다.
'칼에 찔린 걸까······.'
점점 더 흐릿해져오는 시야 속에 두 남자의 치열한 몸싸움이 보였다. 민아는 애써 그들의 모습을 알아보려 노력했다. 한 명은 건우였다. 그리고 또 한 명은······ 경비복을 입은 덩치 큰 사내는······ 분명 어디서 본 듯한 낯선 얼굴이었다. 하지만 선뜻 기억이 떠오르지 않았다. 민아는 점점 더 가빠오는 숨을 힘겹게 내쉬며 피가 흐르는 복부를 두 손으로 세차게 압박했다. 그리고 눈앞의 낯선 남자를 기억해내려 애썼다. 결국 건우가 남자의 칼을 빼앗아 든 후 경비를 바닥에 때려눕혔다. 그리고 먼 곳으로 칼을 던진 후, 자신의 윗옷을 벗어 경비의 양팔을 묶었다. 민아와 경비는 약간의 거리를 둔 채 서로를 마주 보고 바닥에 쓰러져 있었다. 경비는 흙과 땀, 피 등으로 더러워진 얼굴을 한껏 찌푸리며 원망과 분노가 섞인 핏빛 눈으로 민아를 노려보았다.

그런 경비의 강렬한 눈빛과 마주쳤을 때, 민아의 눈이 그를 기억해냈다. 민아는 그 눈빛을 알고 있었다. 아니, 그를 알고 있었다.

산부인과 의사에게 아내와 딸을 잃은 피해자…… 그랬다. 그 남자의 직업이 경비원이었다.

"민아야!"

건우가 민아 앞에 꿇어앉으며 소리쳤다. 건우는 티셔츠를 벗어 민아의 새빨갛게 물든 복부를 힘껏 감싼 후, 그녀의 상체를 들어 자신의 품에 끌어안았다.

멀지 않은 곳에서 구급차 소리가 들리기 시작했다.

"조금만 기다려. 금방 병원으로 데려갈게."

"미안해. 내가 지켜주지 못해서…… 나 때문이야. 나 때문에 민아 네가……"

건우가 자신의 품에 파묻힌 민아를 더욱 끌어안으며 흐느끼다 울부짖었다. 하지만 더는 민아의 귀에 건우의 목소리는 들리지 않았다.

구급차 소리가 점점 더 가까워지더니, 운동장 안으로 모습을 드러냈다. 시간은 새벽 12시 5분을 지나고 있었다.

탕탕탕, 수술실 불빛이 켜졌다. 수술 준비를 마친 의사들이 죽은 듯이 누워 있는 민아의 수술을 집도하기 시작했다.

수술실 밖의 대기 의자에 넋 나간 듯 앉아 있는 건우의 귓가에 '널 오랫동안 좋아해왔어'라는 민아의 마지막 말과 '사랑했어요'라는 재희의 마지막 말이 계속해서 맴돌았다.

어쨌거나 그녀들이 예고한 일은 진짜로 일어났다. 믿었어야 했다. 믿고 바로 옆에서 지켜줬어야 했다. 위험하다고 말렸어도 고집을 부렸어야 했다.

건우는 시간을 되돌리고 싶었다. 시간을 되돌려 차라리 그녀 대신 자신이 칼에 찔리고 싶었다. 사랑하는 여자의 생사가 정확하지 않은 시간은 견디기 힘든 고통의 시간이었다. 1분이 마치 10년, 아니 평생같이 느껴졌다.

두 시간 후, 수술실 문이 열렸다. 동시에 건우가 벌떡 일어나 모습을 드러내는 의사들에게 다급한 목소리로 다짜고짜 물었다.

"어떻게 됐죠?"

쓰윽, 자신을 바라보는 의사의 표정을 확인하는 건우의 눈빛이 미세하게 떨렸다.

17 chapter

사라진 그녀

〈조선일보〉 2011년 1월 21일

뮤지컬계의 새바람을 몰고 올 미모의 이민아 변호사!

올해 봄 런칭을 목표로 하고 있는 뮤지컬 〈오페라의 유령〉 크리스틴 역으로 최근 미녀 변호사로 눈도장을 찍은 이민아 변호사(30)가 발탁되었다. 지성과 미모, 로펌 헌정의 이주승 대표의 외동딸이라는 화려한 배경. 이 모든 것을 겸비한 새로운 셀러브리티의 탄생 신호가 떨어졌다! 하지만, 그녀가 〈오페라의 유령〉 제작진의 마케팅 상품에 불과할지, 아니면 진짜 실력파일지는 뚜껑을 열어봐야 알 수 있지 않을까.

〈동아일보〉 2011년 1월 21일

미모의 여변호사 어젯밤 운동장에서 칼에 찔리다.

미모의 변호사로 이름이 알려진 이민아 변호사가 오늘 새벽 모 고등학교의 경비원인 이 모 씨의 칼에 흉부를 찔렀다. 그녀는 두 시간에 걸친 수술 끝에 목숨은 구했으나, 아직 혼수상태라고 알려졌다.

현재 검찰에서 조사받고 있는 가해자 이 모 씨는 자신의 아내와 딸을 살해한 피의자(풍납동 모녀 살인 사건)를 무죄로 풀려나게 한 이 변호사에게 원망을 품고 있었다고 말했다. 어제 저녁 이씨는 당직을 섰고, 잃어버린 MP3를 찾으러 늦은 저녁 운동장에 온 이민아 변호사와 우연히 마주쳤다고 했다. 그녀가 맞는지 긴가민가한 마음으로 초소의 컴퓨터로 검색해본 결과, 그녀는 이민아 변호사가 맞았고 그 순간 이씨는 분노를 주체할 수 없어 우발적으로 범죄를 저질렀다고 밝혔다.

한편, 어젯밤 이민아 변호사는 〈오페라의 유령〉 크리스틴 역으로 최종 발탁되었다. 하지만 혼수상태인 그녀가 과연 그 역을 맡을 수 있을까, 세간의 이목이 집중되고 있다.

〈머니투데이〉 2011년 1월 25일
크리스틴 역을 놓쳐버린 이민아 변호사!
결국 뮤지컬 〈오페라의 유령〉 극단은 여전히 의식을 회복하지 못하는 이민아 변호사라는 카드를 버리고, 새로운 여주인공을 찾았다. 새로운 히로인은 걸 그룹 출신으로 유명 뮤지컬 여주인공을 도맡아온 고혜미(25)로 알려졌다.

〈스포츠 동아〉 2011년 2월 19일
화제의 IT 기업, 티바이의 강건우 대표 순애보 알려져!

최근 자신이 변호를 맡았던 사건에 대해 앙심을 품은 이 모 씨에게 한밤중 칼에 찔려 혼수상태에 빠진 이민아 변호사의 연인이 밝혀졌다. 그는 대한민국 30대 자산가 1위, 배우 못지않은 외모로 시사, 경제지에 단골로 등장하는 주식회사 티바이의 강건우 대표로 알려졌다.

강 대표는 거의 매일 이민아 변호사가 입원한 병실에 들른다고 한다. VIP 병동 간호사의 말에 의하면 그는 항상 향기 나는 꽃을 한 아름 들고 찾아와, 잠들어 있는 이 변호사 옆에 앉아 한참 이야기를 나눈다고 한다. 그런 강 대표의 순애보는 여러 매체들을 통해 널리 알려져 티바이의 매출이 나날이 증가하는 것으로 나타나고 있다.

한편 강건우 대표는 16일 샌프란시스코로 출국했다. 그가 국내에서 보여준 탁월한 영업력에 궁금증을 가진 본사에서 그를 회의에 참석시켰기 때문이다.

"승객 여러분, KAL A380 대한항공이 약 20분 후 인천공항에 도착할 예정입니다. 승객 여러분의 안전을 위해 좌석벨트를 착용해주시기 바랍니다."

기내를 가득 채우는 승무원의 안내 멘트에 건우는 읽고 있던 두꺼운 책을 덮었다. 그리고 피곤한 듯 자그마하게 하품을 했다. 착륙할 때까지만이라도 눈을 붙일까, 생각한 건우는 고개를 뒤로 젖히고 눈을 감았다. 하지만 아무리 피곤해도 비행기에서 좀처럼 수면을 취할 수 없는 것이 건우의 오랜 습관 중 하나였다.

건우의 머릿속은 또다시 '믿을 수 없는 일'이 벌어진 그날의 기억으로 가득 찼다.

민아가 혼수상태에 빠진 다음 날, 건우는 민아의 문병을 온 선정과 커피 한 잔을 하며 사고 당시 있었던 이야기를 들려줬다. 건우의 이야기를 끝까지 경청하던 선정이 한숨과 함께 던진 말은 예상대로였다.

"그래서 설마 너도 빙의를 믿는다는 거야? 그날 사고는 우연이야. 하필 그때 운동장 경비가 민아에게 원한이 있는 사람이었을 뿐이라고. 그런 우연은 세상에 엄청나게 존재해! 생각해봐. 민아의 이야기를 믿지 않고 그냥 집에 가만히 있었다면 사고가 일어났을까?"

그렇게 말하고는 더는 말씨름하고 싶지 않은지 억양 없는 목소리로 "일단, 깨어나기만을 바라자" 하고 덧붙였다. 물론 건우도 정신과 의사와 계속해서 논쟁을 할 마음은 없었다. 그건 물리학자에게 연금술을 이해시키는 것과 다를 바 없었다.

건우는 틈틈이 해리성 정체 장애, 코마 상태, 그리고 빙의에 관련된 논문과 서적들을 찾아보았다. 이런 주제를 소재로 한 영화나 소설까지 섭렵했다. 하지만 코마나 해리성 정체 장애는 의학적으로도 아직 밝혀지지 않은 수수께끼 중 하나였다. 그래서 의견은 분분했고, 건우도 갈피를 잡지 못했다. 어느 한 문구만이 계속해서 동굴 속 박쥐 떼처럼 건우의 머릿속을 날아다닐 뿐이었다.

혹자들은 말한다. 코마 상태는 육체와 영혼이 분리된 것이고, 해리성 정체 장애 즉 다중 인격은 그런 육체를 잃은 영혼들에 빙의된 거라고.

'만약, 정말 만에 하나 정말로 빙의였다면······.'
건우가 눈을 감고 고개를 절레절레 흔들었다. 하지만 떠오른 생각은 쉽사리 머릿속을 떠나지 않고 건우를 괴롭혔다.
건우는 두려웠다. 민아가 영원히 깨어나지 못할까 봐. 그리고······ 그녀가 깨어났을 때, 그녀가 더 이상은 자신이 사랑하는 그녀가 아닐까 봐.
'믿을 수 없는 일'을 진심으로 의심하기 시작한 그때부터 건우는 수없이 자신에게 질문했다. 민아와 재희가 정말 다른 사람이라면, 그렇다면 자신은 과연 둘 중 누구를 사랑했던 것일까, 하고. 하지만 결론은 언제나 단 하나였다.
잠시 후, 비행기가 착륙했다. 건우는 핸드폰을 에어플레인 모드에서 일반 모드로 전환했다. 데이터 네트워크 설정을 허용한 후, 기지국 표시인 막대들이 하나둘 생기자 캐치콜 알림음이 쉴 새 없이 울리기 시작했다.
도착한 문자를 하나씩 확인하던 건우의 눈이 반짝 빛났다. 평상시였으면 주위 사람들이 모두 내리고 난 후에야 느긋하게 좌석에서 일어나던 건우였다. 하지만 그날만큼은 달랐다. 건우는 다른 승객들과 경주라도 하듯 빠르게 비행기 안을 빠져나왔다.

반나절 전

민아는 동면에 들어간 새끼 곰처럼 온몸을 웅크린 채로 잠들어 있었다. 여기가 어디인지, 자신이 왜 이곳에 있는지, 얼마나 시간이 흘렀는지 알지 못했다. 하지만 그 안은 무척이나 따뜻하고, 평온했다. 마치 태아였을 적 엄마의 배 속처럼. 그래서 떠나고 싶지 않았다. 배 속을 떠나 세상에 발을 디디는 순간부터, 고통이 시작된다는 걸 누구보다 잘 알고 있었다. 민아는 너무 지쳐 있었다. 그래서 그냥 꿈결 같은 이곳에서 이렇게 머물러 있고 싶었다. 영원히……

"민아야."

갑자기 누군가의 목소리가 들렸다.

"민아야."

민아는 막 잠들기 시작한 아이처럼 눈을 비비며 귀찮다는 얼굴로 슬쩍 고개를 들어보았다. 눈앞에 흐릿한 실루엣이 보였다. 그것은 점점 자신의 모습을 드러냈다. 민아의 눈에 유은희의 모습이 보였다. 그 모습은 민아가 행복했던 시절의 아름다운 엄마의 모습이었다.

"어, 엄마!"

민아가 벌떡 자리에서 일어나, 마치 어린아이처럼 그녀를 불렀다.

"오해해서 미안해요. 내가 조금만 더 일찍 진실을 알았더라면……"

유은희는 슬며시 미소 지으며 말했다.

"괜찮아. 이제라도 네가 행복할 수 있게 돼서…… 네 아버지를 잘 보살펴주렴. 그는 단지 자신이 사랑한 만큼 상대로부터 되돌려 받고 싶었을 뿐이야. 항상 어긋나고 말았지만. 이제 그에겐 너밖에 남지 않았단다. 만약 그가 널 제대로 사랑하고 있다고 느낀다면, 그땐 꼭 같이 사랑해주길 바란다……"

그렇게 말한 유은희가 민아에게서 점점 멀어지기 시작했다. 이것이 마지막일까 덜컥 겁이 난 민아는 서둘러 뒤를 쫓기 시작했다.

"어디 가세요! 아직 하고 싶은 이야기가 너무나 많아요."

하지만 유은희는 천천히 고개를 가로저었다.

"넌 이곳에 있으면 안 돼. 행복하게 살고 나서, 나중에 만나 못다 한 수다를 피우자꾸나. 재미난 이야기 많이 기대할게…… 아무런 상처도 없었던 그때로 돌아가렴. 민아야."

그 말을 끝으로 갑자기 깊어진 안개가 민아와 유은희 사이를 갈라놓았다. 민아는 엄마를 찾기 위해 주변을 헤매기 시작했다. 하지만 아무것도 보이지 않았다. 한순간 내디딘 민아의 발이 바닥을 밟지 못하고 허공으로 내려앉았다. 민아는 순식간에 균형을 잃고 떨어지기 시작했다. 허우적댔다. 그때야 깨달았다. 자신의 손발이 턱없이 자그마하다는 것을. 일곱 살 적 그때처럼.

민아는 계속해서 낙하했다. 하지만 이상하게도 두려움은 느껴지지 않았다. 서글펐지만 설레었고, 어지러웠지만 의식은 점차 또렷해졌다.

그렇게도 잠잠하던 민아의 뇌파측정기가 격렬한 전류의 흐름을 보였다. 마침 혈압을 체크하고 있던 간호사가 그것을 발견했다. 간호사는 즉각 무전을 통해 담당 의사에게 그 사실을 알렸다. 잠시 후 담당 의사가 민아의 병실 문을 급하게 열고 들어왔다. 의사는 당황한 눈빛을 넘어 신비롭고 경이롭다는 눈빛을 하고 있었다.
"오늘 무슨 날이야? 어떻게 코마 환자가 동시에."
얼마 있다가 병실은 많은 의사로 북적거렸다.
한 시간이 지나자 민아는 손가락을 움직이기 시작했다. 그리고 반나절이 지났을 땐, 눈을 떴다. 초점 없는 흐릿한 눈이 주위를 살폈다. 하지만 뭐라 말은 하지 못했다.

건우가 민아의 병실로 들어왔을 때, 민아는 잠들어 있었다. 안색은 창백했지만, 아름다움은 여전했다. 건우는 꼼짝 않고 민아 옆에 앉아 그녀가 눈을 뜨기만을 기다렸다.
몇 시간 후에 민아가 눈을 떴다. 민아와 건우의 눈이 마주쳤다. 건우의 심장이 덜컹 내려앉았다. 민아가 건우를 향해 입을 떼는 그 순간이 마치 영원처럼 느껴졌나.
"건…… 우야……"
민아가 힘겹게 부르며 아주 슬며시 미소 지었다. 건우는 민아의 말투와 표정, 그리고 눈빛을 통해 그녀가 누구인지 한눈에 알 수 있었다. 건우의 눈가에 그렁한 눈물이 맺혔다. 안도의 한숨을 내쉼과 함께 앙상한 그녀의 손을 잡으며 감격에 찬 목소리로 나지막이 말했다.

"고마워. 민아야. 너여서…… 다만 깨닫지 못했을 뿐…… 나도 오랫동안 널 사랑해왔어."

민아는 금세 다시 잠이 들었다. 건우는 잠든 민아의 얼굴을 행복한 눈빛으로 바라보며 생각했다.

건우는 재희를 사랑한 적이 없었다. 재희는 얼음장같이 차가운 민아에게 건우가 오랫동안 간직해왔던 마음을 표현하는 계기를 만들어줬을 뿐이다. 마치 두 사람 사이의 사랑이란 화학반응에 필요한 촉매제처럼.

민아와 재희를 심각하게 구별해 생각해보지 않았을 때는 자신도 혼란스러웠다. 하지만 이제는 확실했다.

건우의 사랑은 10여 년 전, 자신의 집에서 민아를 처음 본 그 순간부터 시작되었던 것이다.

〈매일경제〉 2011년 2월 20일

한 달 전 자신이 변호를 맡았던 사건에 대해 앙심을 품은 이 모 씨에게 한밤중 칼에 찔려 혼수상태에 빠진 이민아 변호사가 드디어 의식을 회복했다.

한편 위 사건의 담당 형사는 본지와의 단독 인터뷰를 통해, 모든 범행을 자백한 뒤 구속 수감 중인 이 모 씨가 현재 당시의 충동적인 범행을 후회하고 있으며, 이민아 변호사의 회복을 진심으로 바라고 있다고 전했다.

〈조선일보〉 2011년 4월 15일
 무죄로 판결 났던 풍납동 모녀 살인 사건의 피의자 김용태(46, 산부인과 의사)의 유죄를 증명할 수 있는 증거가 추가로 들어나 검찰이 항소 의사를 밝혔다. 무죄 추정의 원칙이 다시 한 번 강조된 사건이었기에 검찰이 이제 와서 추가적으로 발견한 단서가 무엇인지 세간의 이목이 집중되고 있다. 또한 피의자를 무죄로 이끄는 데 큰 역할을 했던 이민아 변호사가 다시 한 번 김용태의 변호를 맡게 될지 검찰은 신경을 곤두세우고 있다.
 한편 이민아 변호사는 풍납동 모녀 살인 사건 피해자의 유족인 이 모 씨에게 칼에 찔려 혼수상태였다가 얼마 전 의식을 회복했다.

〈조선일보〉 2011년 5월 12일
 이민아 변호사가 최근 자신에게 상해를 입혀 살인미수 혐의로 구속 중이던 이 모 씨의 변호를 맡아 큰 화제가 되고 있다. 반의사불벌죄인 폭행죄와 달리 피해자의 의사와 상관없이 기소 가능한 과실치상죄이기에 검찰의 행보가 주목을 받고 있다. 최근 검찰의 풍납동 모녀 살인 사건의 재수사가 벌어진 것에 대한 이민아 변호사의 이런 행방은 무죄로 석방됐던 김용태(46, 산부인과 의사)의 유죄를 증명하는 것이 아니냐는 반응이다.

〈조선일보〉 2011년 6월 30일

3대 대형 법무법인 헌정의 설립자이며 대표 변호사 중 한 명인 장용재 변호사가 오늘 사임했다. 이를 두고 다양한 추측들이 난무하고 있으나 헌정 측에서는 아무런 대응을 하지 않고 있다.

금요일 저녁, 건우의 집

건우가 네스프레소 기계에 빨간 캡슐 하나를 넣고 전원 버튼을 눌렀다. 미세한 진동음과 함께 풍부한 아로마와 독특한 곡물의 느낌이 결합된 에스프레소 향이 거실 전체를 부드럽게 감싸 안았다. 커피 향은 소파에 앉아 내일 있을 재판을 준비 중인 민아의 코끝까지 간질였다. 건우가 커피 두 잔을 들고 민아 옆에 앉으며 커피 향만큼 부드럽게 말했다.

"브레이크 타임."

민아는 피식 웃으며, 들고 있던 자료를 테이블에 놓고는 건우의 오른손에 들린 커피를 받았다. 건우는 텔레비전 리모컨을 찾아 전원을 켰다. 광고 중이었다. 채널을 돌리려는 찰나, 〈인간 극장〉의 익숙한 멜로디가 나지막이 흐르며 내레이션이 들렸다.

"한 번의 죽음, 그리고 새로운 시작. 올해 스물여덟 윤재희 씨는 몇 달 전 혼수상태에서 의식을 회복했습니다. 평소 뮤지컬 배우가 꿈이었지만, 오디션에서 언제나 불합격 소식을 들어야만 했던 그녀―"

화면이 바뀌며 허름한 극단에서 노래 연습 중인 여자가 등장했다. 하단의 자막에는 윤재희라는 이름이 적혀 있었다.

그 순간, 민아와 건우의 시선이 강하게 부딪혔다.

Epilogue

"준비됐지?"

건우가 물었고, 긴장한 표정이 역력한 민아가 가만히 고개를 끄덕였다. 건우는 카페 문을 힘껏 밀었다. 그리고 며칠 전 〈인간 극장〉의 주인공이었던 윤재희라는 여자와 만나기로 약속한 카페 안으로 들어갔다.

창가 구석진 자리, 청바지에 검은색 티를 입은 통통한 여자가 책을 읽고 있었다. 텔레비전 속에서 본 그녀였다.

민아의 가슴이 두근대기 시작했다. 건우가 그런 민아의 손을 꼬옥 붙잡았다. 그리고 윤재희를 향해 발걸음을 이동했다.

지난주 금요일 저녁 〈인간 극장〉 주인공으로 등장한 윤재희라는 여자를 보는 순간, 건우와 민아는 동시에 말을 잃었다. 그리고 엔딩 자막이 흐를 때까지 텔레비전에 온 정신을 집중했다. 뮤지컬 배우를 꿈꾸던 여자, 하지만 번번이 오디션에서 떨어지던 여자, 우연한 사고로 코마 상태에 빠진 여자, 기적처럼 살아난 여자, 다시 얻은 인생에서 명품조연이라는 새로운 삶을 살게 된 여자, 그래서 자신만의 행복을 얻게 됐다는 여자 윤재희.

그녀를 만나보고 싶다는 의사를 먼저 내비친 건 민아였다. 한참 동안 민아를 바라보던 건우가 결심한 듯 말했다. '민아 네가 원한다면' 이라고. 그리고 곧 자연스레 윤재희를 만날 방법을 찾았다. 친구의 기자 신분을 잠깐 빌리는 것. 친구는 가볍게 승낙하며 한마디 덧붙였다. "실제로 기사 내보낼 거니까, 인터뷰만 잘 따 와."

건우와 민아는 윤재희가 앉아 있는 테이블 앞에 섰다. 윤재희는 여전히 책에 빠져 있었다. 건우가 큼큼, 인기척을 냈다. 그제야 그녀는 슬쩍 고개를 들어 민아와 건우를 바라보았다.

"안녕하세요. 윤재희 씨죠? 전 매경 이정민 기자입니다."

건우가 친구에게 얻은 명함을 내밀며 말했다. 윤재희는 책을 덮더니 벌떡 자리에서 일어났다. 그리고 명함을 받으며, 밝게 인사했다.

"네. 안녕하세요. 명품조연 윤재희입니다."

그러더니 건우의 옆에 선 민아를 흘긋 바라보았다. 민아는 '그녀가 날 알아볼까?' 하는 생각에 숨이 멎을 것만 같았다. 하지만 윤재희는 건우를 향해 '이분은?'이라는 의문의 눈빛만 보낼 뿐이었다.

"아, 카메라 기자예요. 오늘 인터뷰 사진을 찍어주실."

건우가 서둘러 둘러댔고, 윤재희는 민아에게 반갑게 악수를 청했다. "기자님이 이렇게 미스코리아 뺨쳐도 되나요?"라는 넉살 좋은 멘트까지 날렸다. 민아는 그녀가 자신을 알아보지 못한다는 것을 깨닫고는 가슴 한구석에 아른 실망감이 번졌다.

건우와 민아는 윤재희의 맞은편 의자에 나란히 앉았다. 그리고 인터뷰를 시작했다. 하지만 질문들은 지금 그들 앞에 앉아 있는 윤재희가 민아의 몸에 잠시 머물렀던 재희, 그녀인지를 확인하기 위한 질문들뿐이었다.

"제가 사전 조사를 좀 해봤습니다. 조금 언짢은 질문이 될지 모르겠지만, 사고로 코마 상태에 빠지기 전에는 계속해서 오디션 낙방을 하셨던 거 같던데요."

건우가 질문했다.

"네, 정말 많이도 떨어졌죠. 좌절도 많이 했고, 뮤지컬은 제 길이 아닌가 생각하기도 했었어요. 하지만 사고 후 기적적으로 살아났고, 새로운 삶을 살게 됐죠."

"아…… 하긴 예기치 못한 일이 어떠한 깨달음을 줘서 인생이 바뀌게 된 사람들이 존재하죠. 성공한 사람 중 특히 그런 사례가 많고요. 윤재희 씨도 그 사고가 그런 영향을 미쳤나요?"

"음…… 트럭 사고 후, 병상에 누워 있는 동안 꿈을 꿨어요. 그 것도 아주 근사한. 의사들은 코마 상태에 빠졌을 동안의 제 뇌는 아무런 활동도 없었다며 제 말을 믿지 않았어요. 하지만 전 확실히 꿈을 꿨어요. '믿을 수 없는 일'이지만 확실히."

볼이 발갛게 상기된 민아가 자신도 모르게 윤재희를 향해 질문을 내던졌다.

"그, 그건 어떤 꿈이었죠?"

윤재희는 갑작스러운 민아의 질문에 짐짓 놀랐으나, 곧 차분히 답했다.

"정확히 기억나진 않아요. 모든 꿈이 그렇듯 깨고 난 순간부터 간밤의 꿈은 봄에 얼음이 녹듯 사라져버리니까요. 그때 당시에는 꽤 선명했던 기억이었지만 지금은 얼음들이 모두 녹아 강을 지나 바다로 흘러들어 갔어요. 그래도 그때 당시 제가 느꼈던 느낌만은 확실해요. 전 아마 꿈에서 제가 그토록 원하던 배역을 맡았을 거예요. 저는 뛸 듯이 기뻤어요."

윤재희는 테이블 위에 있는 캐러멜 라떼를 한 모금 마셨다. 민아 또한 목이 탔는지 에스프레소를 홀짝였다.

"그런데 진 그 배역을 하는 동안 행복하지 않았어요."

윤재희는 당시 얻었던 깨달음을 상기하며 싱긋 웃었다. 그것은 일생에 서너 번 볼까 말까 한 확고한 자신감을 가진, 보기 드문 미소였다.

"왜죠? 그토록 하고 싶었던 배역인데?"

이번에는 건우가 윤재희의 말을 자르고 끼어들었다. 재희가 잠시 고개를 갸웃거리더니 자기 자신에게 말하듯 말했다.

"전 그 배역에 몰입할 수 없었어요. 물론 연기는 그럴듯하게 할 수 있었죠. 아니, 잘했어요. 하지만 연기를 할수록 행복해지진 않았어요. 내가 아닌 다른 사람 이야기를 하는 듯했거든요. 이해하시겠어요? 내 마음속의 진실한 이야기가 아니라 사람들의 이목을 끌기 위한 거짓을 말하는 기분이라면……? 그러니까, 그 연기는 제가 진심으로 하고 싶었던 연기가 아니었던 거죠. 다시 말해 전 단지 저 자신을 증명해 보이고 싶었던 거예요. 봐라. 나도 이런 배역을 할 수 있다. 너희가 못난이라 비웃었지만, 결국 난 해냈다. 이런 거요."

윤재희가 허탈한 듯 피식 미소 지었다. 그리고 다시 말을 이었다.

"전 지금 하고 있는 연기가 정말 좋아요. 명품조연이요. 그게 저 자신을 표현할 수 있으니까요. 약간 못난 외모를 가진 사람들이 가지는 감정. 그것을 진심으로 담아 표현하고 있으니까요. 제 배역과 제가 하나가 되는 순간이죠. 어떻게 보면 궁상맞다고 할지도 몰라요. 하지만 전 그 순간 구원을 받는 느낌이에요. 배역과 제 궁합이 맞으니까, 모두가 제 이야기를 들어주고 공감하더라고요."

건우는 고개를 끄덕였다.

"저기, 그 꿈에서 연기하는 것 말고 다른 것은 없었나요?"

민아가 답답한 마음에 입술을 지그시 깨물며 물었다.

"무슨 말씀이신지……"

"예를 들면 한 여자가 나오고, 또 어떤 남자가 나오고……"

연속되는 뜬금없는 질문에 윤재희는 잠시 당황스러운 표정을 지었다. 하지만 잠시 생각에 잠긴 듯 눈을 감았다 뜨더니, 느긋하게 말했다.

"잘 모르겠어요. 꿈을 꾼 지 너무 오래돼서요. 사실 혼수상태에서 깨어나고 나서는 그 전에 있었던 일들조차 중간 중간 기억이 안 나는 부분이 있어요. 그래도 신경 쓰지 않아요. 다시 채워나가면 되니까."

그때였다. 테이블 위에 자리하고 있던 윤재희의 핸드폰 벨이 울렸다. 그녀가 핸드폰을 집어 들더니 "아마 내일 촬영 스케줄 전화일 거예요. 잠시만 실례할게요" 하고 건우와 민아에게 양해를 구했다. 그리고 전화를 받았다.

윤재희는 통화하며 옆 의자에 놓아둔 가방 속에서 다이어리를 꺼냈다. 그 순간, 민아의 눈이 휘둥그레졌다.

자신의 것과 똑같은 가방, 그리고 어디선가 본 듯한 다이어리였다.

윤재희가 전화를 끊자마자, 민아가 기다렸다는 듯 다급히 물었다.

"저시…… 실례가 안 된다면, 잠깐 다이어리 좀 봐도 될까요? 사, 사진 한 장만 찍으려고요. 독자들은 인물의 이런 디테일한 삶을 좋아하거든요."

윤재희와 건우가 동시에 민아를 바라보았다. 윤재희는 흔쾌히 민아에게 자신의 다이어리를 내어주며 "아, 일기는 찍으시면 안 돼요" 하고 미소와 함께 말했다.

민아는 고개를 끄덕이며, 헬로키티 캐릭터가 그려진 핑크색 다이어리를 떨리는 손으로 스르륵 넘겨보았다.

빛바랜 영수증, 명함, 사진, 편지, 스티커 등등. 민아의 손과 시선이 어느 사진 하나가 끼워져 있는 페이지에서 불현듯 멈추었다. 민아가 놀란 눈으로 윤재희를 바라보았다. 윤재희는 그런 반응을 이해한다는 것처럼 피식 웃으며 이야기했다.

"불과 6개월 전의 제 모습이에요. 정말 뚱뚱했죠? 의식을 회복한 후에는 죽어라 다이어트를 했어요. 아무리 조연이라지만, 어느 정도 외모는 가꿀 필요가 있을 것 같아서요. 그때 본 사람들은 저 못 알아봐요. 하하."

그 순간 민아의 머릿속에 어머니의 자살 소식을 듣고 병원에 갔던 그날의 기억이 생생하게 떠올랐다. 접수창구에서 바뀐 가방, 병실 앞에서 읽은 다이어리. 그것도 아주 세세히 읽었던……

민아는 마치 망치로 세게 머리를 얻어맞은 것과 같은 충격에 휩싸였다. 민아의 표정 변화를 유심히 바라보던 건우가 걱정스레 물었다.

"괜찮아?"

"어…… 갑자기 좀 피곤해서……"

건우가 윤재희를 향해 멋쩍은 웃음을 보이며 말했다

"인터뷰는 이만 마쳐도 좋을 것 같아요. 오늘 시간 내주셔서 감사합니다."

"아니에요. 기사를 써주시는 것만으로도 무척이나 행복한걸요. 아, 전 테이블 자릿세를 낸 김에 조금 더 책 읽다 갈게요. 오늘 반가웠습니다."

"저희도요."

건우와 민아는 자리에서 일어났다. 빈 커피잔을 치우던 건우가 불현듯 무언가 떠오른 표정으로 윤재희를 향해 물었다.

"아. 마지막으로 질문 하나 더 해도 될까요?"

"네. 물론이죠."

"음. 제가 가끔 인터뷰하며 재미 삼아 묻는 질문이에요. 만약 누군가가 재희 씨에게 불꽃같지만 짧은 인생, 무미건조하지만 긴 인생. 둘 중 하나를 선택하라고 하면 어떤 인생을 택할 것 같아요?"

윤재희가 잠시 고개를 갸우뚱거리더니 답했다.

"그 질문 언젠가 들은 것 같은데 잘 기억이 나지 않네요. 음. 만약 옛날 같으면 둘 다 택해야 하지 않느냐고 물었을 거예요. 하지만 지금은 달라요. '당신 마음대로 하세요. 단 나한테 알려주진 말고요'를 선택할래요."

재희의 말을 들은 건우의 눈이 불과 며칠 전의 과거를 기억하며 희미하게 빛났다.

그 질문을 끝으로 건우와 민아는 카페를 나왔다.

건우가 주차 요원에게 주차티켓을 건넸다. 그리고 차가 나오길 기다리는 동안, 옆에 선 민아를 바라보며 넌지시 물었다.

"민아 너 아까, 그 다이어리 보고 왜 그렇게 놀란 거야?"

"넌? 넌 그 마지막 질문은 왜 한 거야?"

서로의 질문을 받은 둘은 한동안 각자의 생각에 잠겼다.

사실 민아가 윤재희의 다이어리를 보는 순간, 모든 일이 빙의에서 비롯됐다는 자신의 믿음을 떠받드는 기둥들이 와르르 무너졌다. 민아는 자신의 육체에 침입한 영혼, 즉 재희라는 여자를, 자신은 전혀 모르는 사람이라 단정 지었다. 그랬기에 해리성 정체 장애의 가능성을 부인했다. 하지만 그건 틀린 생각이었다. 민아는 윤재희의 꿈, 예전 남자 친구, 직업, 나이, 말투, 성격까지 알고 있었다. 그건 모두 윤재희의 핑크색 다이어리에 담겨 있었다. 기억은 도미노처럼 연쇄 반응을 일으키며 끝없이 떠올랐고, 어느 순간 마지막 조각이 넘겨졌다. 그리고 그 조각이 떠올린 기억은 충격이었다. 재희의 트럭 사고가 실린 인터넷 기사를 보기 전에도 민아는 재희가 어떤 사고를 당했는지 알고 있었다.

가방이 바뀐 병원 접수창구 앞에서 바뀐 가방 주인공의 동생이라 추정되는 남자의 통화 내용.

"아빠, 지금 대체 어디예요? 누나가…… 누나가 트럭에 치였어요! 지금 혼수상태예요."

민아는 생각했다. '어쩌면 내 무의식이 그 모든 것들을 기억하고, 하나의 인격을 만든 건지도 몰라. 사고는 단지 우연일 뿐일지도 몰라'라고.

한편 건우는 윤재희에게 던진 질문, 또 자신의 질문에 대한 그녀의 답을 듣는 순간, '믿을 수 없는 일'이 진실이었을 수도 있다고 생각했다. '당신 마음대로 하세요. 단 나한테 알려주진 말고요를 선택할래요.' 방금 전 윤재희의 대답은 며칠 전 건우가 재희의 질문에 했던 답과 똑같았다. '설마 이것도 우연의 일치일까……'

"차 나왔습니다."

주차 요원의 목소리로 건우와 민아는 자신들만의 상념에서 빠져나왔다.

건우가 민아를 향해 "갈까?"라고 부드럽게 말하며 손을 내밀었고, 민아는 그의 손을 잡았다. 둘은 마주 보며 미소 지었다. 그리고 동시에 생각했다. '뭐, 아무렴 어때'라고.

두 사람은 차에 올라탔다. 건우가 시동을 걸며 민아에게 넌지시 물었다.

"민아 넌 불꽃같지만 아쉬울 정도로 짧은 인생, 안정적이지만 무미건조하고 긴 인생, 둘 중 하나를 택하라고 하면 어떤 인생을 택할 것 같아?"

"음……"

민아가 한참을 고민하더니 건우를 바라보며 마치 법정에 선 변호사처럼 말했다.

"'당신은 저한테 그런 질문을 할 권리가 없습니다'라고 답할래."

"하하. 그래 민아 너답다."

건우가 피식 웃으며 액셀을 밟았다. 차가 미끄러지듯 움직이기 시작했다.

시원한 바람이 선루프 사이로 새어 들어왔다. 건우는 이 순간을 더욱 완벽하게 만들어줄 음악을 틀었다. 시디가 교체되는 소리가 들리더니 'over the rainbow'의 전주곡이 흘러나왔다.

하지만 잠시 후 건우는 멜로디뿐이어야 할 음악에 아름다운 노랫소리가 들려온다는 것을 깨달았다. 소리가 들리는 곳으로 고개를 돌린 건우의 심장이 자동차의 엔진과 함께 뛰었다. 민아가 노래를 부르고 있었다.

재희는 차창으로 민아와 건우가 사라지는 모습을 끝까지 물끄러미 바라보며 아주 작게 미소를 지었다. 그리고 다시 책으로 시선을 옮겼다.

The end

작가의 말

'그녀가 죽길, 바라다', 사실 조금은 자극적이게 들릴지도 모르는 이 제목은 여러 가지 의미를 품고 있다.

민아는 자신의 육체에 침입한 재희와, 끔찍했던 과거의 기억 속의 자신이 죽길 바란다. 재희는 자신이 탐내는 육체의 주인 민아와, 예전의 못난 모습의 자신이 죽길 바란다. 그녀를 사랑하는 건우는, 사랑하는 여자를 아프게 하는 또 하나의 인격이 사라지길 바란다.

소설의 시작은 우연찮게 듣게 된 단 한 문상이었다. '세상에 존재하는 모든 다중 인격자들은 떠도는 영혼들에게 자신의 몸을 빼앗긴 불쌍한 사람이다'라는. 그로 인해 소설 속 여주인공인 민아와 재희가 탄생됐고, 나는 2010년 늦겨울부터 2011년 초겨울까지 그녀들과 함께 지냈다.

『그녀가 죽길, 바라다』는 내 소설들 중 가장 애착이 많이 가는 작품이다. 많은 이야기를 담고 싶었고, 또 담으려 애썼다. 빙의와 해리성 정체 장애, 선택의 연속인 인생, 한끝 차이인 오해와 이해, 누구의 잘못도 없는 곳에서 시작되는 비극.

하지만 궁극적으로 하고 싶었던 이야기는 '표현되지 않은 사랑'과 '사랑이 결여된 행동'들이 불러올 수 있는 비극이다. 인간에게 있어 사랑은 물과 공기와도 같은 '필수적인 존재'이다. 실제로 갓 태어난 신생아들은 따뜻한 마음이 담긴 포옹을 받지 못하면 면역력 저하로 죽고 만다. 사랑은 가슴속에 꼭 타오르고 있어야 하지만, 상대가 그 따뜻함을 느낄 수 있을 때야말로 진정으로 존재하는 것이다.

내 삶을 사랑으로 듬뿍 채워준 가족과 친구들, 소설이 나오기까지 애써준 소담 식구들, 앞으로의 내 삶을 채워줄 새로운 가족들에게 이 자리를 빌려 감사의 인사를 드린다.

그리고 영원한 나의 소울메이트 정섭, 태훈에게 이 소설을 바친다.

2011년 12월
모두의 행복을 바라며, 정수현